旋转木马

The Merry-Go-Round

〔英〕威廉·萨默塞特·毛姆（W. Somerset Maugham） 著
刘钟梁　译

对外经济贸易大学出版社
中国·北京

图书在版编目（CIP）数据

旋转木马 /（英）威廉·萨默塞特·毛姆著；刘钟梁译. —北京：对外经济贸易大学出版社，2023.10
ISBN 978-7-5663-2552-5

Ⅰ. ①旋… Ⅱ. ①威…②刘… Ⅲ. ①长篇小说–英国–现代 Ⅳ. ①I561.45

中国国家版本馆 CIP 数据核字（2023）第 217068 号

旋转木马
The Merry-Go-Round

〔英〕威廉·萨默塞特·毛姆（W. Somerset Maugham） 著
刘钟梁 译
责任编辑：陈培风
助理编辑：邱 悦

出版发行：对外经济贸易大学出版社
社　　址：北京市朝阳区惠新东街 10 号
网　　址：www.uibep.com
资源网址：www.uibepresources.com
邮政编码：100029
邮购电话：010－64492338
发行部电话：010－64492342
E-mail：uibep@126.com

成品尺寸：170mm×240mm
印　　张：17.75
字　　数：309 千字
ISBN 978-7-5663-2552-5
印　　刷：北京九州迅驰传媒文化有限公司
版　　次：2023 年 10 月北京第 1 版
印　　次：2023 年 10 月第 1 次印刷
定　　价：58.00 元

旋转木马

威廉 · 萨默塞特 · 毛姆

著有《兰姆贝斯的丽莎》《英雄》《克雷杜克夫人》等

献给赫伯特和玛格丽特 · 布宁

融入本书中的不仅有我支吾的语言，

还有那求而不得的颂歌。

【作品简介】作品中穿插着三个故事：一个大龄教长之女与一个立志成为诗人却身患重疾的年轻男孩那短暂而圆满的婚姻；一个婚内与无耻浪荡之徒有染的上层妇女被情夫抛弃后毅然回归家庭，变得通情达理；一个为了将责任履行到底的上流社会公子与酒吧女侍门不当户不对的痛苦婚姻。而莱伊小姐和弗兰克则是这些故事的见证者和评论员，俩人是灵魂契合的朋友。

【作者简介】威廉·萨默塞特·毛姆（1874—1965年），英国小说家、剧作家。代表作有长篇小说《人生的枷锁》《月亮和六便士》，短篇小说集《叶的震颤》《阿金》等。毛姆一生著作甚多，共写了长篇小说二十部，短篇小说一百多篇，剧本三十个，此外尚著有游记、回忆录、文艺评论多种。他的作品，特别是他的长、短篇小说，文笔质朴，脉络清晰，人物性格鲜明，情节跌宕有致，在各个阶层中都拥有相当数量的读者群。他是二十世纪上半叶最受欢迎的小说家之一。

【精彩段落】

"正是在这样的时刻，你我都十分无助。有人因为一句安慰的话而悲伤难过时，有人因为对未知的恐惧而难受时，我们只能耸耸肩告诉他们，我们什么都不知道。想到我们再也见不到那些自己如此深爱的人了，我们心里非常难受；想到等待我们的只有冰冷的死亡时，心里非常难受。我试图不让自己思考死亡——我希望自己永远都不去想。那太可恨了，太可恨了。随着年龄的增长我更加珍爱生命。毕竟，即使人类的信念既幼稚又不真实，但持有信念不是更好吗？当然，如果在生命的最后时刻，当其他的一切都毫无意义了，而迷信能够提供强大的支持，那么迷信一下又何妨。人们又怎么忍心剥夺简单质朴的人这份巨大的安慰呢？"

"但是，难道你不觉得我们大部分人愿意把灵魂交给信仰吗？我们当然需要信仰，有时这种需要如此强烈，我们甚至忍不住向一个自己知道并不存在的上帝祈祷。我们很难在没有希望的情况下独自向前。"

他们继续漫步，鸟儿开始欢快地歌唱，大自然从睡梦中缓缓醒来，动作慵懒。夜晚过去了，白昼还没有到来。树木和花儿像幽灵般朦胧，黎明最初的时刻，空气清新而寒冷：所有一切都笼罩在一种奇怪的紫色光线下，呈现新的轮廓和新的色调。清晨有一种奇怪的自我意识，树叶像有生命一样发出沙沙的声响。天空露出鱼肚白，万里无云，呈灰色和紫色。突然，一道黄光穿过，太阳升起来了。

“你知道吗，”弗兰克说，“在我看来，正如人有求生的本能一样，人也一定会有求死的本能。各个地方都有一些年纪很大的老人，渴望获得解脱，就像绝大多数人渴望生存一样。或许将来这会变得更平常。就像某些昆虫，完成了一生的使命后，就会心甘情愿地死去，完全停止了活下去的愿望也毫无遗憾，所以，或许有可能人类也会发展出这样的感觉。到那时候，死亡不会带来恐惧，我们会愉快地接受死亡，就如努力工作一天后愉快地接受睡眠一样。”

“还有呢？”莱伊小姐问，露出痛苦的微笑。

“还有我们必须有勇气。清醒的时候设计一个生活计划，有麻烦的时候必须按照计划行事。我要努力过的生活是：回首往昔了无遗憾，展望前路了无恐惧。”

但是现在，太阳的光辉洒满了花园，早晨有一种美，比人类的语言更有力地告诉我们：生命属于活着的人，这个世界充满了乐趣。鸟儿还在快乐的歌唱——画眉和山鸟，燕雀和啼啭的麻雀——花儿公然挑战，肆意挥洒它们的芬芳。满园都是玫瑰花，一排排的花蕾和盛开的花朵，以及昨日枯萎凋零的美丽花瓣。花园里古老的大树清新苍翠，仿佛有一百年没有经历过绽放与枯萎了。空气里充满着欢欣愉悦，只静静地站着呼吸就是一种乐趣。

他们正走着，莱伊小姐突然大叫一声，松开弗兰克的手臂往前走去。贝拉坐在一棵树下的长凳上，阳光整个照在她的脸上。她睁大眼睛盯着前方，不惧太阳光的照射，脸上那些因近日操劳形成的皱纹突然不见了。她的表情容光焕发，有那么片刻就是个漂亮的女人。

“贝拉，怎么了？”莱伊小姐大喊，“贝拉！”

这时眼睛开始因为强光而眩晕了，她垂下双眼用手盖住，嘴唇上浮起一阵欣喜的微笑。

“他离开的时候，阳光正好照进房间里；为他架起了一座金色的桥，他毫无痛苦地离去了。”

“噢，可怜的孩子！”

贝拉摇摇头，又笑了笑。

“我不觉得难过。他的痛苦结束了，我替他开心。他死得如此温和，一开始我都没觉察到。我还以为他睡着了，就告诉了父亲。然后看到一只可爱的蝴蝶——是我从未见过的金黄色的蝴蝶——缓缓地在房间里徘徊。它似乎明白自己要走的路，我忍不住看着它，然后它飞进了阳光的光束里，跟着光线飘出屋外——飘向了蓝色的天空里，之后我就看不见它了。”

一周后，莱伊小姐仍待在伦敦，她打算一直待到八月，部分原因是决定去哪里度假太无聊了，部分原因在于巴罗-巴塞特太太被迫去一家私人医院做手术。但更主要的原因是弗兰克的存在让她确信，任何时候只要她愿意，就有人可以说话。那个月她过得非常开心，伦敦那个时候有点外国首都的味道，而且因为几乎没有几个熟人在那儿，她可以自由自在地做任何事情，不用担心别人说她恣意古怪。莱伊小姐和弗兰克在索霍区破旧的小餐馆吃饭，那里的餐布和常客都脏乱不堪。不过，看着蓄须的法国人背井离乡，无意中听到那些在社会上没什么地位的女士滔滔不绝地吐露秘密,她觉得十分有趣。他们一起去河对岸的音乐厅，或者坐到公共汽车的顶层，没完没了地讨论天气和永恒、生命的意义、朋友的缺点、莎士比亚和埃及血吸虫。

莱伊小姐离开了特坎伯里的贝拉和教长。刚失去丈夫的贝拉一刻也没有失去庄重的宁静。参加丈夫的葬礼时她没有落泪，心不在焉，如同这是一个对她没有特别意义的正式仪式。教长无法理解她的想法，感到很沮丧，他已经悲痛欲绝，是女儿反过来设法安慰他。她不停地说赫伯特现在就在他们中间。房间里的家具，花园里的玫瑰，天空的湛蓝，都获得了一种奇特的意义，他似乎无处不在，享受着这些令人慰藉的美丽，并为它们增添一份更加微妙的魅力。

目　录

第一部分

第一章

终其一生，伊丽莎白·德沃丽丝小姐只会给亲戚们带来痛苦的折磨。作为一个有钱的女人，她专横地支配着一大群身无分文的远房亲戚。罗波安用蝎子鞭责打百姓[1]，她则用银行存款来责罚亲戚。而且跟很多其他道貌岸然的家伙一样，为了让自己心里好受，不惜使每个人都痛苦不堪。她自小就在福音教派的环境中长大，所以一定要亲戚们按照她的方式寻求救赎，要么恶口伤人，要么讽刺奚落。她就以这种一贯的方式让亲戚们相信他们一无是处。她按自己喜欢的方式安排别人的生活，不仅强行干预身边人的穿着和习惯，甚至企图操纵人家内心的想法，受过她深究细查的人，连末日审判也不再害怕。她接连不断地邀请各类贫穷女士和自己同住，她们就假装自己是她的远房亲戚，还亲切地叫她伊莉莎姨妈，接受她比皇家命令还专横的传唤，心怀感激，但绝对也是心中恐惧，温顺地接受她的奴役，把这当作一种受难，希望将来时机到了可以得到遗产上的回报。

德沃丽丝小姐很喜欢感受自己的权力。在与这些人长期相处的过程中（由此可见某种程度上她是位非常好客的老太太），她尤其把摧毁客人的意志当做目标。看到别人温顺地满足她的过分要求，看到别人因为意愿被摧毁而感到卑微，她都特别开心。很明显，为了满足自己邪恶的自尊心，她就当众侮辱别人，或者强迫人家做一些特别不愿意去做的事情，并以此为乐。她拥有快速发现别人最大敏感点的非凡能力，口无遮拦地诅咒她们的每一个弱点，直到受害者在她面前皮开肉绽，心里流血；不论身体上的还是精神上的，没有哪种缺陷能够躲过她的挖苦讥笑，她不能原谅一个人体重过重，就像她不能原谅一个人记性不好一样。然而她真心看不起这些受害者，看到她们唯利是图的样子就劈头盖脸地一顿臭骂，发誓说绝不会留给这群懦弱无能的傻瓜一分钱；她故意说要把财产捐给慈善机构并咨询她们的意见，还以此为乐，听着她们心不甘情不愿地给出含糊其辞的建议，她毫不掩饰地疯狂大笑。

在德沃丽丝小姐所有的亲戚中，只有一个能让她稍加收敛——那就是莱伊小姐，可能是她最远房的亲戚了。莱伊小姐也和她一样直言不讳，但却更加才思敏捷，能将刻薄的话语完全变成对说话人自己的嘲弄。德沃丽丝小姐并不讨厌这位拥有独立精神的女士，事实上德沃丽丝小姐还有点喜欢她，而且挺怕她。莱伊小姐从不缺少妙语如珠的应答，她看起来真的很享受口舌之战，她比别人更优雅、更敏捷、更博学，最后总是能获胜。让这位年长女士狼狈同时又觉得有趣的是，一个比自己穷很多的女人，同其他觊觎她财富的人一样，有着同样的继承权，竟敢不问场合拿她开玩笑，甚至敢在她的地盘上公然反击她。对莱伊小姐来说，有这么一个人可以让她直抒胸臆而不会心存愧疚，她可没什么难过的，可以指出亲戚的观点缺乏逻辑或者行为违背常理，她觉得很满足。德沃丽丝小姐的宝贵观点无一幸免受到讥讽；甚至她福音派的教义也遭到嘲笑。这位富有的年长女士不善于与人争论，一不小心就陷入自我矛盾的境地；而赢得论战的莱伊小姐毫不掩饰胜利的喜悦，这让德沃丽丝小姐气得脸色发白，说不出话来。她俩经常争吵，尽管每次争执都是由德沃丽丝小姐而起，这让她很心烦，不过每次到最后她总是会释怀。然而这些争执预示着总会有那么一次会是最后的绝交，而事情的起因一如平常，是一件芝麻小事。

莱伊小姐去国外过冬的时候，习惯把切尔西的小公寓租出去。但由于意外情况，这次不得不提前回英格兰，而租客还不到搬走的时候，所以她写信问德沃丽丝小姐自己是否可以和她一起在老皇后大街住一段时间。这位老暴君，虽然很讨厌她的亲戚们，但是更讨厌一个人住。她需要有人让她发泄脾气，然而一个本来应该在三月到四月和她同住的侄女生病了，她不得不自己一个人住了一个月。即使是给莱伊小姐回信，她也无法避免她那种专横的态度，说希望对方在特定的某一天乘坐特定的某一趟火车到达。但不清楚是因为信中有什么内容激起了莱伊小姐的反抗精神，还是她的安排真的不允许，总之不管怎样她回信说按照她的计划，她在接下来那天乘坐一趟不同的火车到达会更加方便。德沃丽丝小姐发电报说，除非客人按照信中说的，在特定那天的特定时间到达，否则不会派马车去接她，年轻一点的莱伊小姐简短地回复说："别派！"

"固执得像头猪。"德沃丽丝小姐一边读着电报，一边咕哝着，脑海里浮现出她亲戚写下这两个毫无情面的字时，嘴角浮出的那一抹浅笑。"她一定觉得自己非常聪明。"

尽管如此，女主人还是欢迎莱伊小姐的到来，还表现出仅有莱伊小姐才配拥有的严肃的亲切感。无论如何，她还是德沃丽丝小姐最不厌恶的那个亲戚，虽然她既不温顺也不礼貌，但至少从不乏味。与她谈话让德沃丽丝小姐精神振奋，经常能达到最好的状态，有时候甚至不再飞扬跋扈，表现得像个通情达理、令人愉悦的女性，并不完全是个让人难以接近的人。

“亲爱的，你变老了。”坐下来吃晚餐时，德沃丽丝小姐双眼盯着客人说，努力地寻找她脸上的皱纹和鱼尾纹的踪迹。

“过奖了，”莱伊小姐反唇相讥，“年老是女人决心过单身生活的唯一的借口。”

“我猜想，和其他人一样，倘若当初有人向你求婚，你应该就嫁了。”

莱伊小姐笑了笑。

“伊莉莎，两个月前一位意大利王子向我求婚了。”

“天主教徒什么事都做得出来。”德沃丽丝小姐回答说，“我猜他听说你的收入后，就发现自己错误估计了对你的喜爱程度。”

“我拒绝他是因为他品行太过高尚。”

“波莉，我可不认为到你这个年纪还能挑三拣四。”

“我是不是可以说你有种可爱的能力，可以同时从截然相反的两个角度看待同一个问题。”

莱伊小姐身高中等、身材苗条；梳着简简单单的发式，头发已经开始花白，脸上已经长了不少皱纹，但她清晰精确的面容流露出令人舒适的坚毅性格；嘴唇很薄但善于表达、灵活多变，使她的外表更显坚定。她一点也不漂亮，肯定也从来称不上美，但是仪态优雅，行为举止得体迷人。她有一双非常明亮的眼睛，眼神敏锐，有时几乎让人觉得不安：不用言语，仅用眼神就可以使自命不凡看起来荒唐可笑；在她犀利、既有点鄙夷又不免觉得好笑的眼神下，大多数人都收起了矫揉造作。然而，正如德沃丽丝小姐小心提醒她的那样，她也是个喜欢故作姿态的人，但是她的故作姿态表现得很出色，有种适度克制的端庄得体，很少有人看得出来，即使看出来的人也无心责备她：能够不露痕迹已然是完美的艺术。为了做出这种美感的姿态，莱伊小姐喜欢穿得尽可能简单，通常就是穿一身黑，然后戴上她唯一的饰品——一颗文艺复兴时期的精致美观的珠宝——没有哪家博物馆会不想拥有。她把珠宝穿在一根长金项链上，然后戴在脖子上，用手指愉快地触摸，用她直来直去的亲戚的话说，这是为了向人们展示她那双美丽的双手。合脚的鞋子、装饰精致的真丝长筒袜表明她有一双匀称美观的双脚，脚背小巧玲珑，为此感到骄傲也是合情合理的。有访客的时候，她就穿戴成这样，坐在一张雕刻精美的意大利直背橡木椅上，椅子靠墙摆在两个窗户之间。她已经形成了一种一本正经的行为举止方式，这使她对生活的大胆批判非常有效，她就是以这种方式招待朋友。

在老皇后大街住了两天后，莱伊小姐说她打算出去一下。她拿着一把十分洋气的阳伞下楼了，那是她在巴黎买的。

“你不会是就拿那个出门吧？”德沃丽丝小姐轻蔑地喊道。

“没错。”

“胡说八道，必须带把雨伞，要下雨了。”

“伊莉莎，我有一把新的遮阳伞和一把旧雨伞。我敢肯定今天会是个晴天。”

“亲爱的，你不了解英国的天气，我跟你说一会儿就要倾盆大雨了。”

“你这是胡说！伊莉莎。”

“波莉，”德沃丽丝小姐脾气上来了，“我希望你带把雨伞。气压正在下降，我脚上也刺痛，这绝对是下雨的迹象。你竟然胆敢说天气会怎么样，太藐视神灵了。”

“恕我冒昧，我觉得从气象学上说，我对神意的了解并不亚于你。”

“我觉得这并不好玩，而是亵渎神灵，波莉。在我家里我希望别人可以按照我的要求行事，我坚决要求你带雨伞。”

“伊莉莎，这太荒谬了。”

德沃丽丝小姐摇铃，男管家闻声而来，她命令管家替莱伊小姐取来自己的雨伞。

“我绝对不会用这把伞。”这位年轻的女士笑着说。

“波莉，请记住你可是我的客人。”

“所以，我有权做我想做的事情。”

德沃丽丝小姐站起来，她是一个大块头的老妇人，神态倨傲，伸出一只手恐吓她。

“你要是不带雨伞离开这所房子，就再也不要踏进来了。只要我还活着就别想再跨进这个门槛。”

莱伊小姐那天早上的心情一定也不是太好，你看她那噘起嘴的样子真是没别人了，又冷眼看着老伊莉莎，这态度真是没谁受得了。

“亲爱的伊莉莎，你把自己想得太重要了。难道伦敦就没有酒店吗？你好像认为我为了享受才住在你家，而不是羞辱我。但是真的，这种苦难对我来说已经不可忍受了，因为我觉得你家的厨师肯定是全城最差的。”

“她已经跟我二十五年了，”德沃丽丝小姐涨红了脸说，“还没有人胆敢抱怨她的厨艺不好。要是有客人敢这么说的话，我会回复她说，对我来说足够好吃的东西对其他人来说就太好了。波莉，我知道你很固执，性子急，这些无礼的行为我都不追究了。你还要拒绝按照我的意愿去做吗？”

“是的。”

德沃丽丝小姐疯狂地摇铃叫来仆人。

“让玛莎立刻收拾好莱伊小姐的行李，叫一辆四轮马车。”她大叫道，暴跳如雷。

“好的，夫人。”男管家回答道，他已经习惯了女主人的变化无常。

德沃丽丝小姐转过身来，她的客人带着一种令人恼火的好心情看着她。

“波莉，我希望你意识到我说什么就会做什么。”

“我们之间结束了。”莱伊小姐嘲讽地说，“我需要归还你的信件和照片吗？”

德沃丽丝小姐坐在一旁生闷气，看着她的亲戚拿起一份《英国早报》，冷静地读着时尚新闻。没一会工夫管家就通报说马车已经到门口了。

“好，波莉，你真的要走？”

“你都让人帮我把行李收拾好了，也叫了马车，我还能不走吗？”莱伊小姐温和地说。

“这都是你自己造成的，我也不想让你走。要是你能承认是你太顽固执拗，也愿意拿雨伞出门的话，我可以既往不咎。”

“瞧那大太阳。”莱伊小姐说。

耀眼的光线照进了房间，在地毯上形成讨厌的图案，好像真的要惹恼这个专横的老妇人一样。

“波莉，我想我应该告诉你，我原本打算在遗嘱里给你留一万英镑。当然，现在我不打算这样做了。”

“最好把你的钱都留给你德沃丽丝家族的人。说实话，鉴于他们已经跟你有了六十多年的亲戚关系，完全值得拥有你的财产。”

“我的钱想给谁就给谁。”德沃丽丝小姐几近疯狂地大叫道，“只要我愿意，我可以把每一分钱都捐给慈善机构。你很独立，因为一年有那么少得可怜的五百英镑，不过显然不够你花的，不然你怎么还在离开的时候出租公寓呢。记住没有人有权要求分走我的财产，而我可以把你变成一个富有的女人。”

莱伊小姐从容不迫地回复了她。

“亲爱的，我坚信你还得再活三十年的时间，来折磨人类，尤其是你的亲戚。指望活得比你长，忍受一个无知老女人的反复无常、专横傲慢和无聊做作对我来说并不值。”

德沃丽丝小姐倒吸了一口气，气得浑身颤抖，而莱伊小姐毫不留情地继续说道。

“你有很多穷亲戚——去欺侮他们吧。把你的怨恨和臭脾气发泄在那些可怜的马屁精身上，不过求求你以后别再让我陪你讨论一些极其无聊烦闷的话题了。”

莱伊小姐对修辞的使用一向持一种审慎的热爱，这么说是很夸张，但却令她十分开心。她认为这句话没人能反驳，所以非常有尊严地走了出去。后来，两位女士之间没有任何联系，尽管德沃丽丝小姐始终专横、严厉、坚持己见，又活了将近二十年都一直保持着这副德性。她最终因为女佣的某些无足轻重的不端行为而狂怒，气得去世。如同肩上的重轭被卸下来了一样，她的家人们不约而同地深深松了口气。

她们参加葬礼时并没有落泪，静静地、恐惧地看着那具铅灰色棺材，里面装的是那个苛刻、强势、专断的老妇人的尸体。然后紧张期待地请求家庭律师公布她的遗嘱。这份遗嘱是在两个仆人的见证下，她自己亲手写的，内容如下：

> 我，伊丽莎白·安·德沃丽丝，未婚，住在威斯敏斯特老皇后大街79号。在此，我废除之前所立的所有遗嘱和遗嘱中写明的财产分配方式，宣布这份遗嘱为我最后的遗嘱。我指定家住切尔西区艾略特大厦72号的玛丽·莱伊为我遗嘱的女执行人，并将我所有的动产和不动产等财物交给上述玛丽·莱伊女士。对我的侄孙子、侄孙女、外甥孙子和外甥孙女们，以及我那些近亲远亲们，我祝福他们，恳请他们记住这么多年来我给他们举的例子和提出的建议。我建议他们将来培养自己坚强的个性和独立精神。恕我冒昧，我在此提醒

他们，卑微者，永远无法继承这世上的财富，卑微者的回报只能等到来世。我希望他们应我的要求继续向犹太人皈依协会和候补助理牧师基金会慷慨捐赠，就像他们长久以来一直做的那样。

我于 1883 年 4 月 4 日在遗嘱上签字确认，特此作证。

伊丽莎白·安·德沃丽丝

让莱伊小姐吃惊的是，到五十七岁的年纪了，还能拥有每年将近三千英镑的年金，一栋地处威斯敏斯特的舒适老房子，和大量维多利亚早期的家具。这份遗嘱是在她与那个古怪的老妇人吵架两天之后写成的，里面的条款肯定达到了写遗嘱的人想要实现的三个目的：让所有相关人员大吃一惊；让冷漠无情的莱伊小姐感到羞愧；让所有德沃丽丝家族的成员极为失望和恼怒。

注释：

[1] 典故出自《圣经·旧约》，“我父亲使你们负重轭，我必使你们负更重的轭；我父亲用鞭子责打你们，我要用蝎子鞭责打你们。”（译注）

第二章

莱伊小姐很快就在她的新房子安顿下来。对这个满心憎恶现代化的新主人来说，这个房子的魅力之一在于其古雅的风格：它建于安妮女王统治时期，有着那个时代住所的特点，悠闲舒适、房间宽敞，设计典雅的大门上方有一个顶篷，周围有铸铁锻造的围栏。让莱伊小姐特别开心的是，还有为夜间为人照明的仆人而准备的灭火器。

这个房子的房间都很大，风格低调，从硕大的窗户可以看到伦敦公园里最美的景致。莱伊小姐没对房子进行大改动。她是个不折不扣的享乐主义者，这么多年来光是对自由的追求就扰乱了她懒散的脾性。为了获得自由，完全绝对的自由，她随时准备做出任何牺牲：竭尽所能避免那些让她感觉不适，简直像是身体上的疼痛一样的关系，不论是家庭关系还是情感关系，习惯的关系还是思想的关系。她一生都小心谨慎，努力不让自己为身外之物所累。有一次，她还真的有勇气做了一件英勇的事情——因为觉得自己变得太过依恋一些财物，她就把所有东西都卖了，包括从西班牙买的储藏柜和精美的扇子、佛罗伦萨的镀金画框、英国的铜版画、那不勒斯的青铜制品，以及法国偏僻地方发现的桌椅等。为了离家时不会太难受，她不会冒险让自己太恋家；她更喜欢做一名旅客，过着闲适的生活，有一颗热衷于发现美的心灵，思想开放、不偏不倚，准备随时嘲笑那些荒唐可笑的事情。所以她只是把亲戚的房子当作家具齐备的暂时住所，可以不受限制地住在那里，随身带着仅有的几件东西一起搬进去，正是她能做出来的事情；当死神来临的时候——死神和睡神是孪生兄弟，他是个年轻的异教徒，而不是如基督教里所说的那样，是一堆冷酷无情的白骨——她可以无所畏惧地微笑，像个心满意足的狂欢者一样随时准备离去，了无遗憾。客厅采用了新的个性化布置，除去了许多品味低俗的物品，这样一来，莱伊小姐的客厅的氛围很快变得优雅、特别：在那次难忘的拍卖会上买到的一些艺术品，给整个摆设增添了一种庄重的精致感；朋友们毫不惊讶地发现，跟在她自己的公寓里一样，那张直背雕花的椅子就摆在两个窗户之间，家具也是特意摆放的，就是为了房子的女主人可以指挥和操纵她的客人，而她本身也成为了房间艺术设计的一部分。

莱伊小姐刚刚舒适地安顿下来不久就给一位老朋友，也是她的远亲写信，让他带女儿一起来她的新房子看看。这位朋友名叫阿尔杰农·兰顿，是特坎伯里的教长；兰顿小姐回信说他们很愿意来访，并确定了在某个周四上午抵达。莱伊小姐突然觉得应该避免情感过分外露，所以迎接他们的时候并没有表现得很激动。虽然平时她都以那种心平气和、彬彬有礼的鄙夷态度对待一般的神职人员，但她是真的尊重这位远亲阿尔杰农。

他是位高个子老人，瘦削驼背，皮肤白皙，没有血色，几近透明；眼神冷漠忧郁，然而表情非常温柔。他举止庄重，同时给人无尽的亲切感，使人想起那些在英国教会永远享有很高声誉的老牧师；他教养很好，是像绅士和皇室侍臣（不论出身如何）一样的教养，而且和那些人一样，他在古典文学上的造诣更甚于他在《圣经》上的博学多才。虽然他稍微有点狭隘，不愿严肃地用现代的思维方式思考，但他身上有种美学意义上的特质和虔诚教徒的温文尔雅，让人钦佩，甚至喜爱。莱伊小姐喜欢研究人，她可以饶有兴趣地观察各种各样的性情（因为对她持怀疑态度的头脑来说，没有哪一种生活方式或思维方式在本质上会比另一种更有价值），她喜欢他优雅从容、直言不讳的简单个性，因此对他宽容大度，这一点在她身上并不常见。

“波莉，”教长说，“我想你现在是个有钱人了，应该不会再徒劳地追求那些得不到的东西，能安顿下来，成为社会中受人尊敬的一员了。”

“你不必非得说和你上次见到我相比，我的头发更白了，皱纹更明显了。”

这方面莱伊小姐特别像那不勒斯博物馆里的阿格里皮娜的肖像雕塑，过去二十年里基本没什么变化。她脸上的皱纹没有什么变化，还是带着一副对俗事嗤之以鼻的神情；她优雅非凡的举止也没有什么变化——那种女王通过对众人的统治获得的优雅举止，莱伊小姐则更巧妙地通过对自己的控制而获得。

“阿尔杰农，你说得对。”她接着说，“我已经老了，我怀疑自己是否还有勇气卖掉所有的财产。在我除了身上的衣物以外一无所有时，我想我无法面对那种极度的孤独。”

“你之前也有不菲的收入。”

“那要感谢上苍！一年五百英镑都没有的话就别想自由了；没有这笔钱，

生活就只是悲惨地为生计而忙碌。”

听说午餐要到两点才准备好，教长出去了，留下莱伊小姐和他女儿待在一起。贝拉·兰顿年纪不小了，不论怎样都不能再称其为女孩了，但是最近她父亲做了一件让她沮丧的事情，在她四十岁生日时给她写了一组拉丁文的诗。她并不漂亮，也没有她父亲身上那种优雅的庄重，那种让教长成为了座堂圣职团里知名人物的优雅庄重。她身体方正，头发是漂亮的棕色，梳得很整齐；她五官大气，面容居然有饱经风霜的感觉，不过她那双灰色的眼睛非常友善，表情也十分让人愉悦。效仿乡下的流行风尚，她用一些昂贵的布料做衣服，但是受那些聚集在大教堂里的虔诚少女的影响，她的穿着耐用、简单，结果给人的印象就是既昂贵又过时。她显然是个能干的女人，在任何紧急情况下都值得托付。她的善行乏善可陈，但是很实用，很适合也颇能胜任特坎伯里慈善事业的领袖一职。她非常清楚自己在教阶制度中的重要性，强硬但却和善地管理着一小众神职人员。虽然兰顿小姐心地善良且像个真正的基督教徒一样谦逊有礼，但她内心确信自己的价值。因为她父亲不仅身居要职，还是声誉良好的世家子弟，相比之下主教还出身于无名之辈，且他妻子还曾是一名家庭教师，这些都为人们津津乐道。兰顿小姐会把最后一分钱给贫困的助理牧师的妻子去看病，但要经过再三思考才会邀请她去拜访教长宅邸；她对所有人都仁慈友善，但她只与有素质的人一起参加上流社会的仪式。

“今晚，我邀请了很多人来晚餐，介绍给你认识。”莱伊小姐说。

“他们都友好吗？”

“他们都不是绝对让人讨厌的人。巴罗–巴塞特太太会带她儿子来，她儿子很帅，我很喜欢他。巴兹尔·肯特也会来，他是个辩护律师，我之所以喜欢他是因为他的脸像极了一张早期意大利画作上的骑士的脸庞。”

“玛丽，好看的男人一直都是你的软肋。”兰顿小姐笑着说。

“亲爱的，美真的是这个世界上最重要的东西。人们常说阳刚气质无关紧要，说这话的人太愚蠢了。我认识一些人，他们仅凭一双漂亮的眼睛或好看的嘴唇就获得了世上所有的尊贵和荣耀……我还邀请了卡斯蒂林先生和太太，卡斯蒂林先生是议会成员，非常沉闷且自负，但就是那种可以逗你开心的人。”

莱伊小姐说着这些的时候，收到一封短信。

“真讨厌！”读完后她大声说，“卡斯蒂林先生说他今晚很晚才能离开议会。真希望他们不用开秋季会议。他就是这样，明明是个平庸之辈还要觉得自己不可缺少。我得再找个人代替他。”

她坐下来快速地写了几句话。

亲爱的弗兰克：

请你今晚八点来我家用晚餐。等你来了，凭你的聪明才智应该会发现其余九人并不是我一时兴起邀请来的，坦白说我邀请你是因为卡斯蒂林先生最后时刻说来不了。但是如果你不来，我就再也不跟你说话了。

你永远的朋友，

玛丽·莱伊

她摇铃叫来仆人，让仆人立刻把信送到哈利街。

“我邀请了弗兰克·哈内尔！”她向兰顿小姐解释说，“他人不错——现在的男人不到四十岁都还是男孩，而他才三十岁。他是个医生，而且颇有名望，最近被提为圣卢克医院的助理医生，他就在哈利街开门诊给病人看病。”

“他长得帅吗？”兰顿小姐笑着问。

“一点都不帅，但却是少数几个可以逗我开心的人之一。你会觉得他很不友善，他会觉得你无聊透顶。”

说完这些为了让这个年轻女人完全放松下来的话，莱伊小姐又在窗边坐下来。外面天气暖和，阳光灿烂，初秋的树叶闪耀着红黄相间的光芒，由于昨夜的大雨，圣詹姆斯公园有种庄严的美感，透过茂盛的树叶可见清澈的流水，绿茵茵的草坪都有人精心修剪，莱伊小姐静静地看着这一切，心里有种隐约地自我满足感，财富确实能让人心情愉悦。

“什么样的礼物适合送给诗人呢？”兰顿小姐突然问道。

“那肯定是音韵字典了，”她朋友笑着说，“或者是一本介绍生活常识之美学价值的《布拉德肖指南》。”

“玛丽，别傻了，我真的需要你的建议。我在特坎伯里认识了一位写诗的年轻人。”

“我认识的年轻人都写诗。贝拉，你不会是爱上了一个面色苍白的助理牧师吧？”

“我没有爱上谁，”兰顿小姐说，脸上泛起一丝红晕，“我这个年纪谈恋爱太可笑了。但是我想跟你说说这个男孩。他才二十岁，是特坎伯里的银行职员。”

“贝拉!”莱伊小姐假装恐惧地大声说，“别告诉我你和一个不是上流社会的人打情骂俏。教长会怎么看？天啊，爱上写诗的男孩；在你这个年纪，女人应该每天向上帝祈祷，以防自己爱上一个比自己小二十岁的男人。这是现在最流行的一种恶习。”

“他父亲是布莱克斯塔布尔的一个亚麻制品零售商，送他到特坎伯里的瑞吉斯中学上学。在那儿他获得了所有奖学金。他本来要去剑桥上学，但是父亲去世了，为了谋生，他不得不去银行工作，日子过得非常艰难。”

“但你到底是怎么认识他的呢？大教堂是非常排外的，而且我知道要是他不是绅士阶级的话，你是不会同意经人介绍认识他的。”

莱伊小姐一视同仁地大肆地嘲笑她亲戚对名门望族的仰慕。虽然从伯克的预言中了解了自己的出身，但是她认为那很丢脸，因此隐藏了事实。在她看来，体面家世的唯一好处，就是她可以毫无顾忌地嘲弄血统的特权。

“他不是经人介绍认识的，”贝拉不情愿地说，“我和他成为朋友纯属意外。”

“亲爱的，这听起来可太不合适了。至少他应该在一场马车事故中救下了你，这似乎是丘比特最喜欢的设计。丘比特一直是个没有想象力的神，他的方法也非常平庸……别说是那个年轻人在大街上跟你搭讪!”

贝拉·兰顿不可能将她与赫伯特·菲尔德结识的整个故事告诉莱伊小姐，这么做的意义在某种程度上取决于她的情绪状态，而她对此也不太确定。她正处在大部分未婚女性所处的尴尬境地中，青春年华不再，不断逼近的是单调恐怖的中年生活。一段时间以来她觉得工作也失去了乐趣，好像什么都不想做：日子天天相似，这让她很恼怒。她内心开始躁动不安起来，内心的躁动让很多有名或无名的人物像坚毅的西班牙航海家科尔特斯一样，航行穿过未知的海域，还有很多人开始危险的心灵探险之旅。她现在开始嫉妒同龄的朋友，她们已经是漂亮孩子的母亲了。而且她近来有种深深的遗憾，遗憾因为父亲的缘故，她独自生活且在所有实际问题上都极其无助，她放弃了女人应有的天伦之乐，但最近开始对此萌发悔意，费了好大的劲她才克服这种感觉。这些感受让她很沮丧，因为一直生活在一个视野狭隘的世界里，忙于教区事务和行善；触动她心弦的情感像是魔鬼的诱惑，于是她转向上帝寻求安慰，但是求而不得。她企图通过不停工作来分散注意力，投入双倍的热情管理她的慈善机构；阅读已经提不起她的兴趣，于是她一怒之下咬咬牙下定决心开始学习希腊语。不过什么也没有用。不断有违背自己意愿的新的想法闯进脑海；在她看来还没有哪个女人被这么狂野，这么不正当的想法折磨过，她感觉很恐惧。她提醒自己让她备感骄傲的家世需要她做到克己自制，在特坎伯里的地位甚至让她从内心深处觉得必须成为下层教民的榜样，但这一切徒劳无益。

现在兰顿小姐不再喜欢这个安静封闭的地方，而之前她很喜欢在这里流连徘徊；历经了风吹雨打的古老的教堂灰蒙蒙的，散发出迷人的气质，但是不再像往常一样，给人一种顺从和希望的感觉。她开始走入乡村深处，草地上，春天里满是亮晶晶的毛茛，树林里，秋天黄褐色的树叶铺满大地，这些只加剧了她的不安；她又去了山上，从那里可以眺望到不远处粼粼波光的大海，有那么片刻，大海的浩瀚无垠抚慰了她不安的心灵。有时在太阳下山的时候，西边青灰色的天空里蔓延出一大片金黄色的云彩，洒落在平静的海面，像火焰女神的裙裾；而此刻，太阳像一个逃出监狱墙门的巨人一样穿透乌云，闪烁出光芒，如一颗巨大的铜球。几乎是靠着这最后一击，太阳把大片的黑暗挤到一旁，整个天空闪耀着光芒；平静的海面伸展出一条布满神秘烈火的宽阔的道路，上面行走的可能是神秘的、充满激情的人类灵魂，永无止境地向着无尽的光源走去。贝拉·兰顿转身抽泣着离开，慢慢沿着来时的路往回走。还没走到山谷，看到特坎伯里灰色房子团团簇簇地环绕着高高的教堂，但是教堂古朴的美沉重地压在她心里，一阵阵疼痛。

然后春天来了：田野里鲜花争艳，迈着碎步走在这春天地毯上的像是佩鲁吉诺先生画笔下的天使，她再不用忍受那种痛苦；每一丛树篱里，每一棵大树上，鸟儿尽情地欢唱，歌唱生命的喜悦、雨季的美丽和阳光的灿烂，无穷无尽。它们都在告诉她世界年轻又美丽，但是人类生存的时间很短，每一小时都应该被当成生命中的最后一小时来度过。

当一个朋友邀请她去布列塔尼度假一个月时，她急切地答应了，因为她已经厌倦了自己的怠惰。旅游或许可以缓解她内心的疼痛，旅途的疲惫或许可以减弱四肢的活力，这样就没有力气再去做一些危险的事情。两位女士独自沿着崎岖的海岸线漫步。她们去了卡纳克，但是那些神秘古老的巨石只带给人生命虚无的感觉；人们来了又走，带着希望和憧憬，留下了微弱的信仰的痕迹，成为后世的未解之谜；她们去了勒法韦，圣菲亚克尔破败的教堂里，彩绘的窗户像宝石一样闪闪发光：但是爱情刚刚苏醒，这些宁静的景致散发的魅力对于渴求生命的心灵来说没有任何意义。她们去看了非常有名的普卢加斯泰尔耶稣受难像和圣泰戈内克耶稣受难像；这些冷酷的十字架上面有石刻的游行队伍（一个民族对美的追求被罪恶感拖到俯身跪拜的境地），西面的天空灰蒙蒙的，使她心情沉重沮丧：它们表明的只有死亡和墓地的绝望，而她却满怀期待，也不知道自己在渴望什么。在她看来，好像不知为何，她在那片神秘派谈及的黑暗无声的大海上航行，那里生命的一般法则并不通行。旅行没有给她带来想要的平静，反而增加了她的焦躁不安；她的手痒痒地想干活，于是她回到了特坎伯里。

第三章

终于，就在那个夏天的一个下午，教堂里的晚祷仪式结束后，兰顿小姐无精打采地朝门口走去，她看到一个年轻人坐在教堂正厅的后面；当时天色很晚了，他俩似乎独拥那栋硕大的建筑。他的双眼炯炯有神、非常深邃，望着空中茫然地发呆，似乎自己的想法蒙蔽了双眼，看不到身边哥特式建筑的魅力。他有着金色的头发，瘦削修长的脸上皮肤透明细腻，有如女孩子的脸庞。不一会，一个教堂司事走到他身边说教堂要关门了。他站起身，完全没注意那个人说了什么，走过贝拉身边，虽然相距很近，他却完全没注意到她的存在。她没有再想起他，但是接下来那个周六，她习惯性参加下午的礼拜仪式时，又见到了那个年轻人，他还像之前一样坐在正厅最偏远的角落，远离参观者和信众。出于一种她自己也搞不懂的好奇心，她留在那里，没有去参加唱诗班。凭借她的身份，教堂用一块精致的屏风从正厅隔出一个地方，给她预留出一个座位，离她父亲的教长之位不远。

男孩（因为他年纪小多了）这次在读一本书，她注意到是一本诗集；他不时微笑着抬起头，她想象他是在默默重复书中喜欢的诗句。

仪式开始了，距离使一切显得更为柔和，那些熟悉的身影又添了一层新的神秘感；管风琴的长音在拱形屋顶回荡，又像小孩的声音一样，在高耸的柱子间轻轻吟唱。每隔一会儿唱诗班都会演奏更为深沉的管风琴音乐，在砖墙之外听起来断断续续、微弱缓和，隐隐约约像是汹涌低吼的大海。不一会儿，这一切都停止了，教堂引以为豪的男高音歌手开始独唱；她父亲喜欢不加修饰的老音乐，似乎这神奇的唱音，这老式颂歌的旋律伴随着哽咽般的祈祷声，有力量超越所有物质阻碍，升向天堂。书从男孩的手上掉落下来，他沉浸在音乐和祈祷声的和弦里，脸上流露出渴望之情；他的脸因为听得出神入迷变得更加漂亮，像某幅画作中圣人的脸一样，因天堂之光的神秘幻象而得荣耀。然后，他双膝跪地，双手掩面，贝拉看到他全身心向神灵祈祷，这位神灵可使人耳朵听到、眼睛看到世界的美。这个场景里有什么会让她的心因某种新的情感而跳动呢?

他重新坐回椅子上的时候，脸上有股强烈的满足感，嘴唇上洋溢着幸福的微笑，这令贝拉心里十分嫉妒。他灵魂里到底有股什么力量，可以给万物添上神秘的色彩，而她不论怎么努力也做不到?她一直等到他慢慢走出来，看到他向门口的教堂司事点头致意，她才问司事这个男孩是谁。

“女士，我不知道。”司事回答，“他每个周六、周日都会来这里。但从不参加唱诗班。他就坐在那个没人能看见他的角落，自顾自地读书。我不去妨碍他，因为他是个很安静也很尊重别人的人。”

贝拉不知道为什么会经常想起那个金色头发的男孩，他甚至都没有注意到她的存在，也不明白为什么在接下来那个周日，她又去教堂正厅等着他出现。通过更近距离的观察，她发现男孩身材瘦长，双手修长匀称，好奇的时候也只会轻柔地用手去碰触；有一次他们的眼神相遇了，她看到他深邃湛蓝的双眼像意大利夏日的海洋。她是个有点紧张的女人，绝不会冒昧地和一个陌生人说话，但是这个人的表情纯真坦率，而且很奇特的是还带有一种动人的哀婉，使她克服了自己的羞涩，也克服了那种和一个完全不了解的人交朋友的不得体感。隐秘的直觉告诉她，这是她生命中的转折点，她需要鼓起勇气，伸出双手抓住这新的幸福；好像是天时地利俱备，她突然想到一个结识他的办法。她很紧张，因为这个方法好像很冒险，她焦急地等着周六的到来，然后找她最信任的教堂司事拿了钥匙，礼拜仪式过后就大胆地向那个她甚至连名字都不知道的年轻人走去。

“想让我带你到教堂里边看看吗？”她没有自我介绍径直问道，“就我们两个一起，没有教堂司事的唠叨和人群的拥挤，这会是很不错的体验。”

听到她说话，他脸都红到了耳朵根，但是随后露出了迷人的微笑。

“太谢谢您了。”他回答，“我一直都想进去看看。”

他的声音低沉动听，没有表现出什么惊讶；尽管如此，贝拉有点被自己的大胆无礼吓到了，认为有必要解释一下她为什么冒昧地提出这个建议。

“我经常在这里看到你，突然意识到你或许想看看教堂最好的状态。恐怕你得忍受一下我了。”

他又笑了，现在看来第一次真正注意到了她。贝拉看着前方，感受到他的眼睛若有所思地盯着自己的脸，突然觉得自己好像人老珠黄、满脸皱纹、穿着邋遢。

“你读的是什么书？”为了打破沉默，她问道。

他没有说话，把书递给她。那是一本雪莱抒情诗的小合集，明显被人经常翻阅，有些书页几乎要掉落下来。

贝拉打开通往后殿的大门，进去后又把门锁上。

“独自一人身处这里的感觉是不是很开心？”他大喊，迈着轻快的步伐微笑着往前走。

开始他还有点害羞，但是不一会儿这个地方的氛围——黑色的小礼拜堂，躺倒的石制骑士，镶有珠宝的窗花格等——便使他打开了话匣。他激情澎湃、滔滔不绝地倾诉着男孩子热衷的事物，贝拉感到十分惊讶。他的喜悦传递给她，使她在自己非常熟知的事物中发现了新的魅力；他身上闪耀着诗人般的热情，仿佛给古老的砖墙镀上了一层神奇的金色阳光；这些被困住的石头仿佛不可思议地猛然被抛向天堂，绿色草坪、鲜艳花朵和茂盛树木，为它们注入了生机：暖风温柔的气息在哥特式石柱间流连，给古色古香的玻璃增添了新的光彩，使圆形拱顶更具生机勃勃的魅力。男孩的双颊因为兴奋而涨得通红，贝拉聆听着自己的心跳与他的快乐一起荡漾；他做了很多手势，伴随着他纤长精致的双手的动作（虽然出身于名门贵族，她自己的双手却又短又粗，十分难看），教堂非凡的过去历历在目，她听到了武器交锋的当啷声，看到了身穿铠甲的骑士在静止的旗帜间行进，亲眼见证了著名的历史场景，肯特郡身穿紧身上衣和紧身短裤的绅士们和带轮状皱领、穿裙撑的女士们，聚集一起颂扬风暴和战争之神，因为埃芬加姆伯爵的长子霍华德驱散了菲利普国王的无敌舰队。

“我们现在去回廊看看。”他急切地说。

他们坐在石栏杆上，眺望着绿茵，回到了奥古斯汀那个年代，修道士们就在草坪上徘徊沉思；拱廊精致优雅，细长的圆柱柱头上有精美的雕刻，有点像意大利的回廊。尽管环绕着柏树，也开始剥落腐烂，却给人宁静的幸福感，没有北方人[1]那种煎熬的罪恶感。男孩虽然只从书本和图画上了解过南方[2]的神奇，却能很快体会那种感受，脸上呈现出引人怜悯的渴望之情。当贝拉告诉他自己去过意大利时，他急切地询问她各种问题，年轻人的热情使她的回答有了温度。换了其他人问她的话，她可能都会因为害怕显得荒唐可笑，而小心地压制这种冲动。然而眼前的景色非常美丽；魁伟壮观的中央高塔俯视着他们，气宇不凡的美直摄他们的灵魂。年轻的男孩虽然从没有见过托斯卡纳的修道院，却也心满意足。他们静静地坐了一会儿。

“您肯定是个非常重要的人物，”他最后说道，转身看着她，“不然他们绝不会允许我们待这么长时间。”

“我敢说对一个教堂司事而言是这样，”她笑着回答，“时候不早了。”

“您愿意到我家和我一起喝茶吗？”他问，“我就住在教堂大门对面的房子里。”然后，正好和贝拉四目相对，他笑着补充说：“我叫赫伯特·菲尔德，是个非常正经的人。”

她犹豫了，与一个之前从未见过面的年轻人喝茶似乎很奇怪，但是她很怕让人觉得迂腐守旧；去他家里或许可以更多地了解他，以此结束这场冒险。最终她的理智帮她做出了决定——要生活而不仅仅是活着——这一次她自己掌握了自己的决定。

“一定要来，”他说，“我想让你看看我的藏书。”

为了更有说服力，他轻轻地触摸了一下她的手。

“我很乐意。”

他带她穿过一家药店来到一个小小的房间里，房间只简单地装饰成了书房的模样，天花板很低，墙壁是嵌板做成的，墙上贴着几张彼得罗·佩鲁吉诺的油画作为装饰，房间里面有很多书。

“恐怕是有点窄，我住在这里是因为从这儿可以看到教堂的大门，我觉得那是特坎伯里最美好的事物之一。”

他让她坐下，然后去烧水、切黄油面包。贝拉一开始有点被这件新鲜的事情吓到了，显得有点拘谨；但是她的到来明显让男孩很开心，这让她放松愉快起来。然后他展现出性格里新的一面：对美的狂热一时被抛在一边，表现出了十分的孩子气。他欢快地放声大笑，而兰顿小姐现在是他的客人了，也不觉得那么害羞了，于是他无拘无束地谈论了上百个不断从脑海里涌现的话题。

“您抽烟吗？”喝完茶后他问她，贝拉笑着拒绝后，他又说：“您不介意我抽烟吧？抽点烟我更健谈。”

他把两人的椅子拉到敞开的窗户前，正好可以看到面前大量的石造建筑，然后他好像早就认识贝拉一样，继续滔滔不绝。最后她站起身要走时，他的眼睛突然暗淡下来，十分悲伤。

“我还会再见到您，是吗？既然这么奇妙地找到了您，我就不想再失去您。”

他是认真在向兰顿小姐发出约会的邀请，但是这会儿教长的女儿把所有谨慎都抛到了九霄云外。

“我想我们可以找个时间在教堂见面。”

女人都这样，虽然打算答应他所有的要求，也不愿意太快让步。

“哦，不行，”他仍然坚持，“我不想还要再等一周才能见到您。”

贝拉冲他莞尔一笑，而他渴望地看着她的双眼，紧紧握着她的手，仿佛她不答应就不打算放手。

“我们明天一起去乡村散步吧。”他说。

“好吧，”她回答，在心里告诉自己和一个年轻二十岁的男孩子一起应该没有什么不妥，“五点半的时候我会到西门。”

但是那天晚上她又慎重地考虑了一下，于是她写了张便条告知男孩说，她忘了自己还有其他约定，恐怕不能去赴约了。然而她还是犹豫不决，不止一次责备自己，因为她的胆怯会使赫伯特·菲尔德非常失望。于是她牵强地认为，或许周日邮差还没能把便条送到他手上，同时她担心他还是会去西门，而不明白她为什么缺席，于是她说服自己有必要去一趟西门，当面解释为什么无法实现承诺。

西门是一堆古老雄伟的砖石建筑群，过去是特坎伯里的外墙的标志，即使到现在，虽然有一边已经建起了房子，左边还留有一条路直接通往乡村。贝拉到得有点早，但是赫伯特已经在那等着她了，他戴着一顶草帽，看起来特别年轻。

“你没有收到我写的便条吗？”她问道。

“收到了。”他笑答。

“那你为什么还来呢？”

“因为我觉得您可能会改变主意。我并不完全相信您有其他约定。我很想见您，幻想着您也忍不住想见我。我觉得您一定会来。”

“要是我没来呢？”

“我会一直等……别那么害怕。看看那呼唤我们的阳光。昨天我们欣赏了教堂里的灰色砖墙；今天我们拥有绿色的原野和树林。您没有感受到暖风的喃喃低语吗？”

贝拉看着他，无法抵抗他充满激情的双眼的魅力。

“我就按照你说的做吧。”她回答。

他们一起出发了。兰顿小姐深信，她表现出的兴趣就像给没有母亲的孩子果冻一样，是母性的慈爱，却不知道丹·丘比特在嘲笑她的托词，一边欢快地在他们身边手舞足蹈，一边射出银箭。他们沿着一条往北通向大海的宁静小溪漫步，沿途柳树成荫；那个七月下午的乡村生机勃勃，香气宜人：晒在太阳底下的草料发出沁人心脾的香气，连鸟儿都安静了下来。

“我很高兴您住在总铎区，”他说，“我喜欢想象您坐在那个漂亮花园里的场景。”

“你见过那个花园吗？”

“没有，但是我能够想象古老城墙后的花园是什么样子，大树荫蔽下的草坪和玫瑰花，现在肯定有很多玫瑰花盛开了。”

大家都知道教长是一个玫瑰花的狂热爱好者，他养的花在当地的花展上被称为奇迹。他们继续往前走，没多久，不知是有意还是无意，赫伯特用手臂挽住了贝拉的手臂，好像是在艰难的世界寻求保护一样。贝拉有点脸红了，却并无意把手臂抽出来；不可思议的是，男孩表现出的自信让她受宠若惊。她十分小心谨慎地询问了他一些问题，而男孩简单真诚地讲述了父母长期省吃俭用，艰难供他接受教育的情况。

他说：“但是毕竟我没有自己想象中那么可怜。银行的工作时间充裕，而且我还有书，还有希望。”

“你的希望是什么？”

“我有时候会写诗。”他回答道，因害羞而脸红。

“我想可能很荒谬吧，但是写诗却带给我很大的幸福感；谁知道呢？——某一天，我可能会做一些这个世界不会轻易忘记的事情。”

后来，贝拉靠在阶梯上休息时，赫伯特站在她身边，看着她，心里犹豫不决。

“兰顿小姐，我想跟你说一件事情，我很害怕……你不会抛弃我，对吧？现在终于找到了一个朋友，我不能失去你。你不知道，对我来说，有一个可以说话的人、一个对我好的人意味着什么。我经常有种可怕的孤独感。你彻底改变了我的生活；就在上个星期好像一切都改变了。”

她真诚地看着他。难道他觉得自己没有改变她的生活吗？当这双湛蓝哀求的眼睛不可抗拒地索要而她非常愿意付出时，她都不知道是什么触动了自己的内心。

“我父亲周三要去利恩哈姆教区，你工作结束后，是否愿意来总铎区花园喝茶？”她很快给出了回答。

他脸上闪过的愉悦表情，让她觉得自己得到了十倍的补偿。

“我一定记得去。”

兰顿小姐发现让她坐立不安的焦虑神奇地消失了。现在生活再也不是一成不变了，而是闪耀着各种神奇的色彩，她现在有了一项乐此不疲的兴趣，每天的工作不再是责任而是乐趣。她给自己重复着男孩说过的所有迷人、无足轻重的事情，发现和他的对话让人愉悦，与她平常跟神职人员之间的讨论很不一样。他们在教士间培养了一种对书本的高雅品位，然而副主教的第二任妻子写了一本小说，要不是因为她高贵的地位且明显是出于道德的目的，这本书就完全不堪卒读了。初级牧师兴致勃勃地谈论皇家美术院，而赫伯特谈论起书本和绘画时，好像艺术是有生命的，像面包和水一样对他的生存至关重要；贝拉则觉得她的文化正规乏味，只是良好教养的组成因素，是可以炫耀卖弄的资本，因此，她十分谦卑地倾听着他简单纯粹又充满激情的话语。

周三，她穿上夏天的丝绸衣服，戴上一顶大帽子，看起来也还算漂亮。她来到花园里，在一棵茂盛的大树下，茶具已经布置好了。莱伊小姐要是看到教长的女儿这么小心地安排座位坐姿，只是为了呈现出自己最好看的模样，肯定会残忍地笑话她。不受外界干扰的隐秘状态以及花园闲适宁静的美，激发了赫伯特身上所有的孩子气，他快活的笑声穿过草坪，像银色的音乐一般淌入贝拉的心里。暮色渐长，他们谈论了意大利和希腊，聊了诗人和鲜花；厌倦了严肃的话题，他们就只谈一些轻松愉悦、毫无意义的话题。

“知道吗，我可不能叫你菲尔德先生。”贝拉笑着说，“我必须叫你赫伯特。”

“这样的话，我就叫你贝拉。”

“我可不确定你应不应该这样称呼我。我已经差不多是个老古董了，当然应该叫你的教名。”

“但是我不想你摆出一副高我一等的样子，我想要你做我绝对的伴侣，我完全不在乎你比我大。而且我会一直把你当贝拉。”

她又笑了，温柔的双眼看着他。

“好吧，我想只能随你的便了。”她回答。

“当然了。”

然后他迅速拉起她的双手，贝拉还没意识到要发生什么，他亲吻了她的手。

“别犯傻。”贝拉大喊，赶紧撤回双手，满脸通红。

看到她的尴尬不适，他孩子气地大笑了起来。

“哈哈，我居然让你脸红了。”

他湛蓝的双眼熠熠发光，因自己的小小恶行而高兴。他不知道回去后，贝拉的双手还因为他的亲吻而灼热，她在自己的房间悲伤恸哭，仿佛心都要碎了。

注释：

[1] 根据文意，此处北方人指英国人。（译注）

[2] 根据文意，此处南方指意大利。（译注）

第四章

莱伊小姐进到客厅时，发现守时的教长已经换好了衣服准备吃正餐。他身穿丝质长袜和带扣的鞋子，显得非常高贵，不一会儿贝拉也出来了，身着黑色绸缎，庄严肃穆。

“我今天上午去了霍利韦尔街，想去找那些书店，”教长说，“但是街道整个给拆了。波莉，伦敦已经不是往日的伦敦了。每次来都发现一些旧建筑被拆毁，老朋友天各一方。”

他满怀惆怅地想起过去手指抚弄二手书籍时的快乐时光，书本的霉味直呛鼻孔。犹太商贩们经营的那些新店铺不再有老店铺里的灰尘和淡漠，书架上一尘不染，很显然闲逛之人不太受欢迎。

巴罗–巴塞特太太和她儿子到了。她是个高挑漂亮的女人，眼睛清秀、步态沉着；头发灰白卷曲，发量丰盈，精致的发型使人想起十八世纪时的流行时尚，穿衣风格也很符合那个时代的潮流，看起来有点像乔沙·雷诺兹爵士画笔下的人物。她举手投足间流露出一种坚定执着，身上有着美好的正直，这是把良好行为举止当成女性教育必要组成部分的那个年代的女人身上才有的正直。她特别以儿子为荣，一个高大魁梧的二十二岁男孩，黑色的头发和他妈妈的头发一样漂亮，五官非常清秀。他骨架很大但并不健壮，棕色的大眼睛很深邃，直挺的鼻子，橄榄色的皮肤和性感丰满的嘴唇非常吸引人；而他自己也深知这一点。他是个脾气好、但懒惰的家伙，像个慵懒的东方美人，肆无忌惮、满嘴谎言，而他母亲的严格要求和喜爱把他变成了一个伪善之徒。巴罗–巴塞特太太是个富有的寡妇，全身心投入培养独生儿子，并且满意地认为，迄今为止，成功地使他远离了一切邪恶。她希望自己不仅是他的母亲，还是他的朋友和知己，并且吹嘘说他没有什么行为或什么想法是自己所不知道的。

“玛丽，我今晚想和肯特先生谈谈。”她说，“他是个辩护律师，不是吗？我们刚做了决定，觉得雷吉最好进入律师界。”

虽然也很喜欢华丽的军装，但雷吉并不喜欢军队的各种限制，也不甘愿从事他父亲已经赚下大笔家产的商业活动，倒是很乐意忍受法律更有绅士风度的一面。他大概知道会有大量机会参加晚宴，也以沉着冷静的心态期待着这样的前景；然后想象着自己穿上长袍、带上假发，在陪审团面前慷慨陈词，赢得普通大众的钦佩。

“你就坐在巴兹尔旁边，”莱伊小姐说，“弗兰克·哈内尔会带你下去。”

“我确信雷吉可以在律师界做好，我可以让他和我一起待在伦敦。要知道，他从没有让我焦虑过，有时我真的很自豪，自己把他养得这么好、这么纯洁。但是这个世界满是诱惑，而他又长得那么好看。”

“他是很帅。”莱伊小姐说着，噘了噘嘴唇。

她觉得如果雷吉真像他母亲所想象的那样，是个品行端正的年轻人，那她对于人性的认识肯定大错特错。他写在脸上的欲望说明他并不十分忌讳肉欲的罪恶，深邃狡猾的眼神也说明他并非特别单纯。

巴兹尔·肯特和哈内尔医生在门口相遇，一起走了进来。莱伊小姐说的那个她认识的最有趣的人就是这个弗兰克·哈内尔，尽管她的标准多少有些苛刻。宽大的肩膀和健壮的体格与他的身高极不相称，他完全有理由嫉妒雷吉·巴塞特的长腿；他的脸长得并不好看，眉毛太浓密，下巴太宽，但是眼睛很有表现力，有时嘲笑，有时严厉，有时又很温柔，他洪亮浑厚的嗓音很有说服力，这一点他自己也非常清楚。黑色的小胡子藏住了外形好看的嘴唇和整齐匀称的牙齿。他给人的印象是个坚定、不太好惹的人，但是能够极好地控制自己的情绪。他与陌生人相处不善言辞，那种迫于无奈的冷淡态度让人忐忑。虽然他的朋友知道他永远是个值得托付的人，不吝赞美他，但是泛泛之交的人则经常指责他目中无人。他不会因为想让所有人喜欢他，就竭尽所能掩饰自己对于愚蠢的零容忍。尽管莱伊小姐觉得和他对话很有意思，那些因为某种原因不喜欢他的人，则觉得他总是心不在焉、沉默寡言。

弗兰克·哈内尔是个特别保守的人，几乎没人知道他故作平静的表情其实掩盖了他情绪化的性格。他意识到自己这方面的弱点，并且小心训练脸上的表情，以防流露出自己的真情实感；但是情感依然存在，汹涌澎湃、势不可挡，而且他深深地怀疑自己那些仅仅来自理性的轻率判断。他一直不停地留心监视着自己，仿佛心里有个危险的囚犯，随时提防囚犯挣脱枷锁。他感觉自己被自己生动的想象力所奴役了，并且意识到这阻碍了他享受生活，而他的人生哲学告诉他，享受生活才是生存的唯一目的。然而能燃起他的激情的东西是心灵的，而不是身体的。他的精神不停地激励他的身体走上一些道路，而到最后除了幻想破灭什么也没有。他最大的努力是寻找真理，这反而遭到莱伊小姐的不屑（因为只要确定没什么把握她就很容易松懈，她对生活的态度从她轻轻耸肩的动作就可见一斑），他努力地追求确定性，而其他人都是努力地追求爱情、名声或财富。但是他所有的研究最终都指向另一目的；确信眼下的生活终将结束，他努力充分利用每一时、每一刻；然而这么多努力，这么长的时间，各种同时发生的奇怪事件，这个世界和人类，终将走向虚无，这一切都显得荒诞可笑。他不得不认为在世界的某个地方肯定存在着某种明显的意义，为了找到这一意义，他带着渴望和热情，从科学和哲学中搜寻答案，这对于他那些在圣卢克医院医术精湛但眼界不超过显微镜下载玻片的同事们来说是一件既令人惊奇又几近疯狂的事情。

不过需要一个很有想象力的人，才能在那个时候发现哈内尔医生内心矛盾的痕迹，这种矛盾和更现实的人内心的焦躁不安一样强烈。他现在心情很好，趁着等其他客人到来的间隙与莱伊小姐交谈起来。

“我能来是不是很好啊？”他问道。

“才不是，”她回答，“像你这么贪吃的人来我这儿吃顿丰盛的晚餐，而不用在家啃难吃的排骨，不是更好吗？”

“真是忘恩负义！无论如何，作为一个临时补缺者，我对自己的邻居没有义务，却可能为晚宴带来无尽的乐趣。”

“像我的一个朋友——四十年前的人可没这么有礼貌，不过更有意思——当他的邻居说了些很愚蠢的话后，就冲她大吼：‘喝你的汤去吧，女士！’”

“告诉我还有谁会来。”弗兰克说。

“卡斯蒂林太太会来，不过她会很晚到。她觉得那是时尚，伦敦的上流社会必须采取很多措施才不会看起来太土气。默里太太会来。”

“你还想让我娶她吗？”

“不了，”莱伊小姐笑着说，“我已经放弃了。因为我给你介绍了一个一年有五千英镑收入的寡妇就骂我偷窃，这可不怎么友好。”

“婚姻多么令人讨厌啊，不论怎么样，求上天不要让我娶一个聪慧的妻子，若要结婚，我就娶我的厨娘。”

“我希望你不是跟我开玩笑，弗兰克……不过事实上，要是我没弄错的话，默里太太已经决定要嫁给我们的朋友巴兹尔了。”

“哦!”弗兰克说。

莱伊小姐察觉到他眼里闪过一丝阴影，开始仔细地打量他的表情。

“难道你不觉得她这样做很合适吗？”

“对此我不发表评论。”弗兰克回答说。

“我想知道你这是什么意思。巴兹尔很穷，但是帅气聪明，而默里太太一直都喜欢有文学气质的男人。看出来嫁给一个骑兵最糟糕的事情了吧？它会让你太看重一个人的头脑。”

“默里上校是个十足的傻瓜吗？”

“亲爱的弗兰克，你不用问一个士兵是否聪明，而要问他是否可以打马球。默里上校一生做了两件聪明的事情:首先他立下遗嘱给妻子留下一大笔财产，然后立刻去了一个即使愚蠢也无伤大雅的地方。”

为了给贝拉一些特别的启迪，莱伊小姐还邀请了伦敦最时尚的神职人员柯林森·法利牧师，他是格罗夫纳广场万灵教区的牧师。当听到这位先生到了时，弗兰克·哈内尔脸上露出了厌恶的表情，这让她觉得很好笑。法利先生中等身材，铁灰色的头发梳得很精致，整个头型也很好看；他的指甲修剪得很整齐，双手柔软美观，还戴着好几枚昂贵的戒指。他初入上流社会，还敢于小心谨慎地选择与什么样的人交朋友，这也正是他迷恋的东西；对于一个意识到在世俗财富面前世俗等级一文不值的人来说，王公贵族的冠冕并不能使之倾倒。他只能为女公爵的贫穷开脱，因为草莓的叶子即使枯萎褪色了，也能编成花环装饰孀居贵妇满是皱纹的额头，让最轻率的人心生敬意。他圆滑的举止和机智的谈话，在他还是个乡村牧师时，替他赢得了颇有权势的朋友，通过朋友的关系，他最终有机会进入一个社交能力受到赏识的领域。教会的尊严如父辈的罪过，会传到第三代甚至第四代的身上，显然，一个祖父是主教的人不会少了礼节；一个在主教宫殿出生的谦恭之人，必然前途无量。

卡斯蒂林太太终于现身了，如女主人预言的一样最后一个到达。

“莱伊小姐，希望我没有迟到。”她说着，伸出双手，十分有魅力。

“不算太迟，”女主人回答说，“知道你以迟到为时尚，我特意让你比别人提前半小时赴宴。”

于是这伙人列队庄严地朝餐厅走去，法利先生观察了一遍餐桌，觉得很满意。

“我一直认为，一张装饰考究的餐桌在现代文明中最具真正的艺术气息。”他对身旁的人说。

他的眼睛环视了一圈餐厅，发现里边的家具舒适且低调豪华。法利先生早在德沃丽丝小姐生前就知道这栋房子，现在注意到她的一幅画像已经不在原来的位置了。

“莱伊小姐，我注意到你把房子前主人那幅绝美的画像移走了。”他说着，挥了挥那只带满珠宝的、白皙的手。

“我受不了她一天看着我吃三顿饭。”女主人回答说，“我还清楚地记得她给我的晚餐：她喂我吃玉米皮和橡子，像《圣经》中《浪子回头》故事里的小儿子落难时一样，她还向我描述那些我死后将要受的折磨，就这么款待我。”

教长笑中带着严肃。他以一种深情但不以为然的眼神看着莱伊小姐；虽然他经常指责她读的书或者她与人交谈时的轻率无礼，却总能接受大部分莱伊小姐对自己说教时的反讽。

“你这有点太刻薄了，波莉。”他说，“诚然伊莉莎很难相处，但是她从别人身上索取的并不比从自己身上索取的多。我一直敬佩她强烈的责任感；这在时下这种人人都完全为寻欢作乐而活的时代是非常难得的。”

“阿尔杰农，我们可能不如父辈品德高尚，”莱伊小姐回答说，“但是我们更容易相处。毕竟，四十年前的人绝对令人难以忍受：他们直言不讳，这就是个令人讨厌的习惯；他们脾气可憎，还过量饮酒。我一直认为我父亲是他那个时代的一个典型。他一发脾气就说那是义愤填膺，而我一做任何他反对的事情，他便要受道德义愤之苦。你知道在我十五岁之前父母从不许我品尝黄油吗？他们认为那对我的身材和心灵都没有好处。我仅是靠着烤肉时渗出的油和杰洛米·泰勒长大的。世界是既有杜松子酒又满是陷阱与诱惑的危险之地；每个角落里都有活火山，地狱之火的硫磺烟雾从中喷薄而出。”

“那是个专制狂妄的时代，”弗兰克说，“年老的绅士专横霸道，而年轻的女士还为之神魂颠倒。”

“我确信现代人不如从前了。”巴塞特太太说着，看了一眼她儿子，他正全神贯注地与卡斯蒂林太太聊天。

“从来如此。”莱伊小姐说。

“要不是因为神意通过自然的杰作产生反作用，人类的乖张可能会把我变成异教徒。”教长用他好听严肃的声音补充说。

与此同时，雷吉·巴塞特远比他想象中更享受这场晚宴。他发现自己旁边坐的是卡斯蒂林太太，一坐下来就开始厚颜无耻地打量起她来。卡斯蒂林太太快速地瞟了一眼，就发现这个男孩很帅气。看到他企图做什么后，她开始滔滔不绝地与另一个邻座交谈起来，以给他机会从容地观察自己的各种优雅仪态。但是随即她转向雷吉。

“你满意了吗？”她问。

“什么？”

“你的审视。”

她露出欢快的笑容，快速向他漂亮深邃的双眼投去挑逗的一瞥。

“很满意。”他笑着说，没有一点慌乱，“我母亲已经觉得莱伊小姐不该安排我坐在你旁边了。”

卡斯蒂林太太是个性格活泼的人，娇小貌美，宛如德国德累斯顿瓷器上的牧羊女，她很容易兴奋，活泼好动，说话声音很大，也很尖锐；雷吉说的话不断让她快速地、神经质地大声向后笑倒在椅子里。发现他可以十分冒昧也不用担心冒犯对方，这个模范青年用低沉、温文尔雅的声音给她讲有伤风化的小故事，同时深知自己的魅力，他大胆无耻地盯着她的眼睛看。这就是这个女士杀手令人神魂颠倒的凝视,其中的厚颜无耻似乎正是它的魅力所在；这个浪荡子心里想：此时假装谦逊没有用处，带着毫不掩饰的喜悦，他使这位女士从神龛上跌落。卡斯蒂林太太的脸瘦小灵巧，脸上扑了很多粉，颧骨很高，不太自然的金色头发杂乱地梳在一起。这反而使雷吉特别放松，因为他与女人相处的经验足够丰富，认为使用这些伎俩的女人总是比其他女人更容易勾搭。尽管他的邻座已经三十五岁了，但他认为她很漂亮。这位瘦削的金发美女渐渐褪色的美丽因她身上富丽堂皇的珠宝和奢华艳丽的礼服得到弥补：她这条裙子胸前开口太低，坐对面的贝拉天真地想知道这裙子怎么就没有掉下来。

趁着男人离桌抽烟，雷吉给自己倒了第三杯葡萄酒，把椅子搬到哈内尔旁边。

“哎呀,弗兰克,”他大声说,“坐我旁边的真是个漂亮的小女人,对不对？”

“你之前从未见过卡斯蒂林太太吗？”

“从来没见过！真是个好人，对不对？天哪！我还以为这场晚宴只会枯燥无聊——就是谈论政治和宗教，以及类似的废话。母亲总是让我参加这样的聚会，她说会有知识分子的对话。我的天哪！”

一想到巴罗-巴塞特太太在莱伊小姐的晚宴上对自己的儿子寓教于乐，弗兰克就大笑了起来。

“但我可以告诉你，卡斯蒂林太太真是讨人喜欢。小荡妇！她不介意你跟她说什么……哎呀，她根本就不是个淑女。”

“那是一个很大的优点吗？”

“淑女都没什么意思，是不是？你跟她们谈学术，以及类似的废话，还要特别小心不说脏话。淑女们或许是很好的结婚对象，不过说实话，为了自己的日子好过点，我更喜欢女人层次低一点。”

稍晚一点，在往客厅走的楼梯上，雷吉用手臂挽住了弗兰克的手臂。

“老兄，如果我母亲感谢你邀请我周六去你家用晚餐，你可千万别出卖我。”

“但是我没有呀。而且我一点也不希望你那天和我一起吃晚餐。”

“天哪！你以为我真的要来吗——然后一整晚谈论虫子和甲虫之类的？当然不是！我要和一个小女孩吃饭——她是个打字员，老兄，我告诉你，可真是个惹人怜爱的姑娘，迷人的小东西。”

“但我不明白为什么你要和一个打字员约会，就得危及我圣洁的灵魂。”

雷吉笑了。

“弗兰克，别傻了，你会帮我的。你不知道，有一个像我妈那样想把我绑在围裙带上的母亲有多难受。她让我告诉她我做的每一件事情，当然我不得不编造一些故事。这么做唯一的好处就是我给她讲的任何该死的谎话她都相信。”

“任凭你费尽力气说谎骗她，”弗兰克说，“但我不明白究竟为什么要搭上我。”

“弗兰克，别那么顽固。你就帮我这一次吧。说我跟你一起吃饭又不会害你。天哪，前几天晚上，我差点就露馅了。知道吗，她总是会熬夜等我。我跟她说要去补习学校熬夜学习，实际去了帝国电影院。在那见到了很多年轻人，就喝得有点醉了。要是她发现了的话是肯定要争吵的，不过我设法打起精神，说我头疼得厉害。第二天我就听到她告诉别人说，我几乎是个滴酒不沾的人。”

他们来到客厅，弗兰克发现自己就在巴塞特太太旁边。

“哦，哈内尔医生，”她说，“非常感谢你邀请雷吉周六和你共进晚餐。他最近学习太累了，我想放松一下会对他有好处。他的辅导老师有时候让他学到晚上十一点之后——这对他不好，是不是？前天晚上他回到家时太累了，差点没有办法自己上楼。”

“雷吉愿意和我一起用餐，我很开心。”弗兰克有点冷冷地回答说。

“他和你在一起，总让我觉得很开心。年轻人应该有真正值得信赖的朋友，这一点很重要，我确信你会对他产生好的影响。”

雷吉听着这一切，冲弗兰克慢慢眨了一下眼，意味深长，然后心情愉快地继续与卡斯蒂林太太聊起天来。

第五章

这会儿除了弗兰克·哈内尔，莱伊小姐的其他客人都和她道了晚安离开了，而弗兰克还没打算要走。

“你还不想这么早睡觉，是不是？”她问教长，“我们去图书室看看吧。”

弗兰克从抽屉里一个准备好的烟草罐里拿出烟斗，坐下来。莱伊小姐看到贝拉脸上略微吃惊的表情，解释说：

“弗兰克把烟斗放在这儿，让我给他买最喜欢的烟草。年老的好处之一就是，你可以一直坐到凌晨，同时一边和年轻人聊天。”

但是弗兰克也走了之后，保守的女主人莱伊小姐很关心客人是否过得舒适，她陪伴贝拉回房间。

“希望你喜欢我的这个小派对。”她说。

“很喜欢，”贝拉说，“但是为什么邀请卡斯蒂林太太呢？她这个人极其庸俗，不是吗？”

“亲爱的，”莱伊小姐有点出乎意料地回答说，“她丈夫可是多塞特郡一个非常重要的人物，她自己的家族在《绅士圣经》或《地主贵族阶层》占据了整整一页的篇幅。”

“我可想不到她属于上流社会。”贝拉严肃地说，“在我看来，她非常粗俗。”

“她是很粗俗，”莱伊小姐回答说，“但是这种粗俗正是身份高贵的标志。大声说话，像巴士司机一样放声大笑，说最庸俗的俚语，衣着穿戴简直令人难以容忍，所有这些都是贵妇的标志。在邦德街，我经常看到涂脂抹粉、染五颜六色头发的女人，她们穿衣的风格足以使一名交际花觉得震惊，而这些人里还有伦敦时尚界的先锋……晚安。别等我一起吃早餐，只有天堂里的天使才会坐在一起吃早餐。”

兰顿小姐坐下来，好像没有一点想要去睡觉的意思。

“别着急走，我想多了解一下肯特先生。”

莱伊小姐像她朋友一样，舒舒服服地坐在扶手椅里。德沃丽丝小姐曾声称，贤德之人修身自律就应该每天做两件自己不喜欢的事情，当时莱伊小姐就无礼地回答说，那她肯定是在直接通往永久幸福的道路上，因为一天二十四小时里，她总是会做两件非常讨厌的事情：起床和上床睡觉。这会儿她也不急着回自己房间，而是把她对巴兹尔·肯特的了解告诉了兰顿小姐。实际上，他外表与众不同，吸引了贝拉的注意也不是什么奇怪的事。他穿了一件英国人的传统晚礼服，看上去温文尔雅，但是大家觉得，他身上有一种浪漫气息，按理说应该披上佛罗伦萨骑士的盔甲。他双腿修长匀称，双手白皙清秀，棕色卷曲的头发，稍微有点长，衬得原本秀丽的脸庞更加好看。黑色深邃的眼睛、瘦削清秀的脸颊以及饱满性感的嘴唇充满了渴望的表情，让人再次想起早期意大利画作上的那些脸庞，这些人的精神和肉体似乎在作永无安宁的斗争——对他们来说，世界一直美丽，充满着爱与斗争，放眼皆是诗意与蔚蓝的天空，然而也处处都是幻灭，回廊里的黑暗寂静，即使是在宫廷或营地虚饰的喧嚣中，也低语着不可抗拒的吸引力。看着巴兹尔·肯特，谁也不觉得他会过上十分舒适安逸的生活；透过他棕色的眼睛，可以看到一个灵魂，既性感又禁欲、既冲动又侠义，但是又如此敏感，所以不可避免地在面对这世上的风暴和折磨时，会受到双倍的暴力冲击。

“他是维扎德夫人的儿子。”莱伊小姐说。

“什么！”贝拉大声说，“你说的不会是五年前那个可怕案件涉及的女人吧？”

“没错。他当时正在牛津上学，和弗兰克是知心朋友。也是通过弗兰克我才认识他的。他父亲是现在乌斯利那个肯特的表兄弟，在他很小的时候就去世了，巴兹尔是祖母抚养成人的，他母亲在丈夫去世后不久就嫁给了维扎德勋爵。即便现在她也还是个漂亮的女人。回到那个年代她简直光彩夺目；她的照片贴在所有商店的橱窗里——她的黄金时期正好赶上当时年轻男性追求以购买一些自己不认识的知名美女的画像为时尚，最纯洁的女人也认为自己的画像在文具店出售或者用来装饰精神上迷恋她的售货员的壁炉架，并不是什么羞耻的事情。那时候维扎德夫人的活动都详细地记录在那些关注此类事情的报纸上，她举行的派对也聚集着所有伦敦的时尚人士。每一场赛马会她都必定会参加，周围都是爱慕者；当然，她在歌剧院有一个包厢，在洪堡吸引了最尊贵的德国人的注意。”

“肯特先生见过她吗？”贝拉问。

“他过去常常在放假的时候与她共度一些时光，如同能让其他所有人为之倾倒一样，她也使自己的儿子为她倾倒，弗兰克告诉我说巴兹尔简直是膜拜他母亲。他一直对美有种强烈的喜爱，也为她非凡的容貌感到非常骄傲，我之前偶尔在聚会上看到她，给我感觉她是我见过最光彩夺目、从容大方的女人。人们觉得像她那么漂亮的女人大都长得像蒙特斯潘夫人。”

“她喜欢自己的儿子吗？”

“以她自己的方式喜欢。当然她并不喜欢他在身边打扰她。她保养得非常好。维扎德勋爵比她年轻，她并不太愿意栽培一个已经快成人的儿子。所以得知自己讨厌的老肯特太太愿意照顾他时，她非常高兴。不过他每次来度假她都会在他口袋里塞满钱，每晚带他去看戏，让他彻底放松娱乐。我敢说她也为儿子好看的容貌感到高兴，在十六岁的年纪，他肯定比希腊的漂亮小伙更英俊。但是如果他表现出任何不合时宜的依恋之情，我怀疑是否会得到维扎德夫人的鼓励。哈罗公学毕业后，他去了牛津大学，而弗兰克作为一个敏锐的观察者，告诉我说巴兹尔那时是个特别单纯的男孩，坦率真诚得有点荒谬，他从不对任何人有所隐瞒，说话不假思索，率直地想到什么就说什么。当然这么多年，维扎德夫人身上从没有断过丑闻；她的铺张浪费臭名昭著，维扎德这个人既不富有也不大方，而他夫人做尽了挥霍浪费的事情，她戴的绿宝石显然就价值连城。或许在他偶尔与母亲共度非常渴望的一个星期假期时，母亲煞费苦心不让他看到她的太过招摇，但他还是不可避免地看到她有很多男性朋友。当有陌生绅士塞一些英镑到他手里时，他就把钱塞进口袋里，还以为这是由于自己优秀而挣到的。现在我真的该去睡觉了。”

莱伊小姐带着挑逗的微笑从椅子里站起身来，但是贝拉拦住了她。

“玛丽，别闹了。你知道我想听后面发生的事情。”

“你知道现在已经凌晨一点多了吗？”

“我不管，你必须现在说完。”

既然已经开启了这个小小的消遣活动，莱伊小姐只好又坐下来，但完全是心甘情愿地继续讲故事。

“巴兹尔唯一的虚荣就是他母亲，总是不停地谈论她，显然为她取得的成功和所到之处激起的爱慕深感骄傲。他愿为她完美无瑕的性格赌上自己的生命，但当这一切崩塌的时候，他简直被摧毁了。你记得那个案件吧；那可是迂腐守旧的英国民众深以为乐的事件。每一块标语牌上都以巨大的字体写着：

一桩在法院起诉的上流社会离婚案——中产阶级特别的娱乐消遣，有四个以上记者同时报道。看来维扎德勋爵主要因为害怕太太的铺张浪费，最终向法院提交了离婚申诉，控告太太与欧内斯特·托伦斯勋爵、鲁梅少校、诺曼·韦恩先生以及另外一些人有染。显然这对夫妇已经有一段时间没有享受过婚姻的幸福了，维扎德夫人针对丈夫的控诉提交了一份反诉状，指控他勾引自己的女佣以及某个名叫普莱特太太的女人，她住在沙夫茨伯里大街的一套公寓里。双方均以最尖刻的言辞打着这场官司，一大群证人出庭作证，指出有些行为至少不应该在上流社会的家庭里出现。当然，贝拉，你从《教会时报》上读到了细节。”

“我记得是在《旗报》报道的，”兰顿小姐回复说，“但是我没有看。”

“你真是个好人！”莱伊小姐淡淡地笑了笑说，“倘若离婚法庭上的诉讼报道没有定期揭露一些上流社会人士的个人隐私，那么普通英国民众不会保持他们对于有头衔人士的尊重……总之，维扎德勋爵夫妇指控对方所做的那些事情，足以让保守的家长毛骨悚然。”

莱伊小姐停顿了一会儿，好像她一辈子最关注的就是这件事情，权衡完各种利弊之后，她又沉着冷静地继续开始讲述。

“知道吗，离婚可以以两种方式处理——一种是体面的，双方都冷漠或害怕，等事情闹到那位荒唐的绅士，也就是王室讼监那里后，双方只在为了不受干扰的情况下才开口；若是双方都怀恨在心，他们急于诋毁前一段时间还郑重发誓要用爱守护一辈子的人时，已不在乎有多少污泥会溅到自己身上。维扎德夫人一向厌恶自己的丈夫们，她对第二任的厌恶比第一任还多，因为他没能像第一任那样，在结婚四年后便优雅地死去。他的吝啬、坏脾气和酗酒都被公之于众；而他则让佣人出庭证明妻子最隐秘的习惯，出示了他中途拦截的信件，传讯了一些店主宣誓说明那些珠宝和服饰的账目都是和谁产生的。维扎德勋爵请了当时最聪明的刑事辩护律师，他妻子两天来凭借无人能及的智慧、勇气和谋略接受了交叉质询，若是换作一个稍柔弱一点的女人，可能早就被击垮了。这是其中一个原因，他们钦佩她这一仗打得漂亮，另一个原因是这样一个给人印象深刻的人似乎不可能做出她丈夫指责的那些非常可憎的事情，但更重要的是，陪审团认为两人半斤八两，很难抉择，因此才裁定这些指控证据不足；维扎德夫人某种程度上赢得了这场官司，笑到了最后。剩下的你可以自己猜了。”

“不，我不行，玛丽。继续说。”

“巴兹尔没有听说任何关于诉讼的消息，他对事件的了解是从早报获得的，还伴随着早餐的鸡蛋和培根。他几乎不能相信自己的眼睛，满腹怀疑地读着报道，但是怀疑很快就变成了沮丧和恐惧。新闻报道使他茫然和崩溃。他想起了许许多多自己见过但从未放在心上的小事，知道他的母亲并不比那满脸脂粉，以五英镑出卖自己身体的妓女强多少。”

“但是玛丽，你是怎么知道这些的？”贝拉怀疑地问，“你不是自己编造的，对吧？”

“我读了报纸，”莱伊小姐有点不耐烦地说，“弗兰克跟我说了很多，剩下的就靠自己的常识了。我自认为对人性有些了解，若巴兹尔没有我跟你说的那些感受，那他本应该有才对。不过如果你一直打断我的话，我就永远都讲不完故事了。”

“对不起，”贝拉谦恭地说，“请继续。”

“弗兰克比巴兹尔年纪大一点，那时候在牛津上学，攻读医学学士。他发现这个可怜的男孩羞愧得不知所措，焦虑得像一只受伤的小动物，只想躲避一切陌生人的目光。而弗兰克性格十分坚强，他劝说巴兹尔努力当什么事也没有发生过，该去哪里去哪里，甚至依旧像平常一样在餐厅就餐。但是对一个人来说并不困难的事情，对另一个人来说就无法承受了。巴兹尔想象着别人都像看脏东西一样盯着他，之前他一直大肆吹嘘自己了不起的母亲，现在觉得这些话都成了人家反复嗤笑的对象。报纸继续报道这个有教育意义的故事；各类证人出庭讲述令人羞耻的事情；巴兹尔憔悴无眠，根本无法掩饰自己的痛苦。弗兰克给他设置了一个超出他能力的严酷考验，没有告诉任何人，他就自己逃到了伦敦。事情过后他去见过维扎德夫人，但是那时候发生了什么我就不知道了。他后来便再也没有回牛津。那时候，帝国义勇骑兵队正招募骑兵，巴兹尔正巧从圣詹姆斯公园经过，看到他们在训练。他想要离开英国，因为这里似乎每个人都在用手指着他、嘲笑他，眼下正好有个机会；他去应征了，一个月后登上了去南非的船。”

“当了骑兵？”兰顿小姐问。

“是的。我想他在部队表现出色，因为军队准备任命他做军官，但他拒绝了，于是给他颁发了‘战场卓越军功章’。他在南非待了三年，一直到骑兵队的最后一批战士都回家了，才跟着回到英国。回来后开始自学法律，去年正式成为律师。”

“你知道他后来有去见他母亲吗？”

“我想没去过。他有一份微薄的收入，大概一年有三百英镑，勉勉强强能够过活。我觉得他加入律师行业只是为了糊口，其实真正想做的是写作。你可能没有看过他去年出版的那本小书《南非概略》——关于风景的描述和人物的研究。那本书没有特别成功，但是在我看来，展现了很大的潜力；我记得有一篇文章描述了一场战争，是一场非同寻常的突击。他现在正在写一本小说，我敢说他总有一天会出一本非常成功的书。”

“你觉得他会出名吗？”

莱伊小姐耸了耸肩。

“要在文学上取得巨大的成功，你的创作里必须有种粗俗，这一点我觉得巴兹尔不具备。要真正感动和影响别人，你必须充分理解他们，而只有自己身上也拥有平凡人的某些特质之后，你才能真正理解别人……但是现在我真的必须上床睡觉了。你真是个话匣子，贝拉，你是想让我彻夜不眠吧。”

这对兰顿小姐来说有点不公平，她这一个小时里基本没怎么开口说话。

第六章

就在两位女士如此这般谈论他的时候，巴兹尔·肯特正站在圣詹姆斯公园里景观湖面的那座桥上，若有所思地看着眼前的景色，仿佛在伦敦这座最为美丽的城市里，没有哪一处景致比这更漂亮：平静的水面在月亮的映射下银光闪闪，一片片郁郁葱葱的树林环绕四周，附近的外交部大楼豪华宁静，所有这些组成一幅堪称完美的图画，与克劳德·洛兰的任何一幅画作一样精致。夜晚温暖宜人，天空晴朗。皮卡迪利大街的喧闹声不绝于耳，因为在那个时间，街上尽是一片欢乐嬉闹的景象，相比之下，眼前的宁静却让人十分心旷神怡，巴兹尔不禁想起了老式休闲的法国小镇。他的心怦怦直跳，带着一种奇怪的欣喜，因为他终于意识到，毫无疑问，默里太太爱他。虽然以前他也不可能感觉不出默里太太看见他时的愉悦和对他的谈话的兴趣，却没有胆量去设想一种更亲密的感觉；但是那天晚上见面时，他惊讶地发现，当她伸出手时，居然脸红了，这让他自己也感到一阵脸红。他带着她去餐厅就餐，她的手指触碰到他的手臂，他感觉像火一样灼热。她说话不多，却特别集中注意倾听他说话，仿佛要在这些话语中寻找某种隐藏的意义，当他的目光与她的目光相遇，她似乎因为恐惧而退缩。但与此同时，她脸上有种奇怪、热切的渴望，就像是听到了对某种美好事情的许诺，她急切地等待着，却又有些许害怕。

巴兹尔回想起默里太太进入客厅的情景，他非常爱慕她优雅的举止和长裙曳地的精致。她个子高挑，几乎和他一样高，有着青春少女般的身材和凹凸有致的曲线；她的头发既不是黑色也不是金黄色，灰色的眼睛温柔如水，她的微笑因一种特别的甜美非常引人注目，显示出迷人的特质。若说她脸上没有确切的美，那么她楚楚动人的表情、白皙柔嫩的皮肤使她脸上散发出一种令人着迷的忧郁和悲伤，让人想起桑德罗·波提切利画笔下的女人：忧郁的眼睛里有着同样难以琢磨的表情，暗示着一种被压抑和隐藏的热烈的痛苦，可以肯定她正如波提切利画中的女人一样姿态优雅。不过对巴兹尔来说，默里太太最大的魅力在于她对自己的喜爱仿佛带着保护的欲望，仿佛随时准备着保护他免受世界上所有的麻烦，而他也深切地感受到了这一点，心里既感激、骄傲，又谦卑、恭顺。他渴望握住那双爱抚的手，亲吻她的双唇；当她带着有点慈母般的深情把他拉到自己胸前时，他感受到了环绕在他脖子上的那双纤长雪白的手臂。

默里太太从没有像那天晚上看上去那么美了，当时她站在大厅里，身姿挺拔，一边等马车一边和巴兹尔交谈。她的斗篷非常漂亮，年轻的巴兹尔忍不住赞赏了几句，她欣喜得脸上泛起一丝绯红，因为她看到巴兹尔注意到了这件斗篷，然后低头看着这件贵重的锦缎衣服，像十八世纪的布料一样华丽。

“我从威尼斯买的这件斗篷，”她说，“我觉得自己似乎不配穿这么贵重漂亮的衣服。但又无法抗拒诱惑，因为它很像画廊里凯瑟琳·科纳罗女王的一张画像上穿的礼服。”

“只有你能穿这件衣服，”巴兹尔回答说，双眼闪闪发光，“其他任何人都驾驭不了。”

她脸红地笑了笑，跟他告辞。

巴兹尔·肯特改变了很多，不再是弗兰克在牛津大学认识的那个无忧无虑的年轻人了，那时候他漫不经心地对待每一种情感，就像一片叶子，风吹到哪儿他就飘到哪儿。当他感兴趣的某件事情失败时，会短时间感到沮丧，但很快便又能欢乐快活起来。那时的生活似乎很美好，他可以不假思索地为它的五颜六色和不断变化的美丽而欢欣鼓舞；他已经有了写书的雄心壮志，凭着年轻人丰富但空洞的想象力，他不停地胡乱写着。然而，母亲的不贞让他从羞愧和沮丧中得知这个世界既肮脏又邪恶，他觉得自己再也抬不起头来。不过，经历过一开始的反感、恶心之后，巴兹尔开始反抗这种感觉；他比任何人都更爱那个悲惨的女人，现在他肯定应该在她身边支持她。他不应该去批判谴责她，而是应该在她蒙受这奇耻大辱时帮助和保护她。难道他就不能向母亲证明，生活中有比爱慕、娱乐、珠宝及漂亮衣服更美好的东西吗？他下定决心去找她，然后带她去欧洲大陆，在那里他们可以隐居起来。尽管巴兹尔盲目地崇拜母亲，但因为永远无法触及她的内心，他还是遭受了很大的痛苦，或许这么做还可以拉近自己与母亲的关系。

维扎德夫人仍住在查尔斯街她丈夫的房子里，案件驳回后的那天，巴兹尔就急匆匆地赶往那里。他原以为她会蜷缩在自己的房间里，害怕日光，面容憔悴，悄声哭泣；而他柔软的内心里充满着怜悯之情，一想到她的痛苦就血流不止。他会走到跟前亲吻她说："我来了，妈妈。让我们一起离开，去一个可以开始新生活的地方。世界之大，总有我们的容身之处。我比以往任何时候都更爱你，我会努力做一个忠实的好儿子。"

他按响了门铃，开门的是他认识多年的那个男管家。

"米勒，我能马上见夫人吗？"他说。

"可以，先生。夫人还在用午餐。您要去餐厅吗？"

巴兹尔往前走了走，看到门厅的桌子上有几顶帽子。

"有人在吗？"他吃惊地问道。

男管家还没来得及回答，他就听到隔壁房间传出来的大笑声。巴兹尔大吃一惊。

"夫人在开派对吗？"

"是的，先生。"

巴兹尔痛苦地盯着男管家，无法理解这一切；他本想厉声质问，但又感觉羞愧。这太可怕了，他不敢相信是真的。仆人的在场也是一种侮辱，因为他也在那场令人厌恶的审判中作了证。母亲怎么就能忍受他那副谄媚逢迎的嘴脸？米勒看到年轻人眼里的憎恶和苍白的脸色，带着隐隐的不适把目光移开。

"你去跟夫人说我来了，想跟她聊聊，好吗？我去起居室等她。应该没人会去那里吧？"

巴兹尔等了一刻钟才听到餐厅门打开的声音，几个高声交谈和大声喧笑的人似乎上楼了。然后传来他母亲的声音，一如既往的清脆自信：

"你们都不要客气，我要去见个人，在我回来之前谁都不许走。"

过了一会儿，维扎德夫人出现了，嘴角还挂着微笑。等待的这段时间里，巴兹尔一直努力不去怀疑，但是现在怀疑变成了赤裸裸的现实。她一点也不沮丧，更别说羞愧，还是一如既往地机警，还与上次见她时一样的优雅和骄傲。他本以为会看到一个穿着粗布麻衣灰头土脸的母亲，但是，看哪！她穿了一件帕昆设计的礼服，那种招摇和大胆也只有她能忍受。她乌黑深邃的双眼炯炯有神，有着一头漂亮的长发，她的穿着带有吉卜赛皇室成员所钟爱的那种奢侈华丽和丰富的色彩。她身高出众，身材曼妙，举止得体，行走起来像一位东方女王那样威严。

"你能来真是太好了，儿子！"她微笑着露出两排漂亮的牙齿，大声说，

“我猜你是想祝贺我取得了胜利。但是为什么不来餐厅呢？那儿很有意思。你真的应该表现得有教养一些了。”她伸出脸颊让巴兹尔亲吻（这当然是一位时尚又慈爱的母亲肯定会做出的举动），然而巴兹尔后退了一步。他的嘴唇也变得苍白起来。

“你为什么不告诉我有这个诉讼？”他用刺耳的声音问道。

维扎德夫人笑了笑，从桌上的盒子里拿出一支香烟。

“好了，亲爱的，我真的觉得这不关你的事。”

她点燃了香烟，向空中吐出两个完整的烟圈，带着点轻蔑，津津有味地看着儿子。

“我没想到你今天居然还在开派对。”

“他们一定要来，而我也不得不做些什么来庆祝胜利。”她轻声笑着说，“天哪！你都不知道这起官司有多险。你读了我的询问词吗？正是它救了我。”

“救了你什么？”巴兹尔严厉地说，愤怒地皱起了眉头，“让你免受耻辱了吗？是的，我每一个字都读了。一开始我还不相信是真的。”

“后来呢？”维扎德夫人冷静地问道。

“但那都是真的，有十来个证人证实。天哪，你怎么可以！你可是我在这世上最崇拜的人……我想起你的耻辱，今天来这是想帮助你。难道你就没有因为这件事而感觉不光彩吗？母亲啊母亲，你不能这样继续下去！天知道我并不想责怪你。和我一起离开吧，我们去意大利重新开始生活……”

维扎德夫人冷漠的双眼里流露出让她觉得逗乐的表情，打断了他激烈的言辞。

“你说得好像我已经离婚了一样。太可笑了！若真是那样或许离开一段时间更好，然而即使是那样，我也应该勇敢地面对。那你觉得现在这种情况下我会逃离吗？才没那么傻呢，孩子！”

“你是想说要待在这个人人都知道你是个什么人的地方——走在街上人人都会指着你，窃窃私语？而不论他们说得多么污秽，却都将是真实的。”

维扎德夫人耸了耸肩。

“噢，你真是烦死我了！”她轻蔑地说，为自己的法国口音感到自豪，“如果你认为我会躲到某个偏僻的欧洲大陆小镇上，或者给佛罗伦萨的失落妇女协会再添一个污名，那你就太不了解我了。我打算留在这里。我喜欢歌剧，喜欢赛马，喜欢所有地方。我还有些不离不弃的好朋友，你看着吧，再过几年我就能挺过去了。总之，我并不比其他很多人做得过分，如果那个平庸世俗的家伙现在才了解我的很多事情——我一点都不在乎。我才摆脱了一个像猪一样的丈夫，仅此一点所有这些痛苦都值了。毕竟，发生的这些事情他都知道，只是因为担心我花钱太多才将我告上法庭。”

“你不觉得羞耻吗？”巴兹尔压低声音问道，“你甚至不觉得歉疚吗？”

“亲爱的，只有傻瓜才后悔。我一生中没有做过任何令我后悔而不愿意再去尝试的事情——除了与那两个人结婚。”

“你就打算好像什么事都没有发生过一样，继续待在这里？”

“巴兹尔，别傻了，”维扎德夫人没好气地说，“我当然不会待在这栋房子里。欧内斯特·托伦斯在库森街有一个相当不错的闲置小屋，他答应借给我住。”

“但是，母亲，你不要接受。那会损害你的名誉。看在老天的份上，不要再与这些人来往了。”

“说真的，我不能因为我丈夫说他与我通奸，就抛弃这位老朋友。”

巴兹尔走上前，双手扶住她的肩膀。

“母亲，这些话都不是你的本意。我既愚蠢又笨拙——无法表达自己心里的想法。老天知道我并不想对你说教，难道荣誉、责任、洁净和贞操以及其他类似的节操对你来说没有什么意义吗？别对自己太苛刻。别人说什么有什么关系？放下这一切，我们一起离开吧。”

“亲爱的，这太荒唐了。”维扎德夫人说着，脸色阴沉下来，“要是你没什么更有趣的事情要跟我说的话，我们可以去客厅了……你来不来？”

她朝门口走去，巴兹尔拦住了她。

“你还不能走。我毕竟是你的儿子，你没有权利这样糟蹋自己的名声。”

“请问你要做什么？”

维扎德夫人脸上的笑容说明她已经忍不住要发火了。

“我不知道，但我会想办法的。要是你不愿意保护自己的声誉，那我必须保护你。”

“你这放肆的孩子，怎么敢这样跟我说话！”维扎德夫人大声说，双眼怒视着他，“你来这里向我说教是什么意思？你这可悲又自命清高的家伙！真是世代相传，你父亲也是个自命清高的家伙。”

巴兹尔看着她，愤怒取代了所有其他的情感；怜悯之情消失了，他不再掩饰自己的愤怒。

“天啊，我是有多傻，这些年来一直相信你！我愿意为你的忠贞纯洁赌上我的生命。但是读着那些报道的时候，虽然陪审团怀疑那些事情的真实性，可我知道那都是真的。”

“当然是真的！”她开始带上挑衅的口气，“每字每句都是真的，但他们无法证实。”

“现在想到我是你儿子我都感到羞耻。”

“好儿子，你不必跟我有任何关系了。你自己有钱。你以为我想让一个笨嘴拙舌、缺乏教养的呆子整天在我眼前晃来晃去吗？”

“我知道你是什么样的人了，你简直让我害怕。希望再也不用见你了。宁愿我的母亲是一个大街上悲惨的女人，也不要是你！”

维扎德夫人使劲摇铃。

“米勒，”她一叫男管家就出现了，说话的语气好像完全忘记了巴兹尔的存在，“四点钟我要用马车。”

“好的，夫人。”

“你知道我今晚要外出就餐吧？”

“是的，夫人。”

然后她装作记起了巴兹尔，而他一直静静地看着她，脸色苍白，几乎无法控制自己的情绪。

“米勒，送肯特先生出去。如果他下次再来就说我不在家。”

她轻蔑傲慢地看着他离开，再一次成为控制局面的女人。

后来，巴兹尔在好望角待了三年，因为不愿意回英国，参军的年限到了后他还留了下来。起初，他似乎无法忍受心里的羞耻感，日日夜夜冥思苦想；但是随着与欧洲的距离越来越远，当他最终踏上非洲的土地时，耻辱的负担变得越来越轻。他所在的中队很快就被派往偏远地带，艰苦的工作减轻了心里的痛苦；骑兵队里繁重无聊的苦差、漫长距离的行军及其兴奋和新奇感使他精疲力竭，因此睡眠比以往任何时候都好。再后来就是战争的艰苦和单调乏味，他经历了饥饿与干渴，炙热与严寒。但是这些经历将他拉近那些一开始只想躲开的同伴们。他们虽然粗鲁但是快活，愿意互帮互助，在他生病的时候同情他、照顾他，这些都让他很感动；当他看到在实际困难面前人类依然能够维持友好关系，他对整个人类的憎恨减轻了。尽管在此之前他会对战争感到恐惧和焦虑，担心自己会害怕，但是最后终于来到战场时，他感到莫大的兴奋，因此感到生命无比美好，应该好好活着。因为那时候邪恶、肮脏和丑陋都消失了，人们凭借原始本性的力量站在彼此面前，鲜血在血管里滚烫流淌，死神在两支对抗的军队之间游移；死神存在的地方，就不会有琐碎、肮脏或卑鄙存在。

但最后巴兹尔产生了这样的想法：躲在那里不是勇敢的行为。而且，他拥有的天赋在好望角也没有发挥的空间了，于是他决心骄傲地仰起头回到伦敦，在那里向人们展示他成长为了什么样的人。他知道自己能够愉快地承受疲劳和匮乏，感觉自己更加自信独立了；胸前的勋章也证明他并不缺乏勇气。

最终回到伦敦后，他在林肯律师学院注册登记，努力学习法律，其间还出版了战争期间写的一系列短篇小作品。虽然他经历的风雨让他变得有点不苟言笑，而倾向于内省，但是本质上，巴兹尔还如从前一样诚挚开朗、乐观向上，他满怀希望地开启了这个新阶段。但有时候他在坦普尔的住处看起来很孤独。他是一个渴望家庭纽带的人；一双在他周围忙碌的女人的手，衣服的沙沙声或充满爱意的嗓音对他的天性来说都是必需品。现在看来，他生命中最后的痛苦都将被消除，默里太太正好提供了他需要的那种情感，而他仍然有点不信任自己，想从她的力量中寻找支持。

巴兹尔正想着这些的时候，忽然皱起了眉头，他脑海里突然浮现出一个人影，在新生的喜悦中，他一时间忘记了这个人。离开桥后，他把双手放在背后，向漆黑的伦敦林荫路漫步走去；很长一段时间，他就在树下走来走去，困惑又沮丧。天已经很晚了，周围没有什么人；无家可归的可怜人躺在椅子上睡着了，以各种怪异的姿势挤成一团，一名警察悄悄地跟在他们身后慢慢前行。

几个月前的一天，巴兹尔没有在学校食堂吃午餐，而是机缘巧合走进了舰队街的一家酒吧，在那里他看到吧台后面有个年轻女孩，她极致的美貌立刻吸引了他的注意。那种俗气的地方，虽然装饰华美，但在伦敦的烟雾笼罩之下灰蒙蒙的，她的清新在那种环境下非常迷人。虽然他不喜欢吃东西的时候和酒吧女侍闲聊，但在这种情况下，他还是忍不住要聊几句家常。对此女孩的回答非常调皮（显然酒吧是学习机敏应答的最好学校），她灿烂的笑容给漂亮的脸蛋注入了新的魔力。巴兹尔既感兴趣，又有点激动，还没有谁靠纯粹的美貌给他留下过更深刻的印象。他告诉时任圣卢克医院主治医生的弗兰克·哈内尔说，他竟然在舰队街发现了伦敦最可爱的女人，医生嘲笑朋友的热情，有一天路过金冠酒吧时，巴兹尔为了证明自己是对的，坚持要再去一次。然后又有一两次他独自一人去了，酒吧女侍渐渐认得他了，友好地向他点头打招呼。巴兹尔一直有种浪漫的幻想，他用敏捷的想象力所产生的奇思妙想美化了这个漂亮的姑娘：为了让她的职业显得更有尊严，他推后约女孩出去的时间，在他眼里，女孩是个手脚利索的女侍，给骑士和士兵端上干白葡萄酒；她是青春女神赫柏，为不朽的神灵斟满甘露。当他把这个想法和其他异想天开的思绪告诉女孩时，虽然女孩并不能完全理解，却脸红了，而那些酒吧平时的常客，也是大家公认的爱慕者们说的那些粗俗的恭维话是完全做不到这一点的。巴兹尔觉得他从没有见过比那抹红晕更让人神魂颠倒的东西。

之后他更频繁地去金冠酒吧——下午茶时间去，那会儿人最少。两人关系亲密起来了；一起讨论天气、客人和当天的新闻。巴兹尔发现有她相伴的半个小时过得很愉快，而且与其他想要吸引她注意的人相比，女孩更喜欢与他交往，这让他有点受宠若惊。一天下午，他比平时稍晚来到酒吧，他很开心看到自己出现后女孩脸上快活的表情，像阳光一样照在她的脸上。

“我还担心你不会来呢，肯特先生。”

现在她开始叫他的名字了，而他得知她的名字叫珍妮·布什。

“如果我没有来，你会介意吗？”

“会有点。”

这时候金冠的另一名女侍向她走过来。

“今晚你放假，是不是，珍妮？”

“是的。”

“你打算干什么？”

“不知道，”珍妮说，“还没有什么打算。”

这时候进来一个客人，珍妮的朋友和他握了握手。

“还是跟平时一样？”她问。

“你愿意和我一起去看戏吗？”巴兹尔轻声问，“我们先去吃点晚餐，然后去哪里都行。”

这个建议一闪过大脑，他不经思索就说了出来。珍妮的眼睛闪闪发光、满是欢喜。

“噢，我愿意。七点来这里接我，好吗？”

但随后进来一个身材略显矮小的年轻人，牙齿显然是假的，神情洋洋得意。巴兹尔隐约知道他和珍妮订婚了，大多数时候，他都会朝着酒吧里抛媚眼，喝上无数杯威士忌苏打。

“晚上出去吃饭吗，珍妮？”他说，“去的话我就在蒂沃利订个座位。”

“今晚恐怕不行，汤姆，”她回答说，脸微微红了，“我有其他安排了。”

“什么安排？”

“一个朋友答应带我去剧院。”

“是谁？”男人问，表情丑陋。

“那是我的事吧？”珍妮反问。

“好，你不告诉我，我就走。”

“我拦着你了吗？”

“给我一杯威士忌苏打，行吗？给我快点。”

那人说话放肆，想要提醒珍妮必须执行他的命令。巴兹尔涨红了脸，正准备义正词严地提醒那男子说话小心，客气点，这时珍妮用眼色阻止了他。她一言不发地把汤姆点的东西给了他，三个人都沉默不语。

没多久汤姆喝完了酒，点着了一支烟。他猜疑地瞟了一眼巴兹尔，张开嘴正准备说些什么，看到对方直直地盯着他，想想还是算了。

“那我走了。”他对珍妮说。

他离开后，巴兹尔问珍妮为什么不放弃和自己约会；这总比惹恼她的爱人要好。

“我不介意，”珍妮大声说，“我受够了他自高自大的样子。我还没有嫁给他呢，如果现在不让我做自己喜欢做的事情，他完全可以离开。”

他们在索霍区的一家餐厅用餐，巴兹尔因这场小小的冒险兴高采烈，也被女孩的开心逗乐了。能给人带来这么大的愉悦他也心情很好，或许他的满意并不因珍妮的美貌吸引了很多人的注意而减少。她很腼腆，但只要巴兹尔努力让她高兴，她就会满脸绯红，可爱地大笑：她似乎有着非常讨人喜欢的天性，于是他有个想法，特别希望自己能对她有用——他或许可以带给她一些新的想法，以及她从没接触过的对生活之美的看法。她戴着帽子，他穿着平常的礼服，他们在欢乐剧院二楼正座的后排就座。但即使这样，对珍妮来说，这也是一种不同寻常的奢侈，因为她已经习惯了正厅后座或楼上的座位。

演出结束时，她转动双眸看着他。

“天啊，我今晚很开心。”她大喊，“和你出门远胜过和汤姆出门，他总是想着怎么省钱。”

他们坐了辆出租马车到金冠酒吧，珍妮和另外一个女侍一起住在酒吧的一间房间里。

“你还愿意和我出去玩吗？”巴兹尔问。

“噢，我非常愿意。你和其他来酒吧的人很不一样。你是一位绅士，对待我像淑女一样。这也是为什么我一开始就喜欢你，你并没有瞧不起我：总是称我为布什小姐……”

“我更想叫你珍妮。”

“可以。”她回答，微笑的脸上泛起一阵红晕，“所有来酒吧玩乐的人都觉得，他们想怎么对我就可以怎么对我。而你从来没有像他们那样试图来亲我。”

“珍妮，并不是因为我不想。”巴兹尔笑着说。

她没有回答，只是嘴角含笑，温柔地看着他。要是他没看出来这是对他的邀请，那他就真是个傻子了。他伸出胳膊搂住她的腰，亲吻了她的嘴唇，但是她完全屈服于他的拥抱，这让他很惊讶，短暂的压力过后是激烈的亲吻，巴兹尔手脚都颤抖了。马车在金冠酒吧停了下来，他扶她下了车。

“晚安。”

第二天，他去到酒吧时，珍妮的脸红得很厉害，但她悄悄地与他亲密地打招呼，让这个完全孤独的人很是满意。终于有人对他感兴趣了，这让他非常满足。自由固然美好，但有时候男人渴望有这么一个人，不会对他的来去、他的健康或疾病完全无动于衷。

“先别走，”珍妮说，“我想跟你说件事。”

他一直等到客人都走了。

“我解除了跟汤姆的婚约。”她说，“昨晚他在街道的另一边等我，看到我们一起出去了。今天早上他来这里指责我。我告诉他说，如果不喜欢就别勉强忍受。结果他表现得让人厌恶，我就跟他说不想再和他有任何关系了。”

巴兹尔默默地看了她一会儿。

“难道你不喜欢他吗，珍妮？”

“不，我根本不想看到他。之前还挺喜欢他，但现在不同了。我很高兴摆脱了他。”

巴兹尔不禁想到是因为自己她才解除了婚约。他感受到一种力量带来的奇特兴奋感，心脏伴随着喜悦和骄傲怦怦直跳，但同时又担心他正给她造成巨大的伤害。

“很抱歉，”他喃喃地说道，“可能是我伤害了你。”

“你不会因此不来这里了吧？”她问道，焦急地望着他犹豫不决的脸。

一开始他觉得快速断交可能对他们两个来说是最好的，但不能接受因为他造成的痛苦，使这双漂亮的眼睛变得忧郁暗淡，看到她眼里噙满的泪水，他赶紧放下了那种想法。

“不会，当然不会。若你想见我，我会很高兴来见你。”

“答应我你每天都会来。”

“我会尽可能经常来的。”

“不，那不行。必须每天来。”

“好吧，每天来。”

他因她的热忱而感动，若是没有看出珍妮非常喜欢他，那他一定是个傻瓜。他虽然是个内省之人，却从没有问过自己的感受是什么。他希望对她产生好的影响，发誓绝不会让她因为自己受到任何伤害。珍妮与他观念中的普通酒吧女侍很不一样，他认为引导她对个人尊严形成一些想法应该不是件困难的事。他很想带她离开那份有失体面的工作，让她从事一些容易学到更多知识的职业。尽管在金冠酒吧工作了三年，她的性格仍然十分单纯，不过在那样的环境中，不可能永远保持纯洁，如果他能带她踏上通往更加美好生活的道路，这似乎能很好地体现他的情谊。这些思量导致的最明显的结果就是，巴兹尔现在习惯了在珍妮有空的晚上带她出去吃饭、看戏。

对珍妮来说，她从来没有见过像这位年轻律师一样的人，他彬彬有礼的行为举止和新颖独特的谈话内容给她留下了深刻的印象。虽然经常也能听得懂，她当然为此感到高兴。不过听不懂的时候，她便像女人擅长的那样假装理解，让巴兹尔觉得她并不是真的那么没文化。一开始，她被他庄重的待人方式吓到了，因为她已经习惯了不太被人尊重。即使是对一名公爵夫人，他也不可能表现得更加彬彬有礼。不知不觉间，钦佩和敬畏变成了爱恋，最后又变成了巴兹尔想都不敢想的盲目崇拜。她想知道，为什么从第一次吻她的那个晚上过后，他就再也没有吻过她，每次分别时都只是拉拉手；三个月的时间里，她取得的进步也就是可以直呼他的教名。

春天终于来了。沿着舰队街和河滨路，卖花女出售着鲜艳美丽的春天的花朵，花篮子给匆匆忙忙的城市增添了少许鲜亮的色彩。有几天，乡间平淡而浓厚的气息，似乎要把拥挤的大道吹倒，使那些因长期单调的辛勤劳作而沮丧疲惫的心灵也振作起来：天空是湛蓝的，正是在这片天空下，有着绿色的草地，树木也长出了新叶。有时候，西边一片片云彩在阳光下熠熠生辉，一片一片堆积在一起，日落时分，玫瑰色和金色的云彩给大街撒上金灿灿的光辉，使如烟的雾霭呈现出动人的乳白色，美丽的伦敦城让人满心欢喜。

五月一个温暖惬意的夜晚，空气温和芬芳，沉重的脚步轻快了起来，疲惫的心情也因一种奇怪又悲伤的欢乐气氛得到缓解。珍妮和巴兹尔在索霍区的一家小餐馆吃饭，现在那里的人都认识他们了。之后他们去了一家音乐剧院，但那个甜蜜夜晚的喧闹和强光令人无法忍受。大街上宜人的黑暗呼唤着他们，巴兹尔很快建议离开那个单调乏味的地方。珍妮欣慰地同意了，因为歌手们的表现让她无精打采，而且一种前所未有的心神不宁使她的心因难言的渴望阵阵疼痛。走在黑暗的大街上，她睁大眼睛看了巴兹尔一会儿，眼睛里奇怪地混杂着恐惧以及对某件狂野之事的原始向往。

“我们去堤坝路吧，”她悄声说，“那里很安静。”

他们看着静静流淌的河流，看着萨里河岸上的仓库，在星光闪耀的天空下显得参差不齐。一道孤独的光芒，像一只恶毒的眼睛从一个仓库中照射出来，给那一大堆方形的肮脏砖块增添了神秘感，暗示着一些有关目无法纪的激情和罪恶的可怕故事。当时正退潮，石墙下面露出一条长长的闪着光的泥巴带；但滑铁卢大桥简单的拱形却一反常态的整洁漂亮，桥上黄色和白色的灯光在水面上投下欢快的倒影。近处，停泊着三艘驳船，船上红色的灯光模糊地勾勒出船只的轮廓；驳船身上有种不可思议的魔力，尽管这时候遭人遗弃，但它们讲述了艰苦的生活、激情的岁月和辛苦的劳作；虽然肮脏残暴，但生活在宽广河面上的坚强硬汉也有浪漫情怀，向着大海和广阔的天地开启永恒的朝圣之旅。

他们慢慢向威斯敏斯特桥走去，堤坝路上蜿蜒曲折的灯光反射出奇怪的形状，因此火红的水面上惊现一片森林，使得水中的倒影里好像建造了一座神秘、无形的城市。不过，尽管夜晚充满着春天的芬芳，短短的路程还是使他们疲惫不堪，四肢像铅一样沉重。

“我走不回去了，”珍妮说，“太累了。”

“我们叫辆马车吧。”

巴兹尔拦下一辆双轮马车，他们坐了上去。他给的地址是舰队街的金冠酒吧。两人没有说话，不过沉默诉说的是比以往语言更为重要的东西。最后，珍妮用一种仿佛不是自己的声音打破了让人压抑的沉静，她问了一句话，这句话好像是从她嘴里生生拽出来似的。她问。

“巴兹尔，为什么那天晚上过后你就再也不吻我了？”

她没有看他，他也装作没听见，不过她感受到了他四肢的颤动。她的嗓子开始燥热难耐，一阵可怕的忧虑突然袭来。

“巴兹尔！”她嘶哑着声音喊道，非要得到答案。

“因为我不敢。”

这时她能数清楚心中的痛苦带来的阵痛，马车夫像是为了赢得赌金一样驾车狂奔。他们沿着堤坝路飞速前进，外面一片漆黑。

“但我希望你那么做。”她语气强烈地说。

“珍妮，别闹笑话了。”

但是仿佛他只是有口无心地说出了这些话，一股更强大的力量控制了他，即使一边说着话，他也一边在搜寻着她的双唇。而且抵抗了这么长时间，它们似乎变得加倍的柔软和甜蜜了。像野兽一样，她深吸一口气，猛地搂住了他，她身上淡淡的清香赶走了他所有的念头，只留下一个想法：管他什么过路人，我只要热切地抱紧她。他为她美丽的秀发、娇艳动人的美貌及屈从于他的激情而疯狂，为那永无止境的亲吻而疯狂，这是他一生中从未经历过的狂喜。他的心像风中的叶子一样颤抖。

“珍妮，愿意去我那里吗？”他悄声问。

她没有回答，只是把身子靠得更近了。他掀起马车顶上的帘子，告诉车夫驶往坦普尔。

一整个星期，甚至有一整个月，巴兹尔因为这个女人的爱而感到更加坚强和勇敢，享受着骄傲的狂喜。他更加自信地面对世界，生活充满一种前所未有的振奋与活力。但不久之后，这段浪漫的冒险看着就有点像一场庸俗的阴谋。他回想起他的理想生活，那应该是一尘不染、纯洁无瑕且致力于高尚的追求的，想到这些，他就会备感羞愧。他对她的爱只不过是转瞬即逝的冲动，满足感刚来丧钟就敲响了。但他沮丧地看到珍妮全心全意地投入了这份感情：从她的角度，这是一种不朽的激情，相比之下，他的依恋就显得冷淡无情。她心中火焰被扇起来，以至于他成了她生存的必要条件。如果偶尔他太忙而不能去见她，就会收到一封焦虑的来信，恳求他去看望她，信里满是拼写错误和笨拙的表达，着实令人遗憾。珍妮要求很严格，尽管金冠酒吧变得越来越令人反感，他也只好顺从她的要求每天去那里。这个女孩没有受过什么教育，他们一起度过的夜晚（现在不是去剧院，而是珍妮在巴兹尔的房间度过闲暇时间）变得很沉重；他发现有时候交谈很困难。他意识到自己手脚都被镣铐束缚着，而这么做除了害怕给珍妮造成伤害外没有其他实质作用，因而越来越让人难以忍受。他心神不安地背负着这种不合常规的依恋，问自己结局会怎样；有十几次下定决心要和珍妮分手，但每次说到点子上，看到她那么依赖自己的爱，就没有勇气提出来了。六个月以来，他们的关系继续着，已经变成一种习惯。

然而，只有不断提醒自己，他并不自由，巴兹尔才减弱了对默里太太刚刚萌芽出的爱恋，他认为自己对她的感情与以往体验过的任何感情都不一样。他现在迫切希望与过去诀别，与受损的名声诀别，从此过上更清新、更健康的生活；不管付出多大的代价，他必须和珍妮分手。他知道默里太太打算去国外过冬，他也有充分的理由一起去意大利；在那里，他可以偶尔去见见她，六个月快结束的时候，他就可以问心无愧地请求她嫁给自己。

巴兹尔以为自己对眼前的路有了更清晰的认识，于是停止孤独地漫步，慢慢走向皮卡迪利大街。经历了白天的骚动和不安，那里的寂静一反常态，几乎像幽灵一般，反常地让人难以相信；那条庄严、空旷、宽阔的大街，像一条平静的江河一样，在一段绵延弯曲的地带徐徐而下，散发着宁静和舒适的氛围。空气纯净清澈，却能激起回响，以致突然出现的一辆孤零零的出租马车使整个地方发出巨大的鸣响，马匹用力快跑发出的声响在空气中久久回荡。电灯的光线整齐、自信、沉着，给人留下深刻的印象，冷漠无情地将夺目的光束投射到房屋上，再往下投射到公园笔直的栏杆上，栏杆一下就清晰起来，投射到更近一点的树木上，茂密树叶后的黑暗被勾勒得更为阴暗。在此之间，燃气灯的光就没有那么亮了，如同一串不均匀的褪色宝石，闪烁着黄色的光芒。到处都是一片寂静，但那些房子是例外，除巨大的窗户外其他都是白色的，它们有一种不一样的寂静——在睡梦中关上门，房子无助地排列在人行道旁，杂乱无章、不像样子，好像没有了人类的喧闹声和人们急匆匆进进出出的身影，它们就失去了所有的意义。

第七章

接下来那个周日，巴兹尔·肯特和弗兰克·哈内尔与莱伊小姐共进午餐，在那里见到了卡斯蒂林夫妇，他们下午一大早就来了。这位活泼女士的丈夫体型庞大，肥胖的身材和陈腐的谈吐让人印象深刻；他秃顶了，肥胖的脸庞剃得干干净净，行为举止有着地主和国会议员的双倍傲慢。造物主让一个如此充满活力的人做他的妻子，似乎是对他的沉闷的一个意外的报复。尽管他公开表示对妻子的爱慕，妻子却对他不屑一顾。虽然沉闷乏味，要是卡斯蒂林先生能够做到沉默寡言，或许也是可以让人忍受的，但他一直滔滔不绝地说话。这会儿发现大家都因为他的存在有些不知所措，就抓住机会发表看法，其实这些看法更适合在像下议院这样愚蠢烦闷之人最后的避难所里去表达。

但不一会儿，雷吉紧跟在管家后面，像一只猫一样悄无声息、没精打采地走进了房间。周六的娱乐使他脸色苍白，但仍然非常英俊。莱伊小姐站起来欢迎他的时候截获了他对卡斯蒂林太太的偷偷一瞥，看到她眼睛坏坏地眨了一下，心里确信是这两个人自己安排了这场见面。尽管敏锐的莱伊小姐觉得在她家安排一场约会很有趣，不过要不是这位议员先生把她烦得想发脾气，她也不会再给卡斯蒂林太太施展诡计的机会。另外艾米莉·巴塞特真的夸大了对儿子的管教；居然有人把自己儿子想象得那么高尚，这一点让莱伊小姐很恼火。

“保罗，”卡斯蒂林太太说，“巴塞特先生听说你明天要在下议院演讲，他很想去听……这是我丈夫——这是巴罗-巴塞特先生。”

“真的！你怎么听说的？”卡斯蒂林先生高兴地问。

雷吉聪明的地方在于他从不急于说谎，以免追悔莫及。他想了一会儿，然后牢牢地盯着弗兰克以防有什么不一致的地方。

“哈内尔医生告诉我的。”

“如果你能来我当然很高兴。”演说者继续说，“我会在晚餐前演讲。过后一起吃晚餐吗？只是他们提供的晚餐很不好。”

“他听完你的演讲后就不介意那顿饭了，保罗。”卡斯蒂林太太说。

计谋成功，她的嘴角闪过一丝笑意。卡斯蒂林先生百无聊赖地转向莱伊小姐，整个身体轻轻颤动着，以此显示自己能言善辩。弗兰克和巴兹尔赶紧站起来向莱伊小姐道别；他俩一起朝堤坝路走去，有一会儿时间谁都没有说话。

“我想和你谈谈，弗兰克。”巴兹尔终于开口了，“我想去国外过冬天。”

“是吗？酒吧那边怎么办？”

“我不在乎。毕竟，我有足够的钱维持生活，也想试试看是否可以成为一个好作家。而且，我想和珍妮分手，只是想不到什么更好的方式跟她说。”

“我觉得这么做很明智。”

“唉，真希望我没有陷入这场困境，弗兰克。真不知道该怎么办。恐怕她现在比我想象中还要更喜欢我，我也不想让她痛苦。想到她要遭受的痛苦，我就无法忍受——但是我们不能再继续这样下去了。”

弗兰克双唇紧闭，没有说话，一脸严肃。巴兹尔察觉到了他没有说出口的谴责，突然激动地大喊。

“哦，我知道我不应该屈服。你觉得我没有懊悔吗？我从没想过她对待这份感情会比我还认真。但是毕竟，我也和其他男人一样。我也像其他男人一样有七情六欲。我想大部分我这种处境的男人都会像我这样做。”

“我没想冒昧地谴责你，巴兹尔。”弗兰克冷淡地说。

“我本来只是为了这个女孩好。但是一时失去了理智。毕竟，如果我们晚上也像早上那样头脑清醒的话……”

“生活就成主日学校了。”弗兰克打断了他。

这时他们来到威斯敏斯特桥附近，一辆马车驶过。他们看到里面坐的是默里太太，她庄重地点了点头；巴兹尔脸红了，回头看了看。

“不知道她是不是去莱伊小姐家。”

“你想回去看个究竟吗？”弗兰克冷冷地说。

他严厉地看着巴兹尔，对方又脸红了，然后放弃了片刻的犹豫。

“不。”他坚决地说，“我们走吧。”

“你是因为默里太太才想要抛弃珍妮的吗？”

“哦，弗兰克，别把我想得那么刻薄。我讨厌卑鄙粗俗的阴谋诡计。因为我的——因为维扎德夫人，我想过一种比大部分人的生活都更纯洁的生活；

和珍妮在一起我开始反感自己。就算从未见过默里太太，我也会竭尽全力结束和珍妮的关系。”

“你爱上默里太太了吗？”

“是的。”巴兹尔停顿了一会儿，回答说。

“你觉得她喜欢你吗？”

“那天晚上，我还确信这一点，但是现在不确定了。噢，我很想让她喜欢我。我忍不住，弗兰克，这种爱与另一种完全不同；它让我振作起来，给我支持。我不是想显得自命清高，但是想起默里太太的时候，我就无法想象任何配不上她的事情了。我深感自豪，因为我对她的爱几乎是精神上的。若她真的喜欢我并且愿意嫁给我，我可能会出人头地。我想假如我离开六个月时间，珍妮就会逐渐淡忘我——我觉得当机立断残酷分手不如慢慢地疏远。”

“这肯定会让你少承受些痛苦。”弗兰克说。

“当我自由以后我就去找默里太太，告诉她整个事情的经过，再向她求婚。”

巴兹尔住在坦普尔区一个舒适的庭院里，尽管免不了有日常生活中的各种争吵，但古色古香的红房子、枝繁叶茂的梧桐树，以及树下的清凉荫庇，给庭院增添了一种宁静的魅力。他的房间在顶层，布置得很简单，但展现了爱美之人的品位。彼得·莱利爵士画笔下的女士肖像，带着她们甜美、矫揉造作的优雅，从嵌板墙上的铜版画里往下看，谢拉顿风格的家具给这个学生的房间增添了一种精致的朴素感。

弗兰克装好了烟斗，但是他们没坐多久就听到一阵敲门声。

“不知道是谁？”巴兹尔说，“周日下午我一般没有访客。”

他走进小通道里开了门。弗兰克听到珍妮的声音。

“我能进来吗，巴兹尔？有人在吗？”

“只有弗兰克。”他回答，领她进了门。

珍妮穿着安息日的衣服，在医生看来，衣服的颜色有点粗俗。她戴着顶黑色的帽子，上面有个鲜艳的蝴蝶结，与她浅黄褐色的夹克形成强烈的对比，但是她的美貌足以使所有奢华的服饰黯然失色。她身材高挑，体态优美，臀部圆润，胸部丰满，看得出是个充满激情的女人；她五官轮廓分明，像希腊雕像一样完美，没有哪个公爵夫人的嘴唇有她的那么小巧，鼻子有她的那么精致；她粉红的耳朵比大海里的贝壳更精巧。但最吸引人注意的还是她本人那动人的色彩，丰盈美丽的头发、清澈明亮的眼睛和细腻光滑的肌肤。她的脸上有种少女般的天真，非常迷人。即使弗兰克用挑剔的目光注视良久，也不可否认，要是默里太太站在她身边，尽管在衣着和举止上占尽优势，但相比而言都相形见绌。

“我还以为你今天下午回家。”巴兹尔说。

“不，我回不去。酒吧三点一关门我就马上过来了，而你不在。我很担心你六点之前不会来。”

很显然珍妮有话想和巴兹尔说，弗兰克特意敲出烟管里的灰，起身离开。巴兹尔陪他一起走到楼下。

“听着，巴兹尔，”弗兰克说，“要我是你的话，我就抓住这个机会告诉珍妮我要离开了。”

“是的，我有这个打算。幸好她来了。本来还想写信给她，但是这样显得很懦弱。哦，我真讨厌自己一定要给她造成这么多痛苦。”

弗兰克转身离开。一开始他还嫉妒巴兹尔的好福气，诅咒自己的命运，因为从来没有漂亮女孩不可救药地爱上过他：那肯定会是令人烦恼的事情，对他而言比对其他人更是一种无法忍受的奴役，不过这种明显的回避并不讨人喜欢。然而，这会儿在去俱乐部的路上，不被人需要，也没有人向他索要任何东西，他自嘲地暗自庆幸美丽女孩的微笑都只留给比他更有魅力的男人。

巴兹尔回到房间后，发现珍妮没有像平常那样摘下帽子，只是站在窗边盯着门看。他上前去吻她，但她躲开了。

“今天没心情，巴兹尔。我有事想跟你说。”

“好，你先脱下帽子，这样会舒服些。”

他突然想到，珍妮可能和她金冠酒吧的老板吵架了，或者因为他有几天没去见她了，想责备他。他点着烟斗，有点漫不经心、有点愉快地答着话。他没看出来她用奇怪的眼神看着自己，但是她一说话，那悲惨痛苦的语调就使他大吃一惊。

“要是今天没找到你的话，我都不知道该怎么办。”

“天啊，珍妮！怎么啦？”

她发出一阵抽泣。

“我有麻烦了，巴兹尔。”

看到眼泪他的心都碎了，他温柔地伸出手臂搂住她，而她再一次回避。

“不要，请不要坐在我身边，不然我就永远没有勇气告诉你了。”

她站起身，擦干眼睛，来回走着。

“今天早上我就想见你了，巴兹尔。我来到你门前却没敢敲门，只好转身走了。然后到了下午，敲门没人回应，我还以为你已经离开了，但我没有办法再忍受一个晚上了。”

“珍妮，赶快告诉我是什么事。”

一阵恐怖的感觉袭来，他的脸紧张得跟珍妮的脸一样苍白。她焦虑地看着他。

“最近这几天我感觉不太舒服，”她低声说，“昨天去看了医生，医生说我怀孕了。”

然后她转过脸去痛苦地抽泣，巴兹尔的心顿时沉重起来，他看着这个可怜的女孩，因为恐惧和羞耻低垂着脑袋，他心里充满了悔恨。若他从前从没有后悔过什么，现在他后悔了，全身心的后悔。

“别哭了，珍妮，我受不了了。”

她绝望地抬起头，美丽的脸庞因痛苦和忧心露出丑陋的表情，看得他备受折磨。他感到十分困惑，各种冲动在脑子里疯狂地涌动：他也害怕，但同时，最重要且压倒一切的是一种奇妙的喜悦之情——他要做父亲了！他的脉搏骄傲地跳动着，像奇迹一般，一股突然的爱意神秘地灼烧着他的心；他一把抱住珍妮，用一种从未如此强烈的激情热烈地亲吻着她。

“哦，看在老天的份上，别这样；对你不算什么，”她大声呼喊，试图挣脱出来，“但我呢？还不如死了算了。认识你之前我可从没做过出格的事。”

他再也无法忍受她的痛苦，刚才听到消息后他就产生一个念头，这会儿更是难以抗拒了。有一种方法可以拭干她的眼泪，只有一种方法可以弥补错误，而高涨的激情使这一切都变得很简单。他的整个灵魂都指向一个明确的方向，令他振奋，能粉碎一切萌芽中的反对意见；但他说话的时候，他的心痛苦万分，因为他正在迈出无法回头的一步，只有上天知道结局会怎样。

“别哭了，亲爱的，情况还没有那么糟。”他说，“我们最好赶快结婚。”

珍妮喘了口气，啜泣声停止了，她一动不动地低着头，像用光了所有力气一样紧紧依偎着巴兹尔。这些话慢慢沉入她的脑海，就像是以一种她听不懂的语言说出来的一样，让她感到十分困惑。然后，依然沉默，她开始浑身发抖。

“再说一遍，巴兹尔。”她低声说，过了一会儿又问：“你是认真的吗？你愿意娶我吗？”

她站起来看着他，衣冠不整但十分漂亮。一个悲剧性人物，在她无法言喻的苦难里有一种崇高的感染力。

“我只是个酒吧女侍，巴兹尔。”

“但你是我孩子的母亲，而且我爱你，”他郑重其事地回答，“我一直想有孩子，珍妮，你让我感觉很骄傲、很幸福。”

她眼里闪烁着泪花，忧虑惊恐的脸上涌现出欣喜若狂的幸福表情，巴兹尔觉得他得到了十倍的回报。

“哦，巴兹尔，你是个好人。你是认真的，对吗？我可以永远和你在一起？”

“你对我的印象这么差吗，觉得我会在这种时候抛弃你？”

“哦，我好害怕。你最近不那么关心我了，我一直很不开心，巴兹尔，却不敢表现出来。起初我没有勇气告诉你，因为我觉得你会生气。我知道你不会让我挨饿，可能只会给我一些钱，让我离开。”

他亲了亲她的双手，从没因为她耀眼的美丽这么激动过。

“我也不知道自己这么爱你。”他大声说。

她投入他怀里抽泣起来，但现在是因为忍不住的激情而抽泣，渴望着被爱，她试图去吻他。

巴兹尔的过道里有一个小煤气炉，没过多久，珍妮就像个体面迷人的家庭主妇一样，开始沏茶了：虽然疲倦但是很开心，能为他做些事情她觉得很骄傲，一边做着准备，一边坚持让他坐在一边去抽他的烟。

“希望我们不用雇佣人，巴兹尔，就让我伺候你好了。”

“你不要再回那个讨厌的酒吧了。”

“我不能让他们为难。我得提前一个星期通知他们。”

“那就马上通知他们，你一自由我们就结婚。”

“噢，我会很幸福的！”她欣喜地松了口气。

“现在听我说：我们必须理智一点，商量好一些事情。你知道我并不十分富有。一年就只有三百英镑的收入。”

“哦，那已经很多了，”她大声说，“爸爸一个星期挣的钱从来不超过三英镑十先令。”

巴兹尔疑虑地笑了笑，因为他的品位很昂贵，而且他从来没有办法满意地做到收支平衡。不过他说服自己，两个人可以比一个人生活更经济；他会认真学习法律，毫无疑问，总有一天能够挣得一些薪水。在等待委托人找他做辩护律师的时间里，他可以写作。他们可以在巴恩斯或普特尼的郊区租一栋小房子，为了不铺张浪费，蜜月就只去康沃尔待两周。之后他就必须立即开始认真工作。

“如果我告诉妈妈我要结婚了，她会很惊喜的，”珍妮笑着说，“你必须找时间去见见他们。”

虽然她在城区的一个哥哥有时候会来金冠酒吧，但巴兹尔还不认识珍妮的任何亲人，只知道他们住在蹲尾区。

“巴兹尔，要不是你说要跟我结婚，我都不打算回去见他们。妈妈会把我赶出家门的。今天我不敢回家，怕她万一觉察出什么事情。”突然，她脑海里闪过一丝疑虑，立即转向他问：“你是认真的，是不是？现在不会食言吧？”

“你个傻孩子，当然不会。你不觉得有个这么漂亮的妻子我会很自豪吗？”

珍妮不得不在快六点的时候离开，因为六点金冠酒吧要为口渴的基督徒敞开大门。巴兹尔陪她回到那里后，继续往前走，开始思考他们关系里出现的新状况。很少有人能够独立存在于人世，不理会别人的赞扬或指责，而他性格上缺乏自信，在那一刻觉得特别需要有人同情他、给他些建议。但他又找不到弗兰克，那天也不能再去打扰莱伊小姐了。他便去到俱乐部，写了一张便条，问莱伊小姐他是否可以第二天早上去见她。

他睡得并不安稳，起得比平时晚，几乎刚吃完早餐，就收到回信说她很乐意十一点和他一起去圣詹姆斯公园散步。他准时接上了她。两人一起闲逛了一会儿，观赏着野鸟，巴兹尔犹豫不决，谈着一些无关紧要的话题；但莱伊小姐注意到他不同寻常的严肃表情，猜测他有什么难以启齿的事情。

“是什么事？”她直截了当地问，一边坐了下来。

“就是我要结婚了。”

她马上想到了默里太太，心里还想巴兹尔是什么时候找到机会求婚的。

“就这吗？”她笑着大声说，“这对年轻人来说是件很正当的事情，但你肯定不需要这么严肃吧。”

“我将和一位布什小姐结婚。”

“她是谁啊？我从没听说过。”这位善良的女士说着，惊讶地看着他，不过脑海里突然闪过一丝模糊的记忆。“是个叫珍妮·布什的女孩，对不对？弗兰克告诉我说你在某个地方认识了这个女孩，还发誓说她是这世上最可爱的人。”她用锐利的目光打量了他半天，“我想你不会是要娶一个舰队街酒吧里的女侍吧？”

“是的。”他轻声答道。

“为什么？”

“大概是因为我爱上她了。”

“一派胡言！易动感情的年轻人会爱上十几个女孩子，但是在一个议会法令强制执行一夫一妻制的国家里，他是不可能和她们所有人结婚的。”

“恐怕我没有办法给你其他理由。”

“你完全可以写信告诉我这件有趣的事情。”莱伊小姐冷淡地说。

他灰心丧气地低下头，沉默了一会儿。

“我必须找人商量一下，”最后他终于爆发了，“我很孤独，没有人帮助我或者给我建议……我要和珍妮结婚是因为我必须这么做。我已经认识她一段时间了——整个事情既丑陋又可恨——昨天我离开你这里之后，她来到我住的地方。她几乎崩溃了，可怜的珍妮，都不知道自己在说些什么，她告诉我说……”

“你应该能预见到的结果。”莱伊小姐打断说。

“是的。”

莱伊小姐陷入沉思，缓慢地用阳伞的伞尖在沙砾堆里写着自己姓名的缩写，巴兹尔焦急地盯着她。

“你确定不是在欺骗自己吗！”她最后说，“你并不爱她，对不对？”

“不爱。”

“那你没有权利和她结婚。噢，亲爱的孩子，你不知道婚姻有时候有多令人厌烦，就算同一阶层、志趣相投的人结婚也一样。我一生中认识这么多人，除非是激情使然非得结婚，不然我确信婚姻是世界上最恐怖的事情。对质疑和忽略这个事实的傻瓜，我表示深恶痛绝。”

“若我不娶珍妮，她会自杀的。她不同于一般的酒吧女侍。在我之前她一直洁身自好。这等于是彻底毁了她。”

“我觉得你太夸张了。毕竟，这只是因你们年少无知造成的一件令人追悔莫及的事情而已，不用铤而走险或寻死觅活。你需要表现得像个绅士一样，好好照顾那个女孩。她可以去乡下避一避，等整个事情结束后再回来，到时候没有人会知道得更多，而她的状况也不会因此变更差。”

“但这并不是别人知不知道的问题，这事关名誉。”

“今天才来谈论道德是不是太迟了？你引诱她的时候我可不知道名誉去哪里了。”

“我真的是个十足的无赖。”他谦卑地说，“但我显然应该承担起责任，我必须这么做。”

“你这么说好像之前从来没有发生过类似的事情一样。”莱伊小姐继续说。

“是的，我知道这种事情天天发生。如果女孩屈服，那就更惨；跟男人没有任何关系。让她流浪街头，让她见鬼去吧，让她受绞刑去吧。”

莱伊小姐噘起嘴，耸了耸肩。她想知道他打算怎么生活，他的收入远远不够购买一个家庭的生活必需品，而且他特别不适合长期做律师界那种繁重无聊的工作。她也非常了解所谓的“文学”行业，知道这个职业几乎赚不到钱。巴兹尔没有新闻工作者的速度，他花两年时间才写了一部小说，稿酬可能不会超过 50 英镑；他热衷于分析精神状态，写书赚大钱的机会渺茫。此外，他挥霍无度，又不肯俭省节约，也从来没有机会学习如何用十二个铜币买到价值一先令的东西。

“我想你已经意识到人们会孤立你妻子。”莱伊小姐补充说。

“然后他们也会孤立我。”

“但你是这世上最不愿放弃这些东西的人。没有什么比家庭宴会和乡村别墅之行更让你享受的了。女人的微笑对你来说太重要了。”

“你说得我好像只温顺的猫。”他微笑着回答，“毕竟，我只是在履行自己的责任。我犯了个严重的错误，老天也知道我现在后悔莫及。但是我现在清楚地知道自己应该怎么做，不论付出什么代价，都必须担起这个责任。”

莱伊小姐严厉地看着他，她敏锐灰色的眼睛仔细扫过他的脸，细致入微地观察他。

“你确定没有过分欣赏自己的英雄气概？”她问道，声音里有种令人刺痛的冷淡，让巴兹尔感到畏缩。“如今，自我牺牲成了一种奢侈，很少人有勇气克制自己不这么做。因为糖会使人发胖，人们戒了糖，而渐渐喜欢上自我牺牲，他们肆意牺牲自己，仅仅是为了牺牲而牺牲，也不管追求的目标多么没有价值。事实上，他们几乎并不关心这个目标；只要能够满足自己的激情，他们不在乎会给对方造成多大的伤害。”

“我向珍妮求婚时，看到她楚楚可怜、布满泪痕的脸因喜悦而光芒四射，就知道自己的选择是正确的。我痛苦一点又何妨，只要能让她开心就行了。”

“巴兹尔，我不是在想你有多可怜。我想的是还没跟她结婚你就已经对她造成了很大的伤害……难道你不觉得将来她只会更痛苦难受吗？你这么做只是出于自私和懦弱，因为你爱自己的自尊，不敢给别人造成痛苦。”

这种观点对巴兹尔来说很新颖，但看似并不合理，很快就被他抛之脑后了。

“一直到现在你都没有想到孩子，莱伊小姐。”他慢慢地说，“我不能让这个孩子像小偷一样偷偷摸摸地存活于人世。得让他有个受人尊敬的名字生活；要让他摆脱可怕的污名就已经很艰难了。而且，能够成为一名父亲我很骄傲。不论我要遭受什么痛苦，也不论我们俩要遭受什么痛苦，都是值得的。”

“你打算什么时候结婚？”稍作停顿后，莱伊小姐问道。

“大概一星期之后。莱伊小姐，你不会抛弃我，对吗？”

“当然不会！”她温柔地笑道，“我觉得你是个傻瓜，不过其实大部分人都是。他们从来意识不到自己只有一次人生，错误是不可弥补的。他们把生活当成一场棋局，可以尝试不同的招数，如果陷入混乱，就推翻棋盘重新再来。”

“但人生就是一场棋局，一场你永远赢不了的棋局。棋盘对面坐的是死亡，每走一步它都会反击，针对你所有精心策划的计谋，它都有抵挡的办法。”

他们走回老皇后大街，各自想着各自的心事，莱伊小姐在家门口向巴兹尔伸出手。他犹豫了一会儿，强迫自己说出了口。

“还有一件事，莱伊小姐。我也可能是妄想——默里太太……我肯定是错了，但是我不希望她把我想得太糟。”

“恐怕你必须得忍受这一点。”莱伊小姐尖刻地说，“你们之间没有什么婚约吧？”

“没有。”

“再过一两天我会见她，会告诉她你打算结婚了。”

“但是她会怎么看我呢？”

“我猜你不想让她知道真相吧？”

“不想。告诉你只是因为我觉得必须找个人聊聊这件事情，在我认识的所有人里，最不想默里太太知道这件事。”

“那就随她怎么看你吧。再见。”

“你没有其他什么想跟我说的了吗？”他绝望地问道。

“亲爱的，如果你能忍受所有痛苦，那你也可以尝试一切冒险。”

第八章

那天下午兰顿父女就要回特坎伯里了，莱伊小姐发现教长独自在图书室，贝拉则用这最后的上午去逛百货商店了。

“知道吗，阿尔杰农，在这世上好人做了所有的恶事。”莱伊小姐一边评论，一边坐下来，“坏人一做错事就快速逃离，这反而减轻了罪孽，而常识剥夺了他们恶行带来的刺痛；但是与一个意识到自己正直诚实的人讲道理根本没有用。”

“那真是一种颠覆性的教义。”教长微笑着回答说。

“只有恶人才应该犯罪，经验教会他们节制，伤害就会很少。然而有德行的人一旦误入歧途，只能毫无希望地痛苦挣扎，在努力用德行纠正自己的过程中，犯下一个又一个错误。在类似情况下，他们给所有相关人员造成的伤害远比完全邪恶的人要严重得多，因为他们不愿面对这样一个事实：这里适用另一种生存法则。”

“请告诉我您这番高谈阔论又是因为什么？”

“我一位年轻的朋友做了件蠢事，准备用另一件蠢事来弥补。他刚刚来找我，表面上是寻求建议，实际上是希望我为他的高尚行为鼓掌。”

莱伊小姐没有透露姓名，给她亲戚讲了巴兹尔的故事。

“我的第一份助理牧师职位是在朴次茅斯。”听她说完后，教长说道，“我当时完全不能容忍罪恶，非常渴望纠正错误。记得当时我的一名教区居民也遇到了类似的麻烦，为了孩子和女人的利益，我坚持让那个男人结婚。几乎是揪着他们的头发把他们拖到圣坛上。两人的关系合法化后，我觉得非常满意。但六个月后，那个男人割断了妻子的喉咙，自己也被判处绞刑。如果不是我那会儿多管闲事，两条生命本可以幸免于难。”

“格伦迪太太[1]是个非常通情达理的人，一点都不应该受到现在人们对她的公开谴责。她不介意男人有点狂野，若是不狂野则觉得他有点懦弱；但是凭着令人钦佩的洞察力，她意识到，对女人来说需要一条更直截了当的规则：一旦堕落失身，格伦迪太太就会毫无顾虑地推她入坑。社会是个冷酷的怪物，表面上睡意蒙眬，使你认为可以任意妄为；但它一直在看着你，狡猾地看着你，在你最不经意的时候，伸出一只铁腕来碾碎你。”

“希望贝拉不会迟到。”教长说，“午餐后我们没有多少时间赶火车了。”

“社会制定了自己的十诫，这是一套只适合那些不太好也不太坏的普通人的规则。奇怪的是如果你高于准则行事，受到的惩罚会与低于准则行事一样严厉。”

“有时候人死了才会被视为神灵。”

“但是活着的时候却要受到各种迫害，阿尔杰农。”

就在这时贝拉进来了，教长上楼后，贝拉告诉莱伊小姐，在书商的建议下，她为赫伯特·菲尔德买了厚厚两本陶顿所写的《雪莱的人生》上下册。

“希望他很快就有足够的诗篇出版自己的小诗集了。”贝拉说，“那时我要问他是否可以由我来安排出版事宜。我想知道肯特先生是否愿意帮我找位出版商。”

“亲爱的，到时你会发现最好的朋友是银行余额。”莱伊小姐说。

巴兹尔向他的律师宣布了即将到来的婚讯，因为他有一小笔财产交由信托保管，各种文件上都需要他母亲的签名。一两天后，他收到了下面这封信。

亲爱的孩子：

我发现你打算结婚了，我想要给你作为母亲的祝福。明天过来喝茶吧，正式地接受我的祝福。你生气的时间也够长了，男人赌气总是有些可笑。以防你已经忘记，在此冒昧地提醒一下，我，是你的母亲。

你亲爱的，

玛格丽特·维扎德

附言：大自然的一种讽刺是，如果一个人的父亲是个贱民，他可以安慰自己说这种关系总有些不太确定的地方，但对于母亲，他却无法用这样的假话来安慰自己的心灵。

基于她的美貌、财富和声望，当初维扎德夫人预言她只需几年的时间就足以重获社会地位，她的判断是很高明的。没有人比她更清楚，审判之后她的处境岌岌可危，需要采取很多手段和技巧才能避开许多陷阱。她很清楚，对于追求社会地位的人来说，慈善事业和罗马教会是两块最好的垫脚石，但这位精明的女士认为她的情况还没有严重到需要改变信仰的程度，而对慈善事业的关心便足以提供一切所需。维扎德夫人下定决心要获得一位乏味老太太的尊敬，这位老太太的地位和财富为她赢得无限的声望，她的仁慈使她成为容易被人利用的工具。爱德华·斯特林格夫人是一位身材矮小的老妇人，戴着假牙和一顶总是戴歪的鲜艳栗色假发。尽管为人极其枯燥乏味，她却总能把伦敦所有真正重要的人物聚集在她的客厅里。她是维扎德勋爵的亲戚，曾和他大吵一架，所以勋爵妻子才选择向她倾诉烦恼，这是再自然不过的事情。现在，只要愿意，维扎德夫人可以装出一副几乎无人能抗拒的讨喜样子：她巧舌如簧，对自己说过的谎话记忆深刻，所以从未露馅；她用哀婉动人的技巧讲述自己不幸的婚姻故事，爱德华夫人听了深受感动，答应尽一切努力帮助她。她参加老太太举办的派对，和老太太一起出席所有时尚圈的活动；不久，全世界都得出结论，认识一下这位不缺钱且十分有趣的女人也无妨。

巴兹尔听从母亲的召唤，来到这里时，发现她以自己最喜欢的姿势坐着，这也是她肖像画里的姿势。肖像画的色彩大胆鲜明，体现出季节感，画就挂在她身后，一看便知十年里这个聪明的女人基本上没什么变化。她身边必然放着香烟、提神药和一本法国小说，这本小说最近一公开就被检举了。维扎德夫人在即将到来的义卖活动上定了个摊位，她当时正在看活动说明书，看到自己的名字出现在一张明显十分令人尊敬的人物名单上，顿感心满意足。

她身材高挑、匀称，穿衣风格尽显奢侈华丽，而不是像大多数她的英国女同胞那样简单朴素，常常近乎邋遢。她不想因为男人失神凝视就要隐藏自己曼妙的身材，反而像个耽于肉欲的女人一样，穿着大胆放肆，以此吸引人注视她美妙的曲线，而不是将身材藏在衣服里。她很熟悉复杂的化妆艺术：普通英国女人化妆时，习惯性地认为那是通往地狱的第一步，所以化得很差。她永远无法逃避化妆品有害或有点粗俗的想法，这种想法像一只有尾巴的凶恶小魔鬼，总是潜伏在她的胭脂罐底下。然后，有悖常理的是，一旦迈出了第一步，为了让自己安心，她反而特别夸张地使用化妆品。维扎德夫人运用了内行人熟悉的所有手段，不过运用得非常恰当，结果令人羡慕：就连对大多数女性来说如同绊脚石的头发，也被她染成了与眼睛和肤色完全协调的颜色，迟钝的男性常常被欺骗。她的眉毛完美无瑕，睫毛周围画上的眼线使她闪烁的眼睛更加炯炯有神；她嘴唇上的口红更像是艺术家的手涂上去的，嘴唇如丘比特的弓一样漂亮。

维扎德夫人已经五年没见儿子了，她饶有兴趣但毫无感情地注意到他身上的变化。

“我给你倒杯茶吧。”她说，“顺便问一句，你从好望角回来的时候为什么不来看我？”

“你忘了是你给米勒下命令说不让我进来吗？”

“你不应该太当真；每次女仆把我的发型弄砸了我就打发她走，但她已经跟了我好多年了。一个星期的时间我就原谅你了。”

他们眼神相遇，意识到两人之间的立场并没有改变。维扎德夫人耸耸肩。

“今天叫你过来，因为我觉得五年过去了，你可能变得更宽容了。不过显然你是个从不改过的人。”

如果在一年前，巴兹尔可能会回答说，他希望自己永远不要容忍耻辱的事，不过现在，他心里羞愧，只能静静地坐着。他努力装出一副漠不关心但又彬彬有礼的样子，这正是他母亲最擅长的。预测到了她的下一个问题，现在至少得向那个傲慢的女人暴露一些秘密，这让他备感煎熬；不过正因为太让人反感，他打算开诚布公地回答。

“你打算跟谁结婚？”

“一个你从没听说过的人。”他笑着回答。

“你想让那个幸运儿的名字成为秘密吗？”

“布什小姐。”

“并不是什么显赫的名字，是不是？她父亲是谁？”

“他住在伦敦城。”

“有钱吗？”

“很穷。”

维扎德夫人警觉地看着儿子，带着奇怪的表情倾身向前。

“如有冒犯请原谅，但是她是你烦人的祖母口中的那种淑女吗？”

“她是舰队街上的一个酒吧女侍。”他大胆地回答。

下一个问题马上就来了，声音很响亮。

“孩子什么时候出生？”

仿佛当头一棒，他感到非常吃惊。血液都往脸上冲，他从座位上跳了起来。她看着他，眼神冷漠蔑视，在她的洞察力面前，他彻底败下阵来，无话可说。

“我没说错，是不是？显然，道德也会沦丧。啊，亲爱的，我可没忘记五年前你跟我说的那些迷人的话语。你忘记了吗？难道你不记得你自己那番关于贞洁和名誉的高谈阔论了吗？你把我说得那么难听，行为端正的儿子可不会把那样的话用在自己母亲身上；但是我相信，你太太可能不止于此吧？”

“如果我的血管里流淌着色欲，也是因为我太不幸，居然是你的儿子。”他恶狠狠地说。

“想起你假装成一个正直公正的人，原来一直都在玩着小把戏，我实在忍不住佩服你。不过，老实说，你的小把戏让我很反感。我不喜欢这些和酒吧女侍偷鸡摸狗的勾当。”

“是的，我是做错了，但我准备弥补错误。”

“面对那么多愚蠢之人，圣人教导我远离那些悔过的蠢人。若不能像绅士一样去犯罪，那最好做个真正道德高尚的人。绅士并不会因为勾引了酒吧女侍就和她结婚——当然除非他灵魂深处就是个站柜台的。你之前竟然敢用无耻的说教来教训我！”

回想起这些事，她眼里冒出怒火，像个义愤填膺的女神盯着巴兹尔。

“对于人生，对于我血管里流淌的火热的激情，你又知道什么？你不知道我心里有哪些恶魔在撕扯着我，又怎么可以来评判我？不过我才不在乎！我有过得意的时候，而且我的好日子还没完呢。毕竟，若你不是这么个自命清高的人，就会明白我要好过大部分的女人，从没有抛弃过朋友也没有在敌人落败时乘人之危。”

她生气地说完这一番激烈的话语，说得非常流畅，好像经常对自己说这些话一样，现在终于找到一直在等的机会。不过她很快又恢复了尖酸刻薄的神情，知道那才是最有效的方式。

“等我老了，就去天主教堂里住，让自己最后的日子也沾上些圣洁的味道。”

“还有别的要说吗？”巴兹尔冷冷地问。

“没有了。”她耸了耸肩，回答说，“你生下来就是要丢人现眼的。你是那种注定平庸的人，没有胆量像个男人一样面对魔鬼。滚开，去娶你的酒吧女侍。你真让我感到恶心。”

被愤怒蒙蔽了双眼，巴兹尔握紧拳头，朝门口走去，还没等他走到门口就听到管家通报卡皮特勋爵到访，紧接着一个高大肤白的年轻人走进来。巴兹尔愤怒地瞪了他一眼，能够想象出母亲与这个富有的年轻人是什么关系。卡皮特勋爵吃惊地目送他离去。

“那个亲切友好的人是谁？”他问。

维扎德夫人恼怒地一笑。

“一个笨蛋。我对他不感兴趣。”

“在我之前的相好？”

“不是，当然不是。”维扎德夫人觉得很好笑，“亲亲我，孩子。”

巴兹尔特别意志消沉地走回坦普尔，来到家门口时珍妮把门打开了。这时他记起来珍妮说过，那天下午会过来了解他们婚礼的最终安排，婚礼将在一个婚姻登记处举行。

“巴兹尔，我在河滨路遇到我哥哥吉米。”她说，“就把他带过来见你了。”

进门后，他看到一个身材瘦弱的年轻人坐在桌旁，双腿晃来晃去。他有一头浅棕色的头发，一张剃得干干净净的、瘦削的脸庞，及一双浅色的眼睛。比他妹妹普通很多，说话时带着明显的伦敦土音。咧嘴笑时，露出又小又黄的牙齿，脸上显出一种令人讨厌的狡猾表情。他穿着伦敦城区运动员一样的最时髦的衣服，一顶戴歪的圆顶礼帽、一套格子西服、一件亮紫色衬衫，挥舞着一根细细的竹拐杖。

“你好。”他朝巴兹尔点头打招呼，“很高兴认识你。”

“抱歉让你久等了。”

“不用道歉。”布什先生愉快地说，“我是个商人，待不了太长时间，不过觉得还是最好进来跟未来的妹夫打个招呼。我是个喜欢真诚的人。”

“你真是太客气了。”巴兹尔很有礼貌地说。

“哎呀，我跟他说要嫁给你的时候他还很吃惊，巴兹尔。”珍妮大声说，声音里满怀开心。

“喂，别管我。”詹姆斯说，“向他哭诉去吧，小荡妇。”

“还是走吧，吉米。你真是个怪胎!”

“哟，你害羞了，那我就走了。”

“走之前先喝杯茶吧？”巴兹尔问道。

“谢谢了，我就不打扰你们这些养尊处优的金丝雀了。而且我也不怎么喜欢喝茶，茶是女人喝的，我喜欢一些更烈性的饮料。”

“这才是吉米嘛。”他妹妹被逗乐了。

“布什先生，我有一些威士忌。”巴兹尔说，扬了扬眉毛。

“噢，去他的布什，去他的先生。叫我吉米就好了。受不了你这么客气。

我们两个都是绅士。注意了，我是个不喜欢自夸的人，不过我要说——我也是个绅士。那不是自夸，对吧？”

“天哪，当然不是。只是陈述事实。”

“这是一件没法控制的事情，感到骄傲又有什么用呢？我在酒馆碰到一个家伙，他要请我喝一杯，我可不会问他是不是勋爵。”

“你喝就是了。”

“你也会这么做，对不对？”

“会的。我可以给你倒一些威士忌吗？”

“好吧，我也不好拒绝了。我的格言是：有酒就喝。据说对牙齿有好处。”

巴兹尔倒酒了。

“等一等，老兄。”詹姆斯大喊，“不用倒太多苏打水。好，干杯！”

他一口气喝完了一杯酒，还咂了咂嘴。

“这也没什么丢人的。我要走了。”

巴兹尔没有强留他，而是给了他一支雪茄，想让他快点离开。詹姆斯接过雪茄，仔细地看了看。

“维亚耶雪茄！”他大叫，“那也没什么。一百支得花你多少钱？”

“我真不知道它们值多少钱。是别人给我的。”巴兹尔点着了一根火柴，“你不把标签揭了吗？”

“知道了我就不揭了。”詹姆斯坚决地说，“我不是每天都有维亚耶抽，抽的时候就要带着标签一起……再见了。回头见，小荡妇。”

他走了之后珍妮转向她的爱人。

“吻我……对，就这样！现在我可以安静地坐下来聊天了。你觉得我哥哥怎么样？”

“我还不太了解他。”巴兹尔谨慎地说。

“认识了以后你会发现他并不是什么坏人，他擅长逗人笑。很像我妈妈。”

“是吗？”巴兹尔大声说，精神愉快起来，“你父亲也这样吗？”

“你也知道，爸爸没有受过吉米那样的教育。吉米在马盖特的寄宿学校上过学。你也上过寄宿学校，是不是？”

“是的，我上的是哈罗公学。”

“哈，你们哈罗没有马盖特那样的良好风度。”

“没有。”巴兹尔说。

“过来坐我身边，亲爱的……很开心我们终于可以独处了。我想一辈子和你在一起。你真的爱我，是不是？”

“是的。”

“很爱吗？”

“是的。”他笑着重复说。

她用犀利的眼神盯了他很长时间，眼睛突然暗淡下来，看往别处。

“巴兹尔，我想跟你谈点事情，但是太难开口了。”

“什么事，亲爱的？”

他伸手搂住她的腰，往自己身边靠。

“别，别这样。”她说着，站起来走开了，“请待着别动，看着你我说不出口。”

他停顿了一下，想知道她心里在想什么。她断断续续地说着，好像说话超出了她的能力一样。

“巴兹尔，你确定自己爱我吗？”

“十分确定。”他回答说，试图面露微笑。

“因为我不想你是出于可怜或类似的想法才和我结婚。如果你只是觉得必须这么做才和我结婚的话，我情愿不结这个婚。”

“你为什么现在说这些呢，珍妮？”

“我一直在仔细考虑。那天你向我求婚的时候，我太高兴了，没有想清楚。但我太爱你了，自那之后从不同的角度思考了一下。我不想伤害你。我知道自己不是你应该娶的那一类女人，没办法帮你取得成功。”

她声音颤抖，不过还是强迫自己继续说下去，而巴兹尔一动不动地听她说，表情严肃。他无法看着她的脸。

“巴兹尔，我想知道你是不是真的喜欢我。如果不是的话，你只要说出来，我们可以分手。毕竟，我也不是第一个陷入这种麻烦的女孩，我可以轻松应付的。”

有那么一会儿，他犹豫了，心跳得非常痛苦。莱伊小姐冷酷的建议，他母亲的嘲笑又浮现心头：女孩自己也给了这个机会，难道最好不是该抓住这个机会吗？

自由就在面前，他内心狂喜；几句好话就可以摧毁那个可怕的噩梦，他可以重新开始，做一个更有智慧、更好的人。然而珍妮转过身，在她悲伤美丽的眼睛里，他看到致命的焦虑。她的满心期待给人一种不祥的悲痛感，她几乎不能呼吸。他没有力量说出口。

“珍妮，不要折磨你自己。”他断断续续地说，“这也是折磨我。你知道我爱你，我想要娶你。”

“真的？”

“真的。”

她长长地嘘了一口气，脸颊上挂满泪珠。她沉默了一会儿。

“你救了我的命，巴兹尔。”她终于说话了，“我已经打定主意，如果你不想娶我，我就自我了结。”

“胡说八道！”

“是真的。我无法面对那种结局。我已经都想好了——我会等到天黑，然后从桥上跳下去。”

“我会尽力做一个好丈夫，珍妮。”他说。

珍妮离开后，巴兹尔彻底屈服，陷入无法控制的抑郁。他想起莱伊小姐曾把人生比作一盘棋，现在他痛苦地回忆起每一步本应该不这么走的棋：一次又一次，结果都悬而未决，只要他当时采取了另外的行动，所有事情都不会错；但是每一次，走这一步或者另外一步，似乎都无关紧要，一定要到过后他才能看清致命的后果。每一步都无法挽回，但奇怪的是，选择的当下看起来却无关紧要；这不是一场公平的游戏，因为问题一直掩盖在微不足道的面具之下。然后他觉得，无论如何，在这件事情上，他似乎从来没有选择的余地。他觉得自己在另一股更强大的力量手中无能为力，而命运，仅此一次可怕地呈现在面前，把他当傀儡一样操纵他迈出的每一步。现在，他面前的生活阴暗凄凉，虽然此前一想到孩子就有无限的力量，但现在即使是孩子也给不了他任何慰藉。

“哦，我该怎么办？”他呻吟着，“我该怎么办？”想起珍妮威胁说要自杀，他不寒而栗，也知道她会毫不迟疑地做出这种事情；一阵突然的冲动涌上心头，想要结束这所有的疑虑和痛苦。然而，他咬紧牙关跳了起来。

“我不能这么胆小。”他野蛮地大叫，“毕竟，自己种下的因，就必须承受那个果。”

注释：

[1] 格伦迪太太是英国大众衡量举止尺度的一种集体无意识，在维多利亚时代更是彰显英国大众道德的人格化代表，“管治”着英国国民生活的方方面面。（译注）

第九章

几天后，巴兹尔结婚了，弗兰克协助他处理完婚姻登记处那些相当繁琐的程序后，回到自己家里，看到雷吉·巴塞特懒洋洋地躺在一把扶手椅里，两条长腿搭在另一把椅子上。身旁放着的是弗兰克的香烟和威士忌苏打。

“你倒是一点都不客气，我的朋友。”

“我刚好经过这里，没什么事情可做，想着正好进来看看，我妈妈认为和你交往对我有好处。婚礼结束了吗？”

“你知道些什么？”弗兰克厉声问道。

“比你想象中多，老兄。”雷吉咧嘴笑答，“母亲郑重地警告我，她说肯特娶了个酒吧女侍，就是因为他交友不慎而且经常去酒吧。他为什么要娶她呢？”

“如果我是你，就先管好自己的事情，雷吉。”

“如果是因为她怀孕的话，那他就真的是个蠢蛋。要是我惹上这样的麻烦，我会在娶她前一枪杀了她。”

“我还有工作要做，朋友。”弗兰克不耐烦地说，“现在离开的话说明你很识相。”

“好吧！我再喝一杯就走。”他回答说，又给自己倒了一杯威士忌，“我要和卡斯蒂林太太出去喝茶了。”

弗兰克竖起了耳朵，但什么都没说。雷吉看着他，自鸣得意地笑了笑，眨了眨眼。

“干得不错，是不是——要知道我才认识她两个星期。不过这才是与女人相处的正确方法——就是要赶着她们，我第一次见面就被她迷住了，于是下决心追求她。知道她对此没有问题，就直接告诉她我想要什么。天哪，她就是个小荡妇！最后的结论是我喜欢那些夫人们，弗兰克，和她们不需要拐弯抹角，马上就可以直入主题，她们可不在乎什么该死的道德。”

“你是个哲学家，雷吉。”

“你觉得我是在胡说，不是的。我给你读读她写的信。哦，对了，我会把你的地址给她——以防万一我母亲截取信件。”

“我的朋友，如果你的信件寄到这里的话，会马上被退还给邮递员。”

“你真是卑鄙，对你又不会有害处。”雷吉生气地说，“不过，如果你觉得这样她就不会写信了，没有的事。我可以让她寄到我的补习学校去。哎呀，我必须给你读读这封信，很有意思。”

雷吉从口袋掏出一封信，弗兰克认出上面卡斯蒂林太太硕大的字迹。

“你不觉得把女人写给你的私密信件拿给别人看，这样做很卑鄙吗？”

“卑鄙！”雷吉大笑着说，“如果她不想别人看到，一开始就不该写。”

他十分自豪地读了这封信里的一些内容，这些内容会让离婚法庭院长对这对幸福恋人之间的关系深信不疑。那可怜女人的爱情撩拨着他的虚荣心，对他来说，快乐主要在于夸耀这份爱情。他抑扬顿挫地读了某些表示爱慕的话语。

“爱你至死不渝。”他读完了，“天哪，女人都写些什么无聊的东西！有趣的是，她们总是写一些同样无聊的话题。不过现在没什么好怀疑的，是不是？她已经深陷其中了。”

“真是个友善的年轻人！”弗兰克说，“你母亲知道你结识了卡斯蒂林太太吗？”

“当然知道！一开始母亲觉得她有点庸俗，就到《地主贵族阶层》上去查询，查到她祖父原来是一位勋爵时，就觉得应该没有问题。我母亲有点势利，你知道——卡斯蒂林先生之前在城区，她就有了这样一个念头，认为卡斯蒂林夫妇会邀请我们去多塞特郡。天啊，他们要是真邀请，我就要把气氛搞上去。”

雷吉看了看手表。

“我得赶紧走，不然喝茶要迟到了。”

“你不是应该去学习吗？”

“是啊，但是学习可以等。下一次的考试我不参加了。母亲给了我报名费，被我花完了，不如就告诉她我考过了，反正到最后都不会有事。”

“那不是太不诚实了？”

“为什么？”雷吉吃惊地问，“她给的钱太少了，而我不知何故又总是要花钱。她死后不都是我的，有什么关系呢。”

“周六和你一起吃晚餐的那个小姑娘怎么办？”

“哦，我已经甩了她了。我觉得和卡斯蒂林太太谈恋爱会更省钱。她有很多钱，我就是不明白为什么男人总是应该为女人花钱。”

“老弟，你这是要调和两件相互矛盾的事情——爱情和金钱。”

雷吉大步走到邦德街，发现卡斯蒂林太太还没到，就开始来回走动。但是等了半个小时后，他开始感到恼火，最后终于见到这位漂亮小巧的太太坐车过来了，他脸上也没有笑容。“我让你久等了吗？”她轻快地问。

“对，你让我等了很久了。”他回答。

“这样对你好。”

她轻快地走进来，两人点了茶。

“我可不能吃这些蛋糕。”她说，“让他们上点其他的。”

第二盘也同样不对她的胃口，她又点了第三盘。

“终究我还是最喜欢第一盘。”第三盘上来的时候，她又说。

“你一开始就应该有什么吃什么，非得破坏这个地方的安静。”雷吉抗议，他脾气很差，还特别不能忍受别人的坏脾气。

“那个女招待没有别的事情可做，我为什么不去烦一烦她？她是个很无礼的女人，我想举报她。”

“如果你真要这样做，我就作证说她不是那样的人。”

“这是个令人生厌的地方，真不知道你为什么找了这么个地方。不管怎样，我要吃些甜食来弥补一下。”

她往周围看了一下，看到一盒巧克力，用丝带和紫罗兰假花精心地装饰着。

“你可以给我买这些巧克力，对不对？我爱甜食。”

“可以，只要有人付钱就行。”

她头往后一仰，纵情哈哈大笑起来，人们都转过脸来看他们。雷吉动怒了。

“希望你不要这样大嚷大叫。人家都在看着你呢。”

“让他们看呗！给我一支香烟。”

“你不能在这里抽烟。”

“为什么不行？那边也有个女人抽烟。”

“没错，但那是她做得不对。”

“胡说八道！那是维扎德夫人。只有你那些皮卡迪利大街的朋友才一直想着要举止得体。她们非常害怕自己的表现不像淑女，从那一本正经的样子就能辨别她们。”

卡斯蒂林太太脸上涂着粉，身上散发出香味，穿着品味极不同寻常，但没有人比她更时髦了。她说，只有自己浮夸的举止才能使她区别于那些水性杨花的人，这话表现出了非凡的洞察力。她朝维扎德夫人望过去，她的衣着也同样引人注目，但却是谨慎中带着炫耀，正是这种个性的女人的特点。她和年轻的卡皮特勋爵坐在一起，卡斯蒂林太太把这俩人最新的丑闻告诉了雷吉。

“你知道她是肯特先生的母亲，对吧？顺便问一句，他真的娶了一个酒吧女侍？”

“是的。”雷吉说，“蠢东西！”

他按照自己的了解生动地描述了这个爱情故事。只有谨言慎行的弗兰克和莱伊小姐才了解事情的来龙去脉，让他们难以理解的是，现在巴兹尔的事情，包括细枝末节在内，已经在他的朋友间流传开来。

“我说，雷吉，明天和我一起去看戏吗？裴蓓丽太太订了一个包厢去看《彼得堡的美女》，她邀请我带上我的男人一起。”

“我是你的男人吗？”雷吉问。

“为什么不是？”

“这听起来太庸俗。我早就该想到这意味着我是你的男仆。”

听到这卡斯蒂林太太一边大笑，一边以最大的嗓音说起话来，周围的人又开始转过来看他们，这让雷吉很尴尬。

“你真古板啊！这是你妈妈养育方式的问题吗，雷吉？要知道，她的穿着就很守旧。”

“谢谢你！”

“不过我打算邀请她去杰斯顿过圣诞。我们要举办一个家庭派队，还准备邀请莱伊小姐和哈内尔医生。我并不怎么喜欢他，但是他不来，莱伊小姐也不会来。很可惜她不能再年轻点，是不是？否则他们可以更有意义地谈哲学。据说她钟爱年轻人；不知道她对年轻人做了什么。你觉得她年轻的时候很快乐吗？”

“她是个好人，这一点我知道。”雷吉回答，记起来以前上学时，这个慷慨的人经常往自己手里塞零钱。

“我肯定有什么事情发生，”卡斯蒂林太太与之争辩，“不然她不会在意大利待那么长时间。”

“我母亲认为莱伊小姐是她认识的最正直的女人。”

“希望你不要一直说你母亲认为怎么样怎么样，雷吉。要忍受保罗的母亲已经够糟糕了，不要再加上你的了。我想还得叫上那个坏脾气老太婆去圣诞派对。她太讨厌了，非常富有，她和你母亲是绝配。我们走吧，我受够了这糟糕的地方。”

雷吉买单的时候，发现那盒巧克力竟要15先令，真宁愿把那些钱全都花在自己身上，所以他很不高兴。卡斯蒂林太太让马车一直在外面等着，答应载她的骑士去格罗夫纳花园，她还要去那里喝茶。

“我过得很开心。”到达的时候她说，“你最好给司机五先令。再见，雷吉。记住明天不要迟到。明天我们去哪里吃饭？”

“只要是便宜的地方就行。”他说，无奈地递给马车司机五先令。

“噢，明天我请你。”卡斯蒂林太太说。

“好。”他回答，脸上露出快乐的神情，“那我们去卡尔顿酒店吃吧。”

卡斯蒂林太太蹦蹦跳跳地走进了房子，而雷吉虽然讨厌走路，为了省钱只好拖着沉重的脚步，闷闷不乐朝他家所在的方向斯隆花园走去。弗兰克说爱情和金钱很少能兼得，这话很有道理。

“花了我一英镑多。”他嘀咕着，“这些钱够我和玛琪吃三顿饭了，如果她也和那个小荡妇一样庸俗，我现在都破产了。”

然而第二天他还是在卡尔顿酒店的前厅等她，两人一起坐下来吃晚餐。侍者递给他一张酒水单。

“您想喝点什么？”他问。

“起泡的就行。”

这正好与雷吉的想法不谋而合，因为不需要买单，他点了自己最喜欢的香槟，那可绝不是最便宜的。雷吉为自己高雅的品位很得意，而且因为酒的价格很高，喝下去的时候更加满意。卡斯蒂林太太脸上涂着厚厚的一层脂粉，看上去有点像一朵凋谢的玫瑰，摆放在商店橱窗精心装置的灯光下，以欺骗买主这还是朵新鲜的玫瑰。她神采飞扬，对自己的外表和面前这位英俊少年的外表都感到满意，少年像米开朗琪罗画中苏醒的亚当一样慵懒而性感。她说话很快，声音特别大。雷吉的精神随着醉人的酒水下肚振奋起来，与地位优渥的女人谈恋爱是否值得的疑虑，也很快就烟消云散了。看着她身上华丽昂贵的衣服，男孩的身体感到兴奋，眼睛赞许地注视着她脖子上的钻石项链和金黄色的头发上的钻石装饰。在拥挤的餐馆里与一位衣着讲究的有钱女人共进晚餐是一种新的感觉，他非常骄傲地觉得自己是一个很快乐的浪子。

递东西的时候，他触摸到她的手指。

“别这样，”她说，“你让我浑身颤抖。”看到这话产生的效果，卡斯蒂林太太各种做作和假装优雅。

“可恶的剧院！真希望我们不一定非得去。”

“但我们必须去。裴蓓丽太太会带她的男人去，我们得陪着她。”

雷吉很开心能和一个有头衔的人坐一个包厢看戏，他知道这也会令他母亲满意。

“为什么他们没把你丈夫变成准男爵？”他率直地问。

“我婆婆不愿意给钱。你也知道，保罗不是什么天才——他也想要有个一官半职，但是最近价格上涨了，准男爵这种头衔是必须花钱才能买到的。”

雷吉的胃口很大，这顿漫长的晚餐他吃得非常满足。轮到吃甜点的时候，他点了一根香烟，吃饱喝足后长舒了一口气。

“人们竟还说知识的乐趣要胜于餐桌的乐趣。”他叹了口气说。

他迷迷瞪瞪地看着卡斯蒂林太太，就像大部分男人那样，胃得到满足以后爱便从心里燃起，他向她投去特别性感的微笑。

“我说，格蕾丝，你就不能周末和我一起去度个假吗？”

“噢，我可不能冒这个险。那太危险了。”

“如果我们去个安静的地方就不会了。让我们庆祝一下！”

她心跳加速，在这双帅气、慵懒的眼睛注视下，她感到一阵奇怪的虚弱。而他把手放在桌子上，硕大的手掌，柔软舒适，看到这只手她心里就产生一种奇怪的悸动。

“保罗下个月要去北方演讲。”她说，“这给我们创造了机会，不是吗？”

做这件事情的风险让她很着迷，对雷吉一时的兴致突然变成了热烈的激情，她愿意为此冒一切险。

“我有个想法。”她悄声说，眼里闪闪发光，“我们去罗彻斯特吧。巴兹尔·肯特前几天提到过那里，你还记得吗？我就可以说是去那里观光或者其他什么。我相信那是个无聊之地，除了美国人谁也不会去。”

“没问题，”他说，“那样就很好。”

“现在我们得走了。叫侍者结账。”

卡斯蒂林太太摸索着找钱包，然后往后一仰头，尖声笑起来。

“怎么了？”

“我忘记带钱包了。最终还是得你付钱。你不介意吧？”

“幸好今天早上母亲给了我五英镑。”他回答，热情马上就褪去了，小心翼翼地掏出闪光的金币，并对自己说：“天哪，早晚我要为此惩罚她。”

到达剧院后，他们发现裴蓓丽太太还没有来，又不知道她的包厢号码，只能在入口处等待。等了差不多半个小时的时间，这段时间里卡斯蒂林太太的脾气变得越来越暴躁。

“真是太令人气愤了，她简直太无礼了。”她已经是第十次大声嚷嚷了，“真不应该来，真希望你不用在这里忍受无聊。难道你就不能说点什么逗逗我？”

“我早就该想到你等不了几分钟就会脾气暴躁。”

“我会想办法以其人之道还治其人之身。她此刻应该正在某处和她可怜的男人一起用餐。你不如去交包厢的钱，这样我们就可以进去看了？”

“我为什么要交？他们邀请了我们，我们就必须等到他们愿意出现为止。”

“如果你还有一点关心我，就不会拒绝做我让你做的事情。”

“如果你让我做的是合理的事情，我就会去做。”

雷吉也有自己的小脾气，这一点溺爱他的母亲从没有教过他要克制。看到卡斯蒂林太太急躁不安、大发雷霆，他反而表现出一种夸张的平静，这远比抱怨或生气更烦人。卡斯蒂林太太忙着用恶毒的语言攻击他深藏的冷漠，并厉声辱骂他。没一会儿，他也干脆以同样的方式攻击她。

“要是你对我不满意我就走。你觉得世上就只有你一个女人了吗？我受够了你这泼辣的性格。天哪，如果已婚男人必须忍受这些，那我情愿不要结婚！”

他们坐下来不说话了，透过脂粉可以看到卡斯蒂林太太的脸颊因生气而发红。裴蓓丽太太最终在一个军人模样高大健壮年轻人的陪同下出现了，她一出现卡斯蒂林太太就笑脸相迎，语气也温柔起来，发誓说她和雷吉也正好刚刚到。而雷吉还没有习惯上流社会的处事方式，无法掩饰他的坏脾气，只闷闷不乐地握手，什么话也没说。

演出结束后，雷吉把卡斯蒂林太太送上一辆马车，但他不愿跟她握手，英俊的脸庞恶狠狠地绷着，这令她非常不安。因为一开始似乎只是心血来潮，但现在却莫名其妙地变成了不顾一切的激情。她有着荡妇的心，多年来，她带着或多或少的认真与一个又一个男人调情；但主要是为了寻求赞美和一个可以一同出行的人，并为她的一些小小挥霍行为买单。虽然有几个人假戏真做，但她总是能保持头脑冷静，这些人一旦开始惹麻烦，她就会小心翼翼地抛弃他们。但是现在，当她独自一人坐车离开，心里隐隐感到一阵渴望的痛苦。她被那双帅气眼睛里的愤怒折磨着，悲伤地想起前一天他在出租马车里匆匆吻她的情景。

“万一他再不回来了呢。”她悄声说道，痛苦地抽噎起来。

她也有点害怕，因为知道自己被一个放荡不羁、自私自利、对她毫不关心的男孩所左右。任何女人都可以实现他的目的，因为她痛苦且清楚地看到，他只是被她的财富和钻石迷住了。他喜欢在她家吃饭，拥抱一个穿着昂贵衣服的女人，这能让他的虚荣心得到满足。但她没有为自由而战的勇气，而是懦弱地委身于这份爱情，一不小心坠入了通往耻辱和痛苦的深渊。回到自己的房间，她给雷吉写了一封惹人怜悯的信，要是那些过去被她残忍玩弄过的人看到这彻底的自卑自贬，可能会觉得是大快人心。

亲爱的，别生我的气。我受不了你生气。我全心全意地爱你。我今天晚上很讨人厌，对不起，但我忍不住，以后我会努力控制脾气。我的头一阵阵抽痛，心也很痛，赶紧给我回信说你原谅我吧。

我爱你——我爱你——我爱你。

格蕾丝

她把信折好，准备放到信封里，脑海里突然闪过一个想法。虽然为人轻率无礼，但卡斯蒂林太太很善于观察。雷吉讨厌花钱，这一点并没有逃过她的注意。她走到一个抽屉边，拿出一张十英镑的钞票，与一张附言一起放进了信封。

不好意思，我今晚忘了带钱包，现在手头只有这张纸币了。除去我欠你的钱，剩下的你可以用来买个领带夹什么的。我早就想给你买个小礼物，又害怕我买的东西你不喜欢。请不要因为让你自己来处理这件事情而生我的气。

年轻的雷吉冷漠地读着来信，读到最后几行的时候脸红了，因为他母亲已经给他灌输过某些道德规范，例如，世上最不光彩的事情就是接受一个女人的钱，即使违背意愿，他也无法摆脱这一观念。一时间他因羞愧而感觉不舒服，但是干净清脆的纸币的声音极具诱惑力。他的手指痒了。

他最先的冲动是把钱还回去，于是他坐到书桌前，但在把纸币往信封塞的时候，他犹豫了，又看了一眼钱币。

“毕竟，再加上昨天的晚餐和茶点，她欠我很多了，留下这些钱也是花在她身上。她那么有钱，对她来说这根本不算什么。”

然后他有了个想法。

“我用剩余的钱来赌马，如果赢了就把十英镑还给她。如果输了的话——那就不能怪我了。”

他把纸币塞进了口袋里。

第十章

肯特夫妇在卡比斯水边的一个渔夫的小屋里度蜜月，这个名字本身浪漫而多情，陶醉了巴兹尔的耳朵。从小屋的窗户，可以看到长满芬芳金雀花的悬崖，慵懒地延伸至五颜六色的海边。出租房屋的老人平易近人、简单纯朴，巴兹尔很喜欢听他讲关于沙丁鱼渔场的长篇故事，听他讲风暴扫过后沙滩上满是碎片残骸的情景，听他讲圣艾夫斯的渔民与来自洛斯托夫特的外国人之间的激烈战斗。他讲述了在乡间一度白热化的信仰复兴活动，呼吁罪人悔改，以及他自己如何在一个难忘的时刻找到了救赎。现在，他原始的热情承认自己迟到的信仰，尽管如此，他还是从租房子的陌生人那里尽可能多地赚钱！那位瘦高憔悴的老海员，双颊布满皱纹，眼睛因长时间扫视大海而视力模糊，他似乎才是那个国家的真实写照，那里人烟稀少，到处是废弃的矿井，但却充满着温情；那里贫瘠，却有着柔和淡雅的色彩。巴兹尔厌倦了上个月各种矛盾的情绪，对他来说，这里有种宁静的魅力，南方那些更独特的辉煌之地也无法与之匹敌。

一天下午，他们走上一座小山，去看当地一处奇观，山顶有一块墓碑。巴兹尔继续往山上走去，而珍妮既不感兴趣又很累，就坐下来休息。他漫步穿过金雀花、番红花、绿色的草坪以及像紫水晶般柔和、高雅的石楠花丛。某个孩子采了一束花扔在了一旁，躺在草地上的花束奄奄一息，失去了光泽的紫色，象征着皇权的衰败。不知道因为什么，巴兹尔想起了最富有诗意的散文作家，神圣而简单的文字编织者杰里米·泰勒，他不断向自己重复《圣洁的死亡》中那句悲伤、热诚的诗句："打碎床铺，喝完杯中的酒，戴上玫瑰花冠，卷曲的发上涂满甘松；上帝嘱咐你要记住死亡。"

站在悬崖边，他眺望远处黑尔海的山谷，那里有平静的河流，就像一座古老的意大利城镇，即使笼罩在阴暗的天空下，也仍是五颜六色、欢乐快活的。天空灰蒙蒙、阴沉沉的，乌云里孕育着雨水，像某个临终异教徒身上的薄纱衣饰掠过山顶一般，孤独地徘徊在基督教传说中的各种怪诞影子中。山顶上有一排枯树，今年稍早些巴兹尔来这里的时候，发现这些树与当时的夏日不相协调，与康沃尔六月的欢乐色彩相比，它们呈现出可怕的黑色。但现在，它们与整个自然都和谐地融为一体，那一排粗糙无叶的枯树，寂静无声，仿佛从事物永恒的意义上来说，它们给人一种奇特的满足感。绿叶和鲜花终究是虚空，像蝴蝶和四月的微风一样转瞬即逝，但这些树恒久不变。枯死的蕨类植物遍地都是，呈土棕色，这是第一批被九月的轻风冻死的夏季植物。死一般的沉寂中，巴兹尔好像听到乌鸦的翅膀拍打空气的声音，它们从头顶飞过，从一片田野飞向另一片田野。奇怪的是，在他的脑海里，听到的是伦敦的呼唤声。巴兹尔特别喜欢独处，过去也常常独来独往，但是自结婚以来，身边一直有人陪伴，有时反而让他烦恼。他开始筹划未来。完全有理由引导珍妮用比当下更开阔的视野看待万事万物；她绝不是个傻子，只要他耐心一点，她可能会逐渐对他感兴趣的事情产生兴趣：让一个人类灵魂发现自身的美是件多么美好的事情啊。然而他的热情很短暂，就在往山下走时，他发现珍妮睡着了，头往后仰，帽子耷拉在一只眼睛上，嘴巴张着。他的心情顿时沉重起来，他在珍妮身上看到了自己以前从未发现的一面。在那柔和、优雅的情景中，她的衣服显得花哨俗气，他敏锐的眼睛发现，即使美貌也掩盖不了她本性的庸俗，正因为如此，他一开始就憎恶她的哥哥。

不过，担心天会下雨，他叫醒了珍妮，提议赶紧回家。她看着他深情一笑。

“你一直看着我睡觉吗？我有没有张开嘴？”

“有。”

“那看起来一定很难看。”

“你在哪里买的帽子？”他问。

“我自己做的。你不喜欢吗？”

“我希望颜色不那么明亮。”

“鲜艳的色彩很适合我。”她回答，“一直都适合。”

康沃尔郡的毛毛细雨笼罩着整个大地，像人类的悲伤一样到处渗透，最后，在这一天行将结束时，开始下雨。乡村在薄雾和黑夜里陷入沉沉的黑暗。但是巴兹尔的内心深处更黑暗，才过了短短一个星期，他已经开始担心，自己信心满满承担起的任务超出了他的能力范围。

一回到伦敦，巴兹尔就把属于他的所有家具搬进了在巴恩斯租来的小房子里。他喜欢那里老式的商业街道，保留了一种乡村的淳朴简单，而这简单朴素的风格弥补了那一长排住宅沉闷的外观，他的那一栋也在里边。建造者小心地维护着自己的创意，在街道两边各建了五十所一模一样的小房子，只能通过门牌号和扇形窗上夸张的名字来区分。这对年轻夫妇花了两到三个星期的时间整理东西，然后巴兹尔就沉下心来过他喜欢的单调生活，这让他大部分时间都可以用来工作。他每天一大早就去律师办公室，坐在那个“皇室律师”的办公室里给他当助手，等着似乎永远都不会到来的诉讼摘要，大约五点钟坐火车回巴恩斯。回家后他和珍妮一起沿着小路散步，晚饭后他就一直写东西写到上床睡觉为止。现在巴兹尔对自己的婚姻有种平静的满足感；所有事情都解决好了，可以投身于自己的文学志向了。显然，婚姻关系自有魔力，结婚后他对珍妮逐渐产生了一种清醒但却深厚的感情。她的崇拜让他很高兴，她谦卑的唯命是从使他感动。他全心全意地盼望着他们的孩子出生。他们不停地谈论这个孩子，两个人都确信一定是个儿子，总是不厌其烦地讨论该怎么抚养他，该留什么样的头发，什么时候给他穿马裤，去哪里上学等。巴兹尔想象着这个美丽的女人给孩子喂奶的情景——那是她最可爱的时候——脉搏里跳动着感激和骄傲。他责备自己，因为曾经犹豫要不要娶她，还因为在蜜月期间有那么一刻对自己草率结婚深感后悔。

珍妮非常开心，容光焕发。她生性有些懒惰，金冠酒吧的束缚解脱之后，从早到晚什么也不用做，她觉得很高兴。有个称她为“夫人”还随叫随到的仆人非常有意思，看着仆人忙上忙下而自己却悠闲地坐着，这让她十分满足。她也为这所小房子和里边的家具感到骄傲，更是自鸣得意地拂去画上的灰尘，因为她觉得这些画很难看；巴兹尔却说很漂亮，但她知道买它们花了很多钱。同样的道理，正因为既不理解他的想法，也不能与他的雄心壮志产生共鸣，珍妮反而更加钦佩她丈夫。她像狗崇拜主人一样崇拜她的丈夫。每天他进城对她都是一种折磨，她总是陪他到门口看着他消失在视线中，他要回来时，她屏住呼吸听他走在人行道上的声音，有时候等不及了就直接走出去迎接他。

巴兹尔没有那种令人愉快的天赋，做不到接受人们的本来面目，也做不到不向人们要求超出他们能力之外的东西；而是试图按照自己的想法塑造那些与他接触的人。珍妮的品位很糟糕，作为漂亮的酒吧女侍，她的无知并不让人觉得不得体，但是作为妻子，她的无知则让他心生苦恼。按照巴兹尔拟定的一个无意识的教育计划，巴兹尔给珍妮一些书读，就像往果酱中加入粉末一样，珍妮可能会不知不觉地获得知识。虽然她顺从地接受了这些书，但他的选择也许并不完全是她喜欢的，读了那么一刻钟的时间之后，她就会放下书，然后整个上午都与那个什么都做的女仆亲昵地聊天。然而，如果什么时候渴望文学上的精神食粮了，她也更乐意从车站的书摊上买本中篇小说读，只是巴兹尔回来的时候要小心藏好。有一次，他偶然发现了一本名为《罗莎蒙德的复仇》的书，她就解释说书是仆人的。只需花一便士，肯特太太就可以买到一本令人毛骨悚然的长篇爱情小说，书中英俊、贵族气派的男主人公与巴兹尔异常相似，男主人公那些无所畏惧的英勇事迹都是为一位绝世美人做的，这位美人不是别人正是她自己。她把自己最喜欢的故事书藏在一间空余卧室的床垫下，书中一位地位很高的少女高尚地牺牲了自己，想到在类似的情况下，她也会心甘情愿为巴兹尔冒生命危险，珍妮的心就怦怦直跳。肯特对这一切一无所知，经常谈起他让她读的那些书，然而他的热情很容易将他冲昏头脑，以至于没有注意到她对这些书的了解仍然未见增长。

“真希望你给我读读你写的书，巴兹尔。”有一天晚上她说，“你从不跟我聊你写的书。”

“亲爱的，我的书只会让你觉得无聊。”

“你觉得我不够聪明，不能理解吗？”

“当然不是！你想让我读的话，我会很开心地为你读一点。”

“你是个作家，我特别高兴。这太不简单了，对不对？如果在报纸上看到你的名字，我会感到很骄傲。现在就给我读一些，好吗？”

不管他多么激烈地反对，没有哪个作家会不喜欢别人请他朗读自己尚未出版的书稿。那就像他心中的孩子，未出版时魅力十足，而一旦排版完成，装订成册，所有的魅力将被彻底摧毁。巴兹尔尤其需要支持，因为他不相信自己，如果有人对他的努力表示赞赏，他可以做得更好。巴兹尔一直热切地希望珍妮会对他的作品感兴趣，只是因为缺乏自信，他才迄今为止很少谈论这件事。

他小说的场景是16世纪初的意大利。从南非回来后不久，有一天他在国家美术馆突然产生了写这部小说的灵感。当时他的思想长时间不接触艺术气息的事物，已经有些迟钝，却对美的印象特别敏感。他流连于不同的画作，欣赏之前最喜欢的作品，美术馆内严肃的宁静使他的灵魂充满了比爱情和美酒更大的喜悦。他常回忆起那一刻，那是一种非凡的幸福感，是精神上的满足和平静，让人收获颇丰。最后他来到莫雷托的一幅意大利贵族肖像画前，对于富有想象力的人而言，这幅肖像似乎表达了文艺复兴后期的全部精神。奇怪的是，这很符合他的心境。他认为画出美丽的图案是画家的终极目标，凭借敏锐的鉴赏能力，他注意到画面昏暗色彩的装饰效果，也注意到大理石斜面门洞里那个瘦削、忧郁、慵懒的高个子贵族。不知道多少年以来，画中这位无名贵族一直以这种半疲倦半矫揉造作的姿态站着；黄褐色的、如同精神荒漠般空白的背景反衬出他带着克制的绝望情绪；青绿色的天空甚至有点凄冷和悲凉。画作的日期是 1526 年，他穿着袖子有裂口装饰的衣服和紧身裤，是那个时代的特点（早年对新生和复兴的热情已经过去；或者米开朗琪罗死了，而凯撒·伯尔嘉在遥远的纳瓦拉腐烂了）；他色彩斑驳的衣服上深深的樱桃红和黑色一样令人悲伤，但在这红色的衬托下，里面精致的细棉布衬衫和褶边闪闪发光。他的一只手没有戴手套，闲散地搭在长剑柄最后端的圆球上，他的手修长而精致，白皙而柔软，既像是绅士，又像是学生。他头上戴着一顶奇形怪状的帽子，半浅褐色，半猩红色，正面有一个圣乔治屠龙的徽章。

那张脸一直萦绕在巴兹尔的脑海里，黑色的胡子使脸显得更加苍白；眼睛惆怅地望着远处，仿佛所见之物只会让人疲倦，而世界除了幻灭之外别无他物。不久，在沉思画中人物想要表达什么时，他内心有了故事的雏形。为了把故事写下来，好几个月以来，他大部分时间都待在大英博物馆里，沉浸在那个时代的诗人和历史学家的作品当中。最后他真正开始写作了。巴兹尔想描述当时的意大利社会——当君士坦丁堡的沦陷为人类智慧打开新的视野时，意大利社会曾以满腔热情欢迎自由思想的到来，自那之后意大利社会彻底觉醒了。巴兹尔创造了一个人物，这个人把生命当作一场战斗，极力设法享受每时每刻，但现在发现一切都是徒劳，这个世界不再有他追求的东西，他只能绝望地回首过去。他熟悉皇家宫廷和雇佣兵的帐篷，经历过各种情感，浴血奋战过、深爱过、密谋策划过、写过诗、谈论过柏拉图主义。写作过程中的这些事情令人激动，但巴兹尔仅在必须用它们解释人物的精神状态时提到这些事情，他希望通过避开感觉，只对精神状态进行详细分析，来显示他对平凡的蔑视。

巴兹尔的主题正好可以用上他精心设计的风格。他开始读出声来，特别强调句子的节奏，因它们的乐感而欢欣。他的词汇都选自伊丽莎白女王时代，丰富响亮，某些词句的美甚至让他沉醉。然而最后他突然停顿下来。

“珍妮？”他喊道。

没有回答，他看到她已经睡熟了。为了不吵醒她，他小心翼翼地把书放在一边，从椅子里站起身来。如果她不能保持清醒，又为什么要让他读呢，他恼火地走到桌子旁。幸亏这时候幽默感出来救场。

“我多傻呀！”他笑道，“怎么就觉得她会对此感兴趣呢？”

但是默里太太曾以最让人欣喜的专注聆听了同一章节的内容，听完后还不吝大声赞扬。巴兹尔想起来莫里哀会给他的厨师读喜剧，她要是不觉得好笑就重写。按这样的标准他早该撕毁自己的小说；不过，接着他又着急地告诉自己，他不为大众，而只为特定的少数人写作。

感觉到巴兹尔不在身边，珍妮没多久就醒了。

“哎呀，不会吧！我没有睡着，对不对？”

“还打呼噜呢！”

“对不起。我打扰到你了吗？”

“一点都没有。”

“我忍不住。你在旁边朗读让我感觉好困。但我真的很喜欢，巴兹尔。”

“写了本催眠的书也是件了不起的事情。”他冷笑着回答。

“再给我读一些吧，我已经完全清醒了，这个故事很美。”

“如果你不介意的话，我还有些工作要做。”

几天后，珍妮的母亲来拜访他们，她从没见过巴兹尔，也从没来过他们的房子。她是个身材魁梧、坚定果断的女人，穿着一件黑色缎子连衣裙，显得很不自在，似乎这是她最好的衣服，只在周日才穿。这条裙子给她一种奇怪的感觉，仿佛日子混乱了，在一周的中间又来了个安息日。珍妮违背巴兹尔的意愿，坚持只在特殊场合才使用他们最好的东西，只有他们自己的时候就用陶罐泡茶。

“妈妈，你不会介意我不用银质茶壶泡茶吧？”坐下来后，她问道，“我们不是每天都用。”

“我也不是每天都来看你们，亲爱的。”布什太太回答说，闷闷不乐地摸着她的黑缎裙子。

“不过我觉得现在你结婚了，我就谁都不是了。难道你们不坐在餐桌边喝茶吗？”

“巴兹尔喜欢在客厅喝茶。”珍妮回答，往每一个杯子底倒上牛奶。

“哎呀，这有点乱。对我来说，茶点可是最好的一顿饭；你知道的，珍妮。”

“是的，妈妈。”

“我总觉得只在盘子里放几片黄油面包，而且几乎看不到上面抹的一点点黄油，这看起来太小气了。”

“巴兹尔喜欢那样。”

“在我家，我都按自己的方式做事。亲爱的，在家里就不要给你丈夫让步，不然他会事事当成理所当然的。”

这时巴兹尔进来了，珍妮把他介绍给客人，十分紧张地看着她妈妈，希望她举止得体！布什太太虽然对他的矜持态度有些敬畏，但还是小心翼翼地想显示自己是一位完美的女士，举起杯子的时候，她的小手指以最优雅、最受认可的方式弯曲着。巴兹尔礼节性地说了几句话后，便陷入沉默，于是两个女人费力地聊了五分钟琐碎的话题。然后一辆马车停在他们家门口，不一会儿女仆就通报说——默里太太来了。

“我觉得你会允许我来拜访你们的，”她说着，向珍妮伸出手，“我是你丈夫的老朋友。”

珍妮脸红了，吓了一跳，而巴兹尔看到她很高兴，热情地跟她握手。

“你真是太好了。来得正好，我们正在喝茶。”

“我正想喝点呢。”

她坐下来，看起来美丽大方、镇定自若。布什太太特意仔细看了看她的衣服。而珍妮想起来他们只用了普通的茶壶。

“我去泡一些新鲜的茶来。”她说。

“让范妮去吧，珍妮。”

“不行，我得去，我把茶叶锁起来了。我不得不这么做，”她向默里太太补充说，“现在这些女孩子太不可信了。”

她急匆匆地出去了，她离开后巴兹尔就迫不及待地问默里太太是如何找到他们的。

“你居然不写信告诉我住在哪里，太可恶了。莱伊小姐给了我你的住址。”

“你不觉得这是一个很有意思的地方吗？你必须去商业街道看看，街道上有些地方特别离奇古雅。”

他俩几乎背对着布什太太，聊得很开心，而布什太太皱着眉头看着他们。但正如她经常说的，她可不是一个愿意吃亏的女人。

“天气不错，是不是？”她咄咄逼人地插话。

“天气很好!”默里太太笑着说。

布什太太还没来得及说下一句,巴兹尔就问默里太太什么时候动身去意大利。幸好那个时候珍妮进来了,但她母亲愤怒地注意到她拿的是银质茶壶。她挺直身子，坐着默默地生气，因脆弱的神经受到伤害而怒气冲冲。而且她还注意到，巴兹尔在默里太太到来之前几乎不说话，现在却滔滔不绝起来；他幽默地讲述了他们搬进这栋房子时遇到的各种麻烦，虽然这似乎让默里太太非常开心，布什太太却看不出其中有什么好笑的地方。

最后客人终于站起身来。

“我真的必须走了。再见，肯特太太。一定得让你丈夫带你来我家坐坐。”

她步态优雅地往外走，丝质衣服发出沙沙的声音，巴兹尔陪着她下楼。

“她是坐马车来的，妈妈。”珍妮从窗户看出去说。

“我自己头上有眼睛，亲爱的。”布什太太说。

“他是不是看起来很贵族气派？”崇拜的妻子大声说道。

“贵族气派要有贵族气派的作风。”她母亲严厉地说。

她们看到巴兹尔在门口与默里太太有说有笑。然后看到她跟马车夫说了些什么，他俩缓缓沿街道走着的时候，车夫就在后面跟着。

“看啊，珍妮!”布什太太喊道，声音里充满了惊奇、害怕和愤怒。

“他们这是要去哪儿。”珍妮说着，转过脸去。

“亲爱的，听我一句忠告，密切留意你丈夫。我要是你的话，就不会太相信他。你告诉他，你妈妈可以看穿厚厚的砖墙，也可以看穿任何人……他跟你说过这位女性朋友的事情吗？”

“是的，妈妈。他经常说起她。”珍妮有些不自在地说，实际上直到那天为止，她甚至还从未听说过默里太太的名字。

“那你告诉他，不想听到任何有关那个女人的事情。你必须要小心，亲爱的。刚结婚那会儿，我和你爸之间也有很多麻烦。但我下定决心让他明白，我不会忍受他的无理取闹。”

“不知道巴兹尔为什么还不回来？”

“而且，他竟然没有把我介绍给他那位女性朋友。我想是我不够好吧。”

“妈妈!”

“哦，别跟我说话，亲爱的。我觉得你对我很差劲，你们两个都是，我需要花一整天的时间才能离开蹲尾区舒适的家，跨进你家门。”

正说着，巴兹尔回来了，一下就看到了不高兴的布什太太。

“喂，怎么了？”他笑着问。

“这可不是什么好笑的事情，肯特先生。”被激怒的老妇人端着架子回答说，“我生气了，我并不否认。我确实希望得到礼貌的待遇，珍妮不应该用一个只值六便士多的廉价茶壶来打发我——你不能否认那个茶壶也就值这个价，亲爱的，因为你我心里都清楚。”

“我们下次会表现更好。”巴兹尔和气地说。

“你那位女性朋友一进来，珍妮也没用多长时间就取出了银质茶壶。不过我可能不值得她这么费心。”

“我觉得陶瓷壶煮的茶总是好喝很多。”巴兹尔温和地说。

“哦，是的，我敢说没错。”布什太太讽刺地回答，“要抓麻雀，你只要在它的尾巴上放点盐就可以了。我先告辞了。”

“你不会就要走了吧，妈妈？”

“我知道自己什么时候不受欢迎，你们也不用费力送我出去，我知道怎么走，也不会顺手拿走放在门口的雨伞。”

巴兹尔心情很好，她这一番发脾气更让他觉得好笑。

“你刚才去哪里了，巴兹尔？”珍妮问，这时她母亲已经满脸不屑地大步离开了。

“我觉得默里太太会对商业街感兴趣，就带她看了一下。”

珍妮没有回答。巴兹尔刚和这位意想不到的客人讨论了他书稿的进展，还在想着她对他说的那些舒心的话，完全没注意到妻子的沉默。整个晚上她几乎没有说话，但突然想起来巴兹尔从来没有这么高兴过。吃晚饭时，他一边大笑一边开着玩笑，没注意到她并没有回应；吃完饭后他就坐下来工作了。灵感源源不断涌上心头，他写得又快又轻松。而珍妮假装在看书，实际是偷偷抬眼看着他。

第十一章

巴兹尔结婚后大约一个星期，莱伊小姐在她的早餐桌上看到了下面这封贝拉的来信。

最亲爱的玛丽：

我最近很担心我的朋友赫伯特·菲尔德，想让你帮我一个大忙。你知道他身体不是很好，不久前患了一场可怕的感冒，好像怎么也恢复不了。他也不肯好好照顾自己，现在看起来又病又弱。我们的医生一直在医治他，但并不见好，我非常担心。若是他发生什么意外的话，我不知道该怎么办。后来我终于说服他来伦敦找专家看病。你觉得如果我周六带菲尔德先生过来的话，哈内尔医生可以帮忙检查一下吗？当然我会支付由此产生的一般费用，但不需要让赫伯特知道这些。他可以在周六早上早点出发，如果你能帮我预约一下，我们就直接坐车去找哈内尔医生。看完后可以来你家一起吃午饭吗？

你亲爱的，

贝拉·兰顿

只要有时间，弗兰克就会来莱伊小姐家喝茶，这已经成为他的习惯。这天他来时，莱伊小姐给他看了贝拉的信，然后她回信说哈内尔医生很乐意在下周六中午十二点接待病人。

“我认为他没什么病。”弗兰克说，“但不介意给他看看。告诉她不用给什么该死的费用。”

“别傻了，弗兰克。”莱伊小姐回答。

到了约定的时间，贝拉和赫伯特被领进他的诊室。年轻的赫伯特感觉羞涩不安。

“你可以去候诊室等一下吗，兰顿小姐？”弗兰克说，“迟点我会让人叫你。”

贝拉有点被他的专业态度打动，退出了诊室，而弗兰克慢慢地检查着病人的脸，像是在寻找他隐藏的活力。赫伯特则担心地看着眼前这个严肃的人。

“我并不认为自己真的有什么严重的问题，只是兰顿小姐很担心。”

“如果只听病人的，那么医生得饿死。”弗兰克回复，“你最好把衣服脱下来。”

在陌生人面前脱衣服，赫伯特很尴尬，脸都红了。医生注意到他牛奶般洁白的皮肤和异常消瘦的身体，整个身体的骨架都显露出来了；他拉住男孩的手，看着他长长的手指，指甲稍微有点弯曲。

“你有没有吐过血？”

“没有。”

“晚上睡觉会出汗吗？”

“之前从来不会，但是最近这个星期有一点。”

“我想你大部分亲人都离世了，是不是？”

“是的，全部。”

“他们因为什么病而死？”

“我父亲死于肺病，我姐姐也是。”

弗兰克什么都没说，但听到这段不好的病史，本来严肃的脸更为严肃了。他开始叩诊男孩的胸部。

“没有什么异常。”他说。

然后他拿出听诊器来听。

“说九十九。咳一下。深呼吸。”

他仔细地检查着整个身体，最多也就发现了一些由支气管炎引起的问题。但是在放下听诊器之前，他又听了一下肺尖，在锁骨往上一点的位置。

“深呼吸。”

他听到一声很明显的噼啪声，之后赫伯特脸上就呈现出病态的潮红，这些症状再加上他的家族病史，已经可以让弗兰克预料到这些声响了。他再一次更加仔细地叩诊，声音是低沉的。现在对于诊断已经没有疑义了。

“可以穿上衣服了。”他说着，坐到桌前写下病例的情况。

一句话也没说，赫伯特穿好了衣服。他一直等到医生写完。

“我有什么问题吗？”他问。

弗兰克沉重地看着他。

“没什么严重的问题。你把兰顿小姐叫过来，我和她谈吧。”

“您不介意的话，我更想自己听到。”赫伯特说，脸都红了，“别人说什么我都不会害怕。”

“知道吗，你不用太担心。”过了一会儿弗兰克回答他，短暂的犹豫没有逃脱赫伯特的眼睛，“你右边的肺尖有啰音。一开始我没有听出来。”

“那是什么意思？”一阵恐怖的寒意穿过身体，他的手脚感觉特别冰凉。问下一个问题的时候，他声音颤栗：“是与我父亲和姐姐一样的病吗？”

“恐怕是这样。”弗兰克说。

死亡的阴影突然降临到房间里，耐心而险恶。每个人都知道，从此以后，它永远不会离开这个年轻人的身边。吃饭的时候，它会静静地坐在他旁边；睡觉的时候，躺在他床上；他阅读时，一根长长的手指会在某些字眼下画线，提醒他自己是一名被判死刑的囚犯。当风穿越乡间，像一个四肢强健的耕童对他自己歌唱时，死神在他耳边吹着口哨，轻轻地嘲弄这首曲子；当他看到冉冉升起的太阳把薄雾染成了玉髓一般的紫色、玫瑰色和绿色时，死神会窃笑他居然为这个悲伤世界的美丽而欣喜。一只冰冷的手抓住了他的心，使他感到恐惧和痛苦；他忍不住因极度痛苦而抽泣起来。弗兰克不愿意看那张天真的脸，那么坦率、帅气，却因恐惧心急如焚，他只得垂下眼睛。然后，为了掩饰自己，赫伯特走到窗前向外望去：对面的房子一片灰蒙蒙，难看又单调，阴沉的天空低垂下来，像真的要把大地压碎了一样；但是，他把生活看成一场盛大游行，在他眼前列队行进，蔚蓝的天空比一件古老法国宝石上丰富的珐琅更为深邃，犁过的田野在阳光下闪烁着各种碧玉的光芒，而榆树比翡翠更为阴郁。他像一个深陷深渊的人，中午还能看到那些生活在白天的人根本看不见的星星。

弗兰克的声音在他听来好像来自另一个世界。

“我要是你的话，就不会太放在心上。只要照顾得好，你可以很快恢复，而且很多有肺结核的人最后都活到了很大年纪。”

“我姐姐得病后只活了四个月，父亲还不到一年。”

他苍白的脸上没有流露出任何情绪，因此弗兰克只能猜测使他心灰意冷的恐惧。弗兰克见过许多人被判死刑，也知道相比之下，死刑的痛苦确实很小。这是人生中最可怕的时刻，那必定是一位残忍的神灵，他不满足于用瞬间绝望的痛苦来惩罚人类的一切罪恶和愚蠢：除此之外，所有人类的苦难，包括孩子的死亡或朋友的忘恩负义，荣誉或财富的丧失，都变得微不足道。由于人类超越了兽类，这是每个人都必须喝下去的一杯苦涩、痛苦的酒。

弗兰克摇响了铃铛。

“请兰顿小姐过来一下。”他对应门的仆人说。

她焦急地从弗兰克看向站在窗前的赫伯特，赫伯特转过身来；两个男人的沉默，加上医生沉重的压抑感，使她心里充满着恐惧的不祥预感。

“赫伯特，怎么了？”她大叫，“他跟你说了什么？”

男孩转过身去。

“他只是说我现在什么事情也做不了了。我会像狗一样死去，再也见不到阳光、蓝天和绿树。”

贝拉大声喊叫，眼睛里流露出绝望，眼泪无助地沿着脸颊流下来。

“你怎么可以这么残忍？”她对弗兰克说，“噢，赫伯特，或许这不是真的……我们还能做什么，哈内尔医生？你就没有办法救救他吗？”

她坐到一把椅子里抽泣起来。男孩温柔地把手搭在她的肩膀上。

“别哭了，亲爱的。我内心深处知道，只是不愿相信而已。不管怎样，没有什么办法了。我也只能像其他人一样经历这个过程。”

“这一切太艰难了，且毫无意义。”她开始呻吟，“这不可能是真的。”

赫伯特看着她，没有回答，好像她的痛苦是一件奇怪的事情，激不起他的任何情感。过了一会儿，贝拉叹了口气，站起身来，擦干眼泪。

“走吧，赫伯特。”她说，“我们去找玛丽。”

“你介意我自己走吗？我感觉现在没法和任何人说话。想自己一个人待一会儿，仔细思考一下。”

“你就做你想做的事情吧，赫伯特。”

“再见，哈内尔医生，谢谢你。”

贝拉用热切、充满痛苦的眼睛看着他离开，而她也感觉到他身上的奇怪情绪，不敢阻挠他的愿望。他说话的时候，声音里有种她从未听到过的音调变化。但是很快她就努力振作起来，转向弗兰克。

“现在，您可以告诉我应该做些什么吗？”她说着，试图拿出在特坎伯里做慈善事业的决心。

“首先要接受一个事实，目前还不需要惊慌。毫无疑问他就是得了肺结核，但是目前的伤害还非常小。他需要得到照顾和适当的医治……他完全依靠工作收入过日子吗？”

“恐怕是这样的。”

“有可能离开这里吗？他需要去国外过冬天——不光是气候的原因，而且新的风景也会分散他的注意力。”

“噢，我当然很乐意替他支付这些费用，但是他从不接受我一分钱。这是他唯一的存活机会吗？”

“也不能这么说。人的身体像一台机器，总是会有一些超出预期的行为；有时虽然每一个器官都生病了，却还能蹒跚行走。”

贝拉脑海里突然闪过一个念头，并没有听他说什么。她满脸涨得通红，但还是觉得这个主意很好；她的心疯狂地跳动，一阵兴奋的幸福感提振了她的精神。她从椅子里站起来。

“终于，我可以做一些事情了。我必须走了，要去和莱伊小姐谈一谈。再见。”

她向他伸出手，留他在那思索是什么导致了她这突然的变化——抑郁沮丧不见了，步伐加快了，步子也轻松灵活了。

“好啦，弗兰克跟你说了什么？”莱伊小姐亲吻完贝拉后问她。

“他说赫伯特得了肺结核，必须去国外过冬天。”

“听到这个消息我很难过，但是那有可能吗？”

“除非我带他去。”

“亲爱的，你怎么可以？”莱伊小姐惊呼。

贝拉犹豫了一下，脸红了。

“我打算让他娶我。现在还假装端庄之类的没有什么意义了。这是我能救他命的唯一方法，而且，在这个世界上，我最爱的人是他。一个月前我跟你说，我不可能会喜欢一个年轻得几乎可以做我儿子的男孩，我是骗你的。那个时候我还在作斗争，认为那么做可耻又可笑，但是我从第一天见到他就爱上了他。”

光是贝拉严肃的表情，就足以让莱伊小姐放弃她惯常使用的讽刺。她小心地掩饰住微笑。

“你父亲不会同意的，亲爱的。”她严肃地说。

“希望我向他解释完情况后他能同意。我担心他会特别痛苦，不过他若是拒绝，我也该铭记自己已经是成年人了，能够自己做出判断。”

“不知道没有你他该怎么办。他所有的慰藉和快乐都完全来自于你。”

“我已经侍奉他四十年了。并非出于义务而是出于爱，我为他付出了自己的青春。现在有人比他更需要我。父亲很富有，他有舒适的家、书籍、朋友和健康的身体。赫伯特除了我什么都没有。如果我照顾他，或许还能让他多活几年，即使他还是难逃一死，他临死的时候我还可以在身边抚慰他。”

兰顿小姐说得很快，决心如此坚定，年长的莱伊小姐知道与她争论无济于事；她一门心思想着这个念头，看来朋友的劝说或者父亲的恳求都无法阻拦她。

“对此，那个年轻人怎么说呢？”莱伊小姐问。

“他还不知道这个想法。他视我为一个中年女人，有关爱情的一切都是荒唐可笑的。有时候他取笑我太实际。”

“他在哪里？”

贝拉还没来得及回答，门口就传来铃声，她们听到赫伯特问管家兰顿小姐是否进来了。

“他来了！”贝拉大喊，“我现在就去找他，玛丽。他正往客厅走。噢，我感觉好紧张啊。”

“别傻了，贝拉。”莱伊小姐笑着说，“我还从没见过哪个要向自己心爱的人求婚的女人像你这么从容冷静的。”

走到门口的时候兰顿小姐突然停下来，用一种可怜的神情看着她的朋友。

“噢，玛丽，真希望我没这么老。老实告诉我，我是不是长的特别普通？”

“那个笨拙的小青年根本配不上你，亲爱的。”莱伊小姐说，想用粗鲁的行为来掩盖她发出来的像抽噎一样的声音，“他要是有头脑的话，三个月前就应该坚持娶你。”

贝拉关上门走后，莱伊小姐看到站在底座上的纳西塞斯铜像，永远是那么讨人喜爱的装模作样，伸出一只长长的食指，像在聆听一样把头微微偏向一边。她生气地对他说起了话。

“希望你不要看起来如此震惊和困惑，也不要因自己的美而忸怩作态。你应该知道，一旦爱和自我牺牲在一个中年女人的心中结合，世上就没有什么能阻止她像个十足的疯子一样行事。在你那个时代，老姑娘是不为人知的，你不可能理解她的想法，即使这听上去也许很奇怪，但是老姑娘也是人。如果你因为他们年龄不相称而心生反感，那你真是个白痴，对心理学和生理学的基本要素都一无所知。我自己喜欢了一代又一代的年轻人，只是与他们之间的关系始终都是严格意义上的柏拉图式的。”

纳西塞斯，全神贯注地聆听着山林女神厄科临死前的声音，完全不顾莱伊小姐的长篇大论，她只得不耐烦地走开了。

进到客厅，贝拉发现赫伯特站在窗前，他带着微笑向她走来。她看到他已经更冷静了，虽然脸色苍白严肃，但是不再因为恐惧而扭曲变形。

“你不会觉得我让你自己一个人回来很不友好，对吗？”他温柔地问道，“我那会儿有点不安，感觉如果不自己一个人待着的话，会出丑的。”

她拉起他的手，握紧了。

“你知道我永远不会觉得你做的什么事情不友好。不过你得告诉我你是否做了什么决定。”她犹豫了一下，但是表达难过的话似乎无济于事；在那样的时刻，这些话又怎么能安慰他呢？“我想让你知道我永远是你的依靠。”

“你对我真好。我不知道还有什么事情好决定的。我想自己会很快适应不去设想未来，一开始肯定很艰难，因为我在那个沉闷的银行的工作是我拥有的一切。我会工作到做不动为止，如果实在病得太严重了，就必须试着去医院住院。我想院长会帮我入院的。”

“哦，别这样说！这太可怕了。”贝拉伤心地哭喊，“没有什么我可以做的吗？我觉得好无助啊。”

他看着她，看了一会儿。

“有，有一件事。”他回答说，“我想请求你一件事情，贝拉。你一直是我非常好的朋友，现在我比以往任何时候都更需要你。”

“我会做任何你想让我做的事情。”她说着，心怦怦直跳。

“恐怕这要求很自私。但是我不想让你这个冬天离开这里——我怕万一发生什么事情。因为我姐姐在出现症状三个月后就去世了。”

“我愿意为你付出更多。”

她把手放在他的肩膀上，凝视着他那双忧郁的蓝眼睛。她仔细地观察着他那张比以往任何时候都更苍白、更精致清澈的脸，以及他那还在因为死亡的恐惧而颤抖的柔软嘴唇。她还记得他孩子气地大笑时，嘴唇和眼睛会呈现出愉悦快乐的神情，脸颊会因为自己欢快的言辞而激动得通红。然后她垂下了双眼。

“我想知道你是否愿意娶我。”

虽然眼睛看往了别处，她还是知道他的脸涨得通红，她感到无望又无助，满心羞愧，只得放下双手。他答复之前的这段时间不堪忍受。

“我还没有自私到那种程度。”他悄声说，声音颤抖。

“我就知道这个想法会让你反感。”她抽泣着说。

“贝拉，你怎么能这么说！难道你不知道我本应该感到自豪吗？难道你不知道你是我唯一喜欢过的女人吗？但我不会让你为我牺牲自己。我见过身边人死于肺结核的情形，知道有多可怕。你觉得我会让你照顾我，去做那些必须要做但又十分恶心的事情吗？你也可能会染病的。哦，不，贝拉，别以为我是个忘恩负义的人，我不能娶你。”

“你觉得这对我是牺牲吗？”她悲伤地问道，“我可怜的男孩，你从不明白我全心全意地爱着你，你以前开心、无忧无虑的时候，我感觉心都要碎了，因为我又老又难看。你忘了吗，有一天你吻了我的手。这对你来说或许只是个玩笑，但是你走后，我痛苦地哭了。要不是你觉得我已经四十岁了，这么做没有关系，你绝不会这么做。有时你挽着我的手臂，我会因为爱你而感到难受。现在，我想你完全看不起我了。”

她崩溃了，伤心哭泣起来；但是过了一会，她着急地擦掉眼泪，绝望而自豪地面对着他。

“毕竟，我是谁，不就是个中年妇女？甚至从来都不漂亮，而且一生都在跟一些微不足道的事情打交道，所以思想也很狭隘，既愚笨又呆板。我凭什么认为，因为我像个傻子一样爱着你，你就会愿意娶我？”

“哦，贝拉，别这样说。我心都要碎了。”

“你觉得这对我来说是自我牺牲！我之所以向你求婚，是想每时每刻都和你在一起——如果你病倒了，我不能忍受让其他人来触碰你。我一生都很孤独，特别孤独，这是我最后一次争取幸福。”

她坐进一把椅子里，把脸扭过去，赫伯特跪在她身旁，握着她的双手。

“看着我，贝拉……我以为你这样说只是因为你知道我不得不离开银行，必须有人照顾才行。我从没怀疑过你真的关心我，我为自己的盲目无知而惭愧。不过，难道你不知道我最想做的事情就是和你永远在一起吗？这样我都不用担心自己的病了，因为和你在一起能带给我的幸福感是我从不敢奢望的。贝拉，如果你不介意我又穷又病，根本配不上你，你愿意嫁给我吗？”

突然，她停止默默哭泣，脸上灿烂的微笑驱走了所有的悲伤。过了片刻，她明白了他话里的意思，半信半疑地看着他，然后低头亲吻他的双手。

“噢，最亲爱的人呀，你让我多么幸福啊！”

他们最后去找莱伊小姐时，贝拉满含泪水的双眼闪烁着难以名状的幸福。年长的莱伊小姐看着赫伯特，不再因为亲戚的痴情而惊讶，因为他的脸坦率温柔，像一幅古画里年轻漂亮的圣人的脸。

第十二章

弗兰克习惯在结束医院里一天的工作后，和莱伊小姐一起喝茶，但是那天下午他到达老皇后大街时，莱伊小姐看到他苍白的脸色很是惊讶，他黑色的双眼闪烁着反常的光泽，看起来比以往任何时候都更大，疲惫焦虑的表情说明他正经受煎熬：他牙关紧咬，仿佛经过了深思熟虑才控制住自己的情绪。

“这么晚了，”她说，“我还以为你不会来了。”

“我很累。”他回答，声调紧张不安。

她给他倒了茶，就坐下来读晚报，好让他一边吃喝，一边有机会镇定下来。她有令人钦佩的洞察力，在他的朋友中也只有她能洞察到弗兰克的情绪。虽然她从来没有暗示过这一点，因为她知道缺乏自控力对他来说是一种耻辱，但她最终还是能以非常微妙的技巧应对他的情绪。因为他们坐在书房，没过一会儿，他去取了烟草回来，点燃了烟斗，嘴里吐出浓密的烟雾。

“这很让人欣慰吧？”莱伊小姐笑着问。

“确实！”

等到他准备好说话了，她又看起了报纸，虽然感觉到他的眼睛好奇地盯着自己，也毫不理会。

“天哪，你能赶紧放下那份报纸吗？”最后他终于生气地喊道。

脸上露出淡淡的笑意，她照他说的做了。

“你今天很累吗，弗兰克？”

“唉，太糟糕了！”他回答，“不知道为什么，但这一切对我来说似乎比以往任何时候都更有意义。我告诉那个可怜的男孩他的肺部受到感染时，他那悲惨欲绝的神情让我难以释怀。”

“真希望整件事情不是那么平淡无奇，”莱伊小姐低声说，“患肺结核的诗人和勇于奉献的老姑娘！多么可怕的陈词滥调。然而神灵都没有独创性，他们总是通过混合悲剧和平凡来创造美学效果……你确定他患有肺结核？”

“我在他的痰液里发现了菌。他们两个现在在哪里？”

“贝拉带他回特坎伯里了，我答应她周一过去。她要嫁给那个男孩!”

“什么!”弗兰克大声说。

“她想带他去国外。你不是觉得如果他去南方国家过冬，大自然还会给他一些希望吗？”

“十有八九大自然不愿意治愈一个人，她只想把他塞进棺材。”

弗兰克从椅子上站起来，不安地在房间里走来走去。突然，他在莱伊小姐面前猛地停住脚步。

“还记得你的朋友法利先生不久前跟我们说的疼痛让人更高尚吗？我真应该带他去参观一下医院的病房。”

“我确信，法利先生拔牙的时候会确保适当使用麻醉气。”

“我想神职人员只有把品格的提升归功于疼痛，才能为疼痛辩护。”弗兰克疯狂大吼，“要是他们不那么无知，就该知道这不需要任何辩解。倒不如说危险信号会把火车抬高。毕竟，疼痛只不过是神经给出的暗示，表明机体正处于受伤害的情况之下。”

“不要训斥我，亲爱的弗兰克!”莱伊小姐轻柔地说。

“如果那个人见过和我一样多的疼痛，他就该知道疼痛并不会使人高尚，只会使人更加残酷无情。它使人变得自私自利——你无法想象身体疼痛会带来多么可怕的自我中心主义——牢骚满腹、毫无耐心、不通情理、贪得无厌。我可以说出二十几种由此产生的卑劣恶习，但不能说出一种美德……噢，莱伊小姐，看着世界上的这些痛苦，我真庆幸自己不相信上帝。”

他像只野兽一样在房间里焦躁不安地踱着步，仿佛要设法冲破肉身的铁栅栏。

“多年以来，我不分昼夜地努力辨别真理和谬误；想弄清楚自己想要做什么，希望自己步伐坚定；但我发现自己身处流沙的迷宫之中。看不到世界的意义，有时感到绝望；一切似乎像疯子的梦一样毫无意义。毕竟，努力、奋斗、希望、爱情、成功、失败、出生、死亡，这一切又有什么意义？人类之所以能脱离野蛮，仅仅是因为他们比老虎更凶猛，比猿猴更狡猾。在我看来，人类根本不可能进步到任何理想状态。我们相信进步，但进步只不过是变化而已!”

“我承认，”莱伊小姐打断他，“有时候我会问自己，日本人采用了西方文明的高帽子和长裤子后对他们有什么好处呢。不知道丛林里的马来人或岛屿上的卡那卡人是否有充分的理由羡慕伦敦贫民窟的居民。”

“这一切的结果是什么？”弗兰克追问，他太专注于自己的想法，没听进去她的话，“它的用处在哪里？我付出了那么多努力，却连答案的影子都没有看到。甚至，我还不知道什么是善，什么是恶，什么是高级，什么是低俗；我甚至不知道这些词本身是否有任何意义。有时候在我看来，人类就像是瘸子，总是试图隐藏身体的畸形，蜷缩在一间点着一根细小蜡烛、烟熏闷热的房间里。他们聚在一起取暖，任何突如其来的声音都会让他们颤抖。你以为在进化过程中，是最优秀、最高贵的人幸存下来繁衍物种吗？不对，仅仅是那些精明、残酷和强壮的人。”

“亲爱的弗兰克，你这么紧张，我会很心烦的，”莱伊小姐微微耸了耸肩，回答说，“有位智者说过，关于宇宙，很少有什么问题可以问，更没有什么问题可以得到回答。最终，我们都接受了这个事实，发现还是可以同样满足地吃晚餐，因为我们已经永远把审慎的问号抛到了脑后。就我而言，一定要给人类的存在一个目的，这和中世纪（原谅我看起来很有学问的样子）因为圆形是完美的形状，就认为天体是做圆周运动的假设一样，没有多少道理。但是放心，我晚上的睡眠丝毫没有受到影响。我年轻的时候也经历过一段暴风雨的时期，如果你保证不会觉得我太啰嗦的话，我就跟你聊一聊。”

“请跟我说说。”弗兰克说。

他坐下来，敏锐的双眼盯着她，莱伊小姐就像是经常思考这个问题一样，滔滔不绝地说起来，而且观点清晰、有条不紊。

“我的父母按照最严格的福音教义抚养我成人，使我相信触犯某些教条就会承受永恒的诅咒，但是二十岁的时候，不知道为什么，所有学过的东西都离我而去了。信仰大概就是一种性情；善意与之毫无关系。当我回顾自己的无知，让我震惊的是：这么考虑欠妥的原因就足以摧毁这么多年的偏见。那时候我就确信上帝不存在；但是现在我决定不再确信任何事情：这样反而省事。而且，每次一下决心确信某事，就剥夺了自己思考某个主题的权利。但是理论上我禁不住认为，要拥有非常理性的人生观，你必须相信灵魂不朽是不存在的。”

“如果一个人总是被未来的另一种生活所困扰，他又怎么能在这世上与其他人过着同样的生活呢？”弗兰克急切地打断了她的话，“上帝是一种把人的重心从他的身体里抛出去的力量。”

“弗兰克，我们同意由我来阐述我的观点。”莱伊小姐有点严厉地说，她从不轻易接受别人打断她。

“请原谅。”弗兰克笑着说。

“但我同意，你的话虽然时机不对，也并非毫无意义，”她不慌不忙地接着说，“一个人确信对他个人而言，他生活的这个微不足道的地球和时间就是一切的时候，他就可以环顾四周，根据周围的环境来调整自己。他是一个拥有确切数量棋子的棋手，会一些确定的招数。没有人问为什么车必须走直线，而象只能走斜线。这些事情应该要接受，有了这些规则，游戏结束的时候就不会在乎结局，智者下棋不是为了赢（因为不可能赢），而只是想要奋勇战斗。如果他真的聪明，便永远不会忘记，这毕竟只是一场游戏，不需要太严肃对待。”

莱伊小姐停下来，觉得是时候让弗兰克说点什么了，但是既然他保持沉默，她就继续缓慢地说了起来。

“我认为这辈子学到的最有价值的事情是，每个问题的两面都有很多话要说，以至于没有办法在两者之间进行选择。这让我变得宽容，所以我才能以同样的兴趣倾听你和我的表哥阿尔杰农的观点。毕竟，我怎么知道真理是只有一种形态，还是有很多种形态呢？多少次她衣不遮体、面带微笑地在错误里逗留；或栖身于相互对抗和势不两立的地方，比四月的春风还任性随意，比镜花水月还异想天开！我的艺术和科学就是生存。弱者的观点认为一切事物都是虚无的，因为它们带来的快乐是短暂的：乞丐看着国王的坟墓可能会感到安慰，不过他也一定是个傻瓜。人生的快乐是虚幻的，不过，悲观主义者抱怨人类的乐趣因为不真实而微不足道时，那都是一派胡言；因为没有人知道现实是什么，也没有人关心现实：我们唯一的兴趣就是幻觉。仅仅因为海市蜃楼是一种大气现象就说沙漠中的海市蜃楼不美，这多么愚蠢啊！”

“那么生活就只不过是一次远航，不知道要去往何处，永远在暗藏危险的海上颠簸？”

“也不尽然。暴风雨不会持续肆虐，风也不会永远狂暴。有时天气好转风力强劲，船只便欢呼雀跃地向前航行；船员因他娴熟的力量以及无边无际的视野带来的喜悦而欢欣鼓舞。有时大海平静得像一个熟睡的孩子，芳香怡人的空气，温暖清新，使人心里充满着慵懒的乐趣。大海有无数的奥秘，有她自己的思想和多重情感。究竟为什么不能把这段旅程看作是一次愉快的旅行呢？在这段旅程中，平静的天气必然会伴随着恶劣的天气，何不无悔地遥望终点，即使身处飓风或狂风中，回想起快乐舒适的日子也会感到愉快。为什么不放弃生活？就说：我有过恶运和好运，痛苦也因快乐得到补偿。虽然旅途充满危险，也没把我带到任何地方，虽然回到满怀希望出发的港口时，我已经垂垂老矣，疲惫不堪，但是活过了，我就心满意足。”

“所以尽管你有丰富的经历、渊博的学识、深邃的思想，也完全找不到任何活着的意义。”弗兰克大吼，十分气馁。

“我自创了一种所谓的意义，就像评论家解释一幅象征性的图画，或者小学生解析一段他根本不懂的文字，我至少让自己的话合乎逻辑。我的目标是幸福，总体而言，我认为自己找到了幸福。我按照自己的直觉生活，追求感官想要体验的任何情感；我故意避开丑陋乏味的东西，全心全意注视着美丽的事物——我希望自己能以谨慎的欣赏态度看待荒唐可笑的事情。我从不为当前的善恶观念而烦恼，知道这些都只是相对的，但我总是努力安排好自己的生活，希望至少在我看来，我的生活应该是黑暗虚无中的优雅存在。”

莱伊小姐停下来，脸上闪过一丝怪诞的微笑。

“但我要告诉你，不要像山迪先生那样，他为儿子的教育写了那么长的专著，等到书写完的时候，崔斯特瑞姆已经长大，书也用不上了。我的思想形成得太晚，以至于自己没有时间去实践它。”

“晚餐准备好了，女士。”管家进来通知说。

“天哪！”弗兰克大叫一声，从座位上弹起来，“完全没意识到这么晚了。”

“你会留下来吧？我想他们准备了你的晚餐。”

“我吩咐人在家里准备了。”

“肯定没有我家的好吃。”

“莱伊小姐，我还从没见过谁像你这样对自己厨师的厨艺如此自信。”

“亲爱的，就像做哲学家比做绅士简单多了一样，培养友善的性情比培养良好的厨艺要简单。”

他们下楼来到餐厅，莱伊小姐吩咐人开了一瓶德沃丽丝小姐留下的香槟。她有一种玩世不恭的信仰，认为一顿丰盛的大餐能有效释放大部分精神痛苦。但是，她本是个懒散的女人，却像个英雄一样竭尽全力去让客人开心。她温柔愉快地说了很多事情，而弗兰克吃完晚餐后抽了无数管烟。终于，大本钟敲响了十二点的钟声，而弗兰克放弃了哲思疑虑，这会儿又欢乐起来，他站起身，握住莱伊小姐的双手。

“你真是个像宝石般珍贵的女人。刚来时我还那么痛苦，而你给我了新生。”

“不是我！”她大喊，“是巧克力蛋奶酥和香槟的作用。据我一直以来的观察，人的心灵特别容易受到烹饪艺术的影响。就我而言，稍微多吃一点就会感到前所未有的精神愉悦。希望你不要握我的手太紧。”

“你是我认识的女人当中，唯一一个交谈起来和男人一样有趣的女人。”

“天啊，相信如果我再年轻二十岁，这孩子得向我求婚了！”

“只要你同意，我就带你走向神坛。”

“居然能在五十七岁的今天收到求婚，我真是太骄傲了。但是亲爱的，如果我嫁给你，你下午该去哪里喝茶呢？”

弗兰克笑了，回答问题的时候声音有点像在抽泣。

“你是个可爱善良的人。我敢肯定以后对其他任何女人的喜爱都不及对你的一半。”

这种情感肯定很让人感动，莱伊小姐的语气没有了平日里那种冷淡的从容。

“别像个傻瓜一样胡说八道了，亲爱的！”她答道。他身后的门关上后，她继续颇有几分恼怒地对自己说：“保佑那个男孩，真希望我是他的母亲。”

第十三章

两天后，莱伊小姐如期来到特坎伯里，贝拉到车站接她，并告诉她说，按照原先的安排，还没有人提起贝拉向男孩求婚的事情。她只是告诉父亲赫伯特·菲尔德这天会来家里喝茶，因为她很想让父亲认识他。教长开心地欢迎莱伊小姐的到来。

“亲爱的，你既优雅又迷人，能给我们阴沉的小地方带来光彩。”他拉起莱伊小姐的手，欢乐地说道。

“别拉着我的手，阿尔杰农。周六晚上才有人向我求婚了，还在发抖呢。”

“噢，玛丽，一定要告诉我们是怎么回事。”兰顿小姐高兴地说。

“才不呢！我告诉阿尔杰农仅仅因为我注意到，除非一个单身女人到了适婚的年纪，否则一般男人根本不会为单身女人考虑。”

“为什么不带你的朋友哈内尔医生一起来呢？”教长问，“我今天才买了一本十七世纪写的拉丁文药草集，他肯定会感兴趣的。”

“亲爱的阿尔杰农，你说得好像他能看懂一样。而且，我觉得你每次只需要解决一件紧急的事情就足够了。”

“啊，波莉，即使世界末日了我也不想站在你的鞋里考虑[1]。”他回答说，双眼闪闪发光。

“我很怀疑你能不能穿得进去。”莱伊小姐快速地回答，伸出一只小巧优雅的脚。

“这就是傲慢的罪过，亲爱的！”教长说着，用颤抖的手指着她，“各种傲慢，就算魔王路西法本人也不像你那么满意自己优秀的理解力。”

“我不在乎，阿尔杰农——是什么样就是什么样。”莱伊小姐笑着说，“我知道自己不是傻子，毕竟我的手套可是有六个指头的。”

茶端进来了，不一会儿赫伯特·菲尔德也出现了。喜欢一切年轻事物的教长与他热情地握手。

“我听贝拉说起过你。不知道为何她之前不让我见你。”

他跟男孩谈起他之前的学校，发现男孩对特坎伯里的旧物和古迹很感兴趣，一时控制不住自己的爱好，就从书房取来一些新近弄到的、城市老教堂里用过的盘子碟子之类，贝拉看着他们两个低头研究这些古董，男孩的金发和父亲的白发及和蔼的面容在灯光下形成鲜明对比。她很高兴看到两人之间似乎要萌芽的友谊，真心希望他们可以像这样共度许多迷人的夜晚，交换各自对于书本和画作的观点，而她就坐在旁边如同照看两个孩子一样照看他们。

“既然已经有了第一次，以后一定要常来。”赫伯特告别的时候，教长拉着他的手说，“我一定要让你看看我的图书室。若你喜欢旧书，正好有些书我有双份，你想要的话可以拿回去。”

“您真是太好了。”赫伯特红着脸答道，教长老式的礼仪让他有点手足无措，他高贵的善意也让他难以承受，因为他觉得自己很快就会带走教长的女儿，给他造成无尽的伤害。

赫伯特离开以后，教长说他要回书房为一本学术期刊完成一篇文章，是关于一位新近罗马演说家的文章。

“您可以再待几分钟吗，父亲？”贝拉说，“我有事情想跟您谈谈。”

“当然可以，亲爱的。”他说着，坐了下来，微笑着看向莱伊小姐，“之前贝拉一说有重要的事情要跟我交流，我的心就沉到了脚底，以为她要通知我即将到来的婚讯。不过现在我都能沉着应对了，因为每次都只是要哄我同意，让一个只有声音不好但其他什么条件都符合的男孩进入唱诗班，或者为一个值得救济的寡妇提供住处。”

“您觉得我现在太老了不适合结婚了吗？”贝拉笑着问。

“亲爱的孩子，二十年来你拒绝了那些最合适的追求者。我们要跟波莉讲讲最近那个吗？”

“她会替我们保密的。”

“就在两个月以前，我们的一位教士庄重地问我，他是否可以向贝拉求婚，然而贝拉连听都不愿意听，因为他前妻给他留下了七个孩子。”

“而且他还是个特别无聊的人。”贝拉回答说。

“胡说八道，亲爱的。他可是拥有初版《天路历程》的人。”

“您喜欢菲尔德先生吗？”贝拉轻声问。

“很喜欢。”教长回答，“他看起来是个安静、谦逊的年轻人。”

“我很高兴听您这么说，父亲，因为我们已经约定好要结婚了。”

教长倒吸了一口气，这个消息太惊人了，他一时半会儿说不出话来，然后开始颤抖。兰顿小姐焦急地看着他。

“不可能，贝拉。”他最后咕哝了一句，“你肯定是在开玩笑。”

“为什么？”

“他比你年轻二十岁。”

“是的，没错。要不是他得了肺结核，我也绝不会想到和他结婚。我更想做他的保姆而不是他的妻子。”

“但他不是什么有身份的人。”教长庄重地看着她说。

“父亲，您怎么能这么说！”贝拉气愤地大喊，脸都涨红了，“我从没见过拥有这么高贵灵魂的人。他就是善良和纯洁的化身。”

“女人对这些事情一无所知。她们永远都不知道一个男人是否是绅士。他父亲是做什么的？”

“他父亲是个匠人。但是善良的心比冠冕更重要。”

教长咬紧了嘴唇。他从惊恐中回过神来了，严厉冷淡地站在贝拉面前。

“可能是吧。但是善良的心并不会造就一个绅士。我和波莉都可以告诉你这一点。”

“我认识的一个最大的恶棍是威廉·希瑟勋爵。”莱伊小姐若有所思地说，“他是个骗子和勒索者。他犯下了大大小小各种各样的罪行，只是因为奇迹和他家庭的影响力才不用坐牢。然而谁也不能否认他是一个不折不扣的绅士。我一生从没见过更好的绅士。高贵的身份与摩西十诫没有任何关系。”

“玛丽，你不要也来反对我。”贝拉大喊，“我想要你的帮助。”她走到教长身边，拉起他的双手：“亲爱的父亲，这不是一时的鲁莽冲动。我认真考虑过了，向您保证我的动机既不低俗也不是毫无价值。为了不给您造成伤痛，我愿意付出整个世界，如果我真的给您造成了伤害，那只是因为我觉得我的义务已经到头了。恳请您同意，恳请您记得这么多年来我一直努力让您过得舒适。”

教长抽回了自己的双手。

“我没想到你把这当成一件令人厌烦的任务。”他冷冷地回答，“你为什么认为这个人会想要你呢？”他抓住贝拉的胳膊（很难相信他如此脆弱的外表下竟有这么大的力气）一把将她拖到镜子前：“看看你自己。一个男孩要娶一个年龄足以做他母亲的女人，这正常吗？”他严厉的双眼仔细打量着女儿的脸以及她嘴角的皱纹，“看看你的手，几乎是一个老妇人的手了。我看错了你的朋友，他简直就是一个不择手段攀高枝的男人。”

贝拉扭转身子，叹息一声。她不能理解，一向温和亲切的父亲竟突然残忍得令人害怕。

“我知道自己既老又丑，”她大喊，“也认为赫伯特绝不可能爱上我。若不是我向他求婚，他绝对想不到要跟我结婚。但是只有把他带到国外生活才能拯救他的生命。”

教长低头沉思了一会儿。

“贝拉，如果他生病了必须去国外生活，我愿意给他提供所有必需的费用。”

“但是我爱他，父亲。”她红着脸回答。

“你是认真的吗？”

“是的。”

涟涟的泪水在他双眼涌动，慢慢流下脸颊；答话时他声音里的冷酷全没了，而是有点哽咽抽泣。

“你要让我一个人待着吗，贝拉？难道就不能等到我死了吗？我也不会活太久了。”

“噢，父亲，别这么说。老天知道我并不想让您痛苦。想到离开您我心都要撕裂了。让我嫁给他吧，跟我们一起去意大利。我们三个人一起可以很幸福。”

然而听到这些，教长从贝拉恳求的双手中缩回手来，擦拭掉眼泪，严肃地正了正身体。

“不，我永远不会那样做，贝拉。我一生都在努力铭记，首先我是一名基督教牧师，但我的血液中有种族自豪感。我为自己的血统自豪，也以自己的方式一点一滴地为它增添荣誉。嫁给这个男人，你既羞辱了自己，也羞辱了我。你怎么能为了那个可怜的小雇工就忍心使我们辉煌的名字蒙羞！我已经年老无助，没有权利要求你不结婚，而且你已经使我完全依赖于你了，但我有权利要求你不要让我的家族名誉扫地。”

莱伊小姐以前从没见过温和的教长如此严肃；一股罕见的怒火驱走了他讨人喜爱的个性，那也是他身上最具吸引力的特点，他脸颊上燃烧着两团愤怒的红光。他声音严厉，身体挺得笔直，严峻冷酷，像古罗马元老院的议员一样，深知自己肩负高贵的责任。然而贝拉并不为之所动。

“父亲，我很遗憾您要以这么狭隘的方式看待这个问题。我绝不认为随自己所爱之人的姓是种耻辱。恐怕就算您不同意，我还是必须做自己认为正确的事情。”

他以搜查的目光长时间地看着她。

“这是你彻底违抗自己父亲而迈出的非常严峻的一步，贝拉。我想这应该是你人生中的第一次。”

“我意识到了。”

“那么我告诉你，如果你离开总铎区嫁给这个可怜的工匠，不论是你还是他就永远都不要回来了。”

“你就去做你认为对的事情，父亲。而我会跟随自己的丈夫。”

教长缓慢地走出了房间。

“他永远也不会改变想法的。”贝拉转向莱伊小姐，绝望地说，“伯莎·莱伊嫁给一个农民后，他就再也不见她了。他的举止如此温柔亲切，让人觉得他的心里充满着谦逊，但是他说种族的自豪感流淌在他的血液里，这话一点都没错。只有我知道这种自豪感对他有多么巨大的影响。”

“那现在你该怎么办？”莱伊小姐问。

“能怎么办呢？也就是说我必须在赫伯特和父亲之间做出选择，而赫伯特更需要我。”

直到晚饭时，她们才再次见到教长。他按照自己一丝不苟的穿衣习惯，身穿丝质长袜和带扣的鞋子走下来，充分彰显了他的地位。他静静地坐在桌旁，几乎不吃东西，对贝拉和莱伊小姐之间那番勉强而琐碎的谈话完全不予理会。时不时有一大滴眼泪顺着脸颊流淌下来。他是个有条不紊的人，总是会在客厅待到十点钟。因此这一天也和其他日子一样，他坐下来拿起一份《卫报》读起来，但是贝拉发现他并没有读报，一个小时过去了他的眼睛还是空洞地盯着报纸的同一个版块，还时不时拿出一块手帕擦拭眼睛。十点的钟声一响，他就站起来，脸色因极度痛苦而憔悴灰白。

“晚安，波莉。”他说，“希望贝拉会确保把你安顿好。”

他朝门口走去，但是兰顿小姐拦住了他。

“父亲，您还没有亲我就要走吗？让您这么难受我简直心如刀割。”

“我认为已经不需要再讨论这个问题了，贝拉。”他冷冷地回答，“正如你提醒我的那样，你已经到了可以为自己做决定的年纪。我没什么可说的了，不过我会坚守自己的决定。”

他转身离开，随手关上了身后的门。她们听到他把自己锁在书房的声音。

“他以前从来没有不亲吻我就去睡觉。”贝拉痛苦地说，“即便他外出待到很晚，回来后也会来我房间跟我说晚安。噢，可怜的人，我是带给了他多大的悲伤啊！”

她悲痛万分地看着莱伊小姐。

“噢，玛丽，人这一生中对一个人好就得对另一个人造成伤害，多么艰难呀！责任通常指往两个相反的方向，履行一份责任带来的快乐远远比不过忽略另一份带来的痛苦。”

“想让我和你父亲谈谈吗？”

“没有用的。你不知道他看起来谦恭温和，然而一旦做了什么决定，别人怎么说也改变不了。”

教长双手捂着脸坐在书桌边，最后终于上床睡觉了，但根本睡不着，不断思索着生活习惯里必须做出的改变。他不知道没有贝拉该怎么办，在他看来，若不是赫伯特·菲尔德年纪和地位都与贝拉悬殊太大，让这两个人的结合看起来既反常又离谱，他本来是可以接受这种损失的。第二天，他脸色前所未有的苍白，弯腰驼背，面容憔悴，不安地在房子里走来走去，默不作声，避开贝拉怜悯的双眼。由于老人的软弱，他忍不住流下了眼泪，但为此心生羞耻，就转过脸去，不想激起女儿的同情。莱伊小姐试图跟他讲道理，但无果而终；他时而执拗，时而央求。

“她不能现在离开我，波莉。”他说，“难道她看不出来我已经多老了，有多需要她吗？让她再等等。我不想孤独地死去，只能由陌生人来合上我的双眼。”

“但是你不会死的，我亲爱的阿尔杰农。我们家族即使到最远的分支都有两个显著的特征：固执与长寿。你还可以再活二十年。毕竟，贝拉已经为你做了很多。难道你没有意识到她想过一点儿属于自己的生活吗？你没有注意到她近几年的变化，她已经不是女孩子了，而是一个有自己观点的女人。亲爱的，当一个老姑娘形成自己的观点时，就有麻烦了。我一直认为，人类的责任之一就是不妨碍身边的人实现自我。你为什么不改变主意，和他们一起去意大利呢？”

“那我宁愿孤独终老。”他突然激动地喊道，“我们家的女人总是得嫁给有身份的人。你假装蔑视自己的出身，认为自己心胸宽广，但我从小就相信，我的祖先传给我一个光荣的名字，宁死也不能让它蒙羞。面对生活的所有诱惑，我都谨记着这一点，如果我对自己的家族太过骄傲，也请上天原谅我。”

没有办法说服他，对莱伊小姐来说，他的观点似乎很可笑，她耸了耸肩，转身走开了。他们拿到了特殊的结婚许可，在接下来的星期五，也就是结婚的日子，贝拉心情沉重地穿上了旅行服。仪式一结束他们就会去坐火车，赶下午的船前往加莱，之后直接前往米兰。教长从莱伊小姐那里得知这一安排，什么也没说。出发去教堂之前，贝拉去父亲的书房向他道别，她希望再努力一次来感化他，并得到他的原谅。

她敲了敲门，没人回答，转了转门把手，发现门锁了。

“我可以进来吗，父亲？”她哭着说。

“我很忙。”他颤抖着声音回答。

“请把门打开吧，我就要离开了，让我跟您道个别吧。”

一阵沉默，贝拉心跳加速，等待着。

“父亲。”她又叫了一句。

“跟你说了我很忙，请你不要打扰我。”

她哽咽一声，转身离开。

“我想没有什么会像道德一样使人冷酷无情。”她喃喃自语。

莱伊小姐在大厅等着，然后两个女人非常安静地走向举行婚礼的教堂。赫伯特站在圣坛前，贝拉看到他灿烂地微笑着表示欢迎，便鼓起了勇气。她毫不怀疑自己的做法是明智的。莱伊小姐把她交给新郎。这是一个非常简单的仪式，但后来在小礼拜堂里，赫伯特温柔地吻了他的新娘，然后她歇斯底里地笑了，强忍住眼泪。

“谢天谢地，终于结束了！”她说。

行李先于他们到达火车站，他们现在矜持地在车站走来走去；火车很快就到了，这对幸福的夫妇开始了他们的长途旅行。但是，教长知道女儿永远地离开了家时，他走出书房，心痛地走进她的房间，注意到房间里似乎充满了孤独，他走进客厅，客厅里也空空如也。他坐了一会儿，因为没有人看见，便无助地任由自己悲痛难过；他问自己现在还能期待什么，十指相扣祈祷死亡能很快将他从极度的痛苦中解脱出来。没过多久，他拿起帽子，穿过回廊，心想，在他深爱的大教堂里，至少可以获得一点安宁。但在耳堂里，他看到一大块抛光的黄铜牌子，上面刻着所有在他之前的教长的名字：最开始是奇怪的撒克逊人的名字，看起来有些神秘，然后是诺曼牧师的响亮浑厚的名字，以及在宏大的英国教会史册上仍然记录在册的圣职人员的名字，包括伟大的传教士、学者、政治家等；最后是他自己的名字。自己的名字在尊严和荣誉方面一点也不输这些人中最值得骄傲的那个，但是自己的名字从此以后就要颜面尽失了，一想到这，他的脸颊就像燃烧了一样，心中满是怒火。

午餐的时候，教长努力摆脱自己的沮丧情绪，跟莱伊小姐谈论一些无关紧要的话题。没一会儿，她瞥了一眼时钟。

“贝拉现在肯定就要离开多佛了。”她说。

“我希望你不要跟我谈论她，波莉。”他说，虽然努力想让自己的声音坚定，但发出声来还是颤抖，“我必须尝试忘记自己曾经有过女儿。”

“我认为人类情感中最根深蒂固的是那种自己跟自己过不去的思想。”她冷冷地说。

饭后，莱伊小姐表示想去利恩哈姆教区和莱伊府，并邀请教长陪她一起去，遭到拒绝之后，她便吩咐马车在三点钟准备好。她已经好几年没见过那座老房子了，从乔治二世的时代开始，她的祖先就在那房子里出生。带着一种慎重的情感，她认出了那些众所周知的田野、平坦的沼泽湿地和波光粼粼的大海，她对此情有独钟，那个地方有一种别处找不到的独特魅力。她坐车到了利恩哈姆教堂，拿到钥匙，走进去看着那些承载着她祖先记忆的石头和铜器：一块新的石碑上记录了爱德华·克拉多克的出生、死亡和品德，石碑底下为他遗孀的名字留了一块地方。想到她自己和爱德华·克拉多克的遗孀伯莎将是那一长串名单的最后两个，她就忍不住一声长叹：在他们之后，莱伊家族的篇章将永远结束，在伯克家族的章节里再也不会出现他们。

“阿尔杰农想怎么说就怎么说，”她喃喃自语，“家族是很无趣的东西，就像国家一样，只有在颓废败落中才变得越来越有意思。”

坐着马车继续往前走，她来到了莱伊府。那里一如既往地洁白宽阔，仿佛是一座摆在地上的纸牌屋。自从她侄女的丈夫克拉多克去世后，这所房子就关闭了，一副凄凉且遭人遗弃的模样。之前修剪整齐的草坪上杂草丛生，花坛里也见不着花；紧闭的大门，紧闭的窗户，看起来阴森凶险，莱伊小姐不寒而栗，转身离去。她吩咐车夫回特坎伯里，自己陷入沉思，不再注意周围的景色。听到有人以惊讶的语气叫她的名字时，她大吃一惊，然后注意到利恩哈姆教区牧师的妹妹格洛弗小姐正从身后盯着她。她让马车停下，格洛弗小姐快速走了过来。

“谁想到会见到你啊，莱伊小姐？感觉像回到了以前的日子。”

“别滔滔不绝了，亲爱的。我住在教区的表哥家里，想着过来看看莱伊府是否还在。”

“噢，莱伊小姐，你肯定很难过吧。可怜的教长，他们说他很伤心呢！要知道小菲尔德的父亲是布莱克斯达布尔的一个亚麻织品零售商。”

“看来和身份低的人结婚在我家族里很流行。听到我跟我正直的管家结婚的消息，你绝对不会吃惊吧。”

“噢，但是可怜的爱德华可不一样，他后来变得很好。伯莎现在在哪里？她从不给我写信。”

“我想她在意大利。我打算让她嫁给弗兰克·哈内尔，就是费恩地区老哈内尔医生的儿子。”

“噢，不过莱伊小姐，她同意吗？”

“她还没见过对方呢，”莱伊小姐冷笑着说，“但是他俩特别合适。”

“看到老房子关闭，你不觉得难过吗？”

“亲爱的，我努力不让自己难过，那几乎和悔恨一样罪孽深重。”

“我不理解你。”格洛弗小姐回答，“你眼力所及的地方都是莱伊家的土地，我不相信一处老房子对你能有多大意义。”

“那你就错了。重游这个地方确实带给我一些满足，让我觉得，自己住在别的地方真是太幸福了。但我相信住在乡村，生活在自己的土地上也很不错，哪怕你只是个女人。我喜欢感受到自己的根在这儿。看着周围的一切，我几乎忍不住想脱下衣服在犁过的地里打滚。”

“希望你不会这样做，莱伊小姐。”范妮·格洛弗有点震惊地说，“这看起来太奇怪了。”

“别傻了，亲爱的。”莱伊小姐笑了笑，“你这么天真，每次看到你的时候，我都期待看到你肩膀上长出翅膀来。”

“我看你还是原来的老样子。”

“抱歉，很明显我一年比一年更年轻了。说真的，有时候我觉得自己还不到十八岁呢。”

然后格洛弗小姐做出了一生中唯一一次机敏的应答。

“不得不说，我觉得你看起来很像有二十五了，莱伊小姐。”她冷笑着回答。

“你这个无礼的家伙！”莱伊小姐大笑道，一边吩咐车夫继续驾车，一边挥手向格洛弗小姐告别，也向年轻时熟悉的景色告别，向成为她身体和血液一部分的田地告别。

由于教长婉言谢绝了她留下来多陪他几天的提议，莱伊小姐第二天就出发去伦敦了。但是一种奇怪的骚动抓住了她，她开始后悔决定在英国过冬天。默里太太已经去了罗马，看到贝拉动身去欧洲大陆，更是激起了莱伊小姐血管里的旅行热情。她自己想象着过海关时各种令人愉快的小麻烦，酒店巴士里的霉臭味，火车长途旅行带给人的那种甜蜜的沉闷感，外国旅馆令人欣慰的不适感。她眼花缭乱地想象着布洛涅的灰暗，鼻子好像已经嗅到了港口和车站里熟悉的臭味。她急切地想要离开自己的房子和仆人，做一个游手好闲的游客，享受那迷人的自由。但她乘坐的火车在罗彻斯特停了下来，恍惚的目光突然落在了巴兹尔·肯特曾高度赞扬过的景色：乌云密布的天空阴沉沉的，宁静的景象映照在梅德韦河平坦的水面上；蜿蜒的烟雾从高高的烟囱冒出来，在灰色天空的映衬下呈现弯曲有致的图案，低矮的厂房覆盖着白色的灰尘。在善于观察的人看来，它确实很具美感，线条简洁，色彩柔和而细致，让人想起日本版画的优雅。

莱伊小姐跳了起来。

“把化妆包给我。”她对满脸惊愕的女仆说，“你继续回伦敦，我就待在这儿了。”

“您一个人去吗？”

“难道会有人和我一起私奔吗？快点，不然要过站了。”

她抓住包，跳出车厢，火车开走后长长地舒了口气。独自一人待在一个陌生的城镇，没有人认识她，感觉很平静，沿梯而下，她感到一种最奇特的兴奋。她看了看那些酒店巴士，坐上了最精致的一辆，然后车开走了。

莱伊小姐带着特有的任性，不怎么在意游客慕名而至的出名景点。她有自己的想法，认为一件艺术作品只能激起有限的热情，而在她观看那些举世闻名的作品之前，这股热情似乎就已经消耗殆尽了。每当她到欧洲大陆游览一个新的城镇时，她习惯于随意漫步，观察那里的居民，没有什么比发现一个被人遗忘的花园或一个装饰精美的门框更让她高兴的了，这些景致是珍藏在家里的旅行指南里没有提到过的。因此，那天下午，在灯光下，罗彻斯特的居民可能会看到一个小小的老妇人，穿着朴素，悠闲地漫步在大街上，敏锐的眼睛观察着周围的一切，很有趣也很宽容，显然有一种极大的自我满足感支撑着她。这种时候，老皇后大街上的房子就像是监狱，忠实的管家就是监狱长；而家里精心准备的美味晚餐，比稀麦片粥和硬面包更令人厌恶。

过了一会儿，莱伊小姐累了，回到酒店，休整好后来到餐厅。侍者把她安排在一张小桌旁，等着晚餐上桌的间隙，她心不在焉地玩弄着那颗从不离身的文艺复兴时期的宝石。她还没有想到观察一下坐在那间大餐厅里的人，现在她慢慢抬起眼睛，看到卡斯蒂林太太正瞪着恐惧的双眼盯着她，脸也因为焦虑而呈乌青色。一开始莱伊小姐不明白，后来才发觉原来雷吉·巴塞特也在那里。两个女人之间没有传递出任何相识的迹象，卡斯蒂林太太低下头，嘴唇几乎一动不动地跟雷吉说话。他吓了一跳，本能地想要转过身来，但邻座一句简短的话阻止了他。虽然坐得离莱伊小姐有点远，他俩却急忙压低声音说话，仿佛害怕空气也会听到他们说什么。莱伊小姐好奇地再次抬眼一瞥，卡斯蒂林太太的眼睛又急忙低下去。她的脸色苍白得可怕，莱伊小姐觉得她可能会晕倒。雷吉倒了一大杯香槟，卡斯蒂林太太很快就喝完了。

“我觉得他们不可能吃得开心了。”这位老处女喃喃自语道，忍住不笑出来，“真不知道他们为什么会选择罗彻斯特。”

然后，她在心里辱骂弗兰克，居然没有告诉她这两人的关系，他肯定是知道的。确实，莱伊小姐和卡斯蒂林太太一样困惑，她完全不知道两人之间存在这种关系，可以好到从周六到周一一起到乡下度过。但她根据事实进行了推断。想起来保罗·卡斯蒂林当时正在英格兰北部的一个政治会议上讲话，她噘起嘴，再次默默地微笑。她非常急切地想知道这两人会怎样表现，因为看到人们在遇到麻烦时的行为举止，她总是觉得好笑。她假装不去看他们，但还是注意到了他们匆忙的谈话，接着在一阵不安的沉默中结束了晚餐。不可否认，莱伊小姐吃晚饭时不仅心平气和，而且兴致勃勃。

“我还不知道英国的酒店饭菜做得这么好吃呢。”她自语道。又叫来了侍者：“可以告诉我这边过去第五桌的那位女士是谁吗？”

“巴罗太太，女士。他们今天下午才到。”

“那位男士是她丈夫还是她儿子呢？”

“我觉得是她丈夫，女士。”

“请帮我拿份报纸。”

卡斯蒂林太太和雷吉出门时必须经过她身边，而莱伊小姐有点坏，下定决心待着不动。《威斯敏斯特公报》和咖啡上桌时，她敏锐的眼力正好能够看到那个漂亮女人脸上彻底绝望的表情。莱伊小姐整理了一下报纸，很快就全神贯注地读起了一条社论。

没有办法，卡斯蒂林太太只能尽力而为。雷吉站起身来往外溜，双眼紧盯着地面，帅气的脸上眉头紧皱，这表明卡斯蒂林太太将因这场灾难遭受痛苦。然而她更加胆大，跟在他身后，只差几步远，抬头挺胸，习惯性地扭动着臀部，走到莱伊小姐面前时，突然停下来，发出一声自然的惊叫。

"莱伊小姐，居然是你！在这儿碰到你真是太让人高兴啦！"

她满脸愉悦地伸出手。而莱伊小姐冷冷地笑着。

"你一切都好吧，卡斯蒂林太太。"

"你在这儿用餐吗？我居然没看到你，真是奇怪啊！但是这一天发生了不少奇怪的事情。我来到这家酒店时，第一个碰见的人就是巴塞特先生。所以我邀请他一起用餐。看来他是待在这附近。不知你是否看到他。"

"我看到了。"

"那为什么不过来和我们聊聊？我们本可以一起吃饭的。"

"亲爱的，你肯定是把我当成一个大傻瓜了！"莱伊小姐拖长声调说，脸上的表情里夹杂着轻蔑和愉悦。

听到这儿，卡斯蒂林太太大吃一惊，脸一下变成了可怕的灰色，双眼里满是悲惨绝望的神情。她已经没有力气继续像刚开始时那样假装下去，而且她知道假装也没有用。

"你不会出卖我吧，莱伊小姐。"她悄声说，因为害怕，吐词几乎听不清楚。

"不否认好奇是我的一种恶习。"莱伊小姐回答，"而轻率不是。只有傻瓜才会讨论具体的事情，聪明人更关心抽象意义。"

"保罗的母亲愿意拿出一半的财产换取我和男人外出的消息，你知道吗？有机会将我捉拿她会多高兴啊！看在老天的份上，答应我你会永远替我保密。你也不想毁了我，是吗？"

"我诚心诚意向你承诺。"

卡斯蒂林太太如释重负地叹了口气，有点像痛苦的抽泣。除了收拾餐具的服务生外，餐厅里没有别人了，不过她总觉得服务员在疑神疑鬼地看着她们。

“但是现在我也落入你的掌控之中了。”她低声呻吟，“真希望我没有来这里。那个服务生为什么还不走，我觉得自己要大声尖叫了。”

“我是你的话就不会这样。”莱伊小姐平静地说。

她最看重自我克制，以一种轻蔑的神情看着卡斯蒂林太太，因为对方脸上显示出的羞愧和恐惧让她有点反感。没有人比她更漠视传统，尤其是婚姻关系更容易激起她的嘲弄，但是她绝对鄙视不遵守社会规则、又没有勇气承担自己大胆行为造成的后果的那些人，这些人希望社会对他们看法良好，却偷偷地做一些违背社会礼节的事情，这是非常卑劣的虚伪行为。卡斯蒂林太太察觉到了莱伊小姐对待这件事情的认真态度，焦急地看着她。

“你肯定彻底看不起我了吧。”她悲叹一声。

“你不觉得最好今晚跟我一起回伦敦吗？”莱伊小姐回答，严厉的灰色眼睛冷冷地盯着这个担惊受怕的女人。

卡斯蒂林太太的活泼开朗彻底消失不见了，她像个有罪的犯人坐在法官面前一样，憔悴苍白地坐在这个年老女性的面前。听到这个提议，她双颊微微一红，嘴角浮现出一缕可怜的痛苦表情。

“不行。”她轻声说，“别让我这样做。”

“为什么？”

“我不敢离开他，他会去查塔姆找女人的。”

“已经到这种地步了吗？”

“噢，莱伊小姐，我已经受到了严厉的惩罚。我并不想发展到这种地步。一开始只是想给自己找点乐子——我的生活太无趣了。你也知道保罗是什么样的人。有时候他太无聊烦闷，我只能倒在床上大声尖叫。”

“所有的丈夫有时候都无聊烦闷。”莱伊小姐若有所思地说，“正如所有的妻子经常生气一样。但是他很喜欢你。”

“他要是知道的话会很伤心的。我是个彻头彻尾的坏女人。我控制不住自己，我全心全意地爱着雷吉。然而他一点都不在乎我！一开始因为我是他眼中的贵妇，他还受宠若惊，但现在他和我在一起是因为我给他钱。”

“什么！”莱伊小姐惊呼。

“他母亲给他的钱不够，我就想办法帮他。他用我给他的钱支付所有的账单，而我则假装没有任何变化。噢，我既憎恨他又鄙视他，但是如果他离开我的话，我想我会去死。”

她双手掩面，不可抗拒地大哭起来。莱伊小姐沉思着。不一会儿，卡斯蒂林太太抬起头来，双手握紧拳头。

“现在我去找他，他得像个泼妇一样破口大骂，是我建议来罗彻斯特的。他会说我们来这里都是我的错。噢，真希望我们没有来这里，我就知道这太疯狂了。真希望我永远都没有认识他。”

“但是你为什么会想起来罗彻斯特呢？”莱伊小姐问。

“你记得巴兹尔·肯特曾谈起过吗？我想没有人来过这里，保罗跟我说几匹野马都不可能把他拽过来。所以就选了这儿。”

“巴兹尔必须将他的美学理论运用到一些不容易到达的地方。”莱伊小姐抱怨了一句，“我来这里的原因也跟你一样。我们的住处离这里不远，而且我刚从特坎伯里回来。”

“我都忘了特坎伯里了。”

她们沉默了一会儿。餐厅里大部分的灯都关掉了，餐桌上除了白色的桌布外，其他东西都清走了，显得阴郁又压抑。卡斯蒂林太太痛苦地看着这一切，浑身颤抖，隐约意识到这份看起来似乎无比美好的激情，在莱伊小姐眼里，肯定是非常无耻卑劣的行为。

“你不能帮帮我吗？”她呜咽道。

“为什么不跟雷吉彻底分手呢？”莱伊小姐说，“我很了解他，觉得他不可能会带给你快乐。”

“真希望我有这个能力。”

莱伊小姐轻轻地把手放在这个痛苦女人纤细、戴着珠宝的手指上。

“我今晚就带你回伦敦吧，亲爱的。”

卡斯蒂林太太看着她，眼里满是泪水。

“不要今晚吧。”她哀求道，“让我待到周一，到时候我就与他彻底决裂。”

“要走就是现在。难道你不觉得现在是最好的时间吗？”

谁都没有想到，莱伊小姐冷酷的嗓音还能说出这么温柔且具有说服力的话来。

“好吧。”卡斯蒂林太太疲惫不堪地说，“我去跟雷吉说一声。”

“要是他反对的话，就说要我保密就得以此为条件。”

“他才不会在乎！”卡斯蒂林太太愤怒地抽泣一声说。

她出去了，但是很快又回来了。

“他走了。”她说。

“走了？”

“一句话也没说。他房间里的所有东西都不在了。他一直就是个懦夫，就这样逃走了。”

“留下你来结账。真是雷吉才能做出来的事情！”

“你说得对，莱伊小姐，我俩不会有什么好结果。就此结束吧，我放弃他了。带我回伦敦吧，我保证再也不见他。从现在开始，我要努力履行对保罗的义务。”

她们的随身物品很快就收好了，赶上了最后一趟回程的车。卡斯蒂林太太坐在车厢的角落里，在蓝色靠垫的映衬下，她愁容满面、脸色苍白。她看着窗外的夜色，一句话也不说。她的同伴思索着。

“不知道名望和体面有什么，”她心想，“我要费这么大力气把那个女人拉回那条枯燥无味、洋洋自得的道路。她是个可怜的家伙，不值得我这么大费周章；而且我连罗彻斯特都没有看到。但我必须十分小心，我正在变成一名彻底的道德审查员，不久就会变成一个特别单调乏味的人。”

她瞥了一眼身边这个漂亮的女人。她看上去又老又累，脸颊上的粉反而显出苍白憔悴的老态。她默默地哭泣着。

“不知道坏蛋弗兰克是不是一直都知道，还卑鄙无耻地保守了秘密。”

终于临近伦敦了，卡斯蒂林太太振作了一下精神。她面带绝望的轻蔑之情，转向她的朋友。

“莱伊小姐，你喜欢用格言警句。”她说道，“我这里自创了一句：一个人最强烈鄙视的人，就是那个全心全意爱着的人。”

“弗兰克又可以高谈阔论了，”对方回答说，“但没有什么比致命的痛苦更让人开心了。”

对于莱伊小姐来说，制定计划只是为了要打破计划，并且她以此为傲，几天之后，她就出发去意大利了。

注释：

[1] 原文的实际意思是站在你的立场考虑，而字面意思为站在你的鞋里考虑，这样才能解释后面莱伊小姐的话“我很怀疑你能不能穿得进去”。（译注）

第二部分

第一章

莱伊小姐二月底回到英国。与大多数同胞不同的是，在国外的时候她并没有去看望那些在国内时经常一起玩的朋友。虽然贝拉和赫伯特·菲尔德就在那不勒斯，默里太太就在罗马，她还是小心翼翼地避开了他们。相反，她的习惯是与偶然相识的人培养友谊，她觉得在异国他乡的英国人都显示出一些怪异的癖好，而且表现出令人愉悦且发人深省的坦率。例如，在威尼斯，或者在妩媚动人的卡普里岛，你可以随时撞见那些好像正在上演一样的浪漫故事，所有古怪的行为都以最厚颜无耻、最妙趣横生的方式展现出来。在这些地方会见到一些中年情侣，他们之间的关系并不确定，但他们激烈的冒险之旅足以震惊上一代人对礼仪的规范。你会在最传统的人身上发现最怪异的事，在最古怪的人身上发现最平常的事。莱伊小姐能用自己谨慎娴熟的技巧获得他人信任，并以自己特有的古板方式享受旅程，乐在其中。她听了一些男人女人的奇怪忏悔，男人为了自己内心的追求放弃了世间其他一切美好，现在却肆意地讽刺自己过往的热情；女人为了爱情不惜打破天规，现在却无所谓地耸耸肩，带着点戏谑地回忆那早已死去的激情。

“好啦，有什么新鲜事要告诉我吗？”弗兰克在老皇后大街坐下来吃晚餐时问道，他在维多利亚车站接到了莱伊小姐。

“没什么。不过我注意到，当一个人被享乐耗得精疲力竭时，他确信是自己享尽了各种乐趣；然后他郑重其事地告诉你说，没有什么能满足人心。”

但是弗兰克有比这更重要的消息，一个星期前，珍妮产下一个死胎，之后就病得很严重，一开始被认为可能不会恢复了。不过现在最糟糕的阶段已经过去，不发生意外的话，她或许可以慢慢恢复健康。

“巴兹尔如何看待这件事？”莱伊小姐问。

“他很少说话。他最近变得很沉默，我担心他太伤心了。你也知道他有多么期待这个孩子的到来。”

“你觉得他喜欢他妻子吗？”

“他对她很好。不幸发生后他更是表现出无人能及的温柔。我觉得珍妮比他更心痛，她把孩子当成他俩结婚的原因——当然他也在竭尽全力安慰她。”

“我得去看看他们。现在跟我说说卡斯蒂林太太的情况吧。”

“我已经很久没见她了。”

莱伊小姐特意观察了一下弗兰克，心里纳闷他是否知道卡斯蒂林太太与雷吉·巴塞特之间的风流韵事，虽然她很想讨论这个问题，但还是不愿冒险泄露人家的秘密。其实他知晓所有的情况，不过假装无知，看莱伊小姐如何把谈话引向她想要讨论的方向，这让他很开心。她说起了特坎伯里的教长，贝拉和贝拉的丈夫，然后好像出于偶然似的提到了雷吉。看弗兰克眨巴着眼睛，她就知道他在笑话自己的伎俩。

“你这个坏蛋!”她大叫，“为什么不告诉我这些事情，而让我意外发现事情的真相？”

“我的性别告诉我一些要遵守的基本荣誉准则，莱伊小姐。”

“你不用再给自己其他可恨的行为里加一条假正经了。你是如何知道他俩这种情况的？”

“那个亲切友好的青年告诉我的。很少有男人可以克制自己，不去夸夸其谈他们征服了多少女人，而雷吉肯定做不到。”

“你不认识休·基伦，对不对？他在整个欧洲处处留情，最臭名昭著的一次是与一个不愿透露姓名的外国公主。要不是因为他能够招摇地挥舞一块角上绣着皇冠和一个巨大姓名首字母的手绢，我觉得她可能会让他觉得百无聊赖。”

然后莱伊小姐讲述了她的罗彻斯特之行，当然，把那讲述成了一个简洁有趣的故事。

“你是不是有一瞬间觉得他们俩之间就这样结束了？”弗兰克讽刺地问。

“不要因为我抱乐观的态度就这么恶毒。”

“亲爱的莱伊小姐，一个男人越无赖，他的女朋友们就越喜欢他。那些把女人当人看的正派男人反而在这方面吃尽苦头。”

“你对这些事情并不了解，弗兰克。”莱伊小姐反驳，“麻烦告诉我事实就够了，哲学上的结论我可以自己得出来。”

“雷吉有与女性相处的天赋。我听说了所有关于你罗彻斯特之行的事情，甚至向他保证你不会告诉他妈妈这件事。他意识到自己并没有表现出太多的英雄气概，所以摆起了架子，装出道貌岸然的样子，一个月的时间对卡斯蒂林太太无论如何都置之不理。后来她非常谦卑地写信给他，乞求他的原谅。据我所知，他仁慈地原谅了她。他来看我的时候把信扔在桌子上说：‘喂，老兄，如果有人问起，你就告诉他，关于女人我不懂的方面，就是不值得去了解的方面。’两天之后他再出现时带着一个黄金烟盒!”

“你跟他说了些什么？”

“‘你总有一天要栽跟头的。’”

“你表现出了智慧，也说出了重点。我衷心希望他会栽跟头。”

“我认为事情进展得并不顺利。”弗兰克接着说，“雷吉告诉我说，她使他过上了一种糟糕的生活，他越来越烦躁不安。他说看来有个女人不顾一切地爱着你可不是闹着玩的。而且他说他从没有与有钱人有过这么近距离的接触，但她的粗俗让他震惊。她的行为似乎经常超出他对端庄得体的认知。”

“这不就是英国人嘛！甚至要在不道德的人身上培养礼仪规范。”

然后莱伊小姐问起了弗兰克的近况，不过他们通了很多书信，弗兰克也没多少话说了。每天在圣卢克医院单调地上着班——一个星期给学生上三次课，周三和周六出门诊。开始有人到哈利街的诊室找他看病，虽然不抱太大的热情，但他仍期待着将来成为一名很受欢迎的医生。

“你恋爱了吗？”

“要知道只要你还单身，我就不允许自己的情感越轨。”他笑着回答。

“注意我不信你的话，也不会抓着你的头发把你拖到圣坛上。我就没有对手吗？”

“你要是逼我，我就坦白吧。”

“坏蛋，她叫什么名字？”

“血内血吸虫。”

“老天哪!”

“那是我正在研究的一种寄生虫。我觉得官方对它的认识都是错的。他们把它的生活史给搞错了，他们对人类感染途径的认识也完全是一派胡言。”

“这在我听来并不是十分令人激动，我觉得你只是在编造这样一个故事，想隐藏一段与某个舞女的惹人非议的恋情。”

珍妮和巴兹尔似乎都不欢迎莱伊小姐来巴恩斯，巴兹尔看上去既疲倦又痛苦，只有在他跟妻子讲话时，才努力显出一副高兴的样子。珍妮还躺在床上，身体很虚弱，病得很重，莱伊小姐以前从未见过她，对她倾城的美貌感到惊讶。她的脸色比枕着的枕头还要白，有一种非常动人的凄楚，尽管以前发生过那么多事情，但她那楚楚动人、天真无邪有着少女一样的甜美，用英国的玫瑰比喻再好不过。善于观察的莱伊小姐也注意到，珍妮不断用充满着痛苦和质疑的焦虑眼光望向丈夫，似乎可怜兮兮地害怕会受到一些不当的责备。

“希望您喜欢我妻子。”巴兹尔陪莱伊小姐下楼时说道。

“可怜的家伙！在我看来，她像一只被命运囚禁在现实生活囚笼里的可爱小鸟，本应该在宽阔的天空下无忧无虑地欢唱。我怕你将来会对她很刻薄。”

“为什么这样说？”他有点愤恨地问。

“亲爱的，你会让她配得上你的蓝色磁茶壶。若是人们不要求别人按照他们的原则处世，生活可能会幸福得多。”

珍妮的病情似乎更严重了，巴兹尔急忙找人去请布什太太来照顾女儿，但因为悲伤和激动，她就从巴兹尔的威士忌酒瓶里寻找安慰，而且一发不可收，巴兹尔不得不请她回自己家去。当时的场景并不好看。肯特估摸她有酗酒的倾向，在她来家里两三天后就把餐边柜给锁了，还拿走了钥匙。没过多久女佣就过来跟他说：

“对不起，先生，布什太太问您她是否可以喝点威士忌，她感觉不太舒服。”

“我去跟她说。”

布什太太抱着双臂坐在餐厅，竭力想在她健康的面容上表现出母亲的焦虑、微恙的身体和受伤的尊严。看到过来的是她女婿而不是女佣，她并不太高兴。

“哦，是你吗，巴兹尔？”她说，“到处都找不到餐边柜的钥匙，我太难受了，必须喝点什么才会好受点。”

“要我是你的话就不会了，布什太太。你最好还是别喝了。”

“噢，的确！”她有点恼火地回答，“可能你比我自己更了解我内心的感受。麻烦你把钥匙给我，年轻人，快点。我可不是个任人欺负的女人，我可直说了。”

“很抱歉，我觉得你已经喝得够多了。珍妮可能需要你，保持清醒是最明智的选择。”

“你是在暗示说我喝过头了？”

“我可没有这样说。”他笑着回答。

“那我还得谢谢你了。”布什太太生气地大吼，“你不笑话我，我就很感激了，而且我女儿这会儿还病恹恹地躺在卧室呢，不得不说你真是太没良心了。我很难过，还认为你肯定会礼待我。但是你从来没有过，肯特先生——从来没有，我第一次来这里的时候都没有。我可还没有忘记，你也别觉得我忘了。六便士多点的廉价茶壶就配得上我了，而你的女性朋友一进来银茶壶就马上拿出来了，但我从不觉得那个茶壶真的是银的。你的血统是挺好的，肯特先生，不过我想说的是，有点礼貌吧。你真是个不错的小伙子，我可怜的女儿还躺在病床上，你却不愿给我一小滴威士忌喝，真不错。要不是为了珍妮，我才不愿在这栋房子里再待一分钟。”

“我正想说，如果你回自己幸福的蹲尾区家里去，那样更好。”这个好女人停下来歇口气的功夫，巴兹尔回了这一句。

“你，好呀！我要看看珍妮会怎么说。好歹我女儿还是这房子里的女主人。”

布什太太起身往珍妮的门口走去，巴兹尔背靠着门挡住了。“现在我不能让你去找她。我觉得你这会儿的身体状态不合适。”

“你觉得我会让你拦着我吗？走开，年轻人。”

而巴兹尔与其说是发脾气还不如说是深感厌恶，他以令人难以忍受的冷漠蔑视的表情看着这个发怒的家伙。

“很抱歉伤害了你的情感，布什太太，但我觉得你最好立刻离开这里。范妮会把你的东西收拾好。我要去珍妮的房间了，不允许你过来。希望你在半个小时之内离开。”

他转身离开了，留下布什太太愤怒但有点害怕。她习惯了为所欲为，一时的对抗让她吓了一跳，而巴兹尔的表现说明他并不会轻易接受反抗。但她下定决心，不论结果如何都要冲进珍妮的房间，诉说她的委屈和不满。但她还没有自我演练完一遍要说的话，女佣就进来说，已经按照主人的吩咐把她的东西打包好了。珍妮的母亲愤怒地站起身，但是自尊不允许她让女仆觉得她是被赶出去的。

“很好，范妮！这不是淑女应该待的地方。真可怜你要伺候一个像我女婿这样的主人，亲爱的。你可以转告他，他也不是什么绅士，这已经算是恭维他了。”

正在睡觉的珍妮被前门砰的一声吵醒了。

“什么声音？”她问。

“你母亲离开了，亲爱的。你介意吗？”

她马上转头看着他，就自己对母亲性格的了解，猜测是发生了争吵，焦急地想知道巴兹尔有没有生气，她向他伸出手。

“我不介意，我很开心。我想和你单独在一起。不想我俩之间隔着任何人。”

他俯身亲吻了她，她则用双手搂住他的脖子。

“你不会因为孩子没了跟我生气吧？”

“亲爱的，怎么会呢？”

“跟我说你不后悔娶了我。”

珍妮到现在已经意识到巴兹尔只是因为孩子才跟她结婚，心里充满了极度的恐惧。他的兴趣与自己的兴趣如此不同（她已经逐渐了解到他们之间的差别有多大），似乎只有渴望已久的儿子才能够保住巴兹尔对她的感情。他爱的是有孩子的母亲，但现在可能因为当初的仓促追悔莫及，这一切看起来好像是她以虚假的理由强迫他结婚一样。连结两人的主要纽带被切断了，虽然她顺从地接受着他因为好心而给予自己的关注，但她禁不住心痛地问自己，身体康复后会发生什么。

时间一天天过去，虽然脸色苍白，无精打采，但珍妮已经恢复了一些力气，可以出房间了。有人提议不久之后她可以和妹妹一起去布莱顿待一个月。巴兹尔因为工作不能离开伦敦太长时间，不过他答应周末就会和她们会合。一天下午，他兴高采烈地回到家，因为刚刚收到出版商的来信，说他的书受到青睐，将于明年春天出版。这似乎是他功成名就的第一步。他发现大舅子詹姆斯·布什和珍妮坐在一起，心情很好的他以非同寻常的热情跟对方打招呼。而詹姆斯不似他平常那样滑稽地说个不停，而是一副垂头丧气的样子，这要是换作别的时间就会引起巴兹尔的注意。他马上就离开了，巴兹尔注意到珍妮心神不安。尽管不确定是什么事情，但他知道布什一家一到经济拮据的时候就会来找他妻子，从一开始他就决定这些不可避免的要求还是需要满足的。不过，他宁愿无视珍妮给家人提供的帮助，每当她找他要一些超出零用钱范围的小数目时，都毫不犹豫地给她。

“为什么吉米这个时间来家里了？”他漫不经心地一问，心想肯定又是来借钱的，“我以为他不到六点不会离开办公室呢。”

“噢，巴兹尔，发生了一件很糟糕的事情。我都不知道怎么跟你说。他被开除了。”

“希望他不会是让我们收留他。”巴兹尔冷冷地说，“今年我的手头也很紧，但我所有的钱都希望花在你身上。”

珍妮振作起来，作出一番痛苦的努力。她望向别处，声音颤抖。

“我不知道该怎么办。他惹上麻烦了。除非能在一个星期内筹到一百一十五英镑，否则他的公司就要起诉他。”

“你到底什么意思，珍妮？”

“噢，巴兹尔，别生气。因为羞于启齿，我已经隐瞒了一个月了，但是现在再也藏不住了。他的账户出了点问题。”

“你是想说他在偷钱吗？”巴兹尔严厉地问。一种极度的恐惧和恶心涌上心头。

“看在老天的份上，别这样看着我。”她大喊。他的眼神和紧闭的嘴唇让她感觉像个犯人在陈述自己卑劣的犯罪行为一样。“他也不想做不正当的事。我并不太明白事情的原委，但是他可以一五一十地告诉你。噢，巴兹尔，你不会眼睁睁看着他进监狱的！我不去度假了，可以给他钱吗？”

巴兹尔坐在桌前思考起这个问题，双手掩面陷入沉思，试图躲开珍妮可怜的凝视。听到她的消息后他满怀惊愕、极度羞耻，但又不想让她看到。不过她还是看到了。

“你在想什么，巴兹尔？”

“没什么特别的。我只是在想该如何筹钱。”

“你不会觉得因为他是我哥哥，我也肯定和他是一样的德行吧？”

他看着她没有回答。他妻子的母亲酗酒，而她哥哥对于资产只有一些本能的贪婪，这些无疑都是他的不幸。

“那不是我的错。”她痛苦地大喊，打断了他的沉默，“不要把我想得太坏。”

“对，那不是你的错。”他不由自主地冷冷答道，“你还是应该去布莱顿，不过恐怕夏天就不能去度假了。”

他开了张支票，又写了一封信给银行，请求他们根据持有的有价证券预支一百英镑给他。

“他来了。”听到门铃声，珍妮大声说，“我要他半个小时后回来。”

巴兹尔站起身来。

“你最好赶紧把支票给你哥哥。告诉他我不想见到他。”

“他不能再来这里了吗，巴兹尔？”

“随你的便，珍妮。你想让他来，我们就假装他只是不幸，并没有不诚实，不过我宁可他不要再提这件事情。我既不需要他的感谢也不需要他的借口。”

珍妮一言不发地收下了支票。她本来是要非常感激地用双手搂住巴兹尔的脖子，请求他原谅，但他强硬的态度令她害怕。整个晚上他都闷闷不乐、一言不发地坐着，珍妮也不敢说话。向她道晚安时的亲吻也从来没有这么冷淡过，她无法入睡，痛苦地哭了起来。她无法理解他怎么这么深恶痛绝地看待这件事情。在她看来，这只不过是吉米过于精明而造成的不幸，她倾向于同意哥哥的看法，认为他只是时运不济。但巴兹尔不愿听任何辩解，甚至完全假定是最坏的情况，这让她感到有些愤慨。

几天后，肯特竟然发现珍妮在和她哥哥认真地谈话，吉米又恢复了他的活泼神气，并没有因为巴兹尔知道他的越轨行为，就表现出哪怕是装出来的羞耻感。

“真巧啊！”他大喊，伸出手来，“我过来就是希望能见到你。想感谢你借钱给我。”

“我倒希望你不提起这件事情。”

“为什么，这又没什么可害臊的。就是我有点不走运，仅此而已。我会还你钱的，不用担心。”

他滔滔不绝地谈起那件事情，证明不幸也可能降临到值得好运的人头上，最无辜的行为也可能看起来像是犯罪的样子。巴兹尔不情愿地羡慕起他诙谐的厚颜无耻来，冷冷地、一言不发地听着他讲。

“你不必为自己找借口。”他最后说道，“我帮助你的原因完全是自私的。要不是因为珍妮，你是否进监狱对我来说完全无关紧要。”

“哎呀，那都是胡说八道。他们本来也不会起诉。我没告诉你吗，他们没有证据。你相信我的，对不对？”

“不，我不相信。”

“你这是什么意思？”詹姆斯生气地问道。

“我不想跟你讨论。”

对方没有回答，只是恶狠狠瞪了巴兹尔一眼。

“你休想拿回你的钱，年轻人。”他低声嘟囔着，“别想从我这儿拿回你的钱。”

他本来就不太想偿还那笔相当大的款项，但现在连一点意愿都没有了。

珍妮结婚六个月以来，他一直受不了巴兹尔表现出的冷冰冰的礼貌。他讨厌巴兹尔目中无人的神态，但又需要他的帮助，尽管有时候几乎控制不住自己的脾气，也只能小心翼翼地维持一份熟悉的亲切感。他知道妹夫很高兴有机会不让他进家门，尤其现在还失业了，于是他决心避免发生这样的事情。他竭尽全力自我消化掉巴兹尔的冒犯，但是决心迟早要报这个仇，以此来安慰自己的自尊心。

“再见。”他依旧十分平静地大喊一声，“我得走了。”

珍妮惊慌地看着这一幕，但更多的是愤怒，巴兹尔对哥哥的冷淡和蔑视像是反射到了她身上。

“或许你至少可以对他礼貌一点。”吉米走后，她说。

“恐怕我已经用尽了我所有的礼貌。”

“不管怎么样，他是我哥哥。”

“那是最让我痛心的事实。”他回答。

“现在他已经落魄了，你不用对他这么苛刻的。比他糟糕的人多的是。”

巴兹尔两眼冒火地转向她。

“天啊，难道你没意识到那个人是个贼吗！他的不诚实对你来说就没有问题吗？难道你不知道这有多糟糕吗？一个人居然——”

他突然停下来，做了个厌恶的手势。这是他们第一次争吵，珍妮脸上呈现一种泼妇似的神情，苍白的脸色因生气而涨得通红。不过巴兹尔迅速地清醒过来。想起了妻子的病以及她失去孩子的极度痛苦和失望，非常后悔自己发了这一通火。

“请原谅我，珍妮。我不是有意说那些话。我本应该记着你很喜欢他。”

但是她并没有说话，闷闷不乐地看往别处，他只得坐在她的椅子扶手上，抚摸着她丰盈美丽的长发。

“不要生气，亲爱的。我们不会吵架了，对不对？”

无法抵抗他的温柔，珍妮热泪盈眶，热烈地吻着他爱抚的双手。

“不，不。”她大喊起来，“我太爱你了。不要再对我大喊大叫，这太难受了。”

短暂的乌云过去了，他们谈起即将到来的布莱顿之行。珍妮要租一个寓所，她让巴兹尔坚决保证每个周六都会去与她会合。弗兰克在哈利街给他腾了个房间，她离开的这段时间，巴兹尔打算和他住一起。

“你不会忘了我吧，巴兹尔？”

“当然不会！不过你一定要赶快好起来，快快回家。”

她最后终于出发了，巴兹尔发现自己成为了弗兰克的客人，他忍不住微微地松了口气。再次住在单身汉的家里是一件非常愉快的事情，他喜欢香烟的味道、随意乱摆的书籍以及不需履行任何责任的感觉。没有必要做任何不喜欢的事情，这是他结婚后第一次感觉到彻底的舒服。回想起他在坦普尔区舒适的住所，每个房间里都弥漫着古色古香的气息，非常适合他的气质，想起那些日子里的长谈，自由遐想的时光以及不受干扰的轻松阅读。而现在被称为家的简陋乡间住宅让人不寒而栗，有的只是对家务的担忧，且毫无隐私可言。他本想让自己的生活美好如画，到头来却只是一片污秽和狼藉。

“单身生活自有其好处。”医生笑着说，早餐后看到巴兹尔，他点着烟斗，双脚放在壁炉架上，身体后仰，满足地舒了一口气。

但他看到对方脸上特别渴望的表情后，就后悔说了这些话。他也第一次看出这对年轻夫妇的生活进展得并不是特别顺利。

“对了，”弗兰克马上提议说，“你愿意参加今晚的一个宴会吗？爱德华·斯特林格夫人要举办一个聚会，你认识的很多人都会参加。”

“结婚后我就哪里都没去过了。”巴兹尔犹豫不决地回答。

“我今天会见到这个老太太。要我问一下能带上你吗？”

“那真是太好了。天啊，我会很开心的。”他笑了笑，“我已经六个月没有穿过宴会礼服了。”

第二章

爱德华·斯特林格夫人说，她很高兴能在那天晚上见到巴兹尔，弗兰克十五分钟就捯饬完了，看着年轻的巴兹尔小心翼翼地穿衣打扮，既鄙视又觉得好笑。最后再看了一眼镜子，巴兹尔才终于转过身来。

“你看起来真不错。”医生讽刺地说。

“闭嘴！”巴兹尔满脸通红地答道。但仍然明显看得出他对自己的外表十分满意。

他们在弗兰克那家体面的俱乐部里用餐，周围都是科学界人士，保留着中年学生的愉快气质，然后十点一过就坐车赶往肯辛顿。巴兹尔讨厌自从结婚以后就不得不厉行节约，爱德华夫人家里的种种富有的迹象看得他眼花缭乱。一个脸上涂了粉的侍者帮他拿了帽子，另一个接过了他的外套。在体验过巴恩斯住宅的拥挤窒息后，他非常高兴能够穿行在这些宽敞高大的房间里，虽是最糟糕的维多利亚风格，但是特别富丽堂皇。爱德华夫人美丽的假发比平时更歪斜，穿着华丽但有点旧的服饰，干瘪的脖子上戴着光彩夺目的钻石项链，像一位时髦的女主人一样满不在乎地欢迎了他，然后转向下一位客人。往里走的时候，巴兹尔发现自己与默里太太面对着面。

“噢，很高兴见到你！”他又惊又喜地喊道，“我不知道你已经回来了。快过来坐下，跟我说说你的见闻。”

“胡说！我什么都不会说的。你必须跟我说说你所有的情况。我看到你的书出预告了。”

巴兹尔惊讶地发现她竟然如此俊俏美丽。他经常违背自己的意愿，想起默里太太，但脑海中的画面相比本人既没有如此健康靓丽，也没有如此朝气蓬勃的活力。相反，他的想象夸大了默里太太与桑德罗·波提切利圣母像的相似性，老是想着她双唇上流露的悲伤以及她苍白的鹅蛋脸上慵懒的表情。今天晚上的她，活泼迷人，深灰色的眼睛笑意盈盈，脸颊泛着愉快的绯红。他看着她漂亮的双手，看到了她手上的戒指，以及她身上华丽优雅的礼服。

身上那股若有若无的香味是他最喜欢的味道，让他回想起过去与她交往的快乐时光，他想起她在查尔斯街上的客厅，他们曾经经常坐在那里谈论有趣的事情。他的心很痛，他知道，不管怎么努力去淡忘，他对她的爱并不亚于自己结婚前的那个晚上，正是那天晚上他确信她也喜欢自己。

“我觉得你一个字都没有听进去。”她大声说。

“我在听。”他回答，“不过你的声音令我沉醉。听起来像极了意大利的音乐，我已经好长时间没有听过了。”

“我最后一次见你是什么时候？”她问道，她当然记得很清楚，却好奇他会怎么回答。

“一个周六的下午，你坐车从威斯敏斯特桥附近经过，但是在那之前的那个周的周四我就再也没有和你说过话了，我还记得你当时穿的那件斗篷。你现在还留着它吗？”

“记性真好！”

她轻慢地笑起来，眼里流露出胜利的喜悦。看来他完全忘记了她去巴恩斯拜访过他们，他的记忆全是关于他们相爱的过往。

“我经常想起我俩过去常常促膝长谈。”他说，“要不是因为你，我肯定写不出书来。”

“哈，是的，在你结婚前，是不是？”

她这么漫不经心笑着说出的话，实际是想要伤害他。巴兹尔的脸突然变得煞白，一阵难以名状的痛苦使他的眼神黯淡下来，双唇忍不住颤抖起来。默里太太用残酷好奇的眼光打量着他。有时生气的时候，她会祈祷有机会为她遭受的所有痛苦进行报复，眼下就是开始。她现在恨他，她告诉自己说——她非常恨他。这时她正好看到那个时髦的教区牧师法利先生，便冲他莞尔一笑。如她所料，他朝这边走了过来。

“你收到我的信了吗？”她一边问，一边伸出一只手。

“太感谢了。我已经写信表示接受了。”

她是故意这么问的，因为她想让巴兹尔知道她已经给法利先生发出了某种邀请。年轻的巴兹尔不情愿地从她旁边起身，万灵教区的牧师坐到那个空位上。巴兹尔心痛地走开时，她殷勤谄媚地跟新来的牧师聊了起来，而她平常可并不这样。

“瞧啊！这不是纯洁的卢克雷蒂亚嘛。你怎么来这儿了？”

巴兹尔吃了一惊，听到近在身旁的母亲嘲讽的声音，脸色突然变得又冷漠又僵硬。

“哈内尔医生带我来的。”他回答。

“他把你带到伦敦最枯燥无味同时最受人尊敬的人家里，他是挺谨慎的。坎伯韦尔怎么样，你们喝下午茶吗？”

“我妻子在布莱顿。”巴兹尔回答，一如既往被维扎德夫人的嘲弄羞辱。

“我并不期望她来这里。你是真好看。可惜呀，就是做事太荒唐。”

她冲儿子点点头，继续往前走。没一会儿来到莱伊小姐身边，莱伊小姐正独自站在那儿，兴趣盎然地观察着各式各样的人群。

“你好！”维扎德夫人说。

“真没想到你还记得我。”对方回答。

“我从报纸上看到你继承了可恶的德沃丽丝小姐的遗产。你没发现自那之后很多人都记住你了吗？”没等对方回答，她继续说：“你不是我那满怀希望的儿子的朋友吗？我刚看见他了，真不明白他为什么那么讨厌我。可能他觉得我是个坏人，但我真的一点都不坏。一生中不记得有犯下过任何罪行。我做过傻事也做过让自己后悔的事，但是仅此而已。”

“能得到自己良心的认可是很让人舒心的事情。”莱伊小姐嘟囔了一句。

正在那时，卡皮特勋爵向维扎德夫人走来，莱伊小姐趁机去找巴罗-巴塞特太太，她正和卡斯蒂林一家聊天，还是一如既往地咄咄逼人。

“知道他是个这么好的孩子让我深感慰藉。”莱伊小姐听到她说，“他在我这儿没有任何秘密，也敢保证他不需要向任何人隐瞒任何想法。”

“这个令人钦佩的人是谁呢？”莱伊小姐问。

“我在感谢卡斯蒂林太太对雷吉这么好。对他这个年纪来说，一个懂得人情世故的女人——一个好女人——的影响太重要了。”

“雷吉是所有美德的缩影。”莱伊小姐轻轻地说，“而卡斯蒂林太太就是慈善的典范。”

“你真是让我困惑得不知所措。”小巧的卡斯蒂林太太大声说，浅浅一笑，只是脸上的粉黛明显掩盖了一阵羞耻的红晕。

没一会儿，她把莱伊小姐拉到一旁坐下来。卡斯蒂林太太表现得漫不经心，轻率无礼，没有人猜得到她是在处理麻烦。

“你肯定非常看不起我吧，莱伊小姐。”她说。

“为什么？”

“我向你承诺再也不见雷吉了，但是听了巴塞特太太的一番话你会怎么想呢。”

“至少你不用费力跟我说谎了。”

“我本不想说谎的。我必须有一个可以彻底敞开心扉谈话的人。哎，我很苦恼!”

她说这些话的时候，脸上毫无表情，在听不见她们谈话的旁观者看来，会觉得她是在说一些无关紧要的事情。

“我尽力了，”她继续说，“我忍受了一个月。后来就再也不能没有他了。我感觉自己就像古老故事里的女人，被施了爱情的魔咒，没有力量自救。我猜你会说我是个傻瓜，但我觉得伊索德或费德尔肯定也有着同样的感受。我既没意志又没勇气，最糟糕的是，整个事情绝对有辱人格和身份。你没有理由不鄙视我，连我自己都彻底鄙视我自己。天知道这一切会怎么结束，我感觉会有糟糕的事情发生。总有一天保罗肯定会发现，那就意味着毁灭，我将为这样一个可怜、懦弱、卑劣的混蛋抛弃一切。”

“别这么大声说话。”莱伊小姐说，因为对方稍微提高了音量，“你觉得他会娶你吗？”

“不会。他经常跟我说他不会娶我。而我现在也不能嫁给他，我太了解他了。噢，真希望我从来没有见过他。他一点都不在乎我，他知道自己掌控着我，就像对待街头的女人一样待我。我受到了很严酷的惩罚。”

她的眼睛扫视一遍房间，看到雷吉在与默里太太聊天。

“看看他，”她对莱伊小姐说，“即便现在只要他肯拥抱我、亲吻我，我就愿意托付自己的灵魂。我不介意危险，也不介意耻辱，只要他真心爱我。”

雷吉泰然自若、英俊潇洒、穿着干净利索，像个四十岁男人一样轻松地与默里太太聊着天。他黑色闪亮的眼睛盯着她，红色的双唇性感迷人地微笑着，清楚地表明她的美貌吸引了他，卡斯蒂林太太嫉恨痛苦地看着那俩人。

“她胜券在握。”她喃喃地说，“她是个寡妇，又有钱，又比我年轻。那我也不希望自己最大的敌人遭受爱上那个男人所带来的痛苦和折磨。”

“天啊，你为什么不振作起来？难道你已经放弃和他分手的念头了吗？”

“是的，”她绝望地回答，“我不想再抗争了。要怎么样就怎么样吧。现在这已经不是关乎我，而是关乎命运。除非他像对待厌倦的玩具一样将我抛弃，否则我不会离开他。”

“那你丈夫怎么办？”

“保罗？保罗比雷吉好一百倍。我到这么难过的时候才了解他的价值。”

“你对他这样，就不觉得羞愧吗？”

“晚上想起这些我都睡不着觉。他送给我的每一份礼物都会刺痛我的内心；每一份温柔对我都是极度的痛苦。但我没有办法。”

莱伊小姐沉思了一会儿。

“我刚才和维扎德夫人聊了一会儿。”她接着说，“我觉得，在伦敦，任何虔诚信教的人最想施以火刑的人就是她了，而她却认为自己真的是个很好的女人。同样我敢肯定，我们共同的朋友雷吉对他自己的行为毫不内疚。这说明世界上唯一的坏人就是那些有良知的人。”

“那你觉得我有良知吗？”卡斯蒂林太太伤心地问。

“很显然。在罗彻斯特见到你之前，我看不到你身上有任何良知的痕迹。不过我觉得你的良知那时处在萌芽的阶段，是发生的这些事情让它凸显出来。小心不要被良知打败了。我看到了巨大的危险正在盯着你的脸看。”

“你什么意思？”

虽然上了腮红，卡斯蒂林太太的脸依然憔悴苍白。莱伊小姐用锐利的目光看着她。

“你就没有想过向你丈夫坦白整个事情？”

“噢，莱伊小姐呀莱伊小姐，你是怎么猜到的？”

一阵难以控制的焦虑袭来，她无法保持镇定，痛苦地紧紧握住自己的手。

“小心。记住每个人都能看见你。”

“我忘了。”经过一番努力，她又恢复了往常从容自若的神态。“我日日夜夜都被这个问题困扰着。每当保罗对我好的时候，我几乎忍不住要告诉他。有种可怕的魔力一直在引诱着我，我知道总有一天我会管不住自己的嘴巴把一切都告诉他。”

在过去的六个月里，卡斯蒂林太太苍老了不少，她痛苦地意识到自己日渐衰败的美貌，现在只得采用更为奢华的化妆品。她的头发的颜色明显更不自然了，眉毛画得更浓了，脸上的粉施得更厚了。她变得越来越焦躁不安，跟她在一起有点痛苦。较之以前，她说话更多，声音更大，笑声更刺耳、更频繁。但是她兴高采烈的样子，以前是因为对整个世界漠不关心，现在却是要故意掩盖一种极端的不幸，如果可以的话甚至不想让自己察觉到。她已经习惯了生活总是一帆风顺。她有足够的财富满足自己的每一次冲动，有众人的钦慕，给她一种很有权势的感觉，还享有显赫的地位，但她从来没有如此迫切地想要得到一样东西，得不到时就非常烦闷。但现在，由于先前没有类似的经验作为指导，她四面楚歌，困难重重。这种热烈的激情使她神魂颠倒，当她得知轮到自己受苦时，这种觉醒非常痛苦。她对雷吉不抱任何幻想。他极其自私，对她的痛苦漠不关心，她早就发现眼泪对他没有任何作用。他凡事喜欢随心所欲，只要她一反抗，就残忍地说出真相。

“如果不爱我，你大可以滚蛋。你又不是这个世界上唯一的女人。”

但总的来说，他脾气还算不错，这是他最好的品质，正因为他贪图享乐，她才能在一定程度上把控他。她总是可以通过带他去看戏来避免他恼怒发脾气；他渴望在上流社会的圈子里活动，她就邀请他去富人家举办的聚会，这能让他温情一整个星期。但他从不受她的支配，她偶尔表现出嫉妒也只会遭到他冷漠的嘲讽，这几乎让她发狂。此外，她害怕他，因为她知道为了保全自己，他会毫不犹豫地背叛她。可是，尽管如此，她仍然热烈地爱着雷吉，这甚至影响了她的性格。卡斯蒂林太太从来没有尝试过约束自己，现在却小心翼翼不去惹恼这个放荡的男孩。她在他面前殷勤顺从，这样他就不会再用年龄和日渐衰退的魅力来贬低她。在极度的痛苦中，她学会了以前从不知道的温柔和自制。在日常生活中，她表现出新的宽容善意，尤其是对待丈夫不再那么任性胡闹了。他绝对的忠诚让她深感安慰，她知道在他眼里，她仍如最初相恋时那般美好。

第三章

莱伊小姐想办法了解到贝拉打算住在米兰的哪家酒店，当这对夫妇抵达米兰开启蜜月之旅时，他们发现等待他们的是朋友用工整的笔迹、些许学究的笔触写的一小封略带调侃的信，里边还附有一张五百英镑的支票作为结婚礼物。这使他们能够跳出最初的预算限制，更奢华地去旅行，也意味着可以在那不勒斯度过冬天最糟糕的时段，流连于一个又一个迷人的城镇而不用担心费用问题。赫伯特充满了热情，有一段时间似乎完全恢复了健康。他忘记了默默吞噬他生命的疾病，对未来产生了奢望。他的精力非常旺盛，急切地想要观赏多年以来梦寐以求的景色，贝拉很难对此加以限制。他对阳光、蓝天和鲜花的热情令人欣喜，尽管贝拉非常小心地使自己的面部表情尽力看起来乐观活泼，但她常常心痛，因为对她焦虑的心灵来说，这种非凡的生命似乎预示着短暂的存续。他将其他人分散到一生的热情都集聚在当下这短暂的一刻了。

在持续的陪伴之下，赫伯特的性格充分展现出来，贝拉了解到了他的性情多么有魅力，脾气多么温和无私。她一天比一天更热切地仰慕他，享受着他那略显男性优越感的神态，因为他可不想被当作病人，而且有点不喜欢贝拉如母亲般的照顾。相反，他非常关心贝拉是否过得舒适，独揽了所有必要的安排，细节的处理等，然而这些事情是贝拉本来愿意替他做的。赫伯特对丈夫的权威有独到的见解，贝拉对此顽皮一笑，欣然接受。她知道自己不仅在身体上更强壮，而且在性格上也更坚定，然而迎合他那种大男子主义的幻想也让她挺开心。担心赫伯特太累时，贝拉就假装疲倦，他便会很担心，这时他的自责让她非常感动。他从来没有忘记贝拉对他的恩情有多深，有时贝拉看出他的感激之情，就会设法说服他什么都不亏欠自己。赫伯特对这个世界一无所知，他的行为规范都是从书本中学习的，他像个莎士比亚式的爱人一般对妻子殷勤相待，给她写十四行诗，在她看来，这些诗句充满了对婚姻中的美好情感的热情歌颂。赫伯特浪漫专注的爱情使枯燥的岁月从贝拉心中消失，使她感到更年轻、更美丽、更快乐。她的矜持被一种并不讨厌的轻浮染上了色彩，她善意的玩笑配合他极度的热情，使其变得更有意思。但是，就好像太阳唤醒了自己的青春，驱散了来自北方的阴郁气质，赫伯特有时像个十六岁的少年一样幼稚，然后，他们对着彼此信口胡言，又笑着对自己的滑稽行为大声喊叫。人们说，世界是一面镜子，如果你看着镜子微笑，它也会对你报以欢乐的笑容。因此，在他们看来，似乎全世界都肯定他们的幸福。花朵绽放是为了配合他们的幸福，大自然的美丽也只是他们巨大满足的一个边框。

“你知道吗，我们两个月前开始交谈，”他有一次说，“但到现在都还没有谈完。我发现你一天比一天有趣。”

“我是一个很好的聆听者，我知道。”她笑着回答，“没有什么能比会聊天带给人更可靠的声誉。”

“你看起来就是很健谈，恶语相向也没用。”他大声说，因为她正用最温柔爱抚的眼神看着他。

“我觉得你变得自负了。”

“有你这么好的妻子，我又怎能忍得住？而且你还无比美丽。”

“什么！”她惊呼，“你再对我胡说八道，我就给你双倍剂量的鱼肝油。”

“但这是事实。”他殷切地说，虽然知道自己的美丽只存在他的想象中，贝拉还是高兴得脸红了。“我爱你的眼睛，看着它们的时候，我就失去了自我。那天在佛罗伦萨你叫我看一个长得漂亮的女人，但她根本没法和你比。”

“天哪，我相信这孩子是认真的！”她大呼，眼里噙满了泪水，失声抽噎起来。

“你怎么了？”他惊讶地问道。

“被人爱着的感觉真好。”她回答，“以前从来没有人跟我说过这些话，我只是太高兴了。”

然而仿佛上天也嫉妒他们短暂的快乐，抵达罗马后，赫伯特就因为长途跋涉劳累不堪，病情急转直下。天气寒冷、多雨、阴沉。每天醒来时，百叶窗被拉开后，赫伯特就急切地望向窗外的天空，但看到天空依然乌云密布，他绝望地呻吟一声，把脸转向墙壁。贝拉很心痛，也看着天空渴望阳光，认为阳光至少可以给他带来一些健康，她已经放弃了永久康复的希望。医生解释了赫伯特肺部的情况。自从上次弗兰克检查完以后，之前还完整的左肺也受到了感染，疾病似乎在以骇人的速度发展。

最后天气终于变好，二月慵懒温暖的和风，轻轻吹过罗马古老的石头。天空再次转为蔚蓝，一片片蓬松的白云像优雅的舞者穿过苍穹，雪白的云彩衬得天空更蓝了。正对着窗户的西班牙广场上开满了色彩斑斓的鲜花；模特们穿着坎帕格纳区的特有服装，悠闲地迈着碎步；春日乡村的美好味道飘进了病人的房间。

赫伯特的身体迅速变好。最近消沉沮丧的情绪现在也变得特别欢欣愉悦。他不喜欢罗马，一到了就生病，他确信只需要换个地方自己就能彻底恢复健康。他强烈要求贝拉带他去那不勒斯，医生也只得同意，认为最好是让他去。因此，他一能走动了，他们就继续出发往南。

到达那不勒斯时，他们不再像孩子一样心情轻松愉快，一个是因焦虑而憔悴的中年妇女，一个是垂死的年轻人。赫伯特的身体情况显示出他完全丧失了原有的活力，他发现即使身处新的景色当中也激不起新的激情。那不勒斯的教堂使他的心发冷，像十八世纪的宴会厅一样洁白又金黄，适合给信仰轻率迷信的那一代人做礼拜场所。博物馆里的雕像只是没有生命的石头，而这里的风景作为意大利风景的辉煌桂冠，也没能触动他的心弦。赫伯特曾经一度是个满怀激情的人，但现在，他感到极度无聊，对所有看到的景象都提不起兴趣。在那不勒斯，他发现的只有肮脏和凶狠的残暴。然而另一方面，他被一种躁动不安的情绪左右，无法静静地待在原地，十分渴望到更远的地方去。他对那个国家的热切渴望超过了对其他任何国家，甚至超过了对意大利。这股渴望激发了他的想象力，他希望在有生之年看到希腊。贝拉害怕希腊之行太耗精力，试图劝阻他，但是这一次发现他竟然很坚决。

“对你来说没什么问题。”他大声说，“你还有很多时间。而我只有现在。让我去雅典吧，这样离开的时候，我就不会觉得自己还没有见识过这整个世界的美丽。”

“但是想想由此而来的风险吧。”

“我们享受当下的时光就够了。就算我死在这里，在希腊或者在别的什么地方又何妨呢？让我看看雅典吧，贝拉。你不知道它对我意味着什么。你不记得我在特坎伯里房间里的那张雅典卫城的照片了吗？每天早上醒来的时候我就看着它，每晚吹灭蜡烛前最后看到的也是它。我已经了解了构成它的每一块石头。我想去呼吸希腊人呼吸的雅典的空气；我想去看萨拉米斯和马拉松。有时候我对这些地方的渴望太强烈，甚至让我身体上感觉到疼痛。别阻止我去实现最后的愿望。之后你可以做你想对我做的任何事情。"

他的声音里充满了渴望，又满是绝望，贝拉虽然害怕这次旅行，却无法抗拒。那不勒斯的医生提醒她，灾难随时可能发生，她再也无法向自己隐瞒这场疾病的可怕破坏力。根据病情的进展，赫伯特有时极度抑郁，而当天气晴朗或他睡得不错的时候，他又确信自己很快就会完全康复。他当时想，只要能够摆脱导致他胸痛的咳嗽，他就能恢复得很好。听他对未来所做的满怀信心的规划，是对贝拉最大的折磨。他想在瓦伦布罗萨的树林里过夏天，买上一本西班牙旅游指南，计划去那里过接下来的冬天。贝拉面带微笑，开着幽默的玩笑，被迫与他讨论一些她知道死亡一定会摧毁的计划。

"在南方待两年我就应该会重新好起来。"他有一次说，"到时候我们就在肯特买一所小房子住下来，在那里可以看到青青的草地和金黄的玉米，我们一起做各种有趣的事情。我想写一些真正的好诗，不再是为自己写，而是为你写。我绝不想让你认为自己为我白白付出了那么多。声名鹊起是不是很棒啊！噢，贝拉，我希望有一天你会为我感到骄傲。"

"我得把你盯紧了。"她笑着回答，在她自己听来，那笑声像一阵痛苦的抽噎，"诗人是出了名的善变，你肯定会调戏漂亮的挤奶女工。"

"噢，贝拉，贝拉，"他突然大声喊道，"我真希望自己更配得上你。在你身边，我觉得自己完全微不足道、毫无价值。"

"或许是吧，"她出乎意料地回答，"但那并不妨碍你在比萨写一首有关农妇脚踝的十四行诗。"

他笑着脸红了。

"你并不介意，对不对？而且还是你让我注意到她走路的方式。如果你不喜欢，我就把它撕了。"

像个孩子一样，他把她的取笑当真了，还真的有点担心惹恼了她。她又笑了，这次更加真诚，不过笑声里似乎轻轻回响着泪水的声音。

"我最爱的孩子，"她哭出声来，"你什么时候才能长大！"

"等到我好了，到时候你必须收起这些架子，否则风险自负，女士。"

第二天早上，赫伯特身体维持着良好的状态，他提议他们应该立即出发前往布林迪西，在那里待一天，然后坐船直接去希腊。贝拉一听惊慌失措，她本来指望一次次推迟行程直到无法成行，但是赫伯特不给她机会阻挠自己的愿望，在找好了火车、支付了账单并且通知了酒店老板之后，他才跟她坦白了这些事。开启旅程之后，看到他的兴奋简直让人心痛：蓝色的眼睛闪闪发亮，双颊因激动而泛红。他身体里似乎充满着一种新的能量，不仅看起来更好了，自我感觉也更好了。

“告诉你，我双脚一踏上希腊的土地，就会马上好起来。”他大喊，“不朽的众神会创造奇迹，为了表达对他们的敬意，我要建一座神庙。”

他心跳加速地看着这个快速从眼前闪过的国家，春日里阳光明媚、生机勃勃，两边都有大片广阔的绿色土地延伸开去。鬃毛蓬乱、有点胆怯的牛群在悠闲地啃草。他们还时不时看到一个牧牛人，背上挂着一支来复枪，狂野、帅气又快活。最后，终于看到了震颤的大海。

“终于到了！”男孩大喊，“终于到了！”

第二天早上他发烧生病，接下来那一天，不论他如何恳求，贝拉也坚决拒绝出发。他闷闷不乐地盯着她，极度失望。

“好吧。”他最后说，“但是下次不论发生什么，你都必须答应带我去，哪怕我即将死去，也必须把我抬上船。”

“我诚心向你保证。”贝拉回答说。

某种意志力给了他假想的力量，几天之后他又站了起来。但在过去两周里一直支撑着他的兴高采烈现在已经完全消失了，他异常沉默，贝拉担心他不原谅自己上次坚持推迟这次出行。他们不得不在布林迪西待上一个星期，那是一个沉闷、肮脏、人口众多的小镇，他们一起逛遍了小镇上蜿蜒狭窄的街道。最让赫伯特高兴的是走到港口去，他喜欢拥挤的船只，看它们装卸货物，向往它们在渺茫的大海上长途航行。他喜欢那些吊儿郎当的水手，那些系着红腰带、皮肤黝黑的搬运工，还有在码头上嬉戏的顽童。但是他们身上散发出的生命力有时候却让他感到一种愤怒的绝望，他们似乎拥有享受生活的无限能力，他发自内心地羡慕那些最穷的司炉工，因为他们的肌肉像铁一般结实，他们的呼吸无拘无束。一周的时间过去了，他们的船启航的前一天下午，赫伯特独自一人出去了。不过贝拉了解他的习惯，很快就找到了他：他坐在一座小山上，身穿橄榄色衣服，眺望着远处的大海。他没有注意到她在靠近，目光怔怔地看着远处湛蓝的爱琴海，仿佛他想看看期盼已久的希腊海岸，憔悴瘦削的脸上有一种难以名状的痛苦。

“我很高兴你来了，贝拉，我需要你。”

她在他身边坐下，他拉住她的手，眼睛再次看向远方。一艘渔船扬着奇形怪状的白色风帆，像一只美丽的海鸟滑行在波光粼粼的海面。天空如青金石的颜色一样，耀眼又炽热，不见一片云彩打破这宁静的单调。

“贝拉，”他终于开口说话，“我不想去希腊。我没有这个勇气。”

“什么意思？”她十分吃惊地问。之前他满脑子都是这一个目的地，到最后终于要到达了，他却退缩了，这似乎是一个不好的预兆。

“你以为我生气是因为我们上周没来。我也想生气，但是心里又因为延期而高兴。我害怕。我一直试图鼓起勇气，但是做不到。”

他并没有看她，而是直直地凝视着远处的海面。

“我不敢冒这个险，贝拉。我害怕让自己的幻想接受现实的考验。我想要保存我的幻想。意大利之行表明任何实地美景都没有它们在我头脑中的形象那么可爱迷人。每次有什么景色达不到我的预期，我都会对自己说希腊会给我所有的补偿。但是现在我知道，希腊只会同样让人失望，我无法忍受这一点。就让我死的时候，心里长期深爱的这个国家的画面，仍如我想象中那般清澈可人。就算牧神不再欢快地在田间奔走，森林女神不再徜徉在流淌的溪流，那又如何呢？我想看的不是希腊，而是自己的理想之地。”

“亲爱的，其实我们没有必要去希腊。我是不想去的。”贝拉哭着说。

他终于看向她，一直看着，像在搜寻什么答案。看上去他似乎想讲话，却因为什么奇怪的原因犹豫着。最后终于努力说出了口。

“我想回家，贝拉。”他轻声说，“在这里我感觉无法呼吸。蔚蓝的天空让人备感压抑，我想念英格兰灰色的天空了。离开了自己的国家才知道自己有多爱国……你是不是觉得我一本正经得令人讨厌？”

“不，亲爱的。”她回答说，声音哽咽了。

“南方的喧哗听多了让我感到厌倦，颜色也太过鲜艳，空气太稀薄、太明亮，永无休止的阳光简直要闪瞎我的眼。噢，让我回到自己的国家吧。我不能死在这儿；我想与自己的国人葬在一起。我之前从未对你说过，贝拉，最近我晚上睡不着，想起了肯特郡肥沃的土壤。我想要捧一把清凉、肥沃的土壤在手里，感受它的寒冷和力量。当我抬头看着那一团蓝色火焰一样的天空，我想起了肯特郡漂亮的天空，深灰、轻盈、低沉；我向往那些圆滚滚的云朵，里边孕育的都是雨水。”

这些想法一齐涌上心头，给他造成难以忍受的激动，他用双手蒙住眼睛，这样就不会有什么扰乱他了。

“我的嘴唇渴望春天的阵雨。你知道吗，我们已经一个月没有见到一滴雨了。在利恩哈姆和弗恩，现在榆树和橡树都枝繁叶茂，而我喜欢它们新鲜嫩绿的样子。这里没有什么比得上肯特郡绿色的田野。噢，我能感受到北海的咸风吹拂着我的脸颊，鼻孔里弥漫着乡下春天的香甜气息。我必须再看看那些灌木篱墙，想听听鸟儿的欢唱。我想念那座灰色石头建成的古老教堂以及特坎伯里昏暗阴凉的街道。我想听周围的人说英语；想看到英国人的脸庞。贝拉呀，贝拉，看在老天的份上，带我回家吧，不然我会死的！”

他强烈的恳求声中充满了极大的痛苦，贝拉比以往任何时候都更加惊慌。她认为他对结局有种神秘的不祥预感，克服了很大的困难，才强迫自己说出安慰的话消除他的疑虑。他们决定马上动身。赫伯特心急如焚，想一路直奔去伦敦，但他妻子决心不冒任何可以避免的风险，坚持在途中停歇几站。整个冬天，她每周都给教长写信，讲述他们所做的事情和他们看到的地方，但他从来没有回过一封信，关于他的消息，她只能从特坎伯里的朋友那里获取。这会儿她立即写信给他。

亲爱的父亲：

我丈夫命不久矣，我遵照他的意愿即将带他回家，不知道他还能活多久，但我恐怕最多也就只有几个月的时间了。我诚挚地恳求您放下愤怒。让我们回到您身边吧。我们没有地方可去，我无法忍受让他在一个陌生人的房子里离世。求您写信给我，寄到巴黎就好。

爱您的女儿，

贝拉

教长有足够的决心不去打开贝拉写给他的前两封信，但他无法适应自己的孤独，每过一天都更加深切地怀念女儿无微不至的照顾。没有她，家里显得空空荡荡。有时早上，他忘了发生过的事情，想着下楼吃早餐时，就会看到她像往常一样机敏整洁地坐在桌头。第三封信到达时，他无法抵抗了，后来，尽管自尊心不允许他回信，但他热切期盼着每周一次的信件交流。有一次，不知为何推迟了两天，他非常着急，于是去找教士会中的一位朋友，他知道这位朋友的妻子与贝拉通信，就问她是否有什么消息。

贝拉为了安慰和引起他的兴趣，每次写信都习惯像写日记一样把整个星期的事情都写下来，但打开这最后一张便条时，教长惊讶地发现居然写得这么短。他读了两三遍。获得的第一个信息是贝拉正在回家的路上，只要他愿意，她可能再次坐到他曾独自用餐的餐桌旁，像之前一样轻轻地在屋子里走来走去，晚上演奏一些他非常喜欢的简单旋律。但是另一方面，他注意到那几句急促的话语中克制的绝望，透过文字表面，第一次理解了她对那个重病男孩的势不可挡的爱恋。通过女儿的来信，教长慢慢对赫伯特有了一些更直接的了解，贝拉以微妙温柔的方式讲述了赫伯特的一些小特点，知道这些会触动到他。而且这段时间以来，教长一直为自己的不公正行为感到不安。他现在想起了那个小伙子的年轻和单纯，只是个穷困潦倒、病入膏肓的小孩，就不可思议地动了恻隐之心。他悔恨不已。教长的书房里挂着一幅妻子的画像，她已经去世三十五年了，画上是她结婚第一年的样子，一位维多利亚中期的年轻女士，脸上挂着痴痴的笑容，留着棕色的长卷发。虽然这是一件没什么价值的作品，但对这位悲伤的丈夫来说，这似乎是一件真正的杰作。他常常从那双棕色的眼睛里得到慰藉和忠告，现在，骄傲和慈爱在他心里斗争，他真诚地看着这双眼睛。画像的脸上似乎流露出责备的表情，教长在无声的自卑中低下了头。饥饿的人来到他面前，他没有给他们肉吃；陌生人来了，他把他们赶了出去，生病的人来了，他把病人轰出了家门。

“我当着上帝的面犯下了罪行，”他痛苦地低语，“不配再被称为他的子民。”

教长看到了贝拉的一张照片，有一段时间被移出了房间，现在又回到了它原来的位置，像要把她抱到自己怀里一样，他向照片伸出手。他幸福地微笑着，已经下定了决心。尽管发怒时说了那些话，他还是打算去巴黎，把女儿和她重病的丈夫带回家。如果在这个男孩最后几个月的生命里，可以弥补自己之前的严酷，或许这可以当作是对他残忍的自尊的一种救赎。

教长没有向任何人说明他的意图就立即出发了。他没有办法与贝拉联系，但知道她要去的旅店，就决心在那里等待她的到来。弄清楚她会在什么时刻到达后，他就在大厅里徘徊等候，等了两天，结果特别令人失望。然而，第三天，他开始感到紧张难耐时，一辆出租马车驶了过来，他兴奋得浑身发抖，看到贝拉从里面走出来。教长不想她马上见到自己，于是稍稍退到一边。他注意到她小心翼翼地扶着赫伯特下马车：她挽着他的胳膊领他走进旅馆。赫伯特明显很虚弱，虽然晚上很暖和，但衣服都包裹到眼睛附近了，在她挑选房间时，他筋疲力尽地坐在一边。

教长看到他身上的变化时非常懊悔，他们上次见面时，赫伯特·菲尔德还精神饱满、心情愉快，这几个月的焦虑也在贝拉身上留下了痕迹，她的头发开始变成灰白色了。她的表情又疲倦又憔悴。他们上楼后，教长问了他们的房间号码，为了给他们时间收拾行李，他强迫自己看着时钟等了半个小时。然后，他才走上楼去，敲响了房门。贝拉以为是个女服务员，用法语大声回应。

“贝拉。”他低声唤道，记起来曾经女儿是如何请求进他的书房，而自己却又是如何拒绝的。

贝拉发出一声叫喊，猛地打开了门，两人马上紧紧拥抱在一起。教长把她紧紧搂在怀里，各种情绪下却不知道说什么。贝拉赶紧把他拉进房间。

“赫伯特，我父亲来了。”

年轻人躺在另一个房间的床上，贝拉把教长带进去。赫伯特太疲倦了，坐不起来。

“我来带你们两个回家。”老人说，眼里噙着喜悦的泪水。

“噢，父亲，我太高兴了。您不再生我的气了。要是您原谅我了，我会很开心的。”

“你没有什么需要请求原谅的，贝拉，但是我想要请你丈夫原谅我的冷酷。我先前既残酷又傲慢又无情。”

他走到赫伯特身边，拉起他的手。

“亲爱的孩子，你会原谅我吗？除了做贝拉的父亲外，你允许我做你的父亲吗？”

“我感激不尽。”

“你愿意和我一起回特坎伯里吗？我想让你知道，只要我还活着，我的家就是你的家。我会努力让你忘记我曾经……”

没有办法把话说完，教长停了下来，脸上是恳求的表情。

“我就知道您是个好人。”赫伯特笑着说，“您看，我也把贝拉带回您身边了。”

教长不好意思地犹豫了一会儿，然后俯下身轻轻地亲了一下脸色苍白、受病痛折磨的少年。

第四章

参加完爱德华·斯特林格夫人家的晚宴后，又过了几天，巴兹尔就到布莱顿去了，珍妮和她妹妹到车站接他。随身的行李由搬运工搬走了，他们出发回住处，很快就有一个衣着讲究的年轻人加入他们，她们称他为希金斯先生，他与安妮·布什走在一起，他俩走到前面去以后，巴兹尔问这个人是谁。

“他是安妮新认识的朋友。”珍妮笑着回答。

“你们认识他很长时间了吗？”

“我们到这里的第二天才认识他的。我注意到他在看着我们，就对安妮说：‘好了，亲爱的。巴兹尔来了后，你也有人做伴了，我不能忍受三个人并排走。’”

“谁介绍他给你们的？”

“你真傻呀！”珍妮大笑，“他直接走上前来跟我们说晚上好，安妮也说了晚上好，然后他就说起话来。他看上去挺有钱的。昨天晚上带我们去听了一场音乐会，选了最好的座位。他是个好人，是不是？”

“但是，亲爱的，你不能跟不认识的人去这些地方。”

“就让安妮开心开心吧，他是个非常值得尊敬的年轻人，不是吗？你知道，安妮在家的时候，不像我，没什么机会认识男人。而且他也很绅士。”

“是吗？我怎么觉得他是个可怕的无赖呢。”

“你太挑剔了。”珍妮说，“我不觉得他有什么问题。”

到达住处后，安妮正与她新结识的朋友聊得热火朝天，直到其他人走过来才停了下来。要说她长得像珍妮，就好像说一个长相稍许普通的女人长得很漂亮。她有着和珍妮一样优美的身材，不过她的头发弄得过于花哨，也没有光泽，她也没有柔美精致的皮肤，而这正是她姐姐出众的地方。

“珍妮，”她大叫，“他说你想跟你丈夫单独待着，不愿意进来喝茶。跟他说没关系。”

“当然没关系了。”珍妮说，“你进来和我们一起喝杯茶吧，然后我们再一起散步。”

这个男人显然是个幽默滑稽的人，巴兹尔洗手时，听到两个女人在隔壁房间捧腹大笑。没一会儿珍妮大声说茶准备好了，巴兹尔有点不乐意地走进房间。他妻子身体已经好多了，整个人精神饱满，正大声聊天、放声大笑。很明显这三个人过去的两个星期相处得非常愉快，谈话间满是彼此熟知的笑话。巴兹尔对这个陌生人的入侵心生烦闷，尽量不参与他们的谈话，而是安静地坐着，过了一会儿就拿起一份报纸读起来。安妮生气地瞄了他一眼，希金斯先生迟疑地瞟了一两眼，然后继续飞快地讲起了一件件逸闻趣事。或许他也有理由生气，他最好的故事在巴兹尔听起来好像无聊至极。

“好了，谁说要去广场散步的？”

“走吧，珍妮。”安妮·布什回答说，然后转向巴兹尔，“你去吗？”

他冷漠地抬头看了一眼。

“不了，我还有几封信要写。”

珍妮选择跟丈夫待在一起，独处的时候，他们谈论了一些家庭琐事；但是两人之间似乎有些紧张压抑的情绪，没过多久巴兹尔就开始阅读了。后来安妮回来了，她挑衅地看了他一眼。

“好了？”她问。

“什么？”

“喝茶那会儿我还以为你不舒服呢？”

“谢谢，我好得很。”

“那我有绅士朋友来访的时候，你可以表现得热情一点，而不是像个哑巴一样一言不发。”

“很抱歉我的行为得不到你的认可。”他轻声说。

“希金斯先生说，在你丈夫离开之前他不会再来这里了，亲爱的。他说知道自己不受欢迎，而我也不怪他。”

“噢，安妮，别瞎说！”肯特太太大声说，“巴兹尔只是太累了。”

“是啊，伦敦到布莱顿的旅程可真够累的，不是吗？我直说吧，巴兹尔，我希望你把我的朋友当绅士对待。”

“你可真友善，安妮。”他回答说，耸了耸肩。

晚饭后，安妮有点不耐烦地等待着，然后仆人过来说希金斯先生在门口等她，她赶紧戴上帽子。巴兹尔犹豫了一下，不愿去触怒她，但又觉得必须给她提个醒。

“安妮，你觉得你应该在晚上跟一个码头边随意结识的男人单独出去吗？”

“我做什么跟你没有关系，对吧？”她生气地说，“我寻求你建议的时候你再给我忠告，我自然会感谢你。”

“要我跟你一起去吗，安妮？”她姐姐说。

“不，你不要干涉。你很清楚我可以照顾好自己。”

她存心砰的一声摔门而去，巴兹尔什么也没说，皱了皱眉，继续读他的书。然而没一会工夫，他听到珍妮在悄声地哭泣。

“珍妮，珍妮，怎么了？”他大喊。

“噢，没什么。”她回答。她擦干眼睛，努力挤出一丝微笑。“只是我本来在这里过得挺开心，想着只要你来了，一切都完美了。我真的很盼望你的到来，但是现在你把一切都搞砸了。”

“我很抱歉。”他叹了口气，显得十分沮丧。

他不知道说什么，也不知道怎么安慰她，也意识到自己的出现扰乱了她的开心，尽管用心良苦，却似乎只会给她带来痛苦。和希金斯先生这样的人在一起，她才可以做自己。她最大的乐趣就是在广场上散步，看人来人往，或者听黑人歌舞团感伤的小调。她想要的是快活、喧闹和鲜艳的色彩。另一方面，对他影响深刻的事情却让她无动于衷，这个住处的肮脏粗俗让他反胃，而她却对此十分满意。他仿佛置身一个相互矛盾的迷宫中，这一点毫无疑问。

第二天早上发生了一件小事，巴兹尔由此看出妻子如何看待他。安妮穿好去教堂的衣服，走下楼来，她身穿一件让人完全无法接受的衣服，看了不禁让人想问，这不同颜色的大杂烩是什么惊人的创意，而她佩戴的饰品更加低廉。

“天哪，亲爱的，你绝不能穿成这样出门!”看到珍妮穿的衣服跟前一天一模一样，她大喊起来，“不戴上你的新帽子吗？”

肯特太太有点不安地看向丈夫（反感周日盛装打扮，这对珍妮来说是巴兹尔最让人无法理解的怪念之一）。

“巴兹尔，我在一家店里看到一顶很好看的帽子，安妮就让我买了。听我说，这帽子真的便宜得不行——只花了六先令十一便士。”

“显然今天就该戴上它。”他微微一笑。没一会儿她回来了，光彩夺目但面色羞红，然而巴兹尔没法说服自己这顶帽子的价格很便宜。

“你喜欢吗？”她急切地问。

“很喜欢。”他回答说，想讨她开心。

“看吧，珍妮，我就知道他不会介意的。她当时一直说你会生气，不会喜欢这顶帽子，简直是小题大做，不知道怎么回事。”

“巴兹尔说我穿黑色最好看。”珍妮自我辩解说。

“男人永远不懂时尚，亲爱的。”安妮回答，“要是按巴兹尔说的去打扮，你会成为个邋遢的女人。”

发现妻子还是有点怕他，这让他很沮丧。显然，在她眼里，他是个粗暴的人，他的突发奇想都应该得到满足。他痛苦地思索着本以为存在他俩之间的信任，以及两人之间的完全联合应该意味着所有想法或情感都能共享。知道自己对珍妮的爱早已经死去，巴兹尔试图说服自己，她的爱也在日渐衰退。这个周末无聊至极，周一早上妻子陪他来到车站时，他感觉到一种解脱。

“我很忙，不知道下周六有没有时间过来。”他试探性地说。

但是珍妮的眼里突然噙满了泪水。

“噢，巴兹尔，巴兹尔，我不能没有你！我情愿跟你一起回伦敦。要是你不喜欢安妮，她可以离开。答应我你会来。我一整个星期都在盼着你来。”

“我不在你会过得很开心，我的到来只会让你难受。”

“不是的，你没有。我太想你了。就算一点都不开心，我也情愿跟你在一起，而不愿过得开心却没有你在身边。答应我你会过来。”

“好吧。我过来。”

束缚他的锁链一如既往牢固。伴随着火车快速驶向伦敦，他的心脏疯狂跳动，每过一分钟都表明他离希尔达·默里越来越近。很明显，他现在比以前更狂热地爱着她，但他愤怒地告诉自己，他已经永远失去了她。他陶醉于她清脆的声音、飘动的衣裙和温柔的眼神，他嘴里重复着她在爱德华夫人家里说过的每一句话。星期三他要和莱伊小姐一起吃饭，一想到要见到希尔达，他就已经朝思暮想、痛不欲生了。下午离开办公室，他从查尔斯街回家，像个十八岁的恋人一样，抬头看着她的窗户。客厅里亮着灯，他知道希尔达在家，但他不敢进去。默里太太并没有邀请他去她家里，他也不知道她是否想见他，或者她是否觉得短暂的拜访不需要专门邀请。窗户似乎在向他招手示意，大门也在发出无声的欢迎。正当他徘徊不前的时候，有人出来了，是法利先生，他心里愤怒地琢磨着，这个人为什么经常出入这里呢。最后，他绝望地离开了。

巴兹尔周三去见莱伊小姐时激动得几乎颤抖，不过他还是兴高采烈地问她哪些人会来参加晚宴，但莱伊小姐并没有提到默里太太，他的心顿时沉了下去。接着，他不知该如何度过那个本来急切盼望、现在却凄凉无比的夜晚。自从在爱德华·斯特林格夫人家见过面以后，之前一直处于休眠状态的激情已经燃烧成了一团炽烈的火焰，他简直无法忍受。在不见希尔达的情况下度过这一整个星期似乎是不可能的；除了想见她，他什么都不想做，并且十分惊恐地意识到，周六还有到布莱顿的短途旅行。当然，这一切都是疯狂的，他也很清楚，再见到默里太太也没有用——如果他们不曾相识就好了。但是他对自己的那些理智的劝诫似乎是愚蠢的，因为他想见她的渴望击败了所有的谨慎。他认为，只是再跟她说一次话不会造成什么伤害，就只说一次，过后他发誓会彻底把她忘了。

第二天，他又走路经过查尔斯街，又看到希尔达的窗户亮着灯。他犹豫地来来回回走着，不知道她是否还想和自己有任何往来。他非常害怕从希尔达脸上看到被打扰的表情，但最后愠怒地决定冒一次险。看到希尔达也不会使他更爱她，但是如果有奇迹发生的话，看到她可能会给他带来抚慰，帮助他忍受这被爱情囚禁的感觉，于是他按响了门铃。

“默里太太在家吗？”

“在家，先生。”

他进去的时候希尔达正在阅读，巴兹尔有点沮丧，觉得她的眼神里飘过一丝恼怒的表情。他有点不安，一瞬间想不出要说什么话。然后，他想到肯定是自己的行为吓到她了，心里自问她是否知道他突然结婚的原因。他听她讲着各种礼貌的或者无礼的事情，尽力给出恰当的回应；然而，他的话听起来很不自然，自己几乎都认不出自己的声音了。他们尽情地欢笑、开着玩笑，好像两个人都了无牵挂、无忧无虑。他们聊到了莱伊小姐和弗兰克，又聊到了伦敦要上演的戏剧，聊了一个又一个琐碎的话题，最后巴兹尔不得不起身离开了。

“来的时候我害怕得浑身颤抖，”他开心地说，“因为你确实从来没有邀请过我。”

“我认为没这个必要。”她微笑着回答，但是带着奇怪的挑衅的神情，直勾勾地看着他的眼睛。

巴兹尔脸红了，快速瞥了她一眼，她的话里似乎有话，他不知道该如何应对，一瞬间丢掉了温文尔雅、彬彬有礼的举止。

“我非常想过来看你。”他压低了声音，努力保持语气坚定，“我还可以再来吗？”

“当然可以！”她回答。但是声调里带着冷漠的惊讶，似乎她觉得他的问题很奇怪，并憎恨这个问题。

突然，默里太太发现巴兹尔的眼睛紧紧盯着自己，表情十分痛苦，她感觉很不安。巴兹尔脸色苍白，嘴唇抽搐着，努力想控制住自己。一整晚默里太太都想着那个极度痛苦的表情；它在黑暗中盯着自己，她知道如果需要报仇，命运已经帮她做到了。然而她并不开心。由于无法摒弃巴兹尔仍然爱着自己的念头，她问了自己不下百次：他为什么这么奇奇怪怪地就结婚了；但她不愿深究自己的情感。只紧闭着双唇。

默里太太知道他还会来，有种想告诉管家不让他进来的冲动。然而，她也不知道是什么阻止了自己，或许是想再一次观察他那张痛苦万分的脸；或许是想确定他在残忍的背叛后过得并不幸福。接下来那个星期的某天下午，坐车从外面回来，看到他的名片，她拿在手里翻了翻。

“我要邀请他一起吃午餐吗？”她生气地皱了皱眉，放下卡片，“不。他若想见我，可以下次再来。”

那天仆人说默里太太不在家，巴兹尔特别失望，起初决定就此离开。但是他还是等人送便条过来，但并没有等到。等了一个星期，什么都做不了，只是焦躁不安又一门心思地想她。去布莱顿的时候他良心备受谴责，尽可能避免与珍妮独处。一天晚上他带珍妮去看戏，另一天晚上去听音乐会，并且坚持让目前还没有背弃她们的希金斯先生一直和他们待在一起。但是整件事情让他很反感，他觉得特别羞愧。

之后，他就习惯性地每天晚上都从查尔斯街回弗兰克的住处，那里的窗户好像一直在吸引着他。往回看的时候，整条街都在召唤，最后他再也无法抵抗了。他知道默里太太在家。如果管家让他离开，那么一切都明朗了，那就意味着希尔达已经吩咐下去不许他进门。

这一次他的运气更好，然而见到她的时候，挂在嘴边的很多话竟不知如何开口，聊家常都很费劲。他脸上痛苦忧郁的表情使默里太太惊慌失措，两人都很拘束，很难将对话进行下去。巴兹尔不敢待太长时间，但是又觉得不把重压在心头的所有话说出来，很难就此离开。对话进行不下去了，两人很快陷入沉寂。

“你的书什么时候出版？”她问道，也不知道为什么有点压抑。

“再过两个星期……非常感谢你的帮助。”

“我！”她惊呼，“我做过什么？”

“很多事情。我有时甚至觉得自己只为你写作。我对所有事情的判断都以你的观点为标准。”

默里太太有点尴尬，没有回答。他看往别处，像在逼迫自己说话一样，但是很紧张。

“知道吗，在我看来，每个人都被一个看不见的圆环包围着，把他与外界的所有事物隔开。我们每个人都是完全孤立的，每一步都必须由自己来判断，没有人能帮忙。”

“你是这样认为的吗？”她回答，“只要别人知道，他们会很愿意做一些力所能及的事情。”

“或许吧，但是他们从来都不知道。能够征求意见的都是无关紧要的事情。还有些事情，涉及生死的时候，一个人是什么都不会说。然而，如果他说点什么就可能带来很大的改变。”他转过身来，严肃地看着她说，“一个人可能做了某些事情，给他非常在乎的人造成了巨大的痛苦，然而如果事情的内情被了解，他很在乎的那个人可能会原谅和宽恕他。”

默里太太开始心跳加速，有点难以保持声音的稳定。

“这很重要吗？到最后每个人都听天由命。一个可以洞察人类心灵的旁观者看到人们微笑背后隐藏的痛苦时，我想他也会很难过。如果我们认识到自己的同类有多么不幸，就都应该温柔地对待他们。”

接着又是沉默，但奇怪的是，两人之间的障碍似乎突然之间被清除了，虽然两人都不说话，但这会儿没有感觉不适，巴兹尔站了起来。

“再见，默里太太。很高兴你今天让我进来。”

“那我为什么不应该让你进来呢？”

“我担心你的仆人会说你不在家。”

他直愣愣地看着她，似乎有很多言外之意没有表达出来。

“见到你我总是会很开心。”她轻声答道。

“谢谢。”

满怀谢意的表情减轻了他脸上的痛苦。

就在那时，巴罗–巴塞特太太到访。她有点冷漠地跟巴兹尔握手，觉得一个和酒吧女侍结婚的男人不适合做她儿子的朋友，她决定不再和他有什么来往。他离开了。

“你知道肯特先生娶了谁，为什么娶她吗？”默里太太问道。

这个问题经常在她嘴边，然而，在此之前，骄傲和自尊总是阻止她去弄清楚这个长久以来一直困扰自己的难题。

“亲爱的希尔达，你竟然不知道？这是件很令人震惊的事情。不得不说看到他在这里我很惊讶，不过当然，如果你不知道，那就说得通了。他和一个身份特别低微的女孩陷入了麻烦。”

“那个女孩很漂亮，我见过她。”

“你？”巴塞特太太吃惊地大叫，“好像是女孩怀孕了，他不得不跟她结婚。”

默里太太脸红到了脖子根，当即怒火中烧。她再次告诉自己说她恨他，憎恶他，但是突然记起他眼里的悲伤，就知道其实并非如此。

“你觉得他是不是很不幸福？”

“肯定不幸福。一个男人娶了比自己地位低的女人总是会不幸的。只能说他罪有应得。我把整个事情当成一个警示告诉我儿子。这正好说明不坚守原则会造成什么后果。”

默里太太的眼睛心不在焉地看着她，似乎心里在想着别的事情。

“可怜的家伙！恐怕你说得对。他很不开心。”

第五章

巴兹尔痛苦万分，几乎无法想象回到巴恩斯继续旧生活，那种生活平庸狭隘，对精神成长毫无裨益。尽管他很难负担，还是以珍妮的健康为借口，在超出原定的时间后，仍然坚持让她继续待在布莱顿。到最后，她显然恢复得很好了，巴兹尔的任何劝说都无法说服她延长度假时间。他们回到河畔花园的小房子里，表面上一切都和往常一样。然而，某些差别已经产生了。短暂的分离后彼此似乎更加陌生,有时双方都会做出一些激化两人关系的琐事。巴兹尔现在以一种更加挑剔的态度看待妻子，一些之前注意不到的小庸俗，现在让他感觉很不舒服。他觉得她妹妹这两个月的陪伴对她产生了一些不好的影响。她的一些言语措辞让他觉得反感，如果她在餐桌上的举止冒犯了他挑剔的品位，他也会忍无可忍。他厌恶她处理家事的懒散方式，厌恶她粗枝大叶的穿衣风格。尽管她买的东西总是品位不佳，但是在家里她甚至不愿花时间穿着整洁，一天到晚就穿着脏兮兮的睡衣，头发也凌乱不堪。要改变她似乎是不可能了，巴兹尔决定对这些事情不予理会，过他自己独立的生活，也允许珍妮过她自己的生活。妻子做了任何他不赞同的事情时，他也只是耸耸肩，噘噘嘴。他变得越来越沉默，对于她不感兴趣的话题，他现在根本不和她讨论。

巴兹尔没有料到妻子对他沉挚的爱恋，仍如他们刚结婚时那样丝毫没有减退。珍妮意识到他的变化，却无法理解发生这种变化的原因，她深感焦虑。有时她会无助地哭泣，心想自己做错了什么，竟失去了他的爱，其他时候，意识到他的不公，她会愤怒地说出一些尖刻的话。她恨他的缄默，恨他漠不关心地把她的问题放在一边不予理会，要在以前肯定会急切地与她讨论。仔细考虑了这一切，她得出结论：只有女人才能造成这种变化。她突然想起了母亲的建议：要看好了他。有天早上，巴兹尔告诉她说那天要去外面吃晚餐。他说还不确定她回来的时候，他就已经接受人家的邀请了。

“和谁一起？”珍妮问，马上就起了疑心。

“默里太太。”

“去年来这里看你的那位女性朋友吗？”

“她是来看你的。”巴兹尔笑着回答。

“是的，没错。不过我觉得一个已婚男人不应该独自去伦敦西区用餐。”

“抱歉。我已经接受了邀请，必须要去。”

珍妮没有说话，但巴兹尔下午下班回家后，她就一直看着他。她看到他非常焦躁不安，眼里闪烁着兴奋的光芒，看了十几次手表，想知道是不是该换衣服了。他一走，珍妮就决心要弄清楚他和默里太太的关系，她毫无顾忌地来到他刚脱下的外套前，翻看衣服的口袋，但他的小记事本不在口袋里。她有点惊讶，因为他向来对这些小事很粗心。心想书桌里可能会有信件，于是她心跳加速地来到书桌旁。然而书桌上锁了，这不同寻常的谨慎加重了她的疑虑。她想起来还有一把备用钥匙，赶紧拿了过来，一打开抽屉就发现一封落款希尔达·默里的短笺。信以亲爱的肯特先生开头，以祝好结尾——只是一封正式的晚餐邀请信。珍妮扫了一眼其他信件，但那些都与工作相关。她把信件放回原来的位置，锁好了抽屉。她居然真的这样做了，感觉羞愧难当。

“噢，他得多鄙视我呀!”她哭喊起来。

担心自己留下了任何翻看的痕迹，她又打开抽屉，再一次收拾整理了一遍里面的东西。巴兹尔让她不用等他回家，但她无法上床睡觉。看着时钟一分一秒慢慢走着，她有点生气地想，巴兹尔这会儿正开心着呢，一点都没有想起她来。当他脸色通红、兴高采烈地回到家，看到珍妮还坐在沙发上时，珍妮觉得丈夫脸上闪过一丝恼怒的神情。

“你很困了吗？”他问。

“是的。”

“为什么不上床睡觉呢？我再抽根烟就来。”

“我等你一起。”

看着他在房间里走来走去，沉浸在自己的想法里，一句话也不说，他似乎忘记了珍妮的存在。于是愤怒和嫉妒超越了珍妮所有其他的情感。

她轻声对自己说，“好啊，我的小伙子。我倒要看看这里边有什么蹊跷。”

她留意观察了默里太太的来信，自那以后就仔细检查所有寄给他的信件的地址，看是否有来自默里太太的信件。巴兹尔过去经常把信件到处乱扔，但现在会小心翼翼地把所有东西锁好，这更让她确信他有什么事情瞒着自己。珍妮虽然心里苦涩，但她自以为很聪明，觉得他每天走了之后并不知道自己洗劫了他的桌子。尽管并没有发现什么，珍妮仍然确信她有充分的理由嫉妒。一天早上，她注意到他穿上了新衣服，脑海突然闪过他下午打算去见默里太太的念头。在她看来，如果他真的去了，就证实了她的担心，如果他没去，她就可以放下所有这些痛苦的想法了。珍妮知道他什么时候离开办公室，选取时机守在广场的另一边等着他出来，为了不引起他的注意，特意穿着朴素，戴着面纱。没过多久，他出来了，她尾随其后。她跟着他沿着河滨路往下走，来到皮卡迪利广场，到这里后害怕在人群中把他跟丢了，不得不跟得近一点。突然，他转过身来，大步走向她。她忍不住发出一声窒息的尖叫，然后看他气得脸色发白，而她则羞愧不已。

“珍妮，你竟敢跟踪我？”

“我没有跟踪你。我没看见你。”

他叫了一辆马车，让她上车，随后自己也跳了上去，让车夫带他们去滑铁卢，到那儿正好赶上了一趟去巴恩斯的火车。他没跟珍妮说话，珍妮默默地看着他，惊恐不已。步行回家的路上，他一个字也没说。他们进到客厅，他小心翼翼地把门关上。

“现在你可以告诉我这么做是什么意思了吗？”他问。

她没有回答，只是低头生闷气。

“嗯？”

“我不想任人欺负。”她回答。

“珍妮，你听我说，我们最好能彼此理解。你为什么要开我的抽屉读我的信。”

“你没有权利这么说我。没有的事儿。”

“每次你开完我的抽屉，里面就一团糟。”

“那我也有权利了解。比如说你去了哪里，今天去了哪里？”

“那跟你一点关系都没有。你竟然做出这么可怕的事情，真让我感到羞愧。难道你不知道没有什么事情比在大街上尾随别人更可耻吗，而偷读别人的私人信件比偷盗还可恶。”

“我可不会看着你追求别的女人，却什么都不做，想都别想。”

他发出一阵大笑，一半由于蔑视，一半由于反感。

“别傻了。我们结婚了，就必须好好过日子。你放心好了，我不会给你谴责我的机会。”

“你总是在追逐你那些我配不上的精致优雅的朋友。”

“天哪！”他愤怒地大吼，“我都不能放松一下吗。我有时出去见见婚前就很亲密的朋友，于你并无大碍吧？”

珍妮没有答话，假装去重新拾掇花瓶里的花，然后抚平了沙发上的坐垫，把一幅画摆正了。

最后她恶狠狠地说：“要是你的说教完了，我要去把帽子摘下来了。”

“随你的便。”他冷冰冰地回答。

在这之后不久，巴兹尔的小说出版了。他知道这本书不会引起珍妮的兴趣，也知道她不太能产生共鸣，就有点害羞地给了她一本，但在给默里太太写信时，说的全是实话，他说这本书的出版给他带来的大部分快乐都来源于可以把这本书送给她阅读。他焦急地等待着她的感谢信，就像等待第一批评论一样。她回了两封信，第一封确认收到了书，说她已经读了一章。读完以后又写了一封信，给予他热情的赞扬。她的赞赏使他欣喜若狂。而当珍妮挣扎着读完最后一页时，他等着接受一些批评，然而珍妮并没有说什么，他不得不问她是怎么想的。

“我很喜欢这本书。”她说。

但是，她的语气中有一种漠不关心的态度，这让他非常恼火，他知道这种漠不关心并不是说他的书有什么特别的缺陷，但仍然深感羞辱。然而当各种评论开始涌现，还有更令人痛苦的失望在等着他。大部分评论都很简短，有点蔑视，有点摆派头，本来他还想象这本书会立刻将他提升到某种显赫的文学地位，但实际看来就只是新手的作品而已，表现出来的更多是潜力而不是成绩。他作品的优点确实也不少，但不足以引起任何突如其来的赞赏。作品的构思有点缺陷，有些部分他对环境的关注使书读起来像是散文或者论文。结果是，虽然优点不少，却既不是很好的爱情故事，也不是很好的历史故事。最终有两篇文学评论用长篇欣赏性的文字为他受伤的虚荣心提供了慰藉，充分肯定了他对美的热情、他严谨细致的风格以及清晰完美的人物描述。第一篇评论是由默里太太随一封祝贺信一起寄给他的，他心情激动地读完了。这给了他新的信心，给了他未来做得更好的坚定决心。但是，虽然他很小心地将所有不利的批评都给珍妮看了，却因为一种反转的骄傲，不愿给她看这两篇评论，尽管从文学的角度来看，这些评论比其他所有批评加在一起都更为重要。

这样做的结果是，珍妮对这本书的失败持相当错误的印象，于是产生了这样的想法：终究，巴兹尔或许不像她曾经想象的那么了不起。她尽量不去分析自己的想法，要是这样做了，就会发现其中各种奇怪的复杂情绪。她非常崇拜且艳羡巴兹尔，但同时又对他感到一股莫名其妙的愤怒，这使她反而愿意看到他被那些公开发表的嘲讽深深伤害，似乎这些嘲讽把他拖到了更接近自己的水平。如果巴兹尔没有她最初想象的那么聪明，这正好缩短了两人之间的距离。然而将他俩分开的鸿沟与日俱增，争吵也越来越频繁。巴兹尔痛恨在巴恩斯的生活，他把自己包裹在一个私人的空间里，努力不让别人进入。他非常沉默，有条不紊地工作，竭尽全力避免珍妮强加给他的那些言辞刻薄的讨论。他企图用不停地辛勤工作减轻不幸的感觉，用逆来顺受般的冷漠应对妻子的坏脾气。然而不管她怎么奚落嘲弄，他几乎很少回答，有的也只是冷漠的讥讽，这让她大发雷霆。但有时她也懊悔不已。就哭着来到丈夫面前，恳求他原谅，并再次声称说她非常爱他。这样接下来几天他们可以和平相处。

一天早上发生了一场更为严重的争吵，巴兹尔本来手头就有点拮据，却发现还没有找到工作的詹姆斯·布什一直在向珍妮借钱。他恳求她不要再借钱出去了，却发现她不愿做出承诺，因此不得不有点专横地坚持，一分钱都不能再流到布什一家贪婪的手中。双方都很愤怒，最后巴兹尔摔门而出。正巧，所有麻烦的始作俑者詹姆斯·布什溜达了进来。

“你家的爵爷今天下午去哪了？”他自己点上了巴兹尔的香烟，问道。

“出去散步了。”

“亲爱的，他这样跟你说而已。”他恶毒地笑着说。

“你在哪里看到他了吗？”珍妮满腹狐疑地快速问道。

“没有，不能说我看到了什么，就算我看到了，也不会乱说。”

“那你到底是什么意思？”她坚持问道。

“哦，每次我来他都出去散步了。”

他看着珍妮，毫不迟疑地向她借几个英镑，但是珍妮想起了上午的争吵，懊悔地意识到是她自己引起的，便坚定地拒绝了。但他仍然坚持，还指责珍妮小气，她只能解释说他们最近开销很大：医生刚送来一张五十英镑的账单，布莱顿之行也花了很多钱，他们连收支平衡都很困难。

“珍妮，当初嫁给他的时候你做得很好，你也认为自己做得很好。”

“不许你说他的坏话。”她怒气冲冲地大喊。

“好啦，别激动。真没想到你会这样维护他，可他并不怎么在乎你哦。”

她抬起头快速吸了口气。

“你怎么知道？”

“我不会看吗？”他狡猾地笑了笑，自以为很精明，“我猜你今天不是哭了吧？”

“我俩早上拌了几句嘴。”她回答，“噢，不要说他不在乎我这样的话。我没法活了。”

“去你的！”他大笑，“巴兹尔·肯特又不是这世上唯一的男人。”

珍妮来到窗边往外看去。看到丈夫低头慢慢沿路走着，整个人看起来非常沮丧，想到他俩的悲惨不幸，她不禁流下眼泪。一切事与愿违，虽然温柔地爱着丈夫，却总有一种神奇的力量一直迫使她去激怒他。她彻底绝望了，她把长久以来藏在心里的话全盘跟哥哥吐露了，在此之前她没有向任何人说过这些话。

“噢，吉米，吉米，有时候我真不知道该怎么办，觉得自己太不幸了。要是孩子还活着，或许还能留住我丈夫——或许还能让他爱我。”

她坐到椅子上转过脸去，没一会儿，听到关门的声音，便抬起头来。

“吉米，他刚回来。你不要说什么又把他气走了。”

“我得教训教训他。”

“噢，吉米，别这样。今天早上的争吵都是我的问题。我想让他生气，就对他抱怨指责。”她知道该如何应对哥哥，“别让他知道我跟你说过什么，我试试明天能不能给你拿一英镑。”

“好吧，他最好别在我面前摆什么派头，我可不会忍受。我也是个绅士，就算不比他更好，也是和他一模一样的绅士。”刚说完，巴兹尔进来了，他看到了詹姆斯，什么也没说。

“下午好，巴兹尔。”

“你又来了？”他冷漠地说。

“看来是的，难道不是吗？”

“恐怕是这样。”

“是吗？我想我还是可以来看我妹妹的。”

“我猜这是不可避免的。只是如果你能看好时机，在我出去的时候过来，我回来的时候就走，那我就感激不尽了。”

“那你的意思是想让我走了。”

“你有非同寻常的洞察力，亲爱的詹姆斯。”巴兹尔冷笑着说。

“听着，巴兹尔，我来给你点建议吧。不要这样一天到晚摆臭架子，小心伤着你自己。”

“我发现你还没有掌握技巧，做不到无礼却不粗鲁。”

詹姆斯最不能忍受的是巴兹尔总是反讽或故意挖苦他，现在他恼羞成怒，忘了要谨慎小心，一下子跳了起来。

“你给我听着，我受够了。在你家我也不想忍受你的嘲笑和谩骂。你觉得我什么都不是，我倒是想知道了，你为什么觉得我就什么都不懂呢。”

“我乐意。”巴兹尔说着，用鄙夷冰冷的目光上下打量他。

珍妮预见到即将到来的争吵，心跳得非常激烈，赶紧低声乞求詹姆斯住嘴。但他不听。

“你大可放心，我来这里不是来看你的。”

“我一直觉得是我钱包的长度，而不是我谈话的魅力吸引了你。我想知道为什么，你觉得我娶了你妹妹就应该养活你们全家人直到死吗？能不能请你行行好告诉你的家人，我已经厌倦了不停给你们拿钱。”

“我想知道，你在家的时候是不是会禁止我们进你的家门。”詹姆斯大声咆哮说。

巴兹尔耸了耸肩。

“我不在家的时候你可以来——如果你守规矩的话。”

“我猜是我配不上你？”

“是的，配不上。”巴兹尔从容地说。

“我知道你不想看到我，不过我打算密切注意你的行踪。”

“你说这话什么意思？”巴兹尔问，语气突然严厉起来，詹姆斯知道触到了他的痛处。

他赶紧抓住机会不放。

“你以为我不知道你是什么样的人。两个你这样的人我都能看穿。珍妮一直在忍气吞声，我知道。”

巴兹尔很快恢复了平静，转身向珍妮投去轻蔑的一笑，珍妮觉得冤枉，心里很受伤。

“她跟你说了我的各种过错了？你肯定有很多想说的吧，亲爱的。”看她想要抗议，他大笑起来，“噢，我亲爱的女孩，只要你开心，那就随意与你的亲人讨论我吧。我要是没什么缺点那岂不是太无聊了。”

“吉米，告诉他我没有说他任何坏话。”她大喊。

“并不是因为没什么可说的，我敢肯定。”

巴兹尔感觉无聊了，也没有理由掩饰什么。他坐到书桌旁拿出一张纸写起信来。吉米恶狠狠地看着他，因为巴兹尔说的那些话刺痛了他，正在想下一步该如何行动。巴兹尔冷漠地瞥了他一眼。

“我很累了，詹姆斯兄弟。要我是你的话就走了。”

“我想走的时候自然会走。”布什挑衅地说。

巴兹尔抬头笑了笑。

“当然了，亲爱的詹姆斯，我俩都是基督信徒，当今世界上有很多不同种类的文明当道。但最终还是最强的那个说了算。”

“你说这话什么意思？”

“我只是想说‘小心即大勇’。都说谚语是国家的财富。”

“那正是你会做的事情——殴打一个比你小的人。”

“噢，我绝不会打你的。”巴兹尔苦笑着说，“我只会把你扔下楼。”

“我倒想看你试试。”对方叫喊着，缓缓地朝门口移动。

“别傻了，詹姆斯。你根本不喜欢这样。”

“我不怕你。”

“当然不怕。但是话说回来——你并没有多少肌肉，是不是？”

愤怒战胜了谨慎，詹姆斯在巴兹尔面前挥舞着拳头。

“好啊，走之前我一定得揍你一顿。好好揍你一顿。”

“詹姆斯，五分钟前我就跟你说让你出去。”巴兹尔更加强硬地说道。

吉米看了他一会儿，愤怒又无奈，然后，一言不发地冲出房间，砰地一声关上了门。巴兹尔平静地笑了笑，耸了耸肩。他对自己的厌恶程度几乎不亚于对詹姆斯的厌恶程度，但转念一想，随着这种场景越来越频繁，他也会变得越来越无情。他一边自我鄙视，一边告诉自己，毫无疑问，他会为自己与拍卖行职员争论时妙语巧答取得胜利而自豪。他瞥了珍妮一眼，只见她坐在那里，手里拿着针线活，但并没有缝缝补补，眼睛直直地盯着窗外。

“詹姆斯兄弟唯一的好处就是能给人带来微小的快乐。”他小声说。

她回答说：“我不知道他有什么问题，为什么你要像对条狗那样对待他？”

“亲爱的，我没有。我可是很喜欢狗的。”

“难道他不是和我一样好吗？你不也屈尊娶了我。”

“我真的不明白，为什么娶了你就必须要接受和喜欢你所有友好的家庭成员。”

“你为什么不喜欢他们呢？他们都是诚实可靠的人。”

巴兹尔疲倦地叹息一声。在过去的一个月里，他们经常讨论这个问题，尽管他尽力控制自己的嘴不要多说，但耐心已近穷尽。

他说：“我亲爱的珍妮，我们并不会因为有人诚实可靠就与他们做朋友，就像我们不会因为有人天天换床单就与他们做朋友，这是一个道理。不过我愿意承认，他们拥有一切的优雅和美德，只是他们让我厌烦。”

“要是他们高级时髦就不会了。”

他好奇地看着她，想知道她为什么把这种卑鄙的动机归咎于他，仔细想了想，如果他妻子的亲人都是简单的乡下人，为人谦逊又诚实的话，他本可以和他们成为好朋友的。然而布什一家加入了最粗俗的自命不凡的行列，还将其当作荣誉的准则，说得好听点就是古怪反常。珍妮沉思着他的话，沉默了几分钟后，不耐烦地脱口而出。

“要知道，我家的情况也不是那么糟糕。我妈妈的父亲也是个绅士。”

“我希望你妈妈的儿子是个绅士。”巴兹尔回答说，头也不抬地继续写信。

“你知道吉米说你是什么吗？”

“我并不太在乎，不过如果这样做让你很开心，你可以告诉我。”

她愤怒地瞥了他一眼，没有回答。巴兹尔站起来，走向她，双手扶着她的肩膀。他用非常温柔的语气解释说，如果他不关心她的家人，那真的不是他的错。难道她就不能听天由命，接受这一事实吗？这肯定比他们两个人都痛苦强啊。然而珍妮转过脸去，拒绝了和解的提议。

“因为他们地位不高，你就觉得他们不配和你交往。”

“我一点都不介意他们是杂货商或者男装店店员。只希望他们能以成本价卖东西给我们。”他回答说，因为生气涨红了脸。

“吉米既不是杂货商也不是男装店店员。他是拍卖行的职员。”

“我诚挚地道歉。我还以为他是个杂货商呢，上次很荣幸地接到他的电话，询问我们的茶叶多少钱一磅，提议以同样的价格卖给我们一些。后来又提议为我们的房子投保火灾险，还说要卖给我一座澳大利亚的金矿。”

“噢，竭尽全力挣点钱也比你游手好闲的好。”

“的确，哪怕是为了取悦你，我恐怕也做不到走到哪儿，口袋里都装着茶包，拜访朋友的时候就卖给他们一磅两磅。而且，我觉得他们都不会付钱。”

珍妮带着讽刺的口吻大声说：“噢，不行。你是绅士，又是大律师，还是作家，不能做那些会弄脏你引以为傲的洁白双手的事情。那别人是怎么拿到诉讼摘要的呢？”

“我想，最简单的办法就是娶一个狡猾的诉讼律师的女儿。”

“而不是一个酒吧女侍？”

“我可没这样说，珍妮。”他非常严肃地说。

“对，你没有这样说，不过你这样暗示了。你从来不会说什么，不过你总是各种暗示直到让我失去理智。”

他伸出双手。

“若伤害了你的感情，我感到非常抱歉。我发誓自己并不是有意为之。我一直努力想要对你好。”

他惆怅地看着她，期待着一些后悔的话或者表达爱意的话。但珍妮绷着脸，双唇紧闭，低下头继续手中的针线活。

他皱起眉头继续写信，他们沉默了一个小时。珍妮再也无法忍受那种彻底的寂静，他坐得那么近，充满敌意，无法接近，所以这种寂静显得更为明显，她走出去坐到自己房间。她已经不再愤怒，却为自己感到害怕。她想把这件事情想清楚，却绝望地发现无法向任何人寻求建议。她的家人不可能理解这些困难，他们非但帮不上忙，反而会残酷地嘲笑和挖苦她。她突然想到可以去找弗兰克，巴兹尔的朋友中她唯一熟悉的一个，他经常来巴恩斯，行为举止总是那么温柔善良，给她可以信任的感觉。但是人家为什么要在乎她的痛苦，人家又能提供什么帮助呢？她很清楚弗兰克会说些什么无助的表示同情的话。她似乎一个人孤零零地生活在世上，身体虚弱，缺乏勇气，既与一起共度前半生的那些人分开了，也与婚姻带她进入的那个阶级脱离了。她的头一阵阵抽痛，像个木偶一样无休无止地绕着一圈圈痛苦转动，看不到烦恼的尽头。但正是这种困惑、恐惧和不确定性迫使她孤注一掷，从内心寻找力量，以获得她如此悲伤痛苦地想要得到的幸福。她思考着过去这一年发生的事情，清晰地回忆起每一个过往的场景，看到开始时的幸福逐渐被痛苦笼罩。这时她告诉自己必须做出巨大的努力了，否则一切都太晚了。她正在失去丈夫的爱，在痛苦的自责中，把一切责任都扛在自己肩上。现在唯一的机会是彻底改变自己。她必须尽量做到不那么苛求，不再像个醋坛子一样；她至少应该力图让自己和他更加般配。在悔恨的痛苦中，她回顾了自己所有的过错。最后，面颊通红，眼里闪烁着泪水，走到巴兹尔面前，把手搭在他的肩膀上。

“巴兹尔，我过来请求你原谅我刚才说的那些话。我有点昏了头了，忘乎所以。”

她的声音那么温柔，他几乎要忘记这种感觉了。他站起来拉住她的双手，露出灿烂的微笑。

“我亲爱的，能有什么问题呢？我已经全忘了。”

“我仔细地想了想。我们最近相处得不太愉快，恐怕都是我的责任。我做了些让自己后悔的事情。我读了你的信，”——她因为非常羞愧满脸通红——“不过我发誓以后再也不会了。我会努力做一个好妻子。我知道自己离你还有一定的差距，但我想要努力赶上你。你一定要对我耐心一点——一定要记住我还有很多东西要学习。”

“噢，珍妮，别这样说，这让我觉得自己是个十足的无赖。”

她噙着眼泪笑了。他正是用以前那种令她非常着迷的、渴望的语气说这句话。然而，她脸上呈现出伤感的表情。

“你还是有一点爱我的，对不对，巴兹尔？”

“亲爱的，你知道我爱你。”

他搂她入怀，亲吻了一下。她突然大哭起来，不过那是喜悦的泪水，她心想，可怜的家伙，我们的麻烦终于结束了。未来肯定更加美好，大不一样。

第六章

作为助理医生，弗兰克的一部分工作是给医院去世的病人进行尸检。复活节后不久，他在履行这项职责的过程中染上了脓毒性咽喉炎。他一如往常，直到病得很严重了才开始重视，最后，发起了高烧，神志也不清楚了，才被送到圣卢克医院，在那里待了一个多星期都没有脱离危险。又过了两个星期，他发现自己精神太疲乏了，虽然心烦意乱地想要对抗自己的虚弱，却不得不卧床休息。最终进入康复期后，他便安排到特坎伯里附近的弗恩去住一段时间，他父亲在那里有一家大型的全科诊所。之后他打算在多塞特郡的杰斯顿待几天，卡斯蒂林一家正好会在那里为圣灵降临节举行一个乡村别墅聚会。这段时间休个必要的假期也没有太多不便，因为到八月和九月医生要请假，他必须代替医生在病房值班，最热的那几个月都只能留在城里了。

临走前一天晚上，弗兰克和莱伊小姐一起吃饭，如两人所愿没有邀请别人，吃饭时，他们照例讨论了天气和庄稼。每个人都非常喜欢自己的想法，不受食物上桌的干扰，宁愿把任何需要自由讨论的话题保留到表达完想法之后。不过，咖啡送进书房时，莱伊小姐正舒舒服服地伸展开身体躺在沙发上，弗兰克则将双腿搭在扶手椅上，点燃了雪茄，他们彼此对视，舒了一口气，露出自我满足的微笑。

“你会去杰斯顿，对不对？”他问。

“我觉得自己无法面对。随着时间临近，一想到这个聚会就感到更加难受，确信等到了约定的日期，我的焦虑会发展成一种危险的疾病。我不明白为什么到了这个年纪，还要故意让自己陷入单调乏味的乡村别墅聚会中。保罗·卡斯蒂林秉持着过时的待客之道，每天早餐后都会问你想做什么（好像任何理智的女人在那个荒谬的时刻都知道她下午想做什么一样！）。不过这仅仅是一种形式，他已经帮你安排好了一天的内容，你会发现每一分钟都有固定的娱乐活动。然后，我还得对自己鄙视的人和蔼友善，彬彬有礼，简直烦人透了——哦，我真讨厌必须得彬彬有礼待人！在那儿待两天，会让我觉得我应该像个泼妇一样破口大骂，以此缓解礼貌礼仪的枯燥无味。”

弗兰克笑了笑，喝着法国甜酒，在椅子里换了个更舒适的姿势。

“说起礼貌礼仪，我有没有跟你说过，就在生病之前我还去跳了一场慢步舞、波尔卡舞和华尔兹。”

“我还以为你不喜欢呢。”

“我也这样认为，但我是带着一个特殊目标去的。最令我震惊的是人们恶劣的教养。午夜十二点才开始用餐，十一点半人们开始聚集在用餐室紧闭的各个房门前。十二点一到，人群已经挤得像剧院的正厅后排入口一样多了，各个房门打开时，他们就开始挣扎、推搡，像野兽一样打闹起来。我敢肯定，谦逊的后排观众从来没有这么暴力过，这些人像饥饿的狼群一样扑到桌子上。现在，我应该想到，有礼貌的人并不会在食物面前表现得如此焦虑不安。天哪！他们发出的喊叫声比动物园里的喧嚣声还大。”

莱伊小姐笑着说：“你真庸俗，亲爱的弗兰克。如果不是为了一顿免费的美味大餐，你觉得人们为什么去舞会呢？不过那肯定不是你的目的。”

“不，我去是因为下定决心想要结婚。”

“天哪！”

“我得出了一个理论上的结论：婚姻是我需要的。所以决定去跳一场慢步舞、波尔卡舞和华尔兹，看看是否能够找到一个不会让我彻底反感的人，思考一下是否能够与其共度余生。莱伊小姐，我和七十五个不同的人跳了舞、聊了天，她们的年龄从十七岁到四十二岁不等。说实话，我平生从来没有觉得这么无聊过。看来不行，我注定一辈子都得做个幸福的单身汉。我并不认为当场就会不可救药地爱上某个人，但七十五个花一般的女孩似乎总可能有一个可以让我产生微弱的兴奋感：结果却没有哪一个，哪怕有一小会的时间让我内心掀起波澜。而且她们大多数要不就有肺病，要不就贫血，要不就发育不良。几乎没有哪个女孩看上去能生育健康的孩子。”

他们沉默了一会儿，莱伊小姐饶有兴致地思考着弗兰克荒诞的寻妻计划。

“那你现在打算怎么办？”她问。

“我要告诉你吗？”他收起轻松愉悦的态度，那种态度让人难以捉摸他的话里有多少是严肃认真的内容，又有多少是故意胡说八道，他身体往前倾，一手托着方正结实的下巴，目不转睛地看着莱伊小姐。“我打算放弃一切。”

“你到底什么意思？”

“过去几个月，我或多或少都在思考这个问题，前两个星期躺在床上我得出了结论。我回家的原因之一是想试探一下家人。要知道，父亲年复一年地辛苦工作，尽可能省下每一分钱，为了让我能够接受最好的医学教育，也为了我能够一毕业就从事诊疗咨询工作，而不用担心生计问题。他知道这份工作意味着在很长一段时间里收入很少，仍然决心给我一个机会。在弗恩地区，这是一份不好的营生，他都三十年没有休过假了。我想知道，如果告诉他我打算放弃目前的职业，不知他是否能够承受。”

“但是，亲爱的孩子，你意识到自己想要放弃的是一个光明的前途吗？”莱伊小姐有点惊愕地大声说。

“我已经很认真地考虑过了。确实在医疗行业，像我这个年纪的人里边还没有谁有我这么好的机遇。我一直有好运伴随。在我的上司去世后，我就接替了他的职位成为圣卢克医院的住院医生，住院医生快做完的时候，又年纪轻轻地当上了助理医生。我在社会上有各种朋友和关系，很快就能积累丰富重要的从业经验。只要坚持下去，我敢说假以时日能够一年挣个一万到一万五千英镑，还能被任命为皇家医生，最终封官晋爵。然后我会死去，入土为安，身后留下一大笔财富。等着我的就是这样一份职业：能够看到自己的未来，身材发福、自我满足、头也秃了，身穿做工精细的长礼服，身上终日挂着粗粗的表链，脸上总是洋溢着时尚专科医生精明练达的神情。我会为自己养的马感到骄傲，喜欢讲述一些因进食过多而接受我医治的皇室成员的逸闻趣事。”

他停下来，直直地看着眼前这个想象中的弗朗西斯·哈内尔爵士，他昂首阔步、趾高气扬、时髦富有，各种荣誉加身。莱伊小姐对这个灵魂的躁动很感兴趣，仔细地观察着弗兰克蔑视的神情。

“但是在我看来，到最后，我可能会回过头来，对自己的成功感到非常厌倦，然后对自己说，终究，我并没有真正活过一天。我现在三十岁了，青春开始慢慢逝去——没什么经验的一年级学生认为我已经中年了——而我还没有真正活过。有的只是工作，天哪！我工作起来就像魔鬼一样。晚上，我的同学在歌舞杂耍戏院里狂欢作乐、大吵大闹、烂醉如泥，或者与漂亮浪荡的女孩做爱时，或者无所顾忌、心情愉快地玩扑克牌玩到第二天凌晨时，我都是在坐着工作、工作、工作。现在，他们大多数都已经安顿下来，成为冷静、乏味的全科医生，颇有价值的社会成员，而且都有一桩体面的婚姻。只有傻子会因为我成功且有点出众就说我得到了回报，而他们则因为过去的浪荡，余生要以愚蠢的平庸而告终。然而回顾这些美好日子里的快乐和自由，有时他们的神经肯定会有强烈的感应；而我没有什么可回顾的，有的只是不断增长的知识。噢，要是和他们一样的话，我本可以变得更有智慧的！而我只是个品行端正、自命不凡的人。工作得太多，整个人都太模范，现在青春即将逝去，却没有做过任何愚蠢的事情。我的血液渴望那种热烈疯狂、丰富多彩的嬉闹作乐。医生的职业并不如我之前所想的那么包罗万象；而是已经扭曲变形、非常狭隘。我们只看到事物的一面；对我们来说，世界是一个巨大的满是病人的医院，我们只从疾病这唯一的角度来看待人类。但智者专注的不是死亡而是生命，不是疾病而是容光焕发的健康。疾病只是一场意外。如果平时接触的全部都是病人，又如何能够过上正常的生活呢？我觉得自己再也不想见到病人了，他们让我感到恐惧和厌恶，我忍不住，本以为自己可以忙于科学研究，但那对我来说也毫无生气、令人厌倦。只有那些和我脾气秉性不同的人才能成为科学家。对很多人来说，这个世界和它的荣耀都无关紧要，但我有激情——炽热、燃烧的激情。我的感官都很灵敏，我想要真正地生活。我希望生活是累累的果实，可以拿在手里掰开，一块一块地吃下去。我的血液在血管里快速流淌，我的肌肉因为渴望纯粹的体力劳动而搏动，你又怎能指望我持续地坐在显微镜前工作呢？”

他激动得跳起来，在房间里走来走去，生气地吐出一圈圈白烟。莱伊小姐想起了蚂蚁和蚂蚱的古老寓言。她想，在秋天来临的时候，蚂蚁看着自己辛辛苦苦收集的食物时，可能也会有这样的想法；也许蚂蚁非常羡慕那只在夏日里悠闲唱歌的蚂蚱，尽管蚂蚱的储藏室空空如也，寒冷的冬天也即将来临，蚂蚁心里还是觉得无忧无虑的歌唱家过了一个更好的夏天。

“如果在乡村待一两个星期，完全恢复了健康，你觉得自己还会持同样的想法吗？”莱伊小姐若有所思地问。

这个问题的作用让她十分吃惊，弗兰克生气地转向她，她还从未见过他这么生气。

“你认为我是个十足的傻子吗，莱伊小姐？”他大声说，“你认为这些只是无所事事女人的空想吗？我认真考虑了几个月了，生了一场病后，我比之前更加清醒。我们一起被绑在世俗的车轮上，当中有人想要逃离的时候，其他人都会竭尽所能用讥笑嘲讽来拖住他。”

“孩子，我并不想伤害你的感情。”莱伊小姐疼爱有加地笑着说，“你知道我对你有种谨慎的喜欢。”

“请原谅，我并非有意这么极端。”他很快就后悔了，“但我感觉枷锁侵蚀了我的肌肉，我想要挣脱。”

“我本以为伦敦可以提供一种相对多彩多样的生活。”

“伦敦根本不提供生活，它提供的是文化。噢，我在伦敦见的那些人使人厌倦得想死，他们谈论的都是同样的事情，都对自己狭窄的见解心满意足！试想一下文化是什么。那意味着观看剧院的首夜演出和艺术学会的画作预展。你如痴如醉地谈论爱莲诺拉·杜丝，阅读泰晤士报的《周六评论》；你坚持要吃力读完巴黎正在热论的最新出版的小说，与人畅谈这里出版的书籍，偶尔还能在茶会上见到写这些书籍的作家。你沿着意大利和法国的常规路线旅行，非常鄙视库克旅行社的游客，但实际上自己也比粗俗的游人好不到哪里去。你很喜欢公开炫耀蹩脚的法语，以及更蹩脚的意大利语。偶尔，为了给粗俗的人留下印象，你同意去听交响音乐会，把自己无聊至死；你会追逐时尚，为瓦格纳而欣喜若狂，收集玻璃扣环，订阅《英国早报》。”

“饶了我吧。”莱伊小姐举起双手大声说，“我承认从你的描述里看到一张特别不讨人喜欢的自画像。”

弗兰克说得起劲，没注意她说了什么。

“这里乏味的愚蠢行为简直让我窒息，我渴望新鲜空气。我想乘船航行，与飓风和风暴作斗争；我想去远方与真正做事情的人一起，去加拿大和澳大利亚这样的新国家，那里人们徒手与原始自然搏斗；我渴望做大城市里愤怒的人渣，那里没有该死的警察要求你保持美德。我特别想要去东方，像埃及、印度和日本；我想了解马来人腐败、热切的生活和南海群岛的暴力冒险，在开放的世界里，或许解不开生活之谜的答案，却可以比在这里更接近答案。我无法从书籍和文明中获得更多。我想面对面体验人的生死、激情、美德和恶行，不加任何掩饰；我真的想在还有时间的时候过自己的生活；我想在年老的时候有一些可以回顾的东西。”

“这一切都很美好，很浪漫。”莱伊小姐回答说，“但是钱从哪里来？”

“我不需要钱。我可以边走边挣钱，去美国之前我可以先做水手，到了以后就做苦力。从头到尾我都可以慢慢来，做一些零工。挣到足够的钱后，就搭另一条船去东方国家。我烦透了上层阶级，想要与那些真正了解底层生活的人一起工作，和他们一起体验底层的饥饿、辛劳，底层原始的爱情和憎恶。”

“别胡说，亲爱的。贫穷是比所有社会习俗加在一起还更加严苛的主人，我敢说一次航海的经历会很有趣，肯定也会让你知道荷包充盈的好处，以及无用的奢侈品能给人带来的舒适。但是记住，任何事情一旦变成常规就不再真实。”

“听起来像名言警句一样。”弗兰克打断她，“但这是否有什么意思呢？”

莱伊小姐不确定，很快继续往下说。

“我敢保证没有摆脱钱财困扰的人没有自由。就我自己而言，我一直认为，哲学家们称赞那些不需要物质财富就能获得满足的人是自由之人，这话简直是胡说八道。一个没有音乐鉴赏力的人愿意放弃剧院里的前排座位，但是感官上的迟钝并不是智慧的证明。一年的收入不到五百英镑，没人能够真正自由，甚至没人能够获得生活的全部价值。”

弗兰克直直地望着前方，什么也没说。他敏捷的头脑还在因想象中的前景兴奋不已。莱伊小姐若有所思地继续说道。

“另一方面，在我看来，一个非常富足的人居然投身于投机的职业，这是非常愚钝的表现，我不能忍受有钱人出于习惯或者因为思想的贫乏从事无聊和下贱的行当。我认识一个百万富翁，他让唯一的儿子每天在银行工作十个小时，认为是为儿子提供了有效的锻炼！换作我，我会让富人把挣钱的事留给那些必须养家糊口的人，而他们集中精力花钱就可以了。我希望有这样一个阶级，他们既富有又闲适，有时间学习艺术和风度，可从中培养文雅、机智和大方的举止。我想要这个阶级敢于尝试生活中各种奇特的经历，这就像路易十五的宫廷，与普通人生存必要的黑暗世界形成轻浮可笑的对比。现在有很多关于劳动尊严的谬论，但是我想知道，说教者和诸如此类的人怎敢跟一个工人说，枯燥的辛勤劳作会带来什么令人振奋的东西。我想这一谬论受到称道多是因为它能使人摆脱自己，愚蠢的人无事可做时就会感到无聊。工作对于绝大多数人来说只是一种逃避无聊的方式，但是由于这个原因就称之为高尚无疑是荒谬的；相反，懒惰可能更为高贵，因为那需要很多才能、很多修养，及一颗细腻非凡的心灵。”

“现在你开始高谈阔论起来了。”弗兰克笑着说。

“问题是人生苦短，我并不太看重常规性的职业，因此就算你放弃你的职业，我也不会责怪你。就我而言，荣誉和财富都不足以诱使我从事一份受任何习惯、关系或惯例束缚的职业。如果当医生让你感到苦恼，那你没有理由继续当医生，但是看在老天的份上，不要因此鄙视食色之乐。现在，我有个提议。你知道，我的收入远远超过需求，如果你愿意欣然接受，我会很乐意每年赠与你五百英镑，正如我经常告诉你的，玩乐人生、享受生活最少需要这么多钱。”

他摇了摇头，笑了笑。

“你真是太好了，但我不能接受。若能说服父亲，我就去利物浦，以普通海员的身份上船。我不需要任何人的钱。”

莱伊小姐叹了口气。

“男人的浪漫无可救药。”

弗兰克向她道了晚安，第二天就去费恩了。莱伊小姐思索着他说的话，第二天早上郑重地去兰开斯特门见她的律师——一位脸色红润的年长绅士，留着上细下圆的络腮胡子。

她说：“我想要立份遗嘱，但真不知道应该拿这笔幸运的财富怎么办。没有人特别想要这笔钱，现在我哥哥也去世了，就算不留钱给他也没有办法惹恼他了。顺便问一句，我可以在生前违背某人的意愿赠与他一份年金吗？”

“恐怕你不能逼迫任何人接受你的钱。”律师笑着说。

“这些法律多么令人讨厌啊！”

“其实我是想说法律一点毛病都没有，一个拒绝接受钱财赠与的人肯定只适合去精神病院待着。”

除了在老皇后大街的房子以外，莱伊小姐一年大概有差不多四千英镑的收入，最近让她很苦恼的问题是需要对这笔钱进行合理的分配。

想了一会儿后，她说：“我就把钱分成三份好了——一份留给我侄女，伯莎·克拉多克，她一点也不知道该如何花这些钱；一份留给我侄子，杰拉尔德·沃雷德，他就是个无赖，一定会放荡生活，挥霍掉这笔钱；另一份则留给我的朋友，弗朗西斯·哈内尔。”

“很好。我会把遗嘱起草出来，叫人给你送过去。”

“胡扯！拿张纸出来，现在就写。我等你写完。”

莱伊小姐竟对法律延迟这些繁文缛节发这么大的火，律师为此很感慨，但他意识到客户是个急性子，就马上按照她的吩咐去做，叫来一个职员，一起见证她签了名。她离开了，对自己感觉特别满意，这样不论发生什么，弗兰克都绝不会遭受经济困难了，而且想到在她去世后，弗兰克发现自己成了一个生活优渥的人时会有多么吃惊，莱伊小姐不禁狡黠一笑。

第七章

在家的两个星期，弗兰克非常专注地观察父母的生活，第一次真正意识到父母为他做出了多么巨大的牺牲。每天，无论天晴还是下雨，老哈内尔医生都会乘马车去诊治分散在各处的病人，到下午就徒步四处看望病人。下午五点到七点，他就在手术室给病人做手术，而且经常在半夜被叫起来，去五英里外一个位于乡村中心的农舍。他向所有的乡民传授自己长期积累的经验，他的医学知识也许有点简单粗暴，但足够实用。可以肯定的是，他那些老式的药物，他有点极端的手术方式，比任何新奇的治疗方法更受乡下人和农民的欢迎。此外，有人做了不该做的事情时，他会给每个人提一些好的、愉快的建议，并告诉他们自己的想法，难怪方圆二十英里没有哪个医生受到像他一样的爱戴和信任。然而，这是一种枯燥无味的生活，终年无休，从年初到年末一次休息都没有，报酬也很低，还时常拿不到。三十年来，这个善良的男人和他的妻子一直把挣来的每一英镑都当作是为他们的独生儿子保管而已。儿子在剑桥以及后来在伦敦的时候，他们都不要求他节约省钱，而是不断塞给他钱。他们满怀热情且骄傲地接受了儿子想要自己开诊室的想法，虽然知道很长一段时间他肯定还会是他们的负担，但还是坚持要他在哈利街租最好的房子。儿子才华横溢，让他们备感惊叹，只能谦卑地感谢上帝赐予他们这不配得到的怜悯。因此不断的繁重劳作对老两口而言是一种纯粹的幸福，这样他们深爱的儿子就可以获得每一个机会。

“父亲，你就没有觉得厌烦的时候吗？”弗兰克问。

“都成习惯了，而且我就适合做乡村医生这一行。我也有回报，总有一天你会成为行业的领袖。后人为你写书立著时，也会有一章用来写住在费恩的老全科医生，是他引导了你对医学的热爱。”

“但是我们也不能工作太长时间了。”哈内尔太太说，“很快我们就能够退休，然后住到你身边。有时候我们很想经常见到你，弗兰克。每次都要和你分开这么长时间，对我们来说太难受了。”

母亲平静有力的声音有些颤抖，弗兰克感到很无力。他又怎么能因为一些父母永远无法理解的原因，而摧毁他们这么多年一直努力构建的希望的大厦？他永远不能给他们造成这么沉重的痛苦。只要父母还活着，他就必须忍受他们加在他身上的束缚，继续在伦敦过稳定、光彩的常规生活。

“你们对我太好了。”他说，“我会努力生活，向你们证明我很感激你们为我所做的一切。我会心怀远大理想，这样你们就不会觉得自己的时间和努力都白费了。”

到达卡斯蒂林一家在多塞特郡杰斯顿的住宅后，弗兰克的情绪很容易就变成了讽刺。莱伊小姐最后终于决定她身体抱恙，不能沉迷于任何形式的娱乐消遣，然而巴罗-巴塞特太太和雷吉竟与他搭乘了同一辆列车到达，几个小时之后，保罗的母亲与她的搭伴也加入了这个小派对。

老卡斯蒂林太太是个形容枯槁的小女人，满头白发，戴着一顶可笑的帽子，嘴里喋喋不休也不知道在唠叨些什么，但是对她自己的家族——萨默塞特郡的班布里奇家族——来说，现在她是唯一还活着的代表了。她为自己的家族感到无比自豪，对《地主贵族阶层》里所有她认为没有自己家族名望大的那些家族，丝毫不掩饰她的蔑视之情。无知、狭隘、没受过教育、也缺乏教养，但她超越了这些不幸，非常确信自己比一般人都优越。不仅在她丈夫的时代，即使到了现在保罗子承父业的时候，她还凭借着对财权的严格控制，系统地欺压杰斯顿及周围所有的村庄。自从年纪很轻的时候意识到自己是一个古老家族的传人以后，她那讨人厌的脾气就丝毫没有收敛过，她肆无忌惮地对自己的陪护约翰斯顿小姐发脾气，约翰斯顿小姐四十岁，娴静端庄，以令人钦佩的满足感承受着老卡斯蒂林太太的奴役。但在某种程度上，她同样会迁怒儿媳，她非常讨厌儿媳，总是毫不犹豫地提醒自己，是儿媳随意浪费了自己大笔的钱财。她总是称保罗为乡绅，也只有保罗一个人能影响到她，就像鸭子天生会游泳一样，卡斯蒂林太太天生就相信俱备乡绅头衔的人是上帝在人间的代表，是一个有超人特质的人，他的话就是法律，他的命令必须服从。而弗兰克曾看到卡斯蒂林先生在伦敦被嘲讽成一个臭名昭著的无聊人，在这里他却惊讶地发现，他是所有问题的最终裁决者。人们毫不质疑他对于观点和事实的判断；他对艺术或科学的看法必然具有决定性，就像他的政治理论必然要是诚实人能够唯一持有的主张一样。他的话就代表一切，反驳他就像是和地震这一类自然灾害进行争论一样缺乏理智。但即使是保罗，在他母亲定期的探视结束后，也如释重负，因为她独特且强人所难的应答方式使得交流有点困难。

“感谢上帝我不是卡斯蒂林家族的人。”她经常这样说，“我是班布里奇家族的人，要在英格兰的这一地区找到比我家更好的家族有点困难。若非我嫁进了卡斯蒂林家，你们连一分钱都没有。”

第一天晚上用晚餐的时候，弗兰克尝试和大家聊点有内容的话题，但很快发现人们对他说的话没一点兴趣。他还天真地以为谈论自己的祖先是不礼貌的行为，结果现在发现对这一屋子的人来说，那才是谈话的主题。这主要是针对老卡斯蒂林太太、乡绅和他的表兄班布里奇而言，这个表兄是老太太请来管理他们家房产的，他身材臃肿、胡须蓬乱，衣着破旧，不修边幅，还带着浓重的多塞特郡口音，说话很慢，在弗兰克看来，他平日里经常交往的那些农民，也似乎并不比这个人差。除了谈论一些当地的事情、邻近的乡绅贵族，他们还谈论了教区牧师粗俗的独断专行。饭后，格蕾丝·卡斯蒂林来到弗兰克身边。

“他们是不是很可怕？”她问，“我每次都得连续几个星期每天忍受这些人。保罗的母亲不停向我炫耀她的财富和家族的荣耀；班布里奇这个粗人只会讨论天气和庄稼，他不应该跟我们一起就餐，而应该跟管家一起吃；而保罗则假装自己是全能的上帝。”

但是巴罗-巴塞特太太被她周围环境的奢华倾倒了，便早早抢得先机再次研读了尊贵的伯克先生的书里对这个她正做客的家族的描述，她发现那一页被人反复阅读，还被人用蓝色的铅笔醒目地做了标记。房子里的每一件物品都有它的历史，老卡斯蒂林太太饶有兴趣地向人介绍着，看得出尽管她出身高贵，鄙视自己嫁入的家族，但毫不怀疑这个家族比其他任何家族都好很多。这儿摆放着我们这位乡绅的祖父约翰·卡斯蒂林爵士的藏书；那儿摆放着他那当过海军上将的叔公收藏的东方国家的古董；还有排列整齐的查尔斯二世时期的纤弱淑女肖像，以及乔治国王统治时期猎狐场景中的红脸绅士图。巴塞特太太从未感到自己如此卑微。

两天后，弗兰克待在自己房间给莱伊小姐写了一封满是怒气的信。

噢，睿智的女人！

我现在明白为什么想到杰斯顿之行就让你陷入那样的绝望情绪了。这里太无聊了，我简直都要歇斯底里了，只可惜独自待在自己的卧室也害怕丢人现眼，不然我就在地板上打滚嚎叫了。你要是提醒我就好了，不过我想你有你卑劣的愿望，觉得我应该接受这些好客之人的食物，然后向你吐露他们的秘密：为了达到目的，你泯灭良知，对一些好言相劝充耳不闻。如果我用六页的篇幅给你讲述一些无关紧要的事情，那也是你咎由自取。然而我心里满是愤慨，哪怕讲主人家的坏话让我觉得自己像一头刻薄的猪，我也必须发泄一些情绪。想象一下，一栋乔治亚风格的房子，宽敞匀称、高贵庄重，里面摆放的是最为精美的奇彭代尔风格和谢拉顿风格的家具，墙上悬挂的是彼得·莱利爵士和罗姆尼的肖像作品，以及华丽的挂毯。房子外面是一个公园，眼前宽阔的草地和参天的大树给人感觉可以跪下参拜。周围的乡村连绵起伏、美丽肥沃。所有的这一切都属于那些没有高尚情怀的人，他们没有高于普通人的想法，有的只是琐碎粗俗的情感。我发现他们也十分鄙视我，因为我就是他们口中的物质主义者。一想到这个大好的地方是被一个浮夸的笨蛋、一个愚蠢的女人、一个暴躁的泼妇和一个粗野的农民享用，我就怒不可遏。所有这些人，要不是因为他们足够幸运，就得住在佩卡姆莱杂货店的里屋。除非卡斯蒂林太太能够不顾身材走形生一个继承人，班布里奇终究会住进这个庄园，那个人就是个奇怪的存在：他上的是伊顿公学，还在牛津大学待了一年，因为通不过任何考试被退学，谈话水平和行为举止还不如一个每星期赚十三先令的劳工。他一直住在这里，每隔两年会去伦敦看农业展览会。但我不想谈他。这一天就在巴罗-巴塞特太太张大嘴听老卡斯蒂林太太讲述家庭轶事中度过了，也在雷吉大吃大喝、巴结乡绅的过程中度过了，还在我的痛苦绝望中度过了，我还以为可以和老卡斯蒂林太太的陪护约翰斯顿小姐找些乐子，就努力使自己看起来亲切友善；然而她是个阿谀奉承之人。我问她是否一点不觉得无聊时，她很严肃地看着我，回答说："噢，不会，哈内尔医生，上流人士从不让我觉得无聊。"每当谈话停顿了一下或者老卡斯蒂林太太发脾气了，她就指向某幅图画或某件饰品，虽然已经听了上千遍这些东西的来历，还是询问它们是如何来到这个家里的。"你竟然不知道！"老太太大叫道，然后就讲起一个冗长无聊的故事，说一个醉酒的乡绅如何幸福地离世，或者说一个满脸假笑的女爵士，从她的画像可以看出她的肝脏因为束腰束得太紧而变形了。一个单身女人为了一年三十英镑和食宿开支都做了些什么！要是我，我宁愿去做个厨师。噢，我多么想念老皇后大街的吸烟室和跟你的谈话呀！现在我能得出结论，自己只喜欢两种社交——和你的交往是一种，和三流演员的交往是另一种。他们中的男人都下流粗鄙，女人都毫无掩饰地放荡，但是说话漏掉送气音H也没人觉得大惊小怪，跟这些人一起我感到十分舒适。我并不是特别想要省略送气音，但是如果我省略了而我的同伴们并不会注意，那对我就是一种解脱。

你永远的朋友，

弗兰克·哈内尔

在杰斯顿，莱伊小姐锐利的双眼会比弗兰克更有目的性，能看到一场小小的喜剧正在上演，但喜剧演着演着就有点偏向悲剧了。格蕾丝·卡斯蒂林又疲惫又难过，她全心全意地期待着雷吉的到来，以为可以缓解她生活中的焦虑。最近，她越来越受到良心的谴责，只有情人真正在场才能使她忘记自己对保罗有多么不公。她学会了从丈夫傲慢的举止背后看到温柔，他充满爱意的信赖使她的行为显得非常卑劣；在他面前她感到内疚和羞耻。但是有雷吉在身边，格蕾丝知道她会沉迷无法满足的激情，忘记其他一切。她下定决心只看他的优点，忘掉他怎样虐待过自己；她似乎只能通过紧紧抓住他的爱，才能保持自己那一丝丝自尊，若是连自尊都丢失了，那么除了绝望和耻辱的漫漫长夜，她就什么都没有了。她满心欢喜，在杰斯顿，没有相互冲突的欲望会把雷吉从她身边夺走。他们可以愉快地一起散步，在宁静的乡间享受无尽的幸福，甚至他们早期友谊的记忆都因此更加美好。

然而卡斯蒂林太太发现雷吉总是有意避免与她单独相处，这让她很沮丧。他到达后的第二天早上，她邀请他到公园散步，他欣然同意了，但她上楼戴好帽子后发现，保罗和巴塞特太太在大厅里等着她。

“雷吉说你答应带我们去公园看看。”巴塞特太太说，“我们几个人能一起去真是太好了。”

“真是太好了。”卡斯蒂林太太回答说。

她生气地瞪了雷吉一眼，他并没有躲避，而是平静地接受，露出一丝揶揄的微笑。一起散步的时候，他慢吞吞地走着，这样其他人都能听到他们谈话的内容。吃完午饭后，他又和弗兰克一起，直到晚上卡斯蒂林太太才有机会跟他说上只言片语。

“今天早上你为什么要叫你母亲和我们一起出去？”她急促地压低声音问道，“你知道我想和你单独谈谈。”

“亲爱的，我们必须要小心。你婆婆像只猫一样盯着我们，我敢肯定她起疑心了。我不想给你惹麻烦。”

“我必须单独见你，我必须和你谈谈。”卡斯蒂林太太绝望地大叫。

“别傻了！”

“等其他人都睡了以后，我就在这里等着你。”

“那你就只能等了，我可不会冒任何风险。”

她恶狠狠地瞪了他一眼，却没法回答，因为这时约翰斯顿小姐加入了他们，雷吉以一种罕见的警觉，与她交谈起来。格蕾丝这时心灰意冷，毫不在意是否会暴露自己的痛苦，她目不转睛地盯着他，想知道那醉心于歪门邪道的脑子里在想些什么。在他手里，她感觉特别无力，她知道——尽管知道这一点让她感觉恶心——现在他会偷偷残酷地玩弄她，直到他乐够了为止，到时候再给她最后一击。又过了两天，这两天里他还采取了同样的策略，不过更加谨慎，就为了一会儿也不用跟她单独相处，除非有其他人在场；他似乎以伤害她为乐。他过分夸张的称赞激起了保罗沉闷的欢笑，他像把格蕾丝当亲密的朋友一样，跟她开玩笑、取笑甚至嘲笑她。热衷于逗闹的老卡斯蒂林太太很喜欢他，但她因为不喜欢儿媳妇，就算发现儿媳妇对这些善意的笑话皱眉，也完全没有减少对雷吉的喜爱之情。格蕾丝面带微笑地忍受着这一切，发出小小的尖利的笑声。但她的心里似乎有一个巨大的新伤口，雷吉不但以冷酷无情地折磨她为乐，还非要拿把炽热的刀子插到她心里。她独自一人的时候，向自己的悲惨不幸缴械投降，痛哭起来，痛苦都快把她逼疯了，她不明白为什么自己炙热的爱恋得到的回报却是这种难以理解的仇视。她想尽一切可能的办法让雷吉爱上自己，她除了把自己整个灵魂都献给了他，还对他特别特别地好。

“他一直就把我当成个靠山。”她伤心地抽泣，“我愿意做任何事情去帮助他。”

最近，她甚至试图影响他为自己着想，劝他少喝点酒，少铺张浪费。她因爱慕和崇拜能够为他做出任何牺牲；而结果却只是他反过来憎恶自己。她无法理解。最后，她再也无法忍受这种折磨，心想既然雷吉不给机会，她决定不惜一切代价制造机会。然而这已经是此次行程的最后一天了，他行事加倍地谨慎。他隐约觉得格蕾丝会强制和他单独见面，他格外小心，不给她任何与自己独处的机会。他微笑着道完晚安，和其他男人一起回到吸烟室时，才终于舒了一口气。但是卡斯蒂林太太已经决定，他若不为自己的行为做出解释就不让他走。尽管经过深思熟虑的这一步危险重重，但她心境如此绝望，因此毫不犹豫地付诸实施了。雷吉巧妙地避开了她，心里暗自窃喜，回到自己的卧室，却发现格蕾丝静静地坐着，等着他。

“天哪！你在这干什么？”他惊呼，这一次泰然自若的他被吓了一大跳，“弗兰克很有可能会和我一起进来的。”

她没有回答他的问题，而是站起来面对着他，身上华丽的服饰和耀眼的钻石反而使她显得更为苍白憔悴。她努力使自己平静下来，然后不慌不忙地开口说话。

“为什么这些天你一直躲着我？”她质问，“我想要个解释。你居心何在？”

“噢，拜托别再提这个了！我都要烦死了。你还真以为我来这里是为了和你丈夫待在一起，然后来勾引你？毕竟，我自认为是个绅士。”

卡斯蒂林太太愤怒地低声一笑。

“大晚上谈论高尚的情感太不合时宜了，不是吗？你就没有比这更好的理由吗？”

“你把我当什么？为什么总认为我是在骗你呢？”

“因为经验告诉我你通常都是在骗人。”

他耸了耸肩，点上一支烟，慎重地看着格蕾丝，似乎在思考他现在该怎么办。

“你就没有什么想对我说的吗？”她问道，声音突然颤抖起来。

“没什么好说的，你最好赶紧回自己房间。这里很不安全，我可不想惹一身麻烦。”

“那你到底是什么意思？”她绝望地叫道，“难道你不爱我了吗？”

“好吧，你一定要我明说的话，我的意思是我们之间最好结束。”

“雷吉！”

“我想要重新做人，我想要放弃浪荡的生活，安定下来。我厌倦了这种关系。”

他没有看着她，眼睛不安地望向别处。她担心的事情终于发生了，格蕾丝一阵抽泣。

“我猜你喜欢上别人了。”

“那不关你的事，对不对？”

“噢，你这个无赖！我怎么会这么傻，喜欢上你。”

他干巴巴地大笑一声，没有回答。她快速走到他身边，抓住他的双臂。

“雷吉，你一定有事瞒着我。看在老天的份上，马上告诉我事情的真相。”

他慢慢看向她，脸上是她非常熟悉的愠怒的表情。

“好，是你要我说的，我打算结婚了。”

“什么？”一时间她不敢相信，“怎么你母亲什么都没说过。”

他大笑。

“你不会以为她知道吧？”

“要是我告诉她呢？”格蕾丝急忙悄声说道，她已经失魂落魄，只知道必须阻止这件恐怖的事情发生，“你不能结婚。现在你没有权利这么做。这太无耻了。我不允许你这样。我要尽全力阻止。噢，雷吉，雷吉，不要离开我！我受不了你这样。”

“别傻了！我俩之间总有一天是要结束的。我想要结婚，想安定下来。”

卡斯蒂林太太看着他，绝望、愤怒和强烈的憎恶轮番流露在脸上。

“咱们走着瞧。”她恶狠狠地悄声说。

雷吉走上前粗暴地抓住她的肩膀，她几乎无法忍受由此产生的疼痛。

“听着，别耍小聪明！要是让我发现你阻挠了我的计划，我也会出卖你。亲爱的，你最好保持沉默；不然，你给我写的那些信都会落到你婆婆手里。”

格蕾丝脸色惨白。

“你说过会把信烧了的。”

“你又不是我相处的唯一一个女人。我总喜欢在手里留一两个武器，我想留着你的信也许会有帮助。这些信读起来肯定很有意思，对吧？”

他看到这些话给格蕾丝带来的影响，便松开了手。她踉跄着坐到椅子里，吓得浑身发抖。雷吉还在那反复强调。

“我不是个脾气暴躁的人，但若是有人惹恼了我，也知道如何跟他们算账。”

她向前凝视了片刻，然后抬起头，眼里有种奇怪的表情。她用嘶哑抽搐的声音开口说话。

“要是有一出公共丑闻，我可不认为你能全身而退。”

“亲爱的，你不用担心我。”他回答说，“如果我都决定了，你觉得我还在意什么？你说的是有点可怕，但是对一个男人来说没什么好怕的。”

“如果大家知道那个男人从不幸落入他魔掌的女人身上骗走了一大笔钱，会怎么样呢？你忘了我给了你钱——我给了你钱，我的朋友，给了你钱。过去半年时间，你一共花了我两百英镑。你觉得人们要是知道了还会再搭理你吗？”

看到他黑色的脸颊因羞愧涨得通红，她嗓音里带着一丝苦涩的胜利，继续说下去。

“第一次给你拿钱的时候，我完全没有想到你会接受；然而你接受了，我就知道你有多么卑劣了。我也保留了一些你向我要钱的信件，以及你收到钱后的感谢信。我保留这些信并不是因为想用来对付你，而是因为我爱你，珍惜每一件你抚摸过的物品。”

她站起身，冷笑着抛出了上面那些话。她希望这些话会激怒雷吉，她想伤害他的自尊，灼烧他，让他在自己面前痛苦到抓狂。

“一定要爆出这个丑闻，让所有人看看，你就是个流氓无赖。噢，我真想看到你被你的圈子驱逐，我真想看到人们在大街上拦截你！有法律专门监禁像你这样以最肮脏方式获得钱财的男人，难道你不知道吗？”

雷吉大步跨到她面前，但这会儿她已经不再害怕了。她嘲笑他。他把脸凑到她面前。

“听着，滚出去，不然我就狠揍你一顿，让你永生难忘。感谢老天爷，我们之间已经结束了。滚出去——滚出去！”

她一言不发，迅速从他身边走过，走到门口。她穿过那条从雷吉房间通往她房间的长长的走廊，完全不在乎周围会有什么人，脑子里不停跳动，像是有恶魔在里边疯狂捶打。她还没有想明白刚才发生了什么，只是觉得世界很奇怪地走到了尽头，在她看来，生命和世界似乎都要结束了。她苍白的脸颊仍因愤怒和仇恨而涨得通红。刚到门口，保罗就从大楼梯朝她走来。有那么一会儿，她惊慌失措，但危险却使她格外清醒。

“格蕾丝，我在找你呢。”他说，“你去哪儿了？”

“我和巴塞特太太聊了一会儿。”她快速地回答，“那你到底觉得我去哪里了呢？”

“我想不出来。我刚去楼下看你有没有在那里。”

“希望你没有跟踪我，监视我的一举一动。”她生气地喊道。

“亲爱的，很抱歉，我并没想那么做。”他站在她的门前说。

“天哪，要不就进来，要不就出去。”她说，“别站在那儿，房门也关不了。”

“我就进来两分钟。”他温和地说。

“你想干什么？”

她取下脖子上像一圈火一样灼烧的珠宝。

“有件事我想跟你说一下。庄园里发生的一件事情让我很苦恼。”

“噢，亲爱的保罗。”她不耐烦地大吼，“看在老天的份上，今晚就别来烦我了，你知道我一点都不在乎庄园的事。为什么不问问班布里奇的意见，他是你花钱请来管理庄园的人。”

“亲爱的，我想听你的建议。”

“哎，你是不知道我的头有多疼！我感觉痛得想放声大叫。”

他满是爱怜地走上前。

“我可怜的孩子，你怎么不早点告诉我？真抱歉我还来烦你。很难受吗？”

她抬头看着他，嘴巴抽搐了一下。他是这么的全心全意、温柔善良，不论她做过什么都可以忽略和原谅。

“我真是头猪！”她哭着说，“我对你这么糟糕，你怎么还能喜欢我？”

“亲爱的，”他笑道，“我不会因为你头痛而责怪你的。”

她突然有一股冲动，猛地抱住他的脖子，接着泪如雨下。

“噢，保罗，保罗，你对我真好。真希望我能做个更好的妻子。我没有对你履行自己的责任。”

他紧紧搂住她，温柔地吻了吻她化过妆，长了皱纹的苍白的脸。

“亲爱的，我不奢求什么更好的妻子。”

“噢，保罗，我们为什么不能单独待着？我们看起来像是分开了一样。我们一起离开吧，去一个可以单独在一起的地方。难道我们不可以去国外吗？我厌倦了见人——厌倦了社交。”

“我最亲爱的宝贝，你想做什么我们就做什么。”

他心里觉得非常幸福，不知道自己是否值得拥有这一切。他想待在妻子身边，帮她脱下衣服，但她央求他离开。

“可怜的孩子，你看起来很疲惫。”他说着，轻轻地吻了吻她的额头。

“明天早上就会好了，到时候我们就开始新的生活。我会努力对你更好——我会努力配得上你的爱。”

“晚安，亲爱的。”

他轻轻地关上门，把她留在自己的思绪里。

第八章

卡斯蒂林太太度过了一个心神不宁的不眠之夜，次日早晨，照着镜子，她为自己的憔悴面容感到震惊，但她决心这最后一次见面不能让雷吉看出任何痛苦的痕迹，下楼吃早餐时，所有人都觉得她看起来心情愉悦。她注意到他羞愧畏缩地避开了自己的目光，很生气，决定用一种有点明显的方式去挖苦他，这种方式常常被与她一样的人误认为很机智。为了掩饰自己强烈的痛苦，她不停地地聊着一些无趣的话题，其间夹杂着点尖利的笑声和许多手势，但她做得有点过头了，伪装的效果显得歇斯底里。弗兰克看出了端倪，想知道是什么影响了她，在内心给她开了一剂镇静剂。早餐还没吃完，马车就开过来了。巴塞特太太担心赶不上火车，开始向同伴们告别。卡斯蒂林太太直率地向雷吉伸出了手。

“再见。有时间的话下次一定还要来看我们。希望你玩开心了。”

“非常开心。”他回答。

他无法理解她那微笑着且毫不在意的表情，完全没有责备和愤怒，他不安地问自己格蕾丝到底在想什么，他缓缓地思量着她可能对自己施加的伤害。他们之间决然结束了，他感到很高兴，最后一次会面结束了，他也很欣慰。想到曾经有一大笔钱经她的手来到他手上，反而让他更恨她。

“她知道就我那些零用钱不够跟她四处玩乐，我把所有钱都花在她身上了。”他小声嘀咕着为自己开脱。

他们现在坐在火车上，他看着坐在对面角落里正读着《英国早报》的母亲。他可不想她知道这件风流韵事的细节。他再一次为自己开脱，最终归结为是格蕾丝引诱了他，因此对她心怀憎恨。最后他的思绪飘到了别处，心跳得更快了。

巴塞特一家和弗兰克走后，卡斯蒂林太太感受到一股巨大的沮丧，像被冷风吹过一样打起了寒战，她还得在保罗母亲严厉的眼皮底下再生活两天，老太太像是要赢得报复性的胜利一样观察着一切，就好像她知道什么骇人听闻的秘密，就等着一个机会来向世人揭露。格蕾丝站在窗前，看向窗外公园里宽阔的草地和壮观的树木。天空灰暗，笼罩着大地，带有一种令人悲伤的单调感，正如她此刻的心情，经过一早上假装的兴奋后陷入抑郁低迷。保罗从她身后靠近，用手臂搂住了她的腰。

“你很累了吗，亲爱的？”他问。

她摇了摇头，试图微笑，心怀感动，最近她经常被他话语里的柔情蜜意触动。

“我怕你操劳过度了。你是整个聚会的生命和灵魂。没有你的话我们会很无聊的。”

出于习惯，一些讽刺机敏的话来到嘴边，但她并没有说出来。而是把头倚在他的肩膀上。

“我开始觉得自己老得可怕了，保罗。”

“胡说八道！你还没到盛年呢。你现在比任何时候都漂亮。”

“你真的这么想吗？我觉得是因为你还有点喜欢我。今天早上我觉得自己看起来像有 102 岁了。”

他没有说话，因为他习惯与人辩论而不擅长交谈，只是用手臂把她搂得更紧了。

“你没有后悔娶我吧，保罗？我知道自己不是你想要的那种妻子，而且我也没给你生过孩子。”

他非常感动，以前妻子从没用这样的方式跟他说过话。仅此一次，他字里行间的傲慢消失了，用颤抖的音调，几乎悄声地回答妻子。

“亲爱的，每天我都感谢上天让我拥有了你。我觉得自己不配拥有这样的福分，非常感谢老天爷，特别感激，是他让你成为了我的妻子。”

格蕾丝的嘴唇抽动着，双手攥得紧紧的以防自己突然放声大哭。他带着温情的微笑看着她。

“格蕾丝，你下个星期过生日，我给你买了个小礼物。我不想等了，可以现在给你吗？”

“好的，给我吧。”她笑道，“我知道你准备了礼物，我已经等不及了。”

他愉快地离开了，没一会儿就因为走得急而气喘吁吁地回来了，手里拿着个钻石饰品。卡斯蒂林太太对珠宝有些了解，看到这颗华丽的宝石眼里也放光了。

“保罗，你怎么可以！”她惊呼，“简直完美无瑕！但是我不想要这么贵重的礼物。你给我买过这么多珠宝了。我只想要一个小小的礼物，说明你心里还有我就行了。”

他满意地笑了，兴高采烈地直搓手。

“什么都比不上我亲爱的、忠诚的妻子。”

“不能让你母亲看见，保罗。她会破口大骂的。”格蕾丝调皮地说。

他发出一阵大笑。

“好，好，不让她看见。”

卡斯蒂林太太抬头去吻他，想不到那个结实、自满的男人竟热烈地吻住了她的唇。正在这时一辆轻便的双人马车来到门前，保罗惊讶地问妻子是不是她叫的车。

“哦，我差点忘了。”她大声说，“我今天要去城里。本来该告诉你的。莱伊小姐的情况比她自称的要糟糕很多，我觉得应该去看看能不能帮上什么忙。”

经过一晚上的悲伤的思考，理智让她决定去请教莱伊小姐。女佣进来拉下百叶窗时，她已经预定了马车带她去车站坐火车，她定的是客人们乘坐的后一趟车。现在她也顺利地为自己的离开找了个借口，保罗担心她会生病，不肯让她去，但她不听，也不许他陪自己一起去。

“我觉得不应该阻拦你一心想要帮助别人的热情。”他最后说，“但是请尽可能早点回来。”

卡斯蒂林太太到达时，莱伊小姐马上要吃完午饭了。

“我还以为你在杰斯顿玩得正开心呢。”她大声说道，看到卡斯蒂林太太很吃惊。

“我觉得自己必须来见你，不然会疯掉。噢，你怎么不来杰斯顿呢？我非常需要你。”

莱伊小姐明显身体很好，不能再说身体不舒服了，于是她也不做解释，就给客人拿了些食物。

“我吃不下任何东西，”格蕾丝一阵反感，大声说道，“我简直失魂落魄了。”

“估计你是有麻烦了，”莱伊小姐嘟囔着说，“我看你脸上涂了太多的——是粉吧。是这个专业用语吗？”

卡斯蒂林太太双手捧着脸颊。

“我的脸都发烫了。这就去洗洗。今天早上看起来糟透了，不得不多上点粉。我可以去洗洗脸吗？这样会凉快一点。”

“快去洗吧。”莱伊小姐笑着回答。卡斯蒂林太太离开后，她自问对方突然远道而来是因为什么。

没一会儿格蕾丝回来了，看着镜子里的自己。卸下胭脂香粉后，她皮肤蜡黄、满脸皱纹，留在眉毛和睫毛上没有洗掉的化妆品更与苍白的脸色形成鲜明的对比。她本能地从口袋里拿出粉扑，快速地往脸上扑上粉，然后转向莱伊小姐。

“你从来不化妆吗？”她问道。

“从不。我怕把自己弄得滑稽可笑。”

“噢，慢慢你就习惯了——不过我知道这很可笑，我也打算放弃了。”

“你说这话时，听起来就像是要去修道院了一样悲惨。”

卡斯蒂林太太可疑地朝门口瞥了一眼。

“不会有人进来吧？”她问。

“没人进来。即便如此我还是建议你保持冷静。”莱伊小姐反驳说，她怀疑格蕾丝要做什么夸张的事，有点憎恶即将遭受的痛苦。

“我和雷吉之间都结束了。他把我当旧领带一样抛弃了，他有新欢了。”

“摆脱了他是件幸事，亲爱的。”

莱伊小姐敏锐的双眼盯着卡斯蒂林太太的脸蛋，想从那里读到她内心的秘密。

“你不再喜欢他了，对不对？”

“不，感谢老天，我不喜欢他了。哎，莱伊小姐，我知道你不相信我，但我要努力改过自新了。过去这几个月我对保罗的看法有了很大的改变。当然，他还是那个荒唐、自大且无聊的人，这一点我比任何人都明白，然而他非常宽容和善，到现在还全心全意地爱着我。他还很诚实。你不知道与一个正直到灵魂深处的人一起生活意味着什么。那意味着十分安心和舒适。”

“当然了，亲爱的，一个人需要去发掘自己丈夫身上的优点，这不需要任何理由。你现在的想法不仅值得称颂，而且十分新颖独创。”

“这样就更难了。”卡斯蒂林太太忧愁悲伤地说，“我觉得自己十分卑劣。无法忍受他毫无保留地相信我，而我却做了这么恶心的事情；无法忍受他的和善与体贴。你之前猜到我会因为想把整件事情和盘托出而备受折磨，现在我就再也忍受不了了。今天早上，他对我既甜蜜又温柔，我就差点没忍住。再也忍受不了了，我必须告诉他，了结一件心事。我宁愿离婚也不想永远带着一个谎言继续生活。”

莱伊小姐平静地观察了她一会儿。

她最后以平静、冷淡的口气说：“你真自私！我还以为你开始关心起你丈夫来了。”

“我是真的关心他。”卡斯蒂林太太惊讶地说。

“显然不是，不然就不会想给他造成那么大的痛苦。你很清楚他宠爱你；你是他生命里的光；要是他失去了对你的信念，就失去了所有。”

“但是只有坦白我的罪恶才是诚实的做法。”

“坦白忏悔，有益心灵。你不记得这句谚语了吗？这句话很有道理——这对于忏悔者的灵魂来说确实非常好，但是你确定这对听者有好处吗？你想告诉保罗你所做的事情，只想自己的内心得到平静，却完全无视你丈夫是否能平静。你是个品行高尚的漂亮女人，这可能只是一种错觉，但所有事情都是错觉，你为什么一定要坚持摧毁保罗最看重的东西呢？难道你对他造成的伤害还不够吗？要是我看到一个疯子以为自己头上戴的纸帽子是黄金头冠，我可不会残忍地打破他的幻想。不要让任何人动摇那些对我们来说像呼吸一样重要的幻想。人生有三条准则：永不行罪恶之事；若有罪，永不忏悔；最重要的是，若忏悔，永远永远不要坦白。你对保罗这么糟糕，就不能为了他牺牲一点吗？”

“但是我不理解。”格蕾丝大声说，“保持沉默不是自我牺牲——而是懦弱无能。我想要接受惩罚，我想要重新开始，这样以后才能正视保罗。”

“亲爱的，你真是不可救药地热衷于说大话。你真的一点都不为保罗着想，一心只想制造一场闹剧。你想做一名殉道者，以适当的方式贬低自己。你尤其想要摆脱心存愧疚造成的沉重负担，为了达到这些目的，完全不顾这样做会给别人带来多大痛苦。如果你真的为自己所做的事情深感歉疚，我建议最好的方法是在将来改变自己的行为方式。如果你渴望得到惩罚，只需注意自己的任何言语或行为都不要让丈夫发现这可憎的秘密，这样的惩罚就足够了。”

卡斯蒂林太太低下头，眼睛看着地毯的图案。她仔细考虑着莱伊小姐说过的所有这些话。

她无助地抱怨说："我来寻求你的建议，你却让我更加犹豫不决了。"

莱伊小姐十分严厉地说："抱歉，你来的时候心意已决，只是想让我赞同你的公正无私；但我认为你极其愚蠢和自私，所以保留我的掌声。"

这次谈话的结果是卡斯蒂林太太承诺保持沉默，但是离开老皇后大街赶火车回杰斯顿的路上，她感到困惑，不知道心里更多的是解脱还是失望。

卡斯蒂林太太回到杰斯顿正好赶上换衣服用晚餐，由于旅途跋涉有点劳累，她并没有注意到聚会上的严肃气氛。习惯了这些人的沉闷无聊，她安静地吃着东西，希望晚餐早点结束。饭后，保罗和班布里奇来到客厅，她努力对着丈夫微笑，表示欢迎，在她就坐的沙发上挪出空间给他。

"告诉我昨天晚上想跟我说什么，"她说，"你问我的建议，但我当时太生气没有理会。"

他笑了笑，但脸上很快恢复了严肃的表情。

"现在太晚了，我当时就必须做出决定。不过我最好跟你说说这个事。"

"帮我拿一下斗篷，我们一起去露台走走。房间的灯光照得我眼睛很累，而且我也讨厌总是要当着别人的面跟你聊天。"

保罗很乐意按照她说的去做，他觉得在布满星光的宜人夜晚散步是件非常愉快的事情。上午还乌云密布，但这会儿乌云都随着落日一块消散了，空气清香柔和。格蕾丝挽住丈夫的手臂，她需要保罗作为依靠，这让保罗觉得自己既强壮又阳刚。

他说："发生了一件可怕的事情，让我很烦恼。你记得范妮·布里杰吗，那个去年到伦敦做帮佣的女孩？嗯，她回来了。看来还惹上麻烦了……"他犹豫了一会，告诉妻子这个残酷的事实让他感觉不适。"她被男人抛弃了，带着个婴儿回来了。"

他感觉到妻子身上一阵战栗，真希望自己做出的是第二个选择，不向她说这件事情。

"我知道你不喜欢谈这些事情，但我必须采取一些措施。她不能再住在这里了。范妮·布里杰的父亲是庄园狩猎场的看守人，他两个儿子同他一起看守。今天我去见了布里杰，告诉他必须把他女儿送走。在我这个位置，不能放任破坏道德的行为不管。"

"但是她能去哪里呢？"卡斯蒂林太太用耳语一般的声音问道。

“那不是我的问题。布里杰一家多年来都是优秀的仆人，我也不想对他们太苛刻。我告诉老头说可以给他一个星期时间找地方安顿女儿。”

“要是他找不到呢？”

“要是他找不到，那也是因为他是个愚蠢固执的笨蛋。今天下午他开始找各种借口，说了一堆废话，什么要自己照顾女儿，送走她会让他很伤心，他不能这么做之类的话。我认为拐弯抹角没什么好处，就告诉他说，要是范妮下周二还没有离开的话，我就会解雇他和他的两个儿子。”

卡斯蒂林太太突然把手从他臂弯里抽出来，心里掠过一阵寒意，她又愤怒又害怕。

她知道丈夫这个决定是听了谁的唆使，说道：“我们最好回去找你母亲，保罗。必须马上彻底地谈谈这件事情。”

卡斯蒂林对她的语调变化感到惊讶，他尾随着妻子，她快速回到客厅，把斗篷丢在一边，来到老卡斯蒂林太太跟前。

“是你建议保罗把范妮·布里杰送走吗？”她质问道，眼里燃烧着怒火。

“当然是我。她不能待在这里，我很高兴看到保罗表现出了魄力。像我们这种地位的人必须特别小心，我们决不允许任何污秽进入这个地区。”

“你觉得我们把她赶出去的话，这个可怜的女孩会遭遇什么呢？她唯一的生存机会就是和家人待在一起。”

保罗的母亲一点耐心也没有，非常憎恶格蕾丝脸上显露无遗的鄙夷和愤怒。她站起身来，紧绷着嘴唇，尖刻地说。

“或许你没有这么大的能力来判断这类事情，亲爱的。你常住在伦敦，我敢说你的是非观点并不十分明确。但是，你也知道我只是个乡下佬。很高兴告诉你，我的想法和你不一样。我一直觉得坚持道德准则是有道理的。在我看来，保罗给他们一个星期简直就仁慈得可笑。要是我父亲，肯定会在24小时以内把他们连人带行李全部扔出去。”

那张狭长、顽固的脸上流露出残忍的自以为是，格蕾丝不禁打了个寒战，然后她慢慢地打量着保罗，保罗的眼睛正看着她，因为她生气而感到极度痛苦，但他仍然确信自己的行为是正直的。她噘起嘴，一句话也没说，就回自己的房间去了。她觉得当时什么也做不了，于是决定第二天早上亲自去见见那个不幸的女孩。保罗因为她没有和自己说话而感到不安，正打算追出去继续劝诫，但他母亲用扇子猛敲桌子，阻止了他。

“保罗，别追她。”她专横地大喊，“你表现得像个十足的傻子，她就把你玩弄于股掌之间。要是你妻子没有任何道德感而其他人有，那不管她多么不喜欢，你也得履行你的职责。”

“我想我们可以设法给范妮·布里杰找一处容身之地。”

“我看你不必做这种事情，保罗。”她回答说，“那个女孩水性杨花。她还是个孩子的时候我就知道她了，一直很放纵。不知道她怎么能厚着脸皮回到这里来，然而，只要你还有点正派感，你就不会帮助她。如果姑息纵容那些沦丧的人，你觉得该如何使其他人保持良好的德行呢？保罗，记住我对你有些要求，不希望自己的愿望完全被人无视。”

她盛气凌人的环视了一下房间，那窄小的嘴唇，短细的鼻子和刻薄细小的双眼，显然还是一副十分令人反感的样子，她想起来自己对这所房子里的财务状况有着绝对的支配权。保罗确实是乡绅，然而钱是她的，只要她愿意，可以把所有钱留给班布里奇。第二天她进来吃午饭的时候大发雷霆。

“保罗，我想你应该知道格蕾丝去布里杰的小木屋了。如果你的妻子公开偏袒最恶劣的下流行为，不知道你该如何指望那些佃户注意庄重和礼节。”

格蕾丝目光炯炯地看着婆婆。

“我可怜那个女孩，去看她了。可怜的孩子！她现在非常难受。”

在狩猎场的一个门边，她又看到了那个小木屋，一块美丽的长满了常春藤的乡村之地，小小的院子里经过精心照料的花朵一片生机勃勃。布里杰正在这里劳作，他是个中年男人，面容硬朗，郁郁寡欢，脸上的皮肤晒成了褐色。他对她的到来置之不理，直到她说早上好才不情愿地回复了一句。

“我来看看范妮。”卡斯蒂林太太说，“我可以进去吗？”

他满脸不悦地看着她，一时间并没有回答。

“你就不能不去打扰那孩子吗？”他最后终于沙哑着嗓子抱怨了一句。

卡斯蒂林太太疑惑地看着他，但只看了一会儿。她很快从他身边走过，一句话也没说就进屋去了。范妮坐在桌子旁做针线活，身边有个摇篮。看到格蕾丝，她紧张地站起来，一阵痛苦的红晕浮现在她苍白的脸颊上。她曾经是个漂亮清新、活泼快乐的女孩，现在深深的焦虑使她的眼睛看起来憔悴不堪。她双颊凹陷，以前整洁干净的模样变得邋遢凌乱。她像个罪人一样站在格蕾丝面前，良心备受谴责，有一瞬间，来访者感到很羞愧，不知道该说什么。她的眼睛转向那个婴儿，范妮看到了，焦急地走上前去挡住孩子。

“夫人，您找我父亲吗？”她问道。

“不，我是来看你的。想着我或许可以帮上点忙。如果你不介意，我想要帮助你。”

女孩固执地低下头，苍白的脸色一直延伸到嘴唇上。

“不需要，夫人，我没什么想要的。”

看着她，格蕾丝明白她俩之间有个共同点，她们都全心全意地爱过，但是两个人都很不快乐。很奇怪，她开始怜悯这个悲惨的女孩，但是无法冲破横亘在两人之间的冷漠敌意，这让她备感折磨。她不知道该如何表明，自己的到来并不是为了要凌驾于范妮的痛苦之上，而是一个弱小可怜的人对另一个弱小可怜人的怜悯。她本可以大声喊出来，在她面前，范妮不必因为羞耻而害怕，因为她自己曾经沦陷得比范妮还过分。女孩一动不动地站着，等着她离开，卡斯蒂林太太的嘴唇因无能为力的怜悯而颤抖。

“我可以看看你的孩子吗？”她问。

女孩什么也没说，走到一旁，卡斯蒂林太太来到摇篮边。小婴儿睁着两只蓝色的大眼睛，懒懒地打着哈欠。

“让我抱抱宝贝吧。”她说。

范妮表情更为柔和地抱起孩子送到格蕾丝手上，脸上又闪过一阵通红。奇怪的是，格蕾丝竟然本能地摇动孩子，温柔地低声吟唱，并亲了亲孩子。她违心地发出一声呼喊。

“噢，真希望这个孩子是我的！”

她看着范妮，眼里满是卑微的渴望和晶莹剔透的泪水，她的情感终于融化了那个女孩冰冷的绝望，范妮双手掩面大声痛哭起来。格蕾丝把孩子放回摇篮，轻轻弯下身子靠近范妮。

“别哭了。我想我们能做些什么的。跟我说说，让我看看能怎样帮上你。”

“没人能帮上忙。”她呜咽着说，“一个星期后我们就必须走了，老爷是这么说的。”

“但是我会试着让他改变主意，就算不能，我也会保证你和孩子能够得到很好的照顾。”

范妮无望地摇摇头。

“父亲说如果我离开他也会离开。噢，老爷不能赶我们走！我们能怎么办？我们会饿死的，一家人都会饿死。父亲已经不如以前年轻了，不可能轻易地找到另一份工作，吉姆和哈利也得走。”

“你不相信我吗？我会竭尽所能。我肯定他会让你们留下来的。”

“老爷是个铁石心肠的人。”范妮嘟囔了一句。“他决定的事情一定会执行。”

一起午餐时，看着保罗、他母亲、班布里奇和约翰斯顿小姐，这些人狭隘残忍，她对这些人都心怀强烈的敌意。他们生来富足，脚下的路如此轻松，对人生可怕的艰难困苦又有多少了解？

“范妮·布里杰并不比任何人差，她只是非常不幸。我很开心自己去看了她，还承诺她会竭尽所能帮助她。”

“那我就和你断绝关系。”老卡斯蒂林太太激动得大喊，“但我要告诉你，格蕾丝，你居然对礼仪和规矩完全视而不见，这让我非常震惊和愤慨。我觉得你应该尊重丈夫的名声，不要去纵容一个道德败坏的女人，降低自己的身份。”

“我觉得你去布里杰的小木屋不是明智之举。”保罗温和地说。

“你们这些人都冷酷得可怕。你们就没有一点怜悯或慈悲之心吗？你们一生中就从没有做过让自己后悔的事情吗？”

老卡斯蒂林太太严厉地看向格蕾丝。

“请记住，约翰斯顿小姐还是位单身女士，不习惯听我们讨论这样的事情。保罗已经很仁慈了。要是再仁慈点，会让人觉得他是在纵容不当行为。我们这种身份的人有责任照看那些上天让我们照看的人。奖赏的同时，我们也有责任进行惩罚。只要保罗还有一点儿责任感，他就会连人带物把布里杰一家赶出去。”

格蕾丝大声说：“要是他这么做，我也会离开。”

“格蕾丝！”卡斯蒂林先生大叫，“你什么意思？”

她用闪亮的眼睛看着他，没有回答。反对的声音太多了，她知道在保罗母亲明天离开之前，任何尝试都无济于事。然而，她几乎无法保持沉默，遭受着极大的诱惑，想在他们面前大声地说出自己的整个故事，说出她令人耻辱的痛苦。

“噢，这些自命不凡的人！”她喃喃自语，“一定要看到我们在地狱被炙烤他们才会心满意足！好像必须要有地狱，才能让每一次过失受到严厉的惩罚。他们从不为我们找借口。他们也不知道我们在沦陷之前抵制了多少诱惑。”

第九章

然而，格蕾丝发现丈夫比以往任何时候都更加固执，尽管她用尽了一切想象得到的办法，他仍然无动于衷。她时而爱抚，时而劝说，时而蔑视，时而怨恨，时而生气，但到最后，他还是泰然自若，她怒不可遏。他这个人，会为自己所做的每一个决定能顺利完成而自豪，而且他一旦下定决心，那么在一周的警告时间结束时，布里杰一家必须离开，任何形式的晓之以理、动之以情都没有办法使他改变主意。尽管阻挠妻子带给他无尽的伤害，尽管感受到她冷淡的敌意让他非常痛苦，但他的责任感似乎明确地指往一个方向，由此造成的痛苦反而使他更加坚定要这么做。保罗·卡斯蒂林既非常看重佃户对他的要求，也非常看重自己对他们的重大责任。他一刻都没有想过他们的私生活跟自己没有任何关系。相反，他确信慈悲的上天委托给他一件重要的事情，他时刻准备着为那些上天让他庇佑的人负责任。他非常认真地对待自己的职责，即使在伦敦，也会注意了解庄园里发生的最不起眼的事情。对所有的佃户来说，他是个公正而慷慨的主人，在他们有需要的时候慷慨解囊，在他们生病的时候同情体恤，但正因为如此，他独揽了对于他们生活方式的完全决定权。这件事情使他的道德感受到了莫大的伤害。范妮·布里杰的存在似乎是一种玷污。他跟某些男人一样特别假正经，一想到范妮的情况，就忍不住反胃恶心。而格蕾丝不仅为她辩护，甚至还去看望她，这让他有点惊恐。在他看来，一个纯洁的女人只应该蔑视一个如此堕落的女人。

一周的时间过去了，格蕾丝没能改变任何事情。她感到非常失望，生丈夫的气，也生自己的气。她下定决心，不能让任何经济困难加重范妮的痛苦。如果范妮不得不离开，至少要保证她在经济上的充裕，这样她还有可能获得某种程度的幸福感。但是，在这个问题上，她的困难是：布里杰固执的决定不愿和女儿分开。他迟钝的脑子认为，正因为她之前离开了家，才导致了现在的麻烦，没有什么理由能让他相信将来不用担心什么。而且由于某种原因，他还对乡绅充满了怨恨，并且他自己也同样任性固执，不肯让半步。他一遍又一遍地重复说，如果女儿离开，他和他的儿子也会一起走。

范妮必须永远离开这里的前一天，下午晚些时候，卡斯蒂林太太闷闷不乐地坐在客厅里，翻看着杂志，而保罗则艰难地读着一本最新出版的名人录，不时忧虑地瞥一瞥她。一个仆人进来说布里杰想跟乡绅谈谈。保罗站起来准备过去，而卡斯蒂林太太在心里乞求布里杰会到这边来。

“叫他进来。”乡绅说。

布里杰有点胆怯地走进房间，站在门口，手里拿着帽子。外面下着雨，他淋湿的衣服发出一股难闻的气味，仿佛天天与丛林中的野兽为伍，他也染上了一种丛林野地的气息。

“布里杰，你有什么想说的？”

“老爷，我来是想问，我明天真的必须走吗？”

“你是习惯了听我说一些言不由衷的话吗？我跟你说的是如果你不在一个星期内送走女儿，我就会开除你和你儿子。”

这个狩猎场看守人低下头，不停在脑子里琢磨乡绅的话。即使这样，他还是不能相信这些话是经过严肃认真考虑后说出来的。他觉得只要自己能让卡斯蒂林先生明白他提出来的要求没有办法做到，先生就会允许他留下来。

“范妮没有地方可去。要是把她送走，她会彻底变坏的。”

“你无疑知道卡斯蒂林太太答应会照顾她。我也肯定会有堕落女性收容所收留她。”

“保罗，”格蕾丝愤怒地说，“你怎么能这么说话！”

布里杰走上前，面对着乡绅，义愤填膺地瞪着他的眼睛。

“从小到大，我勤勤恳恳地为你服务了四十年，我就出生在现在住的那个小木屋里。我跟你说我女儿不能离开。她是个心地善良的孩子，只是遭遇了不幸。要是你把我们赶出去，我们能去哪里？我已经老了，要再找一份工作不是那么容易的事。这就意味着我们完了。”

他不能表达自己的思想，也无法用语言表明他对这件天理不容的事情的感受。他只能看到这么多年的忠诚服务一文不值，未来有的只是寒冷、贫穷和耻辱。保罗站在他面前，冷酷严肃。

“我很抱歉，”他说，“但我什么也做不了。我给过你机会，但你拒绝接受。”

“我明天必须走吗？”

“是的。”

狩猎场看守人紧张地转动着手中的帽子，脸上浮现出十分悲痛的表情。他张开嘴想要说话，但什么也没说出来，只发出了一声含混不清的呻吟声。他转过身走出去了。格蕾丝不顾一切地走到保罗面前，

她哭喊着：“天哪，保罗，你不能这样做，你会让他心碎的。你就没有任何怜悯之心吗？你就没有任何宽恕之心吗？”

“没有用的，格蕾丝。很抱歉我不能满足你的意愿。我必须履行自己的责任。若是不采取任何措施就让它过去，这对庄园里的其他人不公平。”

“你怎么能如此冷酷无情！”

保罗不愿明白，也不能明白，绝对不能冷酷无情地将布里杰赶离这片他深爱着的土地。她突然之间意识到他的小木屋对他有多么重要，森林、树丛、草地、树木、篱笆，他的生命与所有这些事物连结在一起。他的根在土地里，土地见证了他的出生和童年，他的婚姻以及他孩子的成长。她抓住丈夫的双臂，抬头看着他的脸。

“保罗，难道你不知道自己在做什么吗？我们最近变得更加亲近了。我感觉心里有股新的爱意在为你增长，而你却在扼杀它。你不让我爱你。难道你就不能忘记自己各种不同的身份，记住自己只是一个人，也和我们其他人一样虚弱脆弱？你希望被别人原谅，但你却完全冷酷无情。”

“亲爱的，我对这个人态度这么坚决也是为了你好。因为你这么善良这么纯洁，我不敢宽容他们。”

“你到底是什么意思？”

她粗暴地挣脱他的双臂往后退，没有涂粉和胭脂，她面如土色，眼里流露出惊慌的恐惧。

“我不能让那个女人和你住在同一个地方。你是个道德高尚、品行善良的女人，我有责任保护你，不让任何邪恶的东西接触你。想到你在散步的时候可能会见到她，见到她和她的孩子，我就惊恐不安。”

卡斯蒂林太太双颊灼热通红，喉咙像突然卡住了一样，她赶紧用手去抓。

“但我要告诉你，保罗，与我相比，那个女人无辜又善良。”

“亲爱的，别胡说八道。”他大笑着说。

“保罗，我不是你想的那样。那个女人因为无知不幸而犯下过错，但我知道自己在做什么。我拥有自己想要的一切，我拥有你的爱。我没有任何借口。我连荡妇都不如。”

“别瞎说了，格蕾丝！你怎么能这么胡言乱语呢？”

“保罗，我是非常认真的。我不是个好妻子。我很抱歉。你知道最好。”

他一脸狐疑地盯着她。

“你疯了吗，格蕾丝？你是什么意思？”

“我……我对你不忠。”

他什么也没说，一动也不动，但是肥胖的四肢开始颤抖起来，脸色变得煞白。他还是不能相信。她喉咙发干，强迫自己挤出那些不愿说出的话。

“我不配拥有你给我的爱和信任。我无耻地欺骗了你。我犯了，犯了通奸罪！”

这些话给了他当头一棒，他气得大吼一声，一步迈到畏畏缩缩的妻子面前，一把抓住她的肩膀。他的双手强劲有力，粗鲁、残酷地抓住她不放，她痛得咬紧牙不让自己哭出声来。

“你什么意思？你爱上别人了吗？告诉我是谁。”

她没有回答，惊恐地看着他，他愤怒地摇晃她。他现在被愤怒蒙蔽了双眼，她以前从没见过他这样。

“是谁？”他又说了一遍，“你最好告诉我。”

她想挣脱，但他无情的双手紧紧抓住她，他双手更用劲了，她几乎疼得大叫起来。

“雷吉·巴塞特。”她最终哭着说出了这个名字。

他粗暴地松开了手，她绊倒在一张桌子上。

“你这个肮脏的小畜生！”他怒吼。

卡斯蒂林太太的呼吸变得急促。她感觉要昏倒过去，但靠着桌子稳住了。她还在因为刚才的疼痛而颤抖，肩膀因为他双手用力过猛而隐隐作痛。他面对着她，看上去好像到现在还不明白她说的是什么，他疲倦地用双手捂住脸。

“亏我全心全意地爱着你，竭尽所能让你开心。”突然，他记起了什么事情，“有天晚上你亲了我，还说我们必须彼此更加亲近，你那是什么意思？”

“那时我刚跟雷吉分手。”她有点喘不过气。

他疯狂大笑。

“直到他抛弃了你，你才回到我身边。”

她迈步向前，但他用双手挡住她。

“天哪，不要靠近我，我会打你的。”

她突然停下来，一时间两个人奇怪地面对着面。他又一次用双手捂住脸，像要挡住面前某样恐怖的东西一样。

“天哪，天哪！我该怎么办？”他痛苦地呻吟着。

他快速地转过身，瘫坐到一张椅子里，蒙住脸大哭起来。他像个不顾颜面的男人，因为所有遭受的痛苦和绝望，无法控制地抽泣着。

“保罗，保罗，看在老天的份上别哭了，我受不了了。”她走上前去，试图拉开他的双手，“现在不要想我的事情了，之后你想怎么处置我都可以。想想那些可怜人。这下你不能撵他们走了。”

他温柔一点地推开了她，站起身来。

“对，现在我不能撵他们走了。我必须告诉布里杰，他和他女儿能留下来。”

“马上去吧。”她恳求说，“那个人伤透了心，你能给他带去快乐。别再让他们等了。”

“是的，我马上过去。”

保罗·卡斯蒂林这会儿像是没有了自己的意志，而是在某种外来的刺激下行动。他步履沉重地走到门口，好像突然变老了一样，格蕾丝看着他走进雨里，消失在即将来临的夜晚的迷雾里。她站在窗边，不知道他会怎么做，心惊胆战地想象着离婚诉讼的耻辱。她看着杰斯顿的参天大树，仿佛这是最后一次了，试图想象等待她的会是什么样的生活。雷吉不会向她求婚，不过，就算他求婚，她也不会接受，因为那种强烈的激情已经荡然无存，现在想起他时只有厌恶。她希望这起不需辩护的离婚案不会引起太多注意。希望离婚后她还有足够的财力，能选择去欧洲大陆生活。无论如何，她都能拥有平静，总能以某种方式度过余生。她现在很感恩，自己没有孩子，分离也不会因此不可忍受。格蕾丝疲倦地闭上了眼睛。

“我真是个傻瓜！”她哭喊着。

很快，前半生的各种事情按顺序在她脑海里闪过，她带着羞耻和恐惧的心情回首往昔的自己，轻率、自私、一文不值。

“噢，希望现在的我不是那样的人了。”

时间像是过去了几个小时，保罗还没有回来，她觉得很惊讶。看了一眼时钟，发现半个小时过去了。布里杰的小木屋离这所房子不过五分钟的路程，保罗耽搁了这么长时间，这让人难以理解。她突然开始害怕有什么灾难即将发生，产生了一个疯狂的想法：狩猎场看守人会不会还没等到主人开口，就在愤怒和悲伤中做出了什么可怕的事情。她正要派一个仆人去看看丈夫的情况。突然，她看见他沿着车道朝房子跑过来。夜幕已经降临，她看不太清。起初还以为自己看错了，不过那就是保罗。他像个不习惯跑步的人一样，迈着小步快跑，帽子也不见了。大雨猛烈地砸在他身上。她赶紧推开通向花园的玻璃门，保罗跑了进来。

“保罗，怎么啦？”她大喊。

他伸出双手扶住椅子获得支撑。浑身泥泞凌乱，已经湿透了。苍白的脸庞定格在一种非常恐怖的表情上，惊愕地瞪着眼睛。一时间他把手按在胸口，说不出话来。

“太迟了。”他喘息着说。声音陌生刺耳。这个傲慢的男人，平时如此镇定自若，此刻全然衣冠不整，被吓破了胆，真是一幅可怕的景象。“天哪，给我一杯白兰地！”

她快速走进餐厅，给他拿了个杯子和醒酒瓶。虽然习惯上他喝酒很节制，只会少量地喝一点红酒兑白水，但现在他颤抖着手倒了半杯不兑水的烈酒，匆匆地一口喝了下去。他拿出一块手绢擦了擦脸上淌着的雨水和汗水，沉重地坐到最近的那把椅子上。他的眼睛仍然盯着妻子，眼神里仿佛充斥着某种可怕的景象。他努力想说话，但是说不出来。像个疯子一样双手漫无目的地比划着，口齿不清地呻吟着。

“天哪，告诉我发生了什么事。”她大喊起来。

“太迟了！她跳到伦敦快线的轨道上了。”

她忍不住向前迈进一步，某种奇怪的力量似乎又将她拉回来。她举起双手，发出一声恐怖的大叫。

“安静点，安静点！”他怒吼道。他恢复了说话能力，快速滔滔不绝、歇斯底里地讲述着这个故事。他已经完全上气不接下气，不去思考自己说的是什么。“我去到小木屋，布里杰不在。他在酒馆里，我就去酒馆找他。路上遇到一个人跑过来，说铁路上发生了事故。我猜到了是什么事，赶快和他跑过去，正好看到他们把她抬下来。天哪，天哪！我看到她了。”

“噢，保罗，别说了！我受不了。”

“我将永远无法从眼里抹去那一幕。”

“孩子呢？”

“孩子没事，她没有带孩子一起。”

“噢，我们做了什么，保罗——我和你？”

“这都是我的错。”他大喊，“我一个人的错！”

“你看到布里杰了吗？”

“没有，他们去通知他了，我再也受不了了。噢，真希望自己没有看到这一切。”

他看着自己的双手，浑身颤抖，然后站起身来。

“我必须去见布里杰。”

“不，别去。不要在他又愤怒又醉酒的发疯状态下去见他。”

“我们该如何度过这个晚上呢，格蕾丝？我觉得我应该再也睡不着觉了。”

第二天，卡斯蒂林先生下楼时，她发现他也没睡好。虽然现在谨慎地穿着乡村绅士的粗花呢衣服，他仍然面容憔悴、脸色苍白，眼睛因困倦而沉重不堪。他像往常一样走上前去亲她，但是突然停下来，脸颊迅速涨红；他退了回去，一声不响地坐下来吃早餐。两个人都吃不下，为了不让仆人觉得发生了什么非同寻常的事情，过了一会儿，时间合适了，保罗才沉重地站起来。

“你要去哪里？”她问，“你最好别去布里杰家。他一整晚都在喝酒，可能会伤害你。你也知道他脾气暴躁。”

“就算他杀了我，你觉得我会在意吗？”他嘶哑着嗓子回答，一种可怕的痛苦表情使他的脸扭曲变形。

“噢，保罗，我都做了什么？”她崩溃大哭。

“现在别说这些。”

他朝门口走去，她突然跳起来。

“如果你要去见布里杰的话，我也必须去，我很害怕。”

“如果我发生什么事情你会在意吗？”他伤心地问。

她极其痛苦地看着他。

“当然了，保罗。”

他耸了耸宽大的肩膀，他们一起默默地沿着车道走去。过去三周的好天气已经没有了，天气寒冷，刮着冷风。狩猎场上空笼罩着一层低矮的白色薄雾，湿淋淋的树木显得无比阴冷。布里杰的小木屋看着没有什么生命的迹象，而通常修剪整齐的小花园也遭遇了践踏和蹂躏，仿佛很多人毫不顾忌地在花坛里走过一样。保罗敲了敲门，等着，但没有人应答。他打开门闩走了进去，格蕾丝跟在身后。布里杰坐在桌旁，直直地看着前方，仍然因为悲伤和酒精而神志不清。他茫然地盯着闯入者，好像不认识他们。

“布里杰，我来是想告诉你，我为刚发生的那件可怕的事情表示深深的歉意。”

这说话的声音似乎让这个人恢复了知觉，他低声哭起来，蹒跚着走上前来。

“你想怎么样？你来这里干什么？就不能别来烦我吗？”他瞪着保罗，愤怒逐渐占据了他的身心。

“你还想要我离开吗？——我和我的儿子一起？给我们点时间，我们会搬走。”

“我希望你们能留下来。我想竭尽所能弥补你的损失和痛苦。我无法让你明白我有多么自责。如果可以重新来过的话，我愿意付出任何代价不让这件事情发生。”

“为了让我不被赶出去，她结束了自己的生命。你是个冷酷无情的主人——你一直都是。”

“我非常抱歉。我以后会努力对你们所有人更加温和。我本以为自己只是在尽责而已。”

卡斯蒂林先生自尊心很强，之前从没有用抱歉的口气对他的下人说过话。他经常追究他人的责任，做梦都没想到有一天自己也会需要找借口。

“她终究是个好女孩。”布里杰说，“她的心地和你妻子一样善良，老爷。”

“孩子在哪里？”格蕾丝问，声音小得几乎像耳语。

他转身恶狠狠地看着她。

“你还想要那个孩子吗？你还不满意吗？如果我们要留下来，这孩子也必须走吗？”

“不，不！”她急得大喊，“你必须把孩子留下来，我们会全力帮助你。”

保罗看着这个男人。

“你不想和我握个手吗，布里杰？我想听你说你原谅我了。”

布里杰缩回手，摇了摇头。保罗知道再待下去也无济于事，便转身往门口走去。狩猎场看守人的眼睛跟着他，正好瞥见了斜靠在一把椅子上的猎枪，他伸手拿起枪。格蕾丝大吃一惊，但是努力做到没有惊叫出声。

“老爷！”他大喊。

“什么事？”

保罗转过身，看到那个人手执武器，他挺直了身体，坚定地看着那个人。

“你想要做什么？”

布里杰走上前，粗鲁地把枪塞到主人手里。

“老爷，您拿走保存吧。我昨晚发誓说要一枪打爆你该死的脑袋，然后准备受绞刑。我还不适合持有这把枪。您拿回去，不然我喝醉了会杀了您的。”

保罗脸上浮现出一种难以言喻的自豪表情，羞耻感不见了。当格蕾丝知道他想做什么时，不由心跳加速，发出一声呜咽。他把枪还给了布里杰。

“你要用它来工作。”他冷冷地说，“我并不觉得害怕。如果你想杀我，我就碰碰运气吧。”

那个男人惊异地看着自己的主人，然后猛地把枪扔到房间的角落里。

“天啊！”他大喊。

保罗等了一会儿，想看看布里杰还有没有什么想说的，然后庄重地替妻子打开门。

“走吧，格蕾丝。”

他迈着大步往回走，格蕾丝有生以来第一次崇拜自己的丈夫，她觉得毕竟丈夫还是配得上他的权威。她摸着他的胳膊。

“保罗，你那么做我很高兴。我觉得非常自豪。”

他快速抽走手臂，她只得缩回手。

“你觉得我会害怕自己的狩猎场看守人吗？”他不屑地回答。

“你打算怎么处置我？”她问道。

“现在还不知道。我必须好好考虑。你昨晚告诉我的那些事都是真的吗？”

“都是真的。”

“你为什么要告诉我？”

“只有这样才能救那些人。要是我能有勇气早几个小时说出来，那个可怜的女孩就不会自杀了。”

他没再说什么，两个人沉默着回到家里。

有几天，保罗没再提起妻子坦白的事情，而是严肃冷静地着手忙庄园里的事情和议会的工作，只有格蕾丝因为新生的同情，才看得出他遭受着巨大的痛苦。他小心谨慎地在仆人和表兄面前言谈自然，但却避免与她单独待在一起。他的背似乎奇怪地弯曲着，行走时萎靡迟钝，好像四肢突然变得太重，令他无法承受。肥胖的脸憔悴蜡黄，由于睡眠不足，眼皮浮肿，眼睛模糊。最后，格蕾丝再也无法忍受痛苦。她来到图书室，知道只有他一个人在里边，轻轻地打开了门。他坐在桌前，面前散放着名人录和文件，努力使自己准备好去做那些他非常认真对待的工作。但他没有读文件，而是双手捧脸，凝视着前方。妻子进来时，他吓了一跳，用一种不想被骚扰的眼神看着她。

“很抱歉打扰你，保罗，但是我们不能用这种方式长时间相处了。我想知道你打算怎么办。”

“我不知道。”他说，“我想尽自己的职责。”

“我想你会和我离婚。”

他叹息一声，把椅子推开，站起来。

“格蕾丝啊，格蕾丝，你为什么要那么做？你知道我有多爱慕你。为了让你不会有片刻的不安，我愿意付出生命。我全身心地信任你。”

“是的，我都知道，我已经向自己重复过上千遍了。”

他十分无助地看着她，她忍不住心生怜悯。

“你想让我离开吗？你母亲很快就能过来，你可以和她商量商量。”

“你明知道她会建议我怎么做。”他大叫。

“是的。”

“你想让我跟你离婚吗？”

她极度痛苦地看了他一眼，但却忍住没让眼泪掉下来。她心里强烈自责，不想激起他一丁点的同情。他看向别处，对自己的下一个问题感到耻辱。

“你还喜欢——雷吉·巴塞特吗？”

“不喜欢了。”她欣喜地大喊，“我讨厌他，憎恨他，鄙视他。知道他连你的四分之一都比不上。”

他绝望无助地举起手。

“天哪！真希望我知道该怎么办。一开始我觉得自己可以杀了你，但是现在——我觉得我们不能像这样下去了，应该要做出改变。我不可能忘了整件事。我应该恨你，但我做不到。尽管发生了这些事情，我还是爱着你。要是你走了，我觉得自己会死去。”

她若有所思地看着他，有几分猜出了那些往四面八方拉扯他的情绪。似乎是出于对声誉的维护，他应该和不忠的妻子离婚，但又不忍心这么做。极度的悲伤吞噬了愤怒和羞耻，而且他无法忍受这个丑闻带来的公开耻辱。保罗·卡斯蒂林是个思想守旧的人，在他看来，绅士就不能让自己的名字出现在报纸上。他也不喜欢现在的这种观念，把受委屈的丈夫塑造成某种英雄形象。他还清楚地记得俱乐部的一名成员与妻子离婚时，试图在吸烟室里通过讲述这位女士的不忠行为来引起别人的同情，对此他十分反感。他以自己的名字为荣，不能忍受被人嘲弄。但这个想法让他感到十分羞愧，以至于他几乎无法面对妻子。

“我任由你处置。”她最后说道，“你想怎么处置我都接受。”

“你就不能再给我一点时间仔细考虑一下吗？我不想匆忙行事。”

“我觉得我们最好即刻决定。决定了对你会更好，你都把自己折磨出病来了。看到你这么痛苦我受不了。”

“别想我了；想想你自己。你该怎么办，要是……”他停了下来，无法继续说下去。

“要是你和我离婚？”

“不，我不能这么做。”他赶紧喊叫起来，“可能我对你过分溺爱，是个懦弱的傻子，你会因此更加鄙视我，但我不能完全失去你。噢，格蕾丝，你也不想我和你离婚对不对？”

她摇摇头。

“如果你不跟我离婚那就真是太宽宏大量了。要是我离开住到国外去，你会满意吗？我承诺不会再给你任何指责我的理由。我们不用跟别人解释什么，他们会认为这是一种友好的分居。”

“我觉得这样最好。”他悄声说。

“那么，再见了。”

她向他伸出手，眼里的泪水使得眼前的一切都很模糊。他轻轻地握住她的手。

“保罗，我想再一次告诉你，我非常后悔给你造成了所有这些痛苦。我从来都不是一个好妻子。我真心地希望现在你能更快乐一些。”

“我怎么能快乐呢，格蕾丝？你就是我所有快乐的源泉。我控制不了自己，这些天我一直在斗争，想尽了一切办法，但即使到现在——即便我知道你从来没有喜欢过我，以及你做出的那些事——我还是全身心地爱着你。”

泪水沿着她瘦削憔悴、面无血色的脸颊流淌下来，有那么一会儿她说不出话来。她抽回手，站在他面前，低着头。

“保罗，我并不要求你相信我。我对你撒过谎，背叛了你，你有权认为我的话一文不值。但在走之前，我想告诉你这些：我现在是真的爱你。在过去这几个月的痛苦中，我终于明白你是多么亲切善良，你对我的大爱深深打动了我，你让我为自己的行为深感羞愧。我之前的行为自私自利、一文不值。因为自己的任性和一时兴起，盲目地牺牲了你，我从未试图让你快乐。但是如果现在我不像之前那么下流无耻，那也是因为你。那一天，当你把枪还给那个人时，我为你感到十分骄傲，我觉得自己非常可怜卑微，简直可以跪在你面前亲吻你的双手。”

她拿起手绢擦干眼睛，然后勉强一笑，那一瞬间，她以惯常的方式闪现给他一个愉快的表情。

“不要把我想得太差了，好吗？”

“噢，格蕾丝，格蕾丝，”他大声呼喊，“我不能忍受！不要走。我太需要你了。让我们再试一次。”

她脸上迅速泛起了血色，快步走到他跟前。

“保罗，你觉得自己可以原谅我吗？告诉你，我对你的爱达到了极致。”

“我们试试吧。”

他张开双臂，她发出一声欢呼，投入到他怀里。她嘟起双唇迎向他，他吻住她的时候，她更用力贴近丈夫。

“我亲爱的丈夫。”她低语。

“噢，格蕾丝，让我们感谢上天对我们的怜悯。”

第十章

夏天过去了，莱伊小姐如平常一样，像个年轻女孩般充满活力，频繁出入这个季节里的各种娱乐活动。她有一种本领，能从别人认为十分沉闷的社交聚会中找到乐趣，她活泼善良，又略有恶意，认真地向忠诚的弗兰克讲述她的冒险。

当然，他还留在伦敦，但每两个星期都会去一次特坎伯里，给赫伯特·菲尔德看病。虽然他自己知道看也是徒劳，但对教长一家来说却是莫大的安慰。他友善的性情和同情心使他很受人喜爱，大家都热切地盼望着他的到来。他有方法激起人的自信，即使贝拉也觉得没有哪个医生可以比弗兰克做得更好。从巴黎回到家后，他们静静地安顿下来，虽然一开始教长在赫伯特面前感到有些不安，但这种不安很快就被一种非常感人的喜爱所取代。他学会了钦佩这个年轻人面对不可避免的死亡时那种无所畏惧的精神和承受痛苦的勇气。天气转暖后，赫伯特整天躺在花园里，愉快地享受着绿叶、鲜花和鸟鸣。教长放下博学研究，陪他坐着，一起谈论古代的作家或者自己非常喜爱的玫瑰花。他们没完没了地下棋，贝拉喜欢看着他们，阳光透过树叶，在地面洒下斑驳的色彩，有绿色，有黄色，给他们染上了温柔的颜色。贝拉看到父亲走了一步迷惑到对方时，抬头露出的那一丝胜利的微笑，看到赫伯特找到摆脱困境的办法时，发出的那一声孩子气的大笑，她也被逗笑了。他们都像是她的孩子，她分不清哪一个更珍贵。

但是疾病恶化得很快，最后赫伯特只能卧病在床。一次严重的体内大出血耗尽了他所有的精力，弗兰克再也无法对贝拉隐瞒他的担心了，那一天终究要来了。

“几个月来他都气若游丝，现在那条丝也快断了。恐怕你得做好最坏的打算了。”

“你是说他只有几个星期的时间了吗？”她痛苦地问道。

他犹豫了一会儿，还是决定最好告诉她实情。

“我觉得可能只有几天时间了。”

她坚定地看着他，不过现在她已经训练有素，能够自我控制脸上的情绪，不再让害怕或痛苦扰乱认真庄重的表情。

“什么都做不了了吗？”她问。

“什么都做不了了。我对你已经没什么用了。不过如果可以让你安心，下次他若再有大出血，你最好给我发电报。”

“那会是最后一次了？”

“是的。”

她回到赫伯特身边时，他的笑容非常灿烂，弗兰克悲观的判断似乎不可能是真的。

“他说了些什么？”

“他说你的体力保持得相当好。”她笑着回答说，“希望很快你就能再次站起来。”

“我感觉再好不过了。再过两个星期我们可以去海边了。”

他们都知道对方隐藏了自己的真实想法，但两人都不忍心放下这么长时间以来一直用来自我安慰的虚假希望。然而对贝拉来说，压力越来越难以承受，她恳求莱伊小姐过来陪陪他们。父亲越来越喜欢赫伯特，她不敢告诉他真相，希望莱伊小姐能够分散他的注意力。她无法在没有帮助的情况下，继续长时间保持乐观，只有另外一个人在场，或许可以保持某种清醒的欢笑。莱伊小姐同意了，随即赶到。然而她意识到自己是要为一个人生命的最后一段旅程增添一些欢乐，觉得有点可怕。就好像是受邀参加一个阴森的节日，来看着这个可怜的男孩死去。然而，她以非同寻常的精力努力逗教长开心，她知道自己的聊天能力并不完全那么拙劣，因此煞费苦心地拿出最佳状态。听她和老人谈话给赫伯特带来了无限的好处，她温柔地调侃老人，像只轻巧的蝴蝶一样敏捷地玩弄着他说的话，她提出危险的理论，并竭尽所能为这些理论辩护。教长也乐在其中，动用所有的学识和常识来反驳她。他用表面上看起来厚道的问题诱使她自相矛盾，不过这样做他获利甚微，因为她会用一句俏皮话、一个昂首阔步、一阵夸张的动作、一句玩笑使自己得以解脱；又或者，因为唯一的重点在于词语的美学价值，她会表示自己对争论的问题漠不关心。为了证明一件老生常谈的事情，她会说出一个又一个悖论——为了让奇妙的事情变得显而易见，还会拿欧几里得的严谨逻辑进行争辩。

她说道：“人类有四种激情——爱情、权利、食物和修辞；却只有修辞能抵挡得了腹胀、倦怠和消化不良。”

两周过去了，一天早上，赫伯特·菲尔德和贝拉单独在一起的时候又发生了一次大出血，所以有那么一会儿她认为他快要不行了。他因精疲力竭晕厥过去，她吓得赶紧派人去请当地的医生。不久，他恢复了知觉，但是很明显，已经要到终点了，他再也无法从这最后一次发作中恢复过来。然而，要说人类的技能再也没有任何办法了，似乎也是不可能的，肯定会有某种在最后绝望时刻的补救方法，那么现在就是时候使用了，贝拉问莱伊小姐是否还可以请弗兰克过来。

“无论如何，我们不能再去麻烦他了。”她说。

“你不了解弗兰克。”莱伊小姐回答，“他当然会马上过来。”

一封电报发了出去，弗兰克四个小时不到就赶来了，只见赫伯特的病情已经到了无望的地步。他游离在生与死之间，通过不停地刺激维持着生命，除了坐着等待，他们什么也做不了。直到现在，贝拉才告诉父亲她丈夫的糟糕状态，她一再对他说男孩可能熬不过今天晚上了。教长低头看了一会儿，然后看向弗兰克。

“他还能有力气让我为他主持一场圣礼吗？”

“他想要吗？”

“是的。我之前和他谈过，他告诉我说，希望临死前能有一场圣礼。”

“没问题。”

贝拉去为丈夫做准备，教长穿上了行圣礼的服装。弗兰克也走进卧室随时等候差遣，他站在窗边，看他们三个举行这场神圣的宗教仪式。在他看来，教长似乎不同于往常，而是投入了更多的尊严，更显仁慈亲切。上帝的仆人身上笼罩着某种庄严的光环，他念着祷告词的时候，一道光正好照在脸上，像是照在画中圣人的脸上一样。

“我确确实实地告诉你们：谁听我的话，又相信派我来的那一位，谁就有永恒的生命。他不但不用被定罪，而且已经出死入生了。”

贝拉跪在床边，赫伯特·菲尔德异常消瘦虚弱，暗淡的双眼不自然地从苍白憔悴的脸上闪烁出光芒，他全神贯注地听着。他现在没有了担忧，只有顺从和希望。看得出来他完全相信这些关于永生和赦免过去罪恶的承诺，而弗兰克在怀疑的海洋飘摇了太长时间，羡慕那种笃定的信仰。

“我主耶稣基督的身体，就是为你所赐的，要保守你的身体和灵魂，直到永生。你要吃下这个，以纪念基督为你而死，并凭借信念和感恩，在你心里以他为食粮。”

行将辞世之人吃下面包喝了红酒，这些食物将神奇地为这位基督徒的灵魂死后的旅途做好准备，也似乎带给他无法言喻的平静。身体上遭受的折磨不可思议地减轻了，一种新的宁静降临到心里。

教长读完仪式上最后一句庄重的圣词，从地上站起来，亲吻了男孩的额头。赫伯特太虚弱了，说不出话来，不过嘴唇显露出一丝微微的笑意。没一会儿他静静地打起了盹。现在已经是傍晚时分了，弗兰克建议他应该带教长出去呼吸一下新鲜空气。

“不会立马有什么危险，对吧？”老人问道。

“我觉得不会。他可能会撑到明天早上。”

他们从教长寓所的花园里走出来，进入到外围区域。那里有一大片绿地，里吉斯学校的男孩们平素在网里打板球，但他们都出去度假了，只有哇哇鸣叫的秃鼻鸦，在榆树上笨重地飞来飞去，扰乱了寂静。一边是大教堂，在玫瑰色的晚霞中呈现出漂亮的灰色，庄严壮丽的中央塔楼耸入云霄，像一个石制的高大强壮的完美人形。四周全是教士住的地方。天气很热，万里无云，但现在一阵微风拂过两人的脸颊，他们正慢慢地散着步。这个地方透着美妙的宁静气息，弗兰克梦寐以求自己的生活也能如此美好。每隔一刻钟，教堂的钟声就会响起。两人都没有说话，然而他们一直走到太阳下山，提醒他们天色已晚。回到家里时，莱伊小姐说赫伯特醒了，要找教长；她建议他们先吃点东西，然后再去病人房间。他看起来似乎好了一些，于是她问弗兰克是否还有希望。

“没有。或多或少，也就几个小时的问题而已。”

他们进到卧室的时候，赫伯特笑着打了招呼，到最后他的头脑似乎重新变得更为清醒了。贝拉转向他们。

“父亲，赫伯特想让您为他读书。”

“我正打算提这个建议。”教长回答。

夜幕降临，所有的星星都闪烁着耀眼的光芒；花园里清新的香气从打开的窗框飘了进来，柔和而不知疲倦。弗兰克坐在窗边，把脸藏在阴影中，没有人看得见，他看着男孩一动不动地躺着，让人觉得可能已经去世了。贝拉把台灯角度调整好以便教长可以读书。他坐下的时候，灯光正好照在他的脸上，看起来像白玉一般清澈。

“赫伯特，你想让我读什么呢？”

“什么都可以。”男孩轻声说。

教长拿起手中的《圣经》，若有所思地翻阅着。他突然有个奇特的想法，便放下《圣经》。房间里充满着夜晚的静谧、树叶和玫瑰的香气以及露水的味道，微妙又温柔，仿佛某种诗人幻想中的光之精灵占据了整个房间。他本能地感受到，这个一生都热爱世间感性之美的男孩，一定渴望听到希伯来先知以外的其他言辞。他博大的爱和同情心将他从普通的职业使命感提升到一个更高的仁爱层次，他知道什么样的阅读才能给赫伯特带来最愉悦的抚慰。他弯下腰，低声告诉了贝拉，贝拉十分惊讶地看了他一眼，但还是站起来照他的吩咐做了。她拿给他一本蓝色布面的精装书，他慢慢开始读起来。

“我唱着歌追求阿玛瑞丽斯，提屠鲁看护着母山羊在山顶吃草。啊，提屠鲁，亲爱的提屠鲁，好好喂养这些山羊，带它们去井边饮水，提屠鲁……”

莱伊小姐惊讶地抬起头，即使在那样的时刻，也忍不住内心的一阵讽刺的笑声，因为她听出来这是忒奥克里托斯的田园诗。善良的教长非常严肃地思索着脑海里唤醒的古典学识的画面，从头到尾读完了这段迷人的对话，它以颓废时代的精致简约，讲述了西西里牧人的珍贵恋情。赫伯特静静地听着，心满意足，苍白的嘴唇上挂着幸福的微笑。即将到来的死亡奇妙地加速了他的想象力，他也看到了西西里的葱郁树林和潺潺溪流，听到了失恋牧人哀怨的笛声，听到了漂亮姑娘羞怯的应答，她们拒绝甜蜜的亲吻，只为了让最后的屈服来得更加彻底。这些诗句即使经过了翻译，仍保有一种纯粹的诗意气息，仍保存着自由的精神，有意要摆脱文明的修饰，这样，阳光和绿荫，春天和夏天，以及鲜花的芳香都带给人心满意足的愉悦感。

教长读完了，合上了书；他们都陷入沉默，整夜坐着。刚才听到的文字似乎给他们带来一种奇特的宁静，消除了这世上所有的压力和激情；甚至对贝拉来说，尽管丈夫躺在床上奄奄一息，也感受到一种奇怪的感恩之情，感恩生活的圆满和美好。教堂浑厚的钟声一遍一遍地敲响，标志着时间的流逝。每隔十五分钟，都会发出不祥的警告，但这并不可怕，对所有人来说，似乎即将离别的灵魂只等着天一亮就飞升上天。

非同寻常的寂静比甜美的音乐更加动人，像是一种生灵，使即将有人去世的房间里充满着无法言喻的平静。夜很深了，星星在满月的光辉前消失不见，不过月亮女神没有将冰冷的光辉洒进房间，也让整个花园处在黑暗中。没有一丝风吹过树木，也没有一丝树叶的沙沙声扰乱这一动不动的宁静。沉睡的小镇周围似乎都是一片寂静，周围的沉静如此深邃，让人感觉有幽灵降临在此，使万物都笼罩在死亡的阴影下，彻夜无眠的人看着这一切更加没有了睡意。然后，空气中悄悄传来一阵声音，如此平缓而微妙，没人知道它是如何开始的。有人可能认为这声音正是从沉默中奇迹般地诞生，像突然受到了惊吓，这个银色的、纤细的音符如光线穿越空气一样，穿过寂静变成了激情热烈的歌声。原来是夜莺。平静的夜晚像共鸣板一样震颤起来，每一口气息都拥有了震颤的魔力。夜莺在窗户下的山楂树上歌唱，鸟儿的欢歌响彻花园，闯入大房间里，传到垂死的年轻人耳朵里。他从睡梦中惊醒，像是从死亡中被召回了一样。没有人受到惊扰，所有人都被夜莺神奇的歌声迷住了、禁锢了。激情、痛苦和欢欣鼓舞，在永恒的和声中起起落落，有时美丽几乎让人无法忍受（仿佛最后超出了心灵忍受的极限），甚至让人喜极而泣。音乐倾泻在聆听的空气中，有时因痛苦而颤抖和跳动。有时又令人愉快，它欢欣鼓舞，知道自己的力量；有时像个知道恋情无望的恋人一样犹豫着；有时又像那即将离世的孩子的声音，哀叹再也看不到的世界的美好；有时像是一个交际花的嘲笑声，有男人为她付出了生命；有时像哭声又像祈祷声，为生命的喜悦而荣耀。夜莺的歌声既甜蜜又温柔，赦免过去的罪恶，给人仁爱、宁静及永恒的安息。在大地的芳香中、五彩缤纷的花朵中、温柔如水的空气中、晶莹剔透的露珠中、皎洁如玉的月光下，夜莺欢腾跳跃。夜莺唱着冷酷、狂喜和挑衅的歌，陶醉在自己嗓子发出的美妙颤音中。赫伯特出乎意料的清醒，他所有的感官都最后一次集中起来欣赏这歌声，他想起了自己从未见过的土地：希腊——有着橄榄园和潺潺溪流的希腊，夕阳西下，所有灰色的岩石都染成了玫瑰色，还有那神圣的树林、人们无忧无虑的样子和铿锵浑厚的话音。他的脑海里浮现出悲伤啼啭的夜莺，快乐的牧羊人潘，牧神和飞舞的仙女；他读到过和梦见过的所有美好事物都出现在面前，那是早已奠定的荣耀最后一次呈现的激情幻象。那一刻，人之将死他也深感幸福，世界给予了他很多，却并不需要他经历暮年时的幻想破灭。但在弗兰克听来，夜莺还歌唱着其他——紧随死亡之后的新生，永远崭新称意的生命，丰饶地球上的奇迹和生生不息的循环。人类来了又走了，世界的车轮滚滚向前。个体是虚无的，但种族继续行走在通往更大虚无的盲目旅途。树木纷纷落叶，花朵凋谢枯萎，然而春天又会有嫩芽初绽。渴望的还没有实现，希望却已经破灭。爱恋消失了，那似乎永远都不会泯灭的爱。事物一件接一件，永不停息，宇宙永远新鲜而美好。他也因自己的生命感恩。然后，就在这歌声中，正当夜莺似乎要打起精神为一曲无限的旋律做最后的爆发时，它突然停了下来，一阵战栗穿过整个花园，仿佛当时园里的花朵树木和沉静的鸟类都心烦意乱起来，因为它们突然被惊醒，又要开始日常的生活了。有那么一瞬间，黑夜仍因夜莺天籁之音的余韵而颤抖，然后，一切又归于寂静，更深沉的寂静。赫伯特低声啜泣，贝拉迅速走到他身边，弯下腰去听他说什么。

“我太开心了，”他低语道，“我太开心了。”

教堂的钟声又敲响了，看护人特意数了数，这是整点的报时。他们安静地坐着。后来黑暗在不知不觉间消退，仍然没有光亮，但他们感觉黎明近在咫尺。一阵寒气闯进房间，加重了离别之夜的寒冷，夜晚柔软的朦胧呈现出一丝不易察觉的紫色水晶的色调。床上传来一阵微弱的声音，教长凑过去仔细倾听，最后的那一刻就快来了。他屈膝跪下，低声再次为临终者祈祷。

“全能的上帝，在伟人从尘世的监狱中获释之后，他们的灵魂与您同在，日趋完美。我们谦卑地将这位仆人，我们亲爱的兄弟的灵魂交到您手中，最谦卑地恳求您，视这灵魂如珍宝。我们祈求您，用那头被杀以洗去圣人罪孽的圣洁羔羊的鲜血洗净它；不论是因为肉体的欲望还是撒旦的诡计，在这个悲惨的世界染上了怎样的污垢，经清洗和去除后，在您面前又是纯洁无瑕的形象。”

莱伊小姐站起来碰了碰弗兰克的手臂。

“走吧，”她悄声说，“我俩派不上什么用场了。让他们单独待会吧。”

他静静地站起来，跟着她，两人悄悄从房间里走出来。

“我想去花园走走。”她颤抖着声音说。但是一来到户外，她原本一直竭力绷紧的神经突然放松了，这个强大镇定的女人泪如泉涌。她瘫坐在长凳上，扭过脸去不由自主地哭起来。“噢，太可怕了。”她大声说，“人为什么一定要死，这简直太愚蠢了。”

弗兰克严肃地看着她，一边沉思一边装烟斗。

“我怕你太难过了，等天亮了给你开个处方。”

“别像个傻瓜似的说胡话。”她大喊，“我可不需要你愚蠢的镇静剂。”

他没有回答，从容地点燃了烟斗。莱伊小姐可能并没有意识到，但他的话已经起到了他预期的镇静作用。她擦干眼泪挽起他的胳膊，两人缓缓地在草坪上走来走去。不过莱伊小姐还不习惯在情绪面前让步，还在不停颤抖，而他感受到了她的颤动。

“正是在这样的时刻，你我都十分无助。有人因为一句安慰的话而悲伤难过时，有人因为对未知的恐惧而难受时，我们只能耸耸肩告诉他们，我们什么都不知道。想到我们再也见不到那些自己如此深爱的人了，我们心里非常难受；想到等待我们的只有冰冷的死亡时，我们心里非常难受。我试图不让自己思考死亡——我希望自己永远都不去想。那太可恨了，太可恨了。随着年龄的增长，我更加珍爱生命。毕竟，即使人类的信念既幼稚又不真实，但持有信念不是更好吗？当然，如果在生命的最后时刻，当其他的一切都毫无意义了，而迷信能够提供强大的支持，那么迷信一下又何妨。人们又怎么忍心剥夺简单质朴的人这份巨大的安慰呢？”

“但是，难道你不觉得我们大部分人愿意把灵魂交给信仰吗？我们当然需要信仰，有时这种需要如此强烈，我们甚至忍不住向一个自己知道并不存在的上帝祈祷。我们很难在没有希望的情况下独自向前。”

他们继续漫步，鸟儿开始欢快地歌唱，大自然从睡梦中缓缓醒来，动作慵懒。夜晚过去了，白昼还没有到来。树木和花儿像幽灵般朦胧，黎明最初的时刻，空气清新而寒冷：所有一切都笼罩在一种奇怪的紫色光线下，呈现新的轮廓和新的色调。清晨有一种奇怪的自我意识，树叶像有生命一样发出沙沙的声响。天空露出鱼肚白，万里无云，呈灰色和紫色。突然，一道黄光穿过，太阳升起来了。

“你知道吗，”弗兰克说，“在我看来，正如人有求生的本能一样，人也一定会有求死的本能。各个地方都有一些年纪很大的老人，渴望获得解脱，就像绝大多数人渴望生存一样。或许将来这会变得更平常。就像某些昆虫，完成了一生的使命后，就会心甘情愿地死去，完全停止了活下去的愿望也毫无遗憾，所以，或许有可能人类也会发展出这样的感觉。到那时候，死亡不会带来恐惧，我们会愉快地接受死亡，就如努力工作一天后愉快地接受睡眠一样。”

“还有呢？”莱伊小姐问，露出痛苦的微笑。

“还有我们必须有勇气。清醒的时候设计一个生活计划，有麻烦的时候必须按照计划行事。我要努力过的生活是：临终时回首往昔了无遗憾，展望前路了无恐惧。”

但是现在，太阳的光辉洒满了花园，早晨有一种美，比人类的语言更有力地告诉我们：活着的人需要生活，这个世界充满了乐趣。鸟儿还在快乐的歌唱——画眉和山鸟，燕雀和啼啭的麻雀——花儿公然挑战，肆意挥洒它们的芬芳。满园都是玫瑰花，一排排的花蕾和盛开的花朵，以及昨日枯萎凋零的美丽花瓣。花园里古老的大树清新苍翠，仿佛有一百年没有经历过绽放与枯萎了。空气里充满着欢欣愉悦，只静静地站着呼吸就是一种乐趣。

他们正走着，莱伊小姐突然大叫一声，松开弗兰克的手臂往前走去。贝拉坐在一棵树下的长凳上，阳光整个照在她的脸上。她睁大眼睛盯着前方，不惧太阳光的照射，脸上那些因近日操劳形成的皱纹突然不见了。她的表情容光焕发，有那么片刻就是个漂亮的女人。

“贝拉，怎么了？”莱伊小姐大喊，“贝拉！”

这时眼睛开始因为强光而眩晕了，她垂下双眼用手盖住，嘴唇上浮起一阵欣喜的微笑。

“他离开的时候，阳光正好照进房间里；为他架起了一座金色的桥，他毫无痛苦地离去了。”

“噢，可怜的孩子！”

贝拉摇摇头，又笑了笑。

“我不觉得难过。他的痛苦结束了，我替他开心。他死得如此温和，一开始我都没觉察到。我还以为他睡着了，就告诉了父亲。然后看到一只可爱的蝴蝶——是我从未见过的金黄色的蝴蝶——缓缓地在房间里徘徊。它似乎明白自己要走的路，我忍不住看着它，然后它飞进了阳光的光束里，跟着光线飘出屋外——飘向了蓝色的天空里，之后我就看不见它了。”

一周后，莱伊小姐仍待在伦敦，她打算一直待到八月，部分原因是决定去哪里度假太无聊了，部分原因在于巴罗-巴塞特太太被迫去一家私人医院做手术。但更主要的原因是弗兰克的存在让她确信，任何时候只要她愿意，就有人可以说话。那个月她过得非常开心，伦敦那个时候有点外国首都的味道，而且因为几乎没有几个熟人在那儿，她可以自由自在地做任何事情，不用担心别人说她恣意古怪。莱伊小姐和弗兰克在索霍区破旧的小餐馆吃饭，那里的餐布和常客都脏乱不堪。不过，看着蓄须的法国人背井离乡，无意中听到那些在社会上没什么地位的女人滔滔不绝地吐露秘密,她觉得十分有趣。他们一起去河对岸的音乐厅，或者坐到公共汽车的顶层，没完没了地讨论天气和永恒、生命的意义、朋友的缺点、莎士比亚和埃及血吸虫。

莱伊小姐离开了特坎伯里的贝拉和教长。刚失去丈夫的贝拉一刻也没有失去庄重的宁静。参加丈夫的葬礼时她没有落泪，心不在焉，如同这是一个对她没有特别意义的正式仪式。教长无法理解她的想法，感到很沮丧，他已经悲痛欲绝，是女儿反过来设法安慰他。她不停地说赫伯特现在就在他们中间。房间里的家具，花园里的玫瑰，天空的湛蓝，都获得了一种奇特的意义，他似乎无处不在，享受着这些令人慰藉的美丽，并为它们增添一份更加微妙的魅力。

很快莱伊小姐收到一封朋友寄来的信，随信附有一封赫伯特的信，是他在临终前几天用铅笔胡乱写下的。贝拉说：

> 显然这封信是写给你的，虽然这是他最后写下的文字，我也觉得应该由你来保存。信里似乎提到了你和他的一次谈话，我很高兴找到了这封信。我父亲挺好，我也还不错。有时候我几乎意识不到赫伯特已经死了，他似乎离我很近。我以为没有他我活不下去，然而我很满足，也知道用不了多久我们就能团聚了，之后便再也不会分开。

信的内容如下：

> 尊敬的莱伊小姐：
>
> 那天你想问我一个问题，因为害怕伤害到我没问出口。不过我猜出了你的问题，也很乐意回答。你是不是想知道即使经历了贫穷、疾病、希望破灭和死亡来临，我是不是还很庆幸自己曾经活过？是的，即使有这些残酷的经历，我也庆幸自己曾经活过。除了离开贝拉让我难过外，死亡并不让我遗憾，因为最后我终于知道，自己永远也不会成为一个伟大的诗人，而且贝拉不久后就会和我会合。我热烈地爱过这个世界，为看到过的一切美好心存感恩。我感恩特坎伯里周围青翠的草地、茂盛的榆树、灰色平静的大海。我感恩冬日下午雨中楚楚动人的教堂、镶有宝石的玻璃和色彩鲜艳的窗户、大片飘过天空的白云。我感恩鸟语花香、阳光普照、春风拂面及身边

环绕着爱我的人。是的，我庆幸自己活过。如果要我再经历一次这所有的痛苦、失望和疾病，我也愿意，因为对我来说，至少生命的喜悦要多于疼痛。我随时准备着付出相应的代价，临死之时也会默念感恩的祷告词。

信写到这里戛然而止，好像他本来还打算写更多，却只能等待下次。后面弗兰克过来时，莱伊小姐把信读给他听。

她问道："你发现没有？他信中说到的所有事物都能吸引人的感官。然而哲人和圣贤唯一能达成一致的地方就是：这些都是低级的感官，必须坚决限制。他们把智力放在一个完全更高的层次。"

"无耻的谎言。通过比较他们对待胃的关切程度和对待大脑的疏忽程度，就可以证明他们并不相信这类事情。为了让食物更好消化、更有营养、更加健康，他们愿意付出巨大的努力，却会把遇到的任何垃圾塞进脑子里。比较人们在穆迪图书馆选书时的疏忽大意与他们点餐时的小心翼翼，你就可以肯定，不论如何抗议，他们更重视的是自己的肚子而不是知识。"

"真希望这些话是我说的。"莱伊小姐若有所思地低语。

"我毫不怀疑你会这样说。"他回答。

第十一章

作为一个对自己在社会中的地位不太确信的女人，巴罗-巴塞特太太刻苦努力地培养自己的时尚感，她本来准备在洪堡过八月，谁料突发一场疾病，必须立即手术。她怀着永远无法康复的预感住进一家私立医院，最让她难过的是不得不离开雷吉，他完全没有准备好应付这些世俗的斗争，在最需要母亲满怀爱意的关怀和指导的时候，他不得不独自应对。她太想一直把儿子留在身边，但她已经学会了放弃所有的和蔼可亲和温柔，因此当儿子告诉她，准备去乡下和家庭教师一起学习时，她不愿听到这个安排受到任何干扰。她觉得自己可能会去世，这使得儿子更需要自立自强，成为一个专业人士，所以她不仅坚决粉碎了自己天然的倾向，还坚决隐藏了任何对自己疾病的担心。她轻描淡写地提及了即将到来的磨难，这样就绝不会分散他在学习上的注意力。雷吉答应每天写信，甚至坚持留在伦敦直到手术结束（这一点深深打动了她）。他说虽然无法见到母亲，但至少可以询问手术情况怎么样。巴罗-巴塞特太太和儿子一起坐车到温波尔街，然后向他温柔道别。最后，就在他离开之前，她的勇气却有点背叛她了，无法控制地痛哭起来。

“雷吉，要是发生什么事情，我无法康复，你一定要做个好孩子，好不好？你会正直、坦率、忠诚？”

“你觉得呢？”雷吉回答说。

她把他抱在怀里，表现出与外表不符的坚定，带着点庄重，然后忍着眼泪，强颜欢笑地松开了儿子。但是巴塞特太太有点夸大了自己病情的危险性。她的手术非常顺利，术后两天就一直不间断地好转直到完全恢复。雷吉经常从布莱顿写信寄来，从来信看来家庭教师已经安顿好他在那里过夏天，信中雷吉向母亲描述了他的学习。他讲了很多细节，的确看起来非常刻苦，巴塞特太太都想要跟家庭教师抱怨了。毕竟现在是假期，老师就这样利用雷吉想要学习的心思，太不公平了。快到月底的时候，她已经好得差不多，可以搬回自己家住了。回来后的第二天早上，她心满意足地走下楼来，为自己重获健康及舒适的夏日气候感到高兴。她漫不经心地打开《英国早报》，像往常一样浏览出生、死亡和结婚的声明。突然间，她看到了自己的名字，读到了以下内容：

巴罗-巴塞特与希金斯家联姻：上月30日，已故弗雷德里克·巴罗-巴塞特的独子雷吉纳德与温布尔登的乔纳森·希金斯的二女儿安妮（劳里娅·加尔布雷斯）在威尔士汉诺威广场的圣乔治教堂结婚。

有那么一会儿，巴塞特太太怔住了，无助又困惑，她又把那段文字读了两遍，才明白这段话向整个世界宣布他儿子结婚了。结婚那天她刚做完手术，就在那天早上，雷吉还从温波尔街给她打电话，问候她的情况。男管家还在屋里，巴塞特太太无助地把报纸递给他。

“你知道这是什么意思吗？”她问。

“不知道，太太。”

她一开始觉得这肯定是个恶作剧。后来一想，括号里的第二个名字意味着什么呢——劳里娅·加尔布雷斯？她摇铃叫来仆人，叫他立即发一封电报给在布莱顿的雷吉，要他解释这份非同寻常的声明是怎么回事。早餐过后她给律师和家庭教师在伦敦的地址各发了一封电报。家庭教师的回复先到了，他说从七月份开始就没有见过雷吉。作为对她第二个问题的回答，他又说自己整个夏天都在伦敦。最后，巴塞特太太终于开始明白发生了很糟糕的事情。她进到雷吉的房间，看到一个上锁的抽屉，就把锁撬开了。她发现里边有个文具盒，怀着恐惧和愤怒，她翻出一堆杂七杂八的账单、当票和信件。她仔细地检查了里边所有的东西，首先发现她之前给过钱付款的账目实际上都没有付，还有一些对节俭的她来说巨大的账单，她根本不知道这些账目的存在。然后，从当票中得知雷吉把父亲的手表给当了，还有他自己所有的饰品，她送给他的一个化妆盒，以及许多其他难以计数的东西。检查到信件时她犹豫了片刻，不过只是片刻。现在她似乎有权知道最坏的情况，渐渐地她意识到，迄今为止自己都生活在一个奇怪的傻子天堂。首先是来自讨债人的信件，有的礼貌、有的恳求、有的恐吓；然后是几张法庭判决，告他掌掴了监狱里新进的犯人和无法想象的刑罚；还有各种女人写的信，大多数都有拼写错误，廉价的信纸暴露了写信人的身份。她眉头紧蹙读着这些信，心里惊恐万分。

有些言辞中充满了爱，有些则是愤怒，但所有人都明确指出雷吉花心、不专一。最后，是一扎不一样的信纸——纸张很厚，价格不菲，而且带有香味。虽然打开第一封的时候没有立即认出写信人的字迹，但是巴塞特太太大叫一声，在信纸的左上方，用金色的小字写着格蕾丝的名字，周围是一圈涡卷花纹，虽然没有写地址，她也知道这些信是卡斯蒂林太太写的。她把这些读了个遍，惊愕沮丧变成了不幸的耻辱和愤怒。看来这个女人给过雷吉支票和钞票。有封信上这样说，“我希望你可以把这张支票兑换了”；另一封说，“看到你手头拮据我很难过。这有五英镑，拿去花吧”；第三封说，“你母亲这么吝啬简直是猪狗不如！她到底把钱花到哪里去了？”刚开始，信里充满了激情，但不久后就开始抱怨他的冷酷无情，然后一封接一封信里满是严厉的责备。

巴塞特太太拿走了文具盒里所有的东西，锁到自己的柜子里，然后急匆匆去找雷吉的家庭教师。从家庭教师这里，她发现自己怀疑的情况都是真的。她又回到家，把家里的管家们叫到一块。因为儿子的行为来盘问他们，让她觉得羞愧难当，但是现在已经没有什么顾虑了。一开始他们什么也不说，不过通过许诺和威胁，她终于了解了过去两年雷吉生活的全貌。最后，雷吉自己写的一封信到了，给了她最后一击。

沃克斯豪尔桥路 371 号

亲爱的母亲：

在今天的早报上，你会读到我和希金斯小姐（艺名叫劳里娅·加尔布雷斯）在上月底结婚的消息，我们目前住在上面那个地址。你肯定会喜欢劳里娅的，她是世界上最好的女人，她拯救了我，使我免于堕落。我们可以回来看你的时候，你或许可以让我们说说是怎么回事。劳里娅特别想认识你，我应该告诉你，我已经决定放弃律师行业，转入演艺行业了。我和劳里娅签约了《红心骑士》的秋季巡演，来到城中心排练。我相信这会得到你的允许，律师是个糟糕的职业，从业人员太多了，正如劳里娅说的，舞台上总有人才的用武之地。我相信自己会成功，我和劳里娅希望再过几年可以自己开公司。我现在很努力，虽然在这部戏剧中我只是个跑龙套的角色（要不是因为劳里娅在里边有个很好的角色，我才不会接受这个演出，当然，我之前并没有演出经验，也不得不接受能获得的任何角色），但我在学习《哈姆雷特》。我和劳里娅打算明年春天在城里演诵《哈姆雷特》及《罗密欧与朱丽叶》。”

爱你的儿子

雷吉

附言——你不用担心钱的问题，在舞台上演出，我可以挣到比做律师多得多的钱。一名演员兼剧团总监一年得挣个几千英镑。

巴塞特太太突然大哭起来，她从没想到雷吉可以这么冷酷无情，这么愚蠢草率。然而愤怒取代了心中所有其他情感，她怒气冲冲地写着回信，告诉儿子不要再出现在她家里，否则仆人会把他扔到大街上——告诉儿子她的钱一个子儿也不会给他。然后她觉得沉默似乎显得更有尊严，于是决定不去回那封厚颜无耻的来信。但是必须要找人诉说一下自己的愤慨，她写了一张紧急的字条给莱伊小姐，请求她立即过来一趟。

这位善良的女士听从召唤来到巴塞特太太家，发现她处于歇斯底里的状态，心急如焚地在房间里踱来踱去。平常的神气此时一片混乱，她有点让莱伊小姐想到一个中年酗酒闹事的女人。

“谢天谢地，你终于来了！”她叫道，“雷吉娶了一个戏子，我已经取消了他的继承权。不会再见他，他在外面饿死也与我无关了。”

莱伊小姐并没有表现出惊讶，只注意到一个事实，她是个有预见的女人。所有她预料过的事情都发生了。

“我彻底被他欺骗了。他一科考试都没有通过，仆人告诉我说，他经常晚上喝得醉醺醺地回来。他一直都在欺骗我，千方百计地骗我，一直以来我还自以为他是个善良诚实的孩子，没想到他一直过着浪荡公子哥的生活。”

说着说着她哭起来了，莱伊小姐若有所思地看着她。没一会儿，巴塞特太太停止哭泣。

“我承认他突然结婚让我很吃惊。”莱伊小姐喃喃地说，“艾米丽，你儿媳妇肯定是个有个性又有头脑的女人。然而其他的事情，你所有朋友在过去一年里都有所了解。”

“你的意思是说，你知道他是个酒鬼，与小偷、骗子没什么区别？”

“是的。”

“那你为什么不告诉我？”

“我本以为你很快就会发现。而且，艾米丽，你太傻了，可能只会把事情弄得更糟。”

巴塞特太太心里太崩溃，没心思憎恨这直白的表达。

“但是你不了解全部。我还发现了很多女人写给他的信。是这些女人把他引入歧途的。你知道这其中谁的信最糟糕吗？”

“卡斯蒂林太太的？”

“这你也知道吗？每个人都知道我的耻辱，都知道有人在糟蹋我儿子，但就是没人提醒我吗？我一定要让她受到应有的惩罚。我要把所有的信都寄给她丈夫。她才是那个闯祸的人。”

她从一个抽屉里取出一扎信，愤愤地递给莱伊小姐。

“就这些吗？”她问。

“是的。”

莱伊小姐随身带着个黑缎袋子，里面放着她的手绢和钱包，她快速打开袋子，把信件放了进去。

“你这是干什么？”

“亲爱的，别像个傻子一样！你别想把这些信寄给任何人，我一回家就会把它们给烧了。在遇到格蕾丝之前，雷吉就已经是个放荡公子了，那个唯一毁了他的女人就是——就是你自己！曾经我跟你说，一个男人能够遭遇的最大的不幸就是有一个特别慈爱的母亲，当时你还非常生气，然而我敢保证，要是没有你的不良影响，雷吉并不会比别的男孩子差劲。”

巴塞特太太大发雷霆。

“玛丽，你肯定是疯了吧。我竭尽所能言传身教，让他成为一个绅士。我的一生都献给了他的教育，绝对是从他出生那天起，我就为他牺牲了自己。我可以诚恳地说自己一直是个好母亲。”

莱伊小姐冷漠地说：“很遗憾，你是个很差的母亲，很自私的母亲，你一直让他为你的任性和嗜好做出牺牲。”

“你怎么可以在我需要同情和帮助的时候这样说我？难道你一点都不同情我吗？”

“一点都不！这所有的一切都是你咎由自取。你强迫他告诉你他最私密的事情，所以他向你撒谎，你期望他做一个几乎不可能的完全纯洁的人，导致他不断欺骗，你警告他远离诱惑，反而使诱惑更具吸引力。你从不让他拥有自由意志或自然本能，而是坚持他的行为和感受必须像个中年没受过教育的女人一样。你反对他所有的喜好，把自己的强加给他。天哪！要是你憎恶他的话，你简直就是个最自私、最无情、最苛求的母亲了。”

巴塞特太太瞪着她，不知所措。

“我只要求他保有平常的正直和真诚，只想让他远离污染不被玷污，只希望他遵守宗教以及其他一切强加给我们的道德准则。”

“你剥夺了他的本能——一个男孩对于快乐和愉悦的天然渴望，一个年轻人对于爱情的自然追求。你把五十岁女人的标准用在他身上。聪明的母亲不过问孩子的事情，对孩子的小小过失视而不见；而你却把这些小过失变成了不可饶恕的大罪。道德家对人类弱点的论述终究是胡说八道。与邪恶近距离接触时，你会发现其实也并没有那么罪大恶极。即使一个人确实到了深夜还不睡，偶尔饮酒超过适度的量，间或赌上一把，调戏声名可疑的女士，但他可能还是个很好的人。对年轻热血的人来说，所有这些都是他们人性的一部分，比我们理智的国家甚至为其中一些预先制定了法规条款。”

“真希望我没有儿子！”巴塞特太太大喊，“你比我幸运多了！”

莱伊小姐站起来，脸上浮现出一种奇怪的表情。

“亲爱的，可别这样说！老实跟你说，即便我知道雷吉游手好闲、自私放纵，若他真是我儿子，我愿意为了他放弃拥有的一切。在这个偌大的世界上没有谁关心我——除了弗兰克，那也是因为我带给他愉悦——我真的觉得特别孤独。我老了。经常觉得自己太老了，不知道该怎么继续活下去，我真的很想身边有这么一个人，对他来说，我的身体是好是坏，我是生是死，并不是完全无关紧要的事情。亲爱的，你应该感谢上天你有个儿子！”

“但是现在知道他既邪恶又残酷，我做不到。”

“然而什么是邪恶，什么又是残酷？你确定我们知道吗？我自认为是个品行端正的女人。我没有伤害过任何人，反而还帮助过很多人，我做的都是平常女性做的一些符合道德的事情。在有可能得到自己特别想要的东西时，我也顶住了诱惑，因为我根深蒂固地认为美好的事物都是邪恶的。但是，有时我觉得自己浪费了生命，我敢说要是自己不这么道德高尚，会是一个更好的女人。现在回顾过去，不是因为没有经受住某些诱惑而后悔，而是因为抵制了某些诱惑而悔恨。我已经老了，却从没有体验过爱情，没有孩子，孤独无依。噢，艾米丽，要是能重新开始，我向你保证我不会这么品行端正。我会享受所有生活带给我的美好，不去想太多是不是合适。并且最重要的是，我会要一个孩子。”

“玛丽，你在说什么？”

莱伊小姐耸了耸肩，沉默了。她的声音断断续续，不能再往下说了。而巴塞特太太的思绪又回到了雷吉给她造成的伤害上，她把他写的信拿给莱伊小姐看。

“里面就没有一句后悔的话。他似乎没有任何羞耻和良知。他在我做手术的那天结婚，那天我任何时刻都有可能死去。他肯定是个无情残酷的人。”

“你知道若我是你的话会怎么做吗？”莱伊小姐问道，很高兴可以暂时不谈自己的情感，“我会去找他，请求他原谅你给他造成的所有伤害。”

“我？玛丽，你肯定是疯了！我有什么需要请求原谅的地方？”

“再好好想想。我想用不了多久，你就会想到你从没给过他机会。我不确定你是否觉得亏欠他很多。不论如何，你不可能取消他们的婚姻，或许结婚还可能拯救他。”

“你不是让我接受一个戏子做儿媳妇吧？”

“胡说八道！对你儿子来说，她会是个比女公爵好很多的妻子。”

巴罗-巴塞特太太给她朋友看雷吉的信时，莱伊小姐仔细看了一下地址，第二天下午就动身去拜访这对新婚夫妇。他们住在沃克斯豪尔桥路（那条又长又脏的街道）上一所有点破旧的公寓里，莱伊小姐被人领进一间用作起居室的阁楼。里面用廉价花哨的家具勉强布置了一下，家具因反复使用已经很陈旧了，但为了有点家的气息，墙上钉着一些照片，每张上都有一个龙飞凤舞的签名，来自有舞台表演经验但名不见经传的演员。莱伊小姐进来时，雷吉穿着一套花纹显眼的衣服，头戴一顶洪堡粗花呢帽子，正在读《时代》报，而他的妻子则站在镜子前梳头发。虽然时候已经不早了，她仍然穿着一件镶有廉价蕾丝的红缎长裙，衣服看上去肯定既不是新的也不太干净。莱伊小姐的出现引起了一些尴尬，雷吉有点笨拙地做了一些必要的介绍。

“抱歉以这副样子见您。”雷吉太太边说，边收拾发夹，“我正准备换衣服呢。”

这是个身材小巧的女人，很明显比她丈夫年纪大，让莱伊小姐吃惊的是，她一点都不漂亮。雷吉太太眼睛很好看，也善于利用那双眼睛的力量，此外还有一头乌黑靓丽的秀发。但是最明显的还是她坚决果断的处事风格，从她嘴角上流露的一丝精明可以看出，要是谁没按她说的去做，就得遭殃了。她有点不信任地看着莱伊小姐，但还是表现出足够的热诚，看得出来只要来者没有敌意，她也愿意友善相待。

“我昨天才听说你们结婚了。”莱伊小姐赶紧尽可能和蔼地说，“我很渴望结识你妻子，雷吉。”

“你不是从母亲那里来的吧？”他问。

“不是。”

“我想她肯定被气成疯婆子了。”

“雷吉，别说脏话，我不喜欢。”他妻子说。

莱伊小姐耸了耸肩，微微笑了笑。没人给她拿椅子坐，她只好四处张望，找了张最舒服的椅子坐下。雷吉太太迟疑地从她丈夫看到莱伊小姐，然后看着自己脏乱的长裙，犹豫着是让他俩单独聊，还是牺牲自己的外观加入他们。

“我真不修边幅。”她说。

“天哪！发现一位到下午还没换正装的人是多么让人清爽啊。我一脱下睡裙就总是觉得肩上多了一种责任感。快来坐下跟我说说你们的计划。”

莱伊小姐擅长让人放松，新娘马上屈服于这位年长女士既轻柔又专断的方式。她看了一眼丈夫。

“雷吉，摘下帽子。”她专横地说。

“噢，抱歉。我忘了。”

他取下帽子后，莱伊小姐发现他的头发很长，长到有点戏剧性的夸张效果。说话时也故意带一种吐字清晰的朗诵的感觉，这让他的老朋友觉得很有意思。他的指甲一点也不干净，靴子也需要擦亮了。

“母亲对我演戏作何感想？”他问道，以优美的姿势用手穿过他的黑发，“演戏是我能做的最好的事情，对不对，劳里娅？我觉得找到了自己的职业。我的天性想让我做一名演员。这是我唯一适合做的事情——艺术家的职业。告诉我母亲，我愿意为艺术牺牲一切。我希望你会来看我表演。”

“我非常乐意。”

“不是看这出戏。我只是——一个小角色而已，你知道的。但是春季的时候，我和劳里娅有一系列的演诵。”

他起身站到壁炉前面，夸张地伸出一只手。

生存还是毁灭，这是个值得考虑的问题：

默然忍受命运暴虐的毒箭，

或是挺身反抗人世间无涯的苦难，
通过斗争把它们扫清，
这两种行为，哪一种更高贵？[1]

他用最大的音量喊出这些台词，每一个音节都说得既深沉又夸张。

他说："天哪！多好的一段台词呀！他们现在写不出这样的一段了。演员在现代戏剧里没什么机会，现在这些剧本里的台词不超过两句话。"

莱伊小姐惊讶地看着他，她从未想过他身上居然可能发生这样的变化，然后迅速地瞅了一眼劳里娅，觉得她嘴唇上浮起了一丝讽刺的微笑。

雷吉拍着胸脯说："告诉你，我觉得自己会成为一个伟大的演员。只要我能得到机会，就会震惊演艺界。劳里娅，我必须去见巴兹尔·肯特，让他为我俩写一个剧本。"

"你也打算震惊演艺界吗？"莱伊小姐百无聊赖地转向雷吉太太问道。

这个年轻女人不再克制她的欢乐，而是爆发出一阵爽朗的笑声，莱伊小姐开始喜欢她了。

"莱伊小姐，您会留下来喝茶吧？"

"当然了。我就是来喝茶的。"

"很好。我马上给您沏点茶。雷吉，拿着罐子去外面买半品脱牛奶回来。"

"好的，亲爱的。"他顺从地答道，潇洒地把粗花呢帽子歪戴在头上，从一张满是报纸、服装和家用器具的桌子上拿起一个小小的牛奶罐。

"你口袋里有多少钱？"

他掏出来一些铜币和一枚银币。

"一便士银币和七便士铜币。"

"那你回来的时候还有一便士银币和六便士铜币。还可以花三便士买一副纸牌，注意在十分钟以内回来。"

"好的，亲爱的。"

他温顺地走出去，随手关上门。雷吉太太走到门边往外看了看。

她解释说："他母亲把他教坏了，他会隔着门偷听的。"

听着刚才两人之间的对话莱伊小姐在心里笑得直哆嗦。劳里娅继续不好意思地解释。

"你知道吗，我必须密切关注他的钱花在哪里，因为他很喜欢喝酒。我已经让他戒掉了，不过总担心如果我不注意他又会陷进去。他母亲肯定是你见过的最大的傻瓜，对不对？”

雷吉太太瞥了一眼香烟盒，对方注意到她食指上的黄色，断定她吸烟上瘾，要让她感到舒适很容易。

“可以给我支烟吗？”

“噢，你吸烟吗？”劳里娅大声说，脸上掠过愉快的表情，“我都快想死了，但又不想让你觉得震惊。”

她们点着烟，莱伊小姐又把另一把椅子朝自己身边拽过来。

“你介意我把腿抬起来吗？我一直觉得只有四脚动物才应该让它们的腿一直耷拉着。”

她微微一笑，尝试吐出烟圈。

劳里娅点点头说：“没问题。我很高兴你能来。我想跟认识雷吉母亲的人聊一聊。我猜她肯定怒不可遏。我想让他提前告诉她，然而他不敢。而且，只要能以偷偷摸摸的方式做一件事，他就绝不会正大光明地做。至于说谎——哎，他比女人还糟糕。你可以告诉他母亲，我得花很长的时间才能把她儿子培养成一个绅士。”

莱伊小姐冷冷地笑了笑。

“我很少见到新婚女性对丈夫的性格缺陷这么大意见。”

“雷吉并不是个坏男孩。”他妻子耸耸肩回答说，“但是他需要人引导改变。”

“我想知道你为什么嫁给他。”莱伊小姐若有所思地问道，敲落了香烟上的烟灰。

劳里娅目光锐利地看着她，犹豫了一下，还是决定直言不讳。

“你看起来是个好人而且世故老练。毕竟我已经结婚了，你也只能尽力看到我好的方面。雷吉长得很好看，不是吗？”她看了看壁炉架上的一张照片，“我喜欢他。我在台上演了八年戏了，十六岁就开始上台。这样一来我现在多大了！”

“大概二十七岁。”莱伊小姐故意这么回答。

劳里娅善意地一笑。

“讨厌的人会说我二十八岁了。不过，不管怎么样，我厌倦了舞台，不想再演戏。”

“我还以为你打算出演雷吉版罗密欧的朱丽叶呢。”

“是的，我可以演朱丽叶！首先，我十分确定雷吉对演戏一窍不通，刚开始时，他们都想扮演哈姆雷特。为什么，我认识的那些在哑剧中举旗帜的小角色，都认为只要有机会，自己也可以是另一个巨星欧文。噢，这些话我听得太多了！每一个我认识的女孩都来找我，跟我说：‘劳里娅，我觉得自己有天赋，只是缺一个机会而已。’我厌倦了这一切。不想再到外地疲惫地循环演出，像黑鬼一样一整周都要工作，周日就赶路，住在肮脏昏暗的公寓里，以及其他的一切。我只是放任雷吉空谈，学习戏剧，他就不会胡闹了。我想他母亲需要三个月时间才能消除怒气，到那时候他估计就厌倦演戏了。我喜欢雷吉，在我手里待几个月，我能把他变成一个像样的男孩。但是，要是我不知道他母亲很有钱，我一刻也不会装模作样地说要嫁给他。”

“你是个有智慧的女人。一开始，我一点都不明白你是怎么让他娶你的。我从没想过他会这么做。”

“亲爱的莱伊小姐，我还以为你是个精通世故的女人呢。难道你不知道，一个像我这种年纪的女孩一旦决定嫁给一个男人，他得多么聪明，才能躲得掉呢？”

“坦白说我经常对此表示怀疑。”莱伊小姐笑着说。

“当然了，你得选择自己的男人。我看到雷吉对我有意思，就领他跳了支舞。你知道，我们演戏的人名声不好，但那都是胡说八道。我们并不比其他人差，只是我们面临的诱惑更多，因为我们的职业，一发生什么事情，报纸就会报道。但我知道如何照顾自己，就让雷吉明白我不想被人愚弄。我花了两个星期和他配戏，然后告诉他再也不见他了，那个时候他已经一心只想做演员，所以向我求婚了。”

“这听起来很简单。但你是如何做到驯服他的？”

“我只是让他明白，如果他想要体面地过日子，就必须对我好，很快他就明白了这个道理。你可能想不到，我发火的时候脾气很差。他对我仰慕有加，也知道我不会接受任何无理取闹。噢，六个月时间他就能变好。”

“你想让我跟他母亲说什么呢？”

“就告诉她不要干预我们。我们在经济上也没问题，等她冷静后可以给我们一些资助。一年六百英镑就够了，我们会在伯恩茅斯买个房子。在雷吉没有取得我的信任前，我不想住在伦敦。”

“很好。”莱伊小姐回答，“我会告诉她这些，我还会告诉她说，她应该谢天谢地雷吉找到了一个正派的女人。我毫不怀疑用不了多久你就会把他培养成一个受人尊敬的社会成员。”

“他买牛奶回来了！”

雷吉进来了，他们一起沏了茶。莱伊小姐离开的时候，劳里娅让他下楼送她出去。

“她是不是很棒？”他几近欢呼，“莱伊小姐，跟你说吧，她真的是个好人。告诉母亲她一点都不比我差。”

“比你差？！亲爱的孩子，她比你不知强多少倍。我敢说在她的管理之下，你终会变成一个还不错的绅士模样。”

雷吉悲伤地看着她，头往后一仰，双手按在胸前。

“唉，我是一个多么不肖而下贱的奴隶啊。”[2]他大喊。

“天哪，闭嘴吧！”她快速打断他。

她把手伸给他，他一边握着，一边顺势往前倾斜，推心置腹地大喊起来：

我要得到证据，
比单纯相信鬼魂的话更为可靠。
好戏马上开场，
让我来检验一下国王的良心。[3]

注释：

[1] 出自《哈姆雷特》，朱生豪先生的译本。（译注）

[2] 出自《哈姆雷特》。（译注）

[3] 出自《哈姆雷特》。（译注）

第十二章

与此同时，巴兹尔和珍妮的关系每况愈下。他们之间的和解无力平息命运，不久又发生了一场激烈的争吵，说明不论在什么情况下，他们都不能和谐地生活在一起了。巴兹尔练就了无论受到什么挑衅都能缄默不语的能力，对自己保持着最谨慎的克制。但这很令人厌烦，他心中渐渐产生一种对珍妮盲目且愤怒的仇视，因为是她让自己遭受这么难以言喻的折磨。两人之间完全失去了和谐，他从未意识到她仍然热烈地爱着自己，折磨他也只是因为爱他。就这样过完了夏天，因为巴兹尔已经负债累累，他觉得整个假期都只能待在办公室里，等待机会接手一件别人都没有时间接手的案子。

他陷入深深的沮丧之中，绝望无助地担忧着未来。除了持续不断的痛苦，未来等待他的还有什么呢？想想未来漫长疲惫的岁月，他似乎无法在这样的条件下生存。只有对希尔达·默里的强烈感情支持着他，从这份感情里他似乎找到了面对世界的力量，同时也服从命运的安排。他学会了不向神灵索要太多，并且满足于付出爱却不希望得到回报。他非常感激她的友谊，觉得她理解并同情他的痛苦。默里太太在国外度夏，但经常给他写信，她的来信能让他高兴好几天。独自一人散步的时候，他不断分析自己的感受，告诉自己这些情感很纯洁。正因为经常想起她，他觉得自己变得越来越好，越来越简单。默里太太十月份回来了，两天后巴兹尔就去拜访她，却发现法利先生已经在那里了，他感到非常失望。巴兹尔痛恨这个万灵教区的牧师，当其为一个对手，而且不像他自己那样身处劣势。法利先生仍然是个英俊的人，有着重要人物的风度和仪表。从他的谈话看出来他饭局应酬很多，可以在有文化的人组成的饭局上从容不迫地讨论任何话题。他很有趣，平易近人，谨言慎行，而他对默里太太则持一种微妙且意味深长的恭维态度。牧师能够和这个女人谈笑风生，而自己却只能拘泥刻板地和她相处，这让巴兹尔十分恼火。而且他们之间似乎有一些仅限二人之间的小话题，这让巴兹尔非常嫉妒。希尔达忙于万灵教区牧师从事的某些慈善事业，他俩讨论着这些慈善事业中发生的各种趣闻轶事，不时大笑不断。

巴兹尔闷闷不乐，满怀怨恨地回到家，整个晚上都在想着希尔达，想到自己把她留下和法利先生在一起了，到上床睡觉的时候还心神不得安宁。他听到时钟一个小时接一个小时地敲响，焦躁不安地从一侧翻到另一侧，努力想睡一会儿。现在他的爱已经无法控制，他因悲伤和痛苦而疯狂。他努力不去想希尔达，然而强加给自己的每一个主题都让步于她的模样，在绝望的痛苦中，他问自己该如何忍受生活。他试图说服自己，告诉自己这种高涨的激情只是暂时的，用不了几个月他就会嘲笑现在的疯狂。为了抚慰自己伤痛的心灵，他试图把情感投入文学，开始用文字描述遭受的痛苦，仿佛要把它写进小说里一样。然而什么都没有用。时钟敲响五点时，他很庆幸再过三个小时就可以合理地起床了。他想起来读书，但又没有心情做任何事情，怕扰乱他苦乐参半的沉思。第二天早上吃早餐的时候，珍妮注意到他因缺乏睡眠眼睛都睁不开，嘴唇苍白憔悴，凭她嫉妒的直觉猜出了原因。她想让他生气，一有机会，就说了几句恶意的话；但他无精打采，疲惫地抬起头来，无力回答。他们默默地吃着早餐，之后他便怀着沉重的心情出门工作去了。

就这样过完了秋天，冬天随着十一月份一起到来，天气变得寒冷、阴沉、潮湿。晚上回家的时候，一迈入他家房子所在的街道，他就心里一沉。所有这些小房子都一模一样，肮脏污秽，让他觉得恶心。或许只是出于讽刺，莱伊小姐曾经说郊区的生活一定如田园诗般美好。只是牛奶推车和手摇风琴会扰乱这浪漫的清静，想到这时，巴兹尔疯狂大笑起来。他讨厌邻居，知道珍妮和这些人讨论自己，对他们狭隘的生活感到恐惧，正因为这种狭隘，所有使生活美丽优雅的东西都被坚决地排除在他们的生活之外了。

尽管巴兹尔决心避免摩擦，但两人之间仍不可避免地会发生争吵，最近双方的争吵变得更加激烈。有一次，他拿起自己的信，注意到其中一封被打开过，之后又被笨拙地封好了。他瞥了一眼珍妮，她正看着自己，不过快速地垂下了眼睛。很明显是粉红色的信封引起了她的怀疑，信封的地址上方写着“亲启”，背面是金色的姓名首字母。实际上这仅仅是一个放债人发的广告，主动提出借给他五到五千英镑额度的款项，他忍不住轻轻嘲笑了一声，因为珍妮费这么大劲打开了信，除了一份无礼的广告，却什么都没有发现。听到嘲笑声她气得满脸通红。她等他开口说话，但他什么也没说，只是奇怪为什么她就完全没有意识到拦截那封来信。一两分钟后，他收拾好信件，拿了一些纸，朝门口走去。

“你要去哪里？”她猝不及防地问道，“难道不能在这里写吗？”

“你想让我在这里写的话，当然可以，不过我有一些烦人的信件要处理，还是想要绝对安静的环境。”

她把手中的事情放到一边，怒气冲冲地面对着他，他冷漠的语气和行为深深地刺痛了她。

“我想我有话想说的时候，你不会反对我跟你说几句吧？你是不是觉得，我就只适合替你照看房子和修补衣服，除此之外我就应该去和厨房里的仆人坐在一起是吗？”

“你觉得吵架还有意义吗？我们之前似乎已经就这件事情说过很多遍了。”

“我想说出来。”

无聊至极，他只得回答说：“过去的六个月里我们每个星期都会吵两次，却没有任何进展。”

“巴兹尔，我还是你的妻子吗？”

“你那小心翼翼锁起来的结婚证不就能证明吗？”他若有所思地看着她，把信放回桌子上。“他们说结婚第一年是最糟糕的一年。凭良心说，我们的婚姻已经够糟了，不是吗？”

“我猜你觉得那是我的问题？”

她说话咄咄逼人，冷嘲热讽，但不知为何似乎不能再激起他内心的波澜。他能以一种奇怪的超脱态度来看待这一切，仿佛自己是一个在剧院看演员演戏的观众一样。

“不管怎样，我也尽力让你幸福了。”

“是，可惜你并不怎么成功。为了你那些我配不上的高级朋友，整天整夜地不回家，你觉得我还有可能幸福吗？”

他耸了耸肩。

“你也知道我基本上不再见我那些老朋友了。”

“除了默里太太，是不是？”她打断了他。

“过去一年我见过默里太太十几次。”

“噢，你不必告诉我这些。我知道。她是个淑女，是不是？”

巴兹尔冷冷地盯着妻子。虽然心里自问为什么她会想到那个名字，他可从没意识到，她会猜想自己对默里太太的感情有多强烈。不过他打算忽视她的指责。

“我离家也是为了工作。”他说，“想想看，要是我一直待在家里你会多厌烦。”

“你的工作可真好。”她轻蔑地喊道，“还挣不到足够的钱还债。”

“我们是欠债，但我们是同这个国家一半的贵族和绅士一样欠债，这并不是什么丢脸的事情。”

“所有邻居都知道我们欠零售商的钱。”

巴兹尔脸红了，咬紧嘴唇。

“很抱歉，嫁给我并不如你期待的那样是笔好买卖。”他尖刻地回答。

“我想知道你有什么是成功的。你的书很成功，是吗？你觉得自己会让泰晤士报沸腾起来，结果全无好评，一条好评都没有！”

“比我的书更好的作品也会遭遇这样的命运。”他大笑着回答。

“那是罪有应得。”

“我并不指望你欣赏我的作品。不幸的是，并不是每个作家都喜欢写邪恶的伯爵和美丽的公爵夫人这样的题材。”

“各大报纸都对它称颂有加，是吗？”

“他们一致的批判是唯一让我感到安慰的事情。我经常在想，恶语伤人的评论家是否会意识到他能给作家心爱的妻子带来多大的快乐。”

正因为巴兹尔对她的奚落明显无动于衷，还有他的不屑和嘲讽，珍妮一下失去了所有的克制。她经常听不出他话里的意思，只能模糊地感觉到是在嘲笑她；这时候她满腔的愤怒就没有了界限。

“噢，从孩子死后我才算真正认识你。”她握紧双手说，“你凭什么高高在上。我知道你是什么角色了。以前我还把你当英雄，我真是个大傻子。你就是个失败者。无论你做什么，你都是个可怜的失败者。”

他坚定地面对着她，眼里流露出一种彻底绝望的表情，因为她用足够的强调，说出了这么多个月以来蚕食着他灵魂、摧毁着他活力的想法。他像个被判了死刑的人一样看待未来，对他来说，生活只有苦涩没有美好。

“珍妮，或许你说得对。”他回答说，“大概我就是个十足的失败者。”

他在房间里走来走去，痛苦地思索着，然后盯着窗外那一排平整的房子，在煤气灯的灰暗光亮下，它们不知为何比以前显得更肮脏。环视这个客厅，如此普通，如此了无生趣，他禁不住发抖。突然，他在这四堵墙壁里遭受的所有痛苦的记忆，像一股突发的洪水一样淹得他透不过气来。珍妮又拿起了针线活，她在给一件防尘罩衣镶边，他在她身旁坐下来。

“珍妮，听我说，我想和你好好谈谈。希望你可以静静地听我说几分钟，我想放下所有的愤怒和脾气，以便我们能理性地讨论这个问题。看来我们不能很好地相处，而且我觉得事情没有变好的可能。你不幸福，恐怕我也没有多幸福。我不想显得自私，但是这样继续下去我做不了工作，也做不了任何事情。而且我觉得所有这些争吵都非常有辱人格。你难道不觉得如果我们分开一段时间，会对我们两个都有好处吗？或许过一段时间，我们可以再试试重来。”

他说话的时候，珍妮用惊恐的眼神看着他，虽然稍微有点警觉，但差不多到最后才明白他的话是什么意思。她几乎无法作答。

“你的意思是说你想分开吗？你要做什么？”

“我想去国外待一段时间。”

“和默里太太一起？”她激动得大叫，“是不是！你想和她一起离开。你厌倦了我。从我身上拿走了所有你想要的东西，现在我可以走了。这位优雅的女士出场了，你就像对待女仆一样赶我走。你以为我看不出来你爱她吗？为了不让她感觉片刻的不适，你想都不想就可以牺牲我。你爱她所以才恨我。”

“你怎么能这样胡说八道！你无权说这些话。”

“我无权吗？那我应该闭上眼睛什么都不说。你爱上她了。你以为这几个月我没有看出来吗？那也是你要离开我的原因。”

“我俩不可能在一起了。”他绝望地说，“我们永远达不成一致意见，永远也不可能幸福。看在老天的份上，就让我们分开，把这份痛苦了结了吧。”

巴兹尔站起来，珍妮走上前去，离他很近，两人面对着面。

“听着，巴兹尔，你能发誓没有爱上那个女人吗？”

“当然可以。”他轻蔑地回答。

“说谎……而且她也像你爱她那样爱着你。”

“你这是什么意思？”他大声说，一股热血冲到大脑，心脏痛苦地跳动。他抓住她的手腕。“珍妮，你什么意思？”

“你以为我没有长眼睛吗？她那天来的时候我就看出来了。你觉得她是来看我的吗？她根本看不起我，因为我不是淑女。她来这儿是为了讨好你，她对我以礼相待也是为了讨好你，她邀请我去拜访她也是为了讨好你。”

“荒谬。她当然会来拜访我们。她是我的一个老朋友。”

“我知道这种朋友。你以为我没看到她看你的样子吗？你走到哪里，她的眼睛就跟到哪里。她认真聆听你说的每一句话。你微笑她就微笑，你大笑她也大笑。噢，我应该想到她爱上你了。我知道爱情是什么样子，我感受过。而她看我的时候，我知道她恨我，因为我从她手上抢走了你。”

“噢，我们这猪狗不如的生活！”他忍不住大喊，“我们两个都十分痛苦，不能再这样继续下去了。我竭尽全力控制自己的情绪，但是有时候我觉得这是做不到的。我可能会被逼说出一些让我们两个都后悔的话。看在老天的份上，就让我们分开吧。”

“不，我不同意。”

“我们不能继续像这样痛苦地争吵了。我俩结婚就是个可怕的错误。你肯定也和我一样认识到了这一点。我们完全不适合，孩子的死亡把我们之间唯一必要的联结也掐断了。”

“你这样说好像只是因为方便，所以我们还在一起。”

“珍妮，让我走吧，我再也受不了了。”他激动地说，“我觉得自己要疯了。”他伸出双手恳求。“一年前，我为你做了最大的努力。我给了你所有能给的一切。凭良心讲，这并不够。但我现在请求你把我的自由还给我。”

她完全无法集中思绪，从没想过事情会发展到这个地步。

“你只想你自己！”她大喊，“我该怎么办？”

“你会更开心。”他急切地说，以为她会让步，“对我俩来说最好莫过于此。”

“但是我爱你，巴兹尔。”

“你！”他惊恐又沮丧地瞪着她，“为什么，六个月来你对我的折磨让人无法忍受。你使得每一天对我来说都是一种负担。你把我的生活变成了活生生的地狱。”

她目不转睛地看着他，眼里满是恐惧。每一个字都是致命的打击，她喘不过气来，浑身颤抖。她惊恐不安，到处张望想找地方逃遁，但是无处可逃。她奇怪地摸索着，试图躲藏起来，踉踉跄跄地走到了门口。

“给我点时间仔细想想。”她沙哑着声音说。

第二天早上吃早餐的时候，巴兹尔表现得很有礼貌，只说些无关紧要的事情，然而珍妮注意到他一直回避她的目光，像对待一个萍水相逢的人一样待她，这刺到了她的痛处。似乎这种时候死一样的沉寂还更容易承受。巴兹尔从餐桌起身，问她是否考虑了他的提议。

“没有。我觉得你并不是认真的。”

他耸了耸肩，没有回答。他准备好出门了，她内心颤抖地看着他，忍受着最让人难受的痛苦，希望他会在离开前对她说善意的只言片语。

“今天早上你出门很早。”她说。

“我要在十一点协助处理一件案子，上庭前想先去见个人。”

“谁？”

他脸红了，看向了别处。

“我的律师。”

这次是她不说话了。但等他走到街上后，她从窗户看着他，小心翼翼，以免他抬头的时候看到自己。然而他一直没有回头。他耷拉着肩膀缓缓地走着，好像很累的样子。这时候痛苦和悲伤涌上心头，她忍不住痛哭起来。她不知道该怎么办，比以往任何时候都更需要听听别人的建议。突然，她决定去见弗兰克·哈内尔。因为夏天的时候，他经常来巴恩斯，而她也一直感激他清醒的善意。她至少可以信任他，他不会像其他人那样因为她出身卑微而看不起她。还有一部分困难来源于这样一个事实：最近她已经不太和自己的家人有共同语言了，看待事物的角度也与他们不同，因此无法取得他们的同情。对整个世界来说，她是个陌生人，已经不习惯自己的阶层了，却仍然没有融入嫁入的那个阶层。她绝望地认为整个宇宙都在针对自己，隐约觉得自己像溺水了一样，在浩瀚的人性的海洋中挣扎。

珍妮匆忙换好衣服，坐火车去滑铁卢。她不知道弗兰克什么时候出门，一想到可能会跟他错过就很害怕。但是因为从小长大的习惯她没叫出租车，而是上了一辆公共汽车。公共汽车开得很慢，几分钟的路程像走了几个小时。每一次停车都使她既紧张又愤怒，几乎要坐不住了，只能费力地说服自己，公共汽车不论开得多慢，也肯定比她走路要快。最后终于到达了，弗兰克还在家，珍妮长舒了一口气，然而很明显他看到她很吃惊，一开始还有点不安，她不知道该如何解释自己的来访。

“我可以和你聊几分钟吗？不会耽误你太长时间。”

“当然可以。巴兹尔呢？”

他安顿她坐下，试图帮她拿走紧握在手里的雨伞。然而她不愿意放手，只坐了一点椅子边，手足无措，像个不习惯做客的人一样局促不安。弗兰克努力让她放松，在他看来，她像是来面试工作的管家。

“我可以相信你吗？”她突然说道，很费力的样子，“我有个很大的麻烦。你是个好人，从没有因为我是个酒吧女侍就看不起我。告诉我我能相信你。我已经没有人可以说话了，感觉要是不找人说说，我的脑袋会爆炸的。”

“天哪！到底是什么事情？”

“所有事情都不对。他想要和我分开。他今天去见律师了。打算把我当佣人一样赶到大街上,那我就自我了断——告诉你我会自我了断。”她握紧双手，眼泪从脸颊上流下来，“在你面前，我们一直表面上维持着关系，他不想让你看出来他有多后悔娶了我。”

弗兰克很清楚几个月来这对夫妻之间的关系并不怎么融洽，但从没有想到会到这种关口。他不知道该说什么或者如何打消她的疑虑。

“胡扯。这只是一场短暂的争吵。毕竟，两个人相处肯定会有这些问题。”

“不，不是的。要是我觉得他爱我，我也不会介意，但是他不爱我。他说我们的生活猪狗不如，但他说得没错。”她犹豫了一下，但就那么一下，“如果我问你一件事情，你可以告诉我实情吗——以你的名誉担保？”

“当然可以。”

“巴兹尔和默里太太之间有什么事情吗？”

“没有，当然没有！”他断然地说，“你怎么会有这样的想法呢！”

“就算有，你也不会告诉我。”她心神不定地说。不过刚才还很难说出口的话,现在像一团混乱的洪流倾泻出来。“你们都反对我,因为我不是淑女……噢，我怎么这么不幸！我跟你说他爱上默里太太了。有一天他要去她那里用餐，你真应该看看他的样子！焦虑不安、无法落座，每隔一分钟就看一下手表。眼里闪烁着兴奋的光芒，我几乎能听到他的心跳声。上星期他去了她家里两次，再上个星期也是两次。”

“你怎么知道的？”

“我跟踪他了。如果对他来说我不够淑女，那我也不用在他面前装淑女。我猜你这会儿很震惊吧？”

“我不会想当然地评价你。”他静静地回答。

“他从来没有爱过我。”她继续说，紧张又焦虑，“他跟我结婚也是因为他觉得那是他的责任。后来孩子死了——他就觉得是我束缚了他。”

“他没有这样说过。”

“是，”她歇斯底里地叫道，“他从不说什么，但我从他的眼睛里看出来了。”她激动地握紧双手，前后晃动。“噢，你不知道我们的生活是什么样子。他能连续几天只回答我的问题，除此以外什么都不说。这种沉默简直要把我逼疯了。要是他用脏话骂我，我还不会在意；我情愿他揍我，也不要只是用那种表情看着我、看着我。我能看出来他在极力控制自己，也知道我们的关系走到了尽头。”

“真让人遗憾。”弗兰克无助地说。

即使在他自己听来，这话也显得正式而没有诚意，珍妮激动地大叫起来。

“噢，你不要也来可怜我。我已经有太多可怜和同情了。我不需要别人的可怜。巴兹尔因为可怜我而娶我。噢，老天哪，真希望他没有娶我！我无法忍受现在的不幸。”

“珍妮，你知道，他是个正派人，不会做任何不道德的事情。”

“噢，我知道他是个正派人，”她痛苦地喊道，“我希望他能少一点正派；婚姻生活中不需要太多细腻的感情——那是行不通的。”她站起来捶胸顿足，“噢，为什么我不能爱上一个和自己同一阶层的男人？我应该会比现在快乐很多很多。我曾以为巴兹尔不是城区的职员或什么重要人物，心里还特别自豪。他说得对——我们永远不会幸福。这不是昨天、今天或明天的事情。我无法改变自己。结婚时他就知道我不是淑女。我父亲一周赚二十便士，必须养活五个孩子。别指望凭这点钱可以送女儿们去布莱顿的寄宿学校，然后在巴黎完成学业……我做了或说了淑女不该做的事或不该说的话时，他什么话也不说，但是会噘起嘴，就那样看着我。然后我会很生气，就做一些事情只为激怒他。有时候我故意表现粗俗。在城区的酒吧见识了很多，我很清楚哪些事情会让巴兹尔害怕蜷缩。有时候我想报复一下他，我清楚地知道他的痛处在哪里，我怎样可以伤害到他。我吃饭方式不当或者看到一个男人就叫人家强尼的时候，你真应该看看他那个表情。”

“这会给家庭带来无尽的伤痛。”弗兰克冷淡地说。

“噢，我知道这对他不公平，但我失去了理智。我做不到一直优雅。有时候忍不住大喊大叫，我觉得必须适当发泄自己。”

她双颊灼热，呼吸加速。她之前从没向任何人如此完全地吐露心声，弗兰克敏锐地看着她，无法理解这种奇怪的爱与恨的交融。

“那么，你们为什么不分开呢？”他问。

“因为我爱他。”刚才还刺耳生硬的声音，突然变得这么温柔，这种变化令人意想不到。她脸上的悲伤不见了。“噢，你不知道我有多爱他！我愿意做任何事情使他快乐；如果他需要，我可以献出自己的生命。噢，我说不出口，但是想到他的时候我心里很激动，有时候几乎无法呼吸。我无法向他说明他对我来说是整个世界。我努力让他爱我，结果他反而恨我。我该怎么向他证明？啊，要是他知道的话，我肯定他不会后悔娶我。我觉得——我觉得好像我心里满是美妙的音乐，却有什么东西阻止我，从不让我表现出来。”

他们沉默着坐了一会儿。

“你想让我做什么？”弗兰克最后问道。

“我想让你告诉他我爱他。我做不到，总是把事情搞砸。告诉他他就是我的全世界，我会努力做一个好妻子。请他不要离开我，告诉他我做的所有一切都是出于好意。”她停顿了一下，擦干眼睛，“你能不能去找默里太太聊一聊？请她可怜可怜我。或许她不知道自己在做什么。请她不要把巴兹尔从我身边带走。”

她抓住他的双手恳求，而他没有任何力量反抗。

“我会尽力的。别这么灰心丧气。我相信一切都会好起来的，你又会很幸福的。”

她设法透过眼泪微笑着向他表示感谢，但是说不出话来，只能按着他的双手。突然一股冲动，她俯身亲吻了他的手，然后快速地离开了，留他在那儿奇怪地感动着。

第十三章

珍妮给弗兰克的这个任务并不简单，她离开后，他就心烦地诅咒她——诅咒她父亲、母亲、丈夫和祖宗十八代。他跟默里太太相当熟，曾为她治过病，也经常去查尔斯街拜访她。即便如此，在一个如此私密的问题上攻击她是很尴尬的，他知道这样容易受到令人不快的指责。他耸了耸肩，决定那天下午去拜访她，把该说的话说了。

“她可以指责我，直到她说不出话来为止。”他喃喃自语。

吃完午餐后回来，希尔达·默里不知道等待她的是什么，那天的天气潮湿阴沉，她走进客厅，命人把窗帘放下来，把灯打开。她充分享受着房间的温暖和舒适，即使没有特别明显的创意，房间也布置得很优雅，处处体现着品味。伦敦的上流住宅区梅菲尔有几十套这样的豪华寓所，它们都同样宽敞明亮，布置着印花棉布椅子、奇彭代尔式的桌子和镶嵌工艺的橱柜，墙上挂着同样的画作。那里的财富没有炫耀卖弄，艺术也没有稀奇古怪。法利先生是万灵教区的牧师，他来得很早，十分满意地意识到，住在这种房子里的女人肯定具备应有的礼节，并对伦敦神职人员的重要性有令人满意的信念。一年前，第一次在老皇后大街见到她的时候，这位和蔼可亲的牧师就快速与希尔达建立了密切的关系。新教有强大的包容力，神职人员的内心在适当程度上因为漂亮女人而激起波澜是合法的，而万灵教区的牧师也曾将美满的婚姻视为他教区活动的顶峰。希尔达漂亮、富有、出身很好，完全可以与这位每次都能与公爵夫人一待就是三天的基督教牧师匹敌。他也觉得她并非对自己的关注毫不在意。法利先生決心放弃不完美的独身生活状态，像一只熟透的苹果一样掉落在这位美丽富有的寡妇脚边。奥赛罗与苔丝德蒙娜亲热时，在她惊愕的耳边源源不断地讲述关于掠夺和袭击，关于侥幸脱险和富有胆识的冒险等关于勇气的故事。可敬的柯林森·法利牧师给希尔达讲述的则是慈善与义卖，与教会执事的相遇，以及女清洁工的悔悟。希尔达对万灵教区的事情很上心，很乐意为教堂提供一整套膝垫，因此，正如牧师所说，虔诚的人应该没有理由不跪下来祈祷。稍晚一点，为了买一个新的管风琴，她同意在集市上摆摊义卖。一旦跨过了这条无法后退的慈善事业的界线，她就不知疲倦了。这些事情使他们不断地聚在一起，为他们提供了无休无止的谈话内容。但法利先生自以为是一个相当健谈的人，因此认为如果让他们的交往局限于公事，那就违背了他所有的原则。幸好还有文化上的需求。他借书给希尔达，陪她一起去画廊和展览。有时他们一起读丁尼生，有时去剧院，并讨论英国戏剧道德层面的问题。晴朗的早晨，他们经常在特拉法加广场研究意大利大师或在大英博物馆研究埃尔金大理石雕塑。法利先生博古通今，可以讲出每件艺术作品的历史细节或趣闻轶事。希尔达拥有女性对知识的渴望，因而觉得他是个有趣且能让人长见识的朋友。但她从来没有想到，有种更温暖的感觉搅乱了他整洁丝绸背心包裹着的心灵，而且不无惊慌地发现交谈朝着以前从未涉及过的方向发展。法利先生终于下定了决心，他不是个会因为羞怯而犹豫不决的人，所以直截了当地说了。

他说："默里太太，我有件重要的事情想跟你说一下。"

她大声回答："有更多慈善活动吗，法利先生？我要招架不住了。"

"你真是个仁慈的天使，永远愿意为教区人民的需要买单。但我有一件更为私人的事情想跟你说。"他站起来走到壁炉旁边，靠在上面，里面的热气就一点都不会进入房间。"我觉得有必要在开始问问题之前先说明一下我的立场和情况。我认为宁愿冒着有点无聊的风险，也好过无法清楚地表明自己的观点。"

当然，希尔达不禁明白了他话的意思，一开始有点惊慌失措，之后几乎忍不住想大笑。或许是因为她对巴兹尔的爱如此之深，从未想过另一个男人也会渴望得到她。在这个方面，她一刻也没有想到过法利先生。这会儿她看着他，讲究入时的衣着，精心梳理的灰白头发，修剪整齐的指甲，从容自信的表情，以及正朝着肥胖方向发展的身材，都使得这位万灵教区的牧师像是个极其可笑的家伙。他严肃慎重地阐述了自己现在的优势，很有礼貌地解释说，他不是个身无分文的攀龙附凤者。他能提供的是一种公平交换，很多女人会因此而心怀感激。希尔达知道自己应该阻止他，却还没有准备好，而且她也坏坏地想知道他会具体怎样措辞来向她求婚。他突然停下来，微笑着向前走来。

"默里太太，我很荣幸地请你做我妻子。"

现在她不得不做出回答，心里真希望自己先前有坚定的毅力阻止他迈出这一步。

“我真的感到非常荣幸。”她尴尬地答道，“我从没想到你——竟对我有那个意思。”

他努力做出一个反对的手势，“我不期望你马上回答我，默里太太。这是个需要认真思考的问题，我俩都不是孩子了，不能不假思索就结婚。向人求婚是要主动承担起巨大的责任，但我想让你思考作为我的妻子能给你带来的好处。还记得丁尼生的那段美丽的文字吗：‘手拉着手，我们一起迈向更高的目标’？”

门开了，只因为他是个非常礼貌的人，万灵教区的牧师才能够掩饰自己的恼怒。希尔达则如释重负，满腔热情转向新来的访客弗兰克·哈内尔。弗兰克先去了巴兹尔的办公室，没有找到他，于是来到查尔斯街，决心不惜一切代价，与默里太太谈谈珍妮的事。然而，看来时机好像不太合适，因为其他拜访者的出现，他俩只能谈些一般性的话题。没过多久，巴兹尔也来了，弗兰克看到默里太太那匆忙、着急的目光。她只扫了一眼，巴兹尔整个人就尽在眼底了，他蓬乱的头发、苍白的脸色和深深的沮丧。她边笑边说，而他几乎笑不出来，以十分痛苦地表情注视着她，使她心里非常不安。看到他这么痛苦让人非常难过。最后弗兰克发现其他人都走开了，听不到他和希尔达的对话了。

“巴兹尔看起来很憔悴，是不是？他妻子今天上午来见我了。我想你还记得他大约在一年前结婚了吧。”

默里太太脸红了，疑虑重重地盯着弗兰克，她收紧嘴唇，想知道他脑子里在想什么。

“我去看过她。”她冷淡地回答，“在我看来她既粗俗又做作。我恐怕对她没有多大兴趣。”

“她全心全意地爱着巴兹尔，而且她极度悲伤难过。”他坚定地看着默里太太，降低了声音，好像嘴里没有发出什么声音一样。然而希尔达每个字都听得很清楚，它们像锤子一样击打着她的心灵。“她让我给你带个口信。她知道巴兹尔——爱你，恳求你可怜可怜她。”

有那么一会儿希尔达不知如何回答。

“你不觉得由你来跟我说这些事情非常无礼吗？”她答道，这些话说出来并不连贯，好像是她一个字一个字挤出来的一样。

“是非常无礼。”他回复说，“只是因为她告诉我说，她的爱就像她心里的音乐，但有东西阻挡了这音乐，怎么也发不出声来，不然我也不敢跟你说。在我看来这么个愚蠢、狭隘、普通的女人居然有那样的想法，她肯定是经历了炼狱般的痛苦。我为她难过。”

“那你觉得我就没有遭受痛苦吗？”

希尔达无法继续再戴着一副礼貌得体的冷漠面具了。这个问题让她激动不已，她没有办法不提出来。

“你很喜欢他吗？”

“不，我不是喜欢他。我连他走过的地方都崇拜。”

弗兰克伸出手来说再见。

“那你就按照你认为合适的方式处理。你在玩世界上最危险的游戏。你是在玩弄人心……原谅我说了这些话。”

“我很高兴你说了这些——因为现在我更清楚应该做什么。我都忘了他的妻子。”

弗兰克离开了，没一会儿，本来很想待到所有人都离开的法利先生也起身了。跟希尔达握手时，他问什么时候可以再来拜访。还没从刚才与弗兰克谈话时的激动心情中平复过来，她已经完全忘了法利先生的求婚。但是这会儿，她突然有种自我牺牲的冲动，似乎觉得与他结婚看起来既不可笑也不是不可能的事了。的确，如果她接受，就可以解决很多困难，虽然她一开始打算拒绝，但她还是决定先不这么做，而是好好考虑一下。至少，不能轻率行事。

“我明天给你写信。”她郑重其事地说。

他微笑着，关爱地抚摸着她的手，已然有点被接受的爱人的热情了。现在只剩下默里太太和巴兹尔单独待着了。他翻看着一本书，这一细微的动作对于正在气头上的她来说更显无情，虽然这并非他来意，也让她满腔怒火，有那么一瞬间，想到巴兹尔给自己造成的所有痛苦，她非常恨他。

“那本书很有趣吗？”她冷漠地问。

他不耐烦地把书扔到一边。

“我觉得那个男人一直赖着不走。每次看到他在这里我都很生气。你很喜欢他吗？”

“真是个令人惊讶的问题！”她冷冷地回答，“我想知道你究竟为什么会这样问？”

“因为我爱你，”他冲动地脱口而出，“我讨厌看到你和别人在一起。”

她极度冷静地看着他，某种冷酷的力量占据了她的内心，她感受不到任何情感。

“也许你会有兴趣知道，法利先生向我求婚了。”

“那你打算怎么回复？”

他的脸突然变得煞白，声音也嘶哑了。

“不知道——或许是我愿意。”

“希尔达，我还以为你爱我。”

“正因为我爱你才应该嫁给法利先生。”

他激动地跳起来，抓住她的双手。

“噢，你不能这样，希尔达。这太荒唐了。你不知道自己在做什么。噢，别这样做，看在老天的份上！这会让我们两个都非常痛苦。希尔达，我爱你，我不能没有你。你不知道我有多么不幸福。几个月以来我都害怕回家。走在路上看着我的房子，我几乎觉得恶心。你不知道我有多么希望自己在战场上战死。我不能再这样继续下去了。”

“但你必须继续下去。”她说，“那是你的责任。”

“噢，我觉得自己已经受够了责任和荣誉。过去一年我用尽了我所有的原则。我知道这一切都是咎由自取。我既懦弱又愚蠢，必须承担这些后果。但我很无力。我不爱我妻子。”

“那就永远不要让她发现。好好对她，要温柔，要宽容。”

“我做不到一天接一天，一个星期接一个星期，一个月接一个月，一年接一年地对她好，对她温柔又宽容。最糟糕的是我没有希望可言。我真的努力想要珍惜所有，但是没有用。我们太不一样了，不可能继续生活在一起。她说的每一句话，做的每一件事，都会强烈地刺激我。一个男人和那样的女人结婚时，认为他能够将那个女人提升到自己的水平。真是个傻瓜！是那个女人将男人拖垮到她的水平。”

她心烦意乱地从房间这头走到那头，混杂的感情在心里翻江倒海。她知道自己的爱有多么浓烈，也知道他的爱并不比自己少。她不忍心去想他过得并不幸福。她停下脚步，满含泪水地看着他。

“要不是因为你，我都不想活了。”他说，声音抚动着她的心弦，仿佛那是某种奇特的乐器，“只有见到你，我才又有勇气继续下去。每次来这里，我都会更加热烈地爱你。”

“你为什么要来？”她低语道。

“我忍不住。虽然知道那是毒药，但我爱这种毒药。为了看你一眼，我可以放弃自己的整个灵魂。”

这是他第一次对她说这样的话，这些话很甜，很甜，不过她还是要努力显得坚强。

“如果你真的喜欢我，就像个勇敢的男人一样履行你的义务，好让我尊敬你。你这样我们连朋友都做不了了。难道你不明白，你这样做，我再也不敢让你来我家里了吗？”

“我忍不住。哪怕再也见不到你，现在也必须告诉你我爱你。几个月来，这些话都在灼烧着我的舌头，有时候我几乎不知道该如何阻止自己。是我眼瞎了，让你蒙受痛苦。但我全身心地爱你，希尔达。没有你我活不下去。”

他往前迈步，但是她痛苦地叫喊了一声，迅速后退。

“天哪，别说这样的话！我受不了了。难道你不知道我有多虚弱吗？可怜可怜我吧！”

“你不爱我。”

“你知道我爱你。”她愤怒地大喊，“但是因为我深沉的爱，我求你履行自己的责任。”

“我的责任就是要快乐。让我们去一个可以相爱的地方——离开英格兰，去一个爱情不罪恶也不丑陋的地方。”

“噢，巴兹尔。”她热切地喊道，她现在内心更坚强了，因为这是为了他好，“噢，巴兹尔，我们直说吧。想想你的妻子，她也爱你——像我一样爱你。对她来说你就是整个世界；你不能让她蒙受这种羞辱。”

她坐到一把椅子里擦拭眼泪。她的痛苦使这个男人热烈的激情冷静下来，看到她落泪让他心痛。

“别哭了，希尔达，我不忍心看你哭。”

他站在身边守着她，她温柔地拉起他的手。

“如果我们对那个可怜的女人做这么可怕的事情，我们就再也做不到自我尊重了，难道你不明白吗？她会一直带着泪水和伤痛夹在我俩之间。告诉你我受不了这样。可怜可怜我吧——如果你真的爱我。”

他没有回答，她断断续续地继续说。

“我知道我们最好履行自己的责任。亲爱的，为了我，回到你妻子身边，永远不要让她知道你爱我。我们比她更强大，所以必须做出牺牲。”

他深感沮丧，两人都陷入了沉默。最后他松开了她的手。

“我再也不知道什么是对，什么是错。一切似乎都很困惑。这太艰难了。”

“我也一样艰难，巴兹尔。”

“那就再见吧。”他伤心地说，“我想你是对的，或许我只会让你难过。”

“再见，亲爱的。”

她站起来，向他伸出双手，他弯腰亲吻了这双手。她几乎无法忍受那种痛苦，他转身朝门口走去的时候，她所有的决心都崩溃了。她不忍心看他离开——不论怎么样，不能这样冷漠地离开，还不行。她想这或许是自己最后一次见他，心里被压制的激情冲了出来，打败了她，现在似乎除了爱什么都不重要了。

“不要走，巴兹尔，”她大喊，“不要走！”

他惊喜地转过身，她发现自己已经被他搂在了怀里。他热烈地亲吻她，吻她的唇，吻她的眼睛，吻她的头发，她因极端的欲望而哭泣。现在她什么也不顾了。哪怕是天崩地裂人间末日，除了这神圣的疯狂，这世界上什么都不重要了。

“噢，我受不了了。”她呻吟道，“我不能失去你，巴兹尔，说你爱我。”

“是的，是的，我全心全意地爱着你。”

他又吻她的唇，她几乎要兴奋得晕厥过去。她顺从地待在他环抱着自己的强壮双臂里，觉得可以幸福地死去。

“噢，巴兹尔，我想要你的爱——我非常想得到你的爱。”

“现在没有什么能将我们分开了。你永远都属于我。”

他双手抚摸着她的脸，双眼发光。她满心欢喜地沉浸在他浓烈的激情里，一个男人会因为她这般疯狂，她觉得很自豪。

“再说一次你爱我。”她低语道。

“噢，希尔达，希尔达，终于啊！我们会去一个全世界都只谈论爱情的地方，在那里只有爱情、青春和美丽最重要。”

“让我们去一个可以永远待在一起的地方。我们的时间如此有限，让我们尽可能抓住所有的幸福。”

他再次亲吻了她，她欣喜得眼泪夺眶而出。他们疯狂地谈论起彼此间的爱意和过去的痛苦，不顾一切地规划着未来，除了吞噬他们的激情，忘记了其他一切。那个时候只有当下是存在的，他们也不知道彼此怎么可能这么久都没有在一起。他说现在没有什么能将他们分开了，他们会永远一直属于彼此，听了这些她开心地抚弄着他的双手。现在哪怕失去灵魂也不重要，因为他们拥有了整个世界。然而，希尔达突然跳了起来。

“小心！有人来了。”

话音还未落，管家就进来了，身后紧跟着珍妮。巴兹尔惊叫一声。仆人关门出去了，有一会工夫，气氛很尴尬，希尔达不知道说什么。倒是巴兹尔先冷静下来。

“我想你应该认识我妻子，默里太太。”

“噢，是的，我认识她，你不需要介绍我。”珍妮突然愤怒地大喊。她快速走到希尔达身边，“我来找我丈夫。”

“珍妮，你在说什么？”巴兹尔大声说，预见到会有什么难堪的局面。他转向希尔达：“你介意离开一下吗？”

“不，我想和你聊聊。”珍妮打断说，“我不需要你们社交场上的任何虚情假意。我来就是要把话说明白了。终于让我逮着你了，你这是想抢走我丈夫。”

“安静一下，珍妮。你疯了吗？天哪，你先回避一下，默里太太，她会侮辱你的。”

“你替她着想——不替我着想。你不关心我有多痛苦。”

巴兹尔抓住妻子的手臂，想带她走，但她激烈地挣脱了他。希尔达站在她面前，脸色苍白、良心不安。珍妮的突然入侵让她明白自己打算做的事情有多么卑鄙丑陋，她心生恐惧。她向巴兹尔示意他应该让妻子说出想说的话。

“你这是要偷走我丈夫！”珍妮吓人地大叫，“噢，你……”她找不到足够粗暴的词汇，因为无济于事的愤怒而浑身颤抖，“你这个坏女人！”

希尔达强迫自己开口。

“我不想让你不开心，肯特太太。如果你想要这样，那我答应你，以后再也不见你丈夫了。”

“好像你的承诺会对我有用一样。我一点都不信。我知道社交名媛是什么样的。在城区的时候见得多了。”

巴兹尔走向前，再次恳求希尔达离开。他打开门，用哀求的眼神看着她，她待不住了。虽然一直避免眼神接触，她也感觉到他在恳求自己，不要因为置身这样可憎可恨的局面而生气。

“她怕我了。”珍妮野蛮地发出嘘嘘声，“她不敢和我对峙。”

他关上门，转向妻子。他气得脸色发白，但她没有注意到。

“你来到这里做这些事情是什么意思？”他粗暴地说，“你根本没有权利来这里，你想干什么？”

“我想要你。你觉得我没有猜到是怎么回事吗？我在这儿等了几个小时了。看到有人进来，又看着他们离开，最后我知道只有你和她在一起了。”

“你是怎么知道的？”

“我给了管家一镑金币，他告诉我的。”

一阵因厌恶而生的冰冷的战栗穿过巴兹尔全身，看到他极度的不屑，她苦笑起来。然后她看到巴兹尔的一张照片搁在窗边的桌子上，他还没来得及阻止，她就一把抓起照片扔在地上，恶狠狠地用脚踩。

“她无权把你的照片摆在这里。噢，我恨她，我恨她！”

“你真把我逼疯了。天哪，走吧。”

“你跟我走我才走。”

他看了她一会儿，试图控制内心的憎恨，强烈的报复性的憎恨，现在已经控制不住要从他心里翻滚出来。他大步走向前抓住她的手臂。

“听着，我当着老天的面向你发誓，在今天之前，我从未做过任何你不知道的事或说过任何你不知道的话。我尽了我的责任，我尽了最大努力让你快乐。我竭尽全力爱你。但是现在我不想欺骗你了。你最好知道究竟发生了什么。今天下午我告诉希尔达我爱她……而且她也爱我。”

珍妮愤怒地大叫一声，忍不住用雨伞往他脸上挥。情急之下他一把夺过雨伞，怒不可遏地在膝盖上折断了扔到一边。

“你这是自作自受。”他说，“你太让我难过了。”

他看着珍妮，像看一个第一次见面的陌生女人一样。她站在他面前，喘着粗气、迷惑不解，努力想控制自己。

“现在是结束的时候了，”他继续冷漠地说：“我们的生活没什么指望。我是在做一件自己能力范围之外的事情。我要离开了。我不能也不愿再和你一起生活了。”

“巴兹尔，这不是真的。”她喊道，突然觉得他说得非常认真。之前还以为他只是威胁自己，扬言做一些并不会真正去做的事情。“你还有我呢，我不会让你走的。”

“你还想要什么？”他伤心地问，“你已经毁了我的整个人生，难道这还不够吗？”

“你不爱我吗？”

“我从来没有爱过你。”

“那你为什么和我结婚？”

“是你逼我的。”

“你从来没有爱过我？”她重复着他的话，完全崩溃了，恐惧得浑身颤抖，差点昏厥。“哪怕刚开始的时候？”

“从来没有。现在已经到这份上了，不需要再掩饰什么。我必须告诉你，然后结束这一切。几个月来你该讲的都讲了——现在轮到我了。”

“但是我爱你，巴兹尔。”她激动地大喊，走上前用双臂搂他的脖子，“我会让你爱我的。”

但他退缩了。

“天哪，不要碰我！……噢，珍妮，我们结束吧。我很抱歉。我不想对你不好，不过你肯定也明白了——我并不喜欢你。继续这样虚伪欺瞒，使我们自己都非常痛苦，又有什么好处呢？”

她面对着他，深感卑微，不想让自己哭泣，却忍不住抽噎，浑身颤抖，她瞪着巴兹尔，眼睛睁得异常的大。

“是的，我明白了。”她粗鲁地大喊，“但我不愿相信。我把手放你肩膀上的时候，我看到你几乎忍不住发抖。有时候我亲你，就会看到你竭尽全力阻止自己推开我。”

终究，他还是个心地善良的人，第一阵怒火已经消退，就忍不住被她那可怕又痛苦的声调触动。

“珍妮，如果我不爱你，我就做不到。如果我——如果我爱的是别人，我就做不到。”

“你打算怎么办？”她迷茫胆怯地问。

“我打算离开。”

“去哪里？”

“天知道！”

他们静静地站了一会儿，珍妮试图整理思路，各种思绪在她的大脑中剧烈跳动，像一群狂妄自大的疯子跳着喧闹疯狂的舞蹈。男管家轻轻走进来，递给巴兹尔一张纸条，说默里太太命他送过来的。直到仆人走了，巴兹尔才打开纸条，看完后，一言不发地递给了珍妮。

你可以告诉你妻子，我已经决定嫁给法利先生了，我再也不会见你了。

希尔达·默里

“这是什么意思？”珍妮问。

“这还不清楚吗？有人向她求婚了，她打算接受。”

“但你说她爱你呀。”

他耸了耸肩，没有回答。然后，珍妮心中闪过一线希望，她伸出双手，温柔急切地走到他身边。

“噢，巴兹尔，如果这是真的，再给我一次机会吧。她并不像我这般爱你。我是自私、爱吵架、苛求，但我一直都爱你。噢，不要离开我，巴兹尔。再让我试一次看能不能让你爱上我。”

他低下头回答：“对不起，太迟了。”

“噢，天哪！我该怎么办？”她哭喊道，“哪怕她要嫁给另外一个人了，在这个世上你还是最爱她吗？”

他点了点头。

“就算她真的和另外那个人结婚了，她也还是爱你。你俩之间没有我的位置，我可以像个被解雇的仆人一样离开了。噢，天哪，噢，天哪！我做错了什么要承担这样的后果？”

“很抱歉让你这么痛苦。”他低声说，被她极度的痛苦深深触动。

“噢，不要可怜我！你觉得我现在需要你的可怜吗？”

“你最好和我一起离开，珍妮。”他温和地说。

“不。你已经告诉我不再要我了。我应该自己离开。”

他看着她，犹豫着，耸了耸肩。

“那就再见了。”

他出去了，珍妮看着他。一开始她几乎不敢相信他离开了。好像他会转身回来，让她挽着自己的胳膊；好像他会再次走上楼梯，说他还爱她。然而他没有回来，她从窗户看着他走到了街上。

“他很开心能够离开。”她低语。

然后，她坐到门口，心碎难受，双手掩面，放声痛哭。

第十四章

然而，不久她就站起来，走下楼去。她悄悄地出门来到街上。尽管筋疲力尽，由于本性节俭，珍妮并没有乘坐马车，而是迈着沉重的步伐步行前往滑铁卢。夜晚又冷又黑，十一月的细雨湿透了她的衣服，但在极端的痛苦中，她什么也没注意到。她走着，眼睛直视着前方，绝望的表情凝固在脸上，她的眼睛看不到房子也看不到人群：像穿过一条空旷的街道一样穿过皮卡迪利大街的人群。人们举着雨伞，在沉闷的雨中匆匆往家里赶，也有些人尽管天气恶劣，仍在街上漫无目的地闲逛。有时她断断续续地抽泣，然后突然间，滚烫、痛苦的泪水就顺着脸颊不断流下来。脚下的路似乎没有尽头，她很快就没有力气了。四肢比铅还重，疼得厉害，但她不愿意乘车，因为动起来的痛苦没有不动的痛苦那么深。她穿过威斯敏斯特大桥，最后，几乎还没有意识到，就发现自己到了滑铁卢。看她失魂落魄的样子，搬运工还以为她喝了酒。珍妮问了什么时候会有火车，然后坐下来等。闪烁的电光艰难地穿透潮湿的夜晚，在那忽明忽暗的光照下，车站的空间显得宽阔而空洞。这是个神秘的地方，肮脏而恐怖，不可思议地延伸到无尽的远方：人们来来往往，搬运工扛着行李经过，火车到达了又出发。这种可怕、残酷的场景深深地印在了她备受折磨的大脑里。

终于回到巴恩斯，珍妮并没有感到宽慰，她反而感到更难过，因为记起了夏天，在柔和的蓝天下，她经常紧紧抱着巴兹尔的胳膊在公共场所漫步。现在天又黑又刮着风下着雨，烧焦的金雀花满身泥垢，即使在夜幕的掩护下，也显得阴郁肮脏。她回到那栋窄小的房子，开门进去，然后上楼，隐约地希望巴兹尔终究能够先她而到家，因为她仍然不相信可能再也见不到他了。然而家里到处见不到人。现在，她的痛苦不是眼泪所能表达的了，她像疯子一样在屋子里走来走去，机械地把不在原位的东西收拾好。在卧室里，她看着镜子，拿自己跟默里太太比，带着一种苦涩的自豪感，注意到自己美丽的秀发、明亮的眼睛和光泽完美的肤色。尽管经历了这么多，珍妮仍然意识到自己比默里太太更美。她也更年轻，回忆起过去在金冠酒吧获得的爱慕和追求，她实在不能理解为什么在巴兹尔这里，她会如此无能为力。其他男人特别喜欢她，其他男人愿意谦卑地听她吩咐。一些人用贪婪的眼光注视她，一碰到她的手就浑身发抖；另一些人看到她冲他们微笑，就会因为渴望而脸色苍白。别人都三番五次地告诉她她有多美，只有巴兹尔对此毫无知觉。然后，珍妮困惑了，带有少许一直在英国血统中存在的清教徒的本能，她问自己为什么会受到如此严厉的惩罚。她尽了最大的努力：她是个忠于丈夫的好妻子，想尽一切办法取悦他；而他却讨厌她。全能的上帝似乎在反对她，在一种报复性的力量前，她束手无策。

她仍然抱着一线希望，等待着，她知道每列火车预期的到达时间，在一辆列车到达后，乘客从车站走到家需要的这段时间里，她苦苦地期待着。夜晚过去了，一辆辆火车接二连三地到达，而巴兹尔从没有出现。然后最后一辆车也走了，她绝望了，这天晚上巴兹尔是不会出现了。她明白这次真的结束了，彻底放弃了那唯一支撑着她的一丝希望。她又看到他向她甩出那些尖酸讽刺的话语时满是憎恶的表情，他长期压抑的激愤在那无法控制的大怒时刻迸发出来，想到这里，她还会发抖。现在，珍妮真心诚意地希望，之前应该无视他的所作所为，这样现在即使没有了他的爱，能留住他的人她也会心存感激。她后悔自己强迫他说出对默里太太的爱，如果可以重来她愿意付出一切代价。之前折磨过她的猜疑，远比现在这确定的结局要好得多。她宁愿承受一切，也不愿完全失去他，即使偶尔看一眼，她也会感恩。但要说以后再也不见他！她宁愿死。

她的心脏猛地抽动了一下。她宁愿死……那就是所有问题的解决方法。她无法背负这种疼痛的生活。这种不幸的感觉太恐怖——死了要比这好多了，什么都感觉不到！

“他俩之间没有我存在的空间。”她重复着，“我是个障碍。”

或许她的死可以帮巴兹尔最后一个忙，他可能会为她难过。他可能会为自己说过的话后悔，责怪自己没对她更好、更宽容。她知道活着不可能重获他的爱，但是谁知道她的死亡可以产生怎样的奇迹呢？死亡的诱惑抓住了她，占据了她，控制了她。这个可怜的女人心里非常激动，她把剩余的力气集聚起来，毫不犹豫地起身，戴上帽子走了出去。奇怪的是，这个决心对她有强大的吸引力，在它的支撑下，她走得很快，期望迅速摆脱所有烦恼获得平静，期待不再受这种内心撕裂般的痛苦折磨，那远胜于身体疼痛造成的痛苦。在那漆黑寂静的夜晚，她来到在黑暗中静静流淌的河边，河水泛滥，危险恐怖、寒意袭人。但在她心里，这激不起任何恐惧：如果她的心跳得很快，那也是一种可怕的欢乐，因为她即将要结束痛苦了。她很开心那天晚上很昏暗，也因为下雨而感谢上天，这样闲逛的人就不会来河边了。她沿着纤道来到一个认识的地方——那里水很深，河岸到这里突然倾斜。一年前，一个女人从这里跳下去了，珍妮经过这里的时候经常会微微一颤：有一次，她半开玩笑地说，她是从这个女人的坟墓上跨过去。一个男人朝这边走过来，她躲在墙壁的阴影里，他经过时并没有注意到有人在那里，上面花园里树枝上的雨水大滴大滴地掉落下来。她来到要找的那个地方，环顾四周确保附近没有人。她脱下帽子，把它放在靠墙的地上，使它尽可能不被打湿。然后，毫不犹豫地走到河岸边。她一点也不害怕。她看了一会儿那迟钝无情的河水，大胆地跳了进去。

巴兹尔一离开默里太太家，就去了哈利街，但发现弗兰克出门了，就去了俱乐部，在那里度过了忧郁绝望的一晚，希尔达已经表示她打算嫁给万灵教区的牧师，这让他撕心裂肺地痛，而且他已经因为给妻子造成了痛苦而后悔不已。起初，他打算在城里过夜，但是越想越觉得有必要回巴恩斯。尽管一心一意想和珍妮分手，但考虑到之前发生的一切，他觉得还是不能带着怒气和珍妮分手。不过他觉得不能马上再去见她，于是决定等她睡着后晚点再回家。但他完全睡不着，而且非常害怕长时间的清醒，于是他想把精力都耗尽，便决定动身走路回家。回到河畔花园的小房子时已经将近凌晨两点了，正当他要进门时，巴兹尔十分惊讶地发现一名警察在按门铃。

“警官，您有什么需要？”他问。

“您是巴兹尔·肯特先生吗？可以跟我去一趟警察局吗？您妻子发生了事故。”

巴兹尔大叫一声，恐惧已经涌上心头，忙问那个人什么意思。然而警察只是重复说要他立即去一趟警察局，他们一起匆忙迈着大步出发了。一名巡夜官告诉了他这个消息。

“我们请您来辨认您的妻子。有人看到她沿着纤道跳到河里。等到有人过去施救的时候她已经淹死了。”

巴兹尔无法理解这些话的全部含义，他呆呆地瞪着眼睛，惊恐万分。他张开嘴想说话，但只是气喘吁吁地说着些难以理解的话。他从这两人当中的一个看向另一个，而他们只是无动于衷地看着他。整个房间开始旋转，而他看不见了。他觉得非常眩晕，然后好像有人残忍地撕开了他的头骨骨缝线。他漫无目的地伸出双手，巡夜官明白了，把他带到珍妮躺着的地方。还有一位医生在她身边，不过似乎所有抢救生命的努力都已经停止了。

“这位是她丈夫。”巴兹尔的向导说。

“我们什么也做不了。”医生喃喃地说，“被救出来的时候她就已经死了。”

巴兹尔看着她，然后转过脸去。他突然想放开嗓子尖叫。这看着太吓人了，太不可能了。

“你知道她为什么这么做吗？”医生问。

巴兹尔没有回答，只是心神错乱地凝视着珍妮紧闭的双眼、蓬乱且湿透了的漂亮头发。

“天哪！我该怎么办？就没有什么办法了吗？”

医生看着他，叫一名警察拿一些白兰地过来，然而巴兹尔厌恶地推开了。

“你现在想让我做什么？”

“你最好回家。我陪你一起走。”医生说。

巴兹尔凄惨恐惧地盯着他，眼睛里有种恐怖的黑色，从他死人般苍白的脸上可怕地闪烁出来。

“回家？我不能待在这里吗？”

医生扶起他的胳膊，带他离开。他家离得不远，回到家门口的时候，医生问他自己是否可以。

“是的，我没事。不用麻烦。”

他进门上楼，不知怎么心里十分恐惧，在椅子上绊了一下也吓得大叫起来。他坐下来试图整理一下思路，脑海里却在翻滚，他担心自己会发疯，脑子里一直持续着那种骇人的折磨，这种折磨似乎结合了身体和心灵上的疼痛这两种痛苦。然后，他想起了警察局的场景，在此之前还是一片混乱与模糊。奇怪的是，现在他敏锐且精确地看到了每一处细节——停尸房光秃秃的石墙，耀眼的灯光下闪动的阴影，穿制服的人的脸庞（每一个特征，表情的变化都十分明显），还有那具尸体！那个景象深深地刺入了他的灵魂深处，他几乎因恐惧和悔恨而晕倒。他痛苦地呻吟。从不知道人还可能遭受这么可怕的痛苦。

“噢，要是她再等一会儿！要是我再早一点回来，或许就可以救下她。”

他又同样奇怪而又清晰地记起了那天下午发生的事情，自己的残忍让他特别惊恐。他重复了自己说过的话和她说过的话，看到了她乞求自己再给她一次机会时，她脸上可怜的表情。她的声音还在他耳边颤抖着，她眼里可怕的痛苦使他害怕。是他的错，一切都是他的错。

“我杀害了她，这无疑就像是我用双手掐死了她。”

他此时的想象力异常活跃，他看到了河边的场景，看到了河流浑浊猛烈的恐怖样子，看到了无情的寒冷。他听到了河水的拍击声和恐惧的尖叫声。他看到了她求生的欲望一度变得无比强烈时的挣扎。他的脑袋跟着河水猛扑过来时珍妮恐惧的痛苦一同天旋地转，他感觉到了那可怕的窒息，想要呼吸也是徒劳。他歇斯底里地哭了起来。

然后他想起来她对自己付出的慷慨的爱，以及自己的忘恩负义。他只能严苛地责备自己，因为他从来没有真正尝试珍惜所有。一开始遇到障碍就气馁了，忘了自己的责任。她深信不疑地委身于他，而他带给她的却是悲伤，而不是她生来就满心欢喜想要的幸福，她得到的最终归宿是可怕的死亡，而不是因为有他而无比热爱的生活。最后，他似乎无法继续生活了，他鄙视自己。他不再期待明天以及明天之后的明天。他的生活现在结束了，在痛苦和彻底的绝望中结束了。回忆起那责备的双眼，就会煎熬着他的灵魂，他觉得自己再也无法入睡，这样还怎能继续生活？他强烈地想要像她那样结束自己的生命，从而为她的死亡提供某种补偿，同时也获得她付出了那么大代价才获得的平静。想到这里一种可怕的魔力驱使着他，他像个被催眠的人一样走下楼，走到街上，沿着纤道往前走，正好站到珍妮跳河的地方。他非常熟悉这个地方。尽管深夜漆黑一片，仍看得出来这里刚发生过什么事情。河岸都被踩紧踏平了。然而看着河水，他惊惶得浑身哆嗦。天气太冷了，他无法忍受被水淹的长时间的痛苦。而她却轻而易举地做到了。她似乎非常勇敢地跳了下去，一刻也没有犹豫。巴兹尔吓得魂不附体，他厌恶自己的胆怯，转身快速离开了那个可怕的地方。没一会儿，他跑了起来，四肢颤抖着回到家。无论如何，他不能以那种方式面对死亡。

但他仍然觉得无法继续生活，就从书桌的抽屉里拿出一把左轮手枪，装上子弹。只需轻轻扣动扳机，就可以结束他那无法忍受的耻辱、悔恨和所有的困难。他像被施了魔法一样凝视着这件造型考究的小武器，好奇地用手指触摸着它，但随后，他心情激动地把它扔了出去。毕竟，他不能结束自己仍然热爱着的生活，自己居然会害怕，因此他对自己感到恐惧，浑身颤抖。他知道伤口的疼痛很小。在战争期间，他曾受过伤，但那时候几乎感受不到子弹撕裂和灼烧的痛。钟敲凌晨三点。他不知道该如何度过那难以忍受的夜晚余下的时光。还得过将近五个小时天才会亮，黑暗把他给吓坏了。他试着阅读，但大脑一片混乱，无法理解书本上词语的含义。他躺在沙发上，闭上眼睛想睡一会儿，但珍妮苍白的脸，紧握的双手和滴水的头发又清晰可怕地出现在脑海里。那个房间的寂静都非常恐怖。他在一张小桌子上看到珍妮的手工活，她离开时把它们随意地扔在一边，他像是看到了珍妮，像往常一样坐在那里做针线活。这种痛苦难以忍受，他跳起来，拿起帽子走了出去。必须找个人倾诉一番，倾诉一下他心里十分痛苦的悲伤。他忘记了时间，迅速朝哈默史密斯走去。这条路很孤独，在那寒冷、没有星光的夜晚里漆黑一片，所以他根本看不清眼前的路。路上一个人影都没有，因此他可能穿过了无人的荒野。最后，穿过大桥，他来到了住宅区。走在人行道上，想起了这些街道上白天拥挤的人群，稍微减轻了一点一直驱使他前进的恐慌和害怕。原本他的步伐没有什么目标，现在却更有意识地朝弗兰克家走去。他必须从某个人那里获得如何自处的帮助和建议。他已经精疲力竭，走得更慢了，路似乎没有尽头。终于，城区有了苏醒的迹象。时不时会有一辆为考文特花园运送农产品的马车沉重地驶过，各处都有零散的牛奶店灯火通明。他心里非常感谢那些早起辛勤工作的人，他们的忙碌似乎把他与人类世界再一次联结起来。他在一家肉铺前站了一会儿，燃烧的气体衬托出一些结实强壮的男人的轮廓，他们正拼命擦洗地板。

离开巴恩斯似乎有几个小时了，巴兹尔终于发现自己来到了哈利街，踉踉跄跄地走上台阶。他按响了门铃，等人回应。没有人应答，他痛苦地想到弗兰克可能出诊了。他已经精疲力尽，几近晕厥，无法再继续走下去，但能去哪里呢？自午夜起，他已经长途跋涉整整十六英里了。他又按了一次，不久就听到了声响。门厅的电灯亮了，门开了。

“弗兰克，弗兰克，看在老天的份上，让我进去吧！我觉得自己快要死了。”

弗兰克惊愕地看着他的朋友，衣冠不整，没有穿厚大衣，浑身湿透了，溅满了泥水。他脸色煞白、憔悴不堪、惊吓过度，眼睛瞪得像个疯子一样反常。弗兰克没问任何问题，扶起巴兹尔的胳膊带他进到屋里。然后巴兹尔仅剩的力气也没有了，瘫坐到沙发里，晕倒了。

“白痴!”弗兰克抱怨了一句。

他抓住巴兹尔的脖颈，把他的头牢牢地压到双膝之间。没多久，巴兹尔恢复了知觉。

“继续低着头，我给你拿些白兰地来。”

弗兰克不是一个会因为意外事件而惊慌失措的人，他有条不紊地倒了足量的烈酒，让巴兹尔喝下去。他让巴兹尔静坐一会儿，不要说话；接着拿起自己的烟斗，装满点燃，静静地坐下来，尽量把全身都包裹起来，然后开始抽烟。弗兰克冷淡的动作对巴兹尔产生了神奇的效果，弗兰克显然对他的异常闯入一点也不感到惊讶，仍旧不动感情、不露声色地处理事情，因此巴兹尔也不可能一直保持那种带有恐怖气氛的紧张感。弗兰克的漠不关心产生了一种催眠作用，他奇怪地松了一口气。最后弗兰克转向他。

“我觉得你最好把身上那些脱掉，可以穿我的睡衣。”

他说话的声音突然让巴兹尔回想起自己生命中的恐怖事件，他瞪着大眼，嘶哑着嗓子，有时候被痛苦的喘息打断，就这样语无伦次地诉说了整个可怕的故事。然后又一次崩溃，转过脸去哭泣。

“噢，我受不了了——我受不了了。”

弗兰克看着他，陷入沉思，不知道该怎么办好。

“晚上我尝试过自杀。”

“你觉得那样会给任何人带来好处吗？”

“我鄙视自己。觉得我没有权利活着，然而我没有那个勇气。人们说自杀是胆怯的表现，可他们不知道那需要多大的勇气。我无法面对那种疼痛。而她却轻而易举地做到了——她就沿着纤道走，然后跳了下去。我不知道死后会经历什么。毕竟，如果我们违反了上天的律法，会有一个残忍的报复之神永远来惩罚我们，这可能是真的。”

“要我是你就不会在这儿大肆宣扬，巴兹尔。你不妨去另外一个房间睡一会儿吧。睡几个小时就会好起来。”

“你觉得我能睡着吗？”巴兹尔大叫。

“来吧。”弗兰克说着，拉起他的手臂。

他把他带到卧室，巴兹尔并不反抗，弗兰克又帮他脱了衣服，扶他躺下。然后他拿起皮下注射器。

“把你的手臂给我，不要动。我只是扎一下你——不会痛的。”

他给巴兹尔注射了一点吗啡，过了一会，就高兴地看到巴兹尔舒适地睡着了。

弗兰克放好注射器，面带沉思地微笑。

“真是有趣，”他喃喃自语道，“人类最激烈、最悲惨的情感都敌不过一剂足量的吗啡。”

这一小小剂量的吗啡可以减轻心灵的忧虑，在它的作用下悲痛和悔恨不再强烈，良心的剧痛逐渐平息，而作为人类大敌的痛苦被有效地征服。它强调了这样一个事实：人类最强烈的情感竟取决于那些被愚蠢之人称为粗俗的东西。在一次囊括众多的诅咒中，弗兰克表达了他对二元论者、唯心论者、基督教科学派、江湖术士和科学传播者彻底的憎恶。然后，他裹上毯子，舒适地躺到扶手椅里，等待着缓缓到来的黎明。

两个小时后，他来到了巴恩斯，在警察局收集了珍妮悲惨死亡的更多细节，这些比巴兹尔所能提供的更准确、更详细。弗兰克告诉巡夜官说肯特处于完全崩溃的状态，什么也做不了，然后他给了自己的地址，答应就任何必要事务接受当局的调遣。他了解到死因聆讯可能会在两天后举行，并保证巴兹尔到那时已经康复，可以参加。之后他去了巴兹尔家，发现女仆很惊讶，因为男主人和女主人都没有在家睡，他告诉女仆发生了什么，然后给詹姆斯·布什写了一封信，说明了一些情况。他答应女仆第二天早上回来，之后就回哈利街了。

巴兹尔起来了，但是十分沮丧。一整天都不说话，弗兰克只能猜测他遭受的可怕痛苦。他脑子里不断回想起和希尔达一起的场景，以及他对妻子说的那些难听的话，而他总是只能看到两种样子的珍妮：一种是在恳求最后一次机会，另一种是她死了。有时候想起他对希尔达说的那些热烈激情的话，他觉得自己痛苦得想尖叫，因为似乎正是这最后的屈服导致了整个灾难的发生。

第二天，弗兰克要出门时，他转向郁郁寡欢盯着火苗的巴兹尔。

“兄弟，我要去巴恩斯。你有什么需要吗？”

巴兹尔开始猛烈地颤抖，苍白的脸色变得更加恐怖。

“死因聆讯怎么办？我必须要参加吗？”

“恐怕是的。”

“那整件事情都会公之于众。人们会知道这一切都是我的错，我将再也无法抬头了。噢，弗兰克，就没有办法不参加吗？”

弗兰克摇了摇头，巴兹尔的嘴唇憔悴得露出绝望无助的表情。他什么也不说了，直到弗兰克就要离开房间，他突然跳起来。

“弗兰克，有一件事情你必须帮我。我想你觉得我是个卑鄙残忍的人。天知道我跟所有其他人一样鄙视我自己——不过因为我们是这么长时间的朋友了，请再帮我做一件事情。我不知道珍妮跟她家人说了什么，现在出了这个事，他们肯定会抓住机会打击我——无论如何，请不要把默里太太的名字卷入其中。”

弗兰克停下来想了一会儿。

“我看看能做些什么。”他回答说。

去滑铁卢的路上，医生绕道去了老皇后大街，发现莱伊小姐正在用早餐。

“巴兹尔今天早上怎么样了？”她问。

“可怜的家伙！他状态很不好。都不知道该拿他怎么办。我想死因聆讯一结束他最好是去国外待一段时间。”

“为什么在此之前不让他待在这里？我会给他吃饱的。”

“你只会是瞎忙一气。他自己待着更好。他可以一直郁闷地想着那件事情直到脑子精疲力竭，然后事情就会变好。”

他不屑一顾地拒绝了她的建议，对此莱伊小姐微微一笑，等着他继续。

“这样，我想让你借我点钱。今天上午可以向我的银行账户支付两百五十英镑吗？”

“当然可以。”她回复，很高兴他这样问了。

她走到桌前去取支票，而弗兰克则面带微笑地看着她。

“你不想知道是用来干什么的吗？”

“除非你愿意告诉我。”

“真是个可靠的朋友！”

他热情地跟她握了握手，瞟了一眼手表，朝滑铁卢飞奔而去。到达河畔花园时，女仆范妮打开门，告诉他詹姆斯·布什正等着见他。她说，詹姆斯跟她说了要毁掉巴兹尔，并且还在房子里到处找文件和信件。弗兰克暗暗庆幸自己的谨慎小心，他已经把所有东西都锁起来了。他轻轻地走上楼梯，打开门，发现詹姆斯正尝试用不同的钥匙去开书桌的锁。弗兰克进来时他吓得跳了起来，不过很快就恢复了冷静。

“为什么这些抽屉都上锁了？”他不知羞耻地问。

“可能是为了不让那些好奇的人看到里面的东西吧。”弗兰克回答，态度十分和蔼可亲。

“那个人去哪儿了？他谋杀了我妹妹。他是个恶棍，是个杀人犯，我要当面跟他说这些话。”

“我就希望能在这里找到你，布什先生。我想和你谈谈，你不坐下来吗？”

“不，我不坐。”他咄咄逼人地回答，“一个绅士不会在这样的房子里坐下。我会和他算账的。我要给陪审团讲一个漂亮的故事。他真的应该被勒死，真的。”

弗兰克严厉地看着这个拍卖行员工，注意到他那敏锐多疑的眼睛、薄薄的嘴唇以及卑鄙狡猾的表情。弗兰克希望避免在死因聆讯时出现造谣中伤的局面，巴兹尔不用因为自己的家庭事务而接受各种盘问就已经病得很重，也很痛苦了。他认为要詹姆斯·布什按照他的想法行事并不难。然而这个人给人的厌恶感促使他采用了一种直截了当的坦诚态度。他觉得对这样一个人最好是直言不讳，不必用谄媚的委婉语来表达自己的意思。

“你觉得在死因聆讯时大吵大闹能获得什么呢？”他凝视着对方的眼睛说。

“噢，你已经想到了，是不是？主人巴兹尔派你来拿下我是吗？没用的，年轻人，我要尽可能把这个事情闹大。我受够了，受够了。他简直把我当尘土一样对待。你不知道吧，他觉得我不配跟他来往。”

他带着极大的恶意低声说出了这些话，可以想象，他几乎不在意妹妹的死，只不过是这给了他机会让他为耿耿于怀这么久的怨恨出口气。

“要不你静静地坐下来，听我说五分钟，不要打断我。”

“你想要愚弄我，不过你不会得逞的。我能一眼看穿你，就像你是块玻璃窗一样。你们这些伦敦西区的人——自以为什么都知道！”

弗兰克冷静地等着，直到詹姆斯·布什闭上他无礼的嘴巴。

“你觉得这栋房子里的家具值多少钱？”他特意问道。

这个问题让詹姆斯吃了一惊，但没一会儿他就回答了。

“一件东西价值多少和它能卖个什么价钱是很不一样的。要是由一个内行的人来卖，大概能卖个——一百英镑。”

“巴兹尔考虑把这些送给你母亲和妹妹——当然，只要你在死因聆讯时什么都不说。”

詹姆斯爆发出一阵讽刺的大笑。

“你让我觉得好笑。你觉得给我母亲和妹妹一房子的家具就可以封上我的嘴吗？”

“对于你的漠不关心，我没有这么高尚的想法。”弗兰克冷淡地说，“现在就来说说你。你好像欠巴兹尔很多钱吧。能还清吗？”

“不能。”

“而且，好像在你上一个工作的地方，你的账目遇到了一些问题。”

“那不是真的。”詹姆斯愤怒地打断。

“可能吧。”弗兰克极其冷静地反驳，“我提一下这件事只是为了向敏锐聪慧的你说明：你若要把事情闹大，我们也可以让你吃不了兜着走。家丑若是要外扬，通常双方都会各执一词。”

“我不在乎。”詹姆斯恶狠狠地大叫，“要是我能拿刀刺他，我就会承担相应的后果。”

“我理解，你打算向愉快的陪审团揭露巴兹尔婚后生活的全貌。”弗兰克停顿了一会儿，看着对方，“我给你五十英镑保持沉默。”

这个提议像是冷嘲热讽，詹姆斯居然脸红了。他愤怒地跳起来，走到弗兰克面前，弗兰克仍然坐着，带着几分可笑的冷漠看着他。

“你是要贿赂我吗？我该让你知道我是个绅士；而且，我是个英国人，并为此而骄傲。之前还从没有任何人试过贿赂我。”

“否则毫无疑问你会接受。”弗兰克温和地低语。

弗兰克医生的冷静让这个小职员感到深深的不安。他隐隐约约觉得故弄玄虚的抗议很可笑，弗兰克不知怎么对自己的判断这么准确，找任何虚假的托词都没有用。

“得了，得了，布什先生，别傻了。毫无疑问，这些钱对你来说用处很大，你这么聪明，肯定不会在处理公事的时候让私人的考虑影响你的判断。”

“你觉得五十英镑对我来说算什么？”詹姆斯有点迟疑地大声说。

“你肯定理解错了。”弗兰克迅速看了一眼说，“我说的金额是一百五十英镑。”

“噢！”他又脸红了，脸上涌现一种好奇的神情，“那就是另外一回事了。”

“怎么样？”

弗兰克观察着这个人的内心斗争，看到一丝羞愧的表情，觉得很有意思。詹姆斯犹豫再三，然后强迫自己开口；然而话里没有他平日的自信——几乎像是耳语。

“听着，两百英镑我就答应。”

“不行。”弗兰克坚定地回答，“要么一百五十英镑，要么见鬼去。”

詹姆斯没有回话，弗兰克看他同意了，从口袋里掏出支票，在桌子上写下金额，递给他。

“先给你五十英镑，剩下的在死因聆讯后给你。”

詹姆斯点点头，没有回答。他感觉非常谦卑。看了看门，又瞅了一眼弗兰克，弗兰克马上明白了他的意思。

“你不用再待在这里了。如果有需要，我会告诉你的。”

“好，再见。”

詹姆斯·布什有点像一条被鞭打过的恶狗一样逃了出去。过了一会儿，仆人进来了。

“布什先生走了吗？”弗兰克问。

“是的。总算把他打发走了。”

弗兰克若有所思地看着她。

“啊，范妮，这世界上要是没有流氓，对诚实的人来说，生活真的会非常艰难。”

第十五章

六个月过去了，夏日优雅的气氛又一次吹进了老皇后大街莱伊小姐的餐厅里。她和卡斯蒂林太太坐在一起用午餐，在东方过了一个冬天，卡斯蒂林太太精神恢复得很好。保罗一向急于将自我提升与休闲娱乐结合起来，他建议去印度旅行，以此纪念两人之间的和解，在那里，或许还可以第二次享受一回更愉快的蜜月。与此同时，他还研究了对他来说具有重大政治价值的各种问题。身穿夏日连衣裙的卡斯蒂林太太，恢复了以往的优雅，像德累斯顿的小瓷人一般精致，也恢复了旧日的活力，不过因为多了一分温柔而更加迷人。她将自己的头发恢复天然的颜色，以此来强调她想法的改变。

“你喜欢吗，玛丽？”她问，“保罗说这让我看起来年轻十岁。我不再化妆了。”

“完完全全？”莱伊小姐微笑着问。

“当然，我也会用一点粉，但那都不算。要知道，我现在不用粉扑了——只用一块皮革。你想不到我们在印度过得有多开心，保罗是个完美的爱人。他对我非常非常好。我对他也一心一意，我觉得我们可以在下一次的女王生日宴上获封准爵士头衔。”

“那是对美德的奖赏。”

卡斯蒂林太太脸红了，大笑起来。

“你知道，我害怕自己会变成一个很讨厌的一本正经的人，但事实是做个好人，不用为任何事情自责是一件非常舒服的事情……跟我说说大家的情况。你在哪里过的冬天？”

“我像往常一样去了意大利，表哥阿尔杰农和他女儿圣诞节的时候陪我待了一个月。”

“她丈夫的死是不是让她特别心痛？”

卡斯蒂林太太的声音里确实有种真切的同情，莱伊小姐意识到她发生了非常诚挚的变化。

“她处理得很好，我觉得她很幸福。她告诉我说，能经常感受到赫伯特就在身边。”莱伊小姐停顿了一会儿，“贝拉收集了她丈夫写的诗，希望能结集出版，她在序文中用非常感人的笔触讲述了他的生和死。”

“那些诗写得好吗？”

“不好。那正是整件事情的悲哀之处。我从没见过一个人的本性如此富有诗意，却从来没有写出过超越平凡的诗句。若他只写自己的情感，只写他那些小小的希望和失望，可能会写出一些好诗来，但他只是在苍白地模仿斯温伯恩、丁尼生和雪莱。赫伯特·菲尔德如此简单正直，居然写不出一个不那么矫揉造作的诗节。我觉得在他心里，他认为自己没有文学表达的天赋，这与崇高的理想、个人的真诚或七种致命的美德没有什么关系，因为他死的时候并不觉得遗憾。他生来只是想成为一个伟大的诗人，在生命的最后才意识到这永远不可能实现。”

莱伊小姐已经看到了贝拉打算自费出版的那本漂亮小书，字体清秀、留白较宽、封面精致。她好像已经看到评论家们轻蔑的忽视，最终贝拉只得收回那一大摞诗集，一本一本地作为礼物送给朋友，朋友们都会衷心地感谢她，却决不会费力读上几行。

“雷吉·巴塞特怎么样了？”格蕾丝突然问道。

莱伊小姐快速地瞥了她一眼，但卡斯蒂林太太的眼神并没有变化，这说明她是无意间问起了这个问题，或许只是想表明她已经完全克服了先前的迷恋。

“你听说他结婚了吗？”

“我在《英国早报》上看到了。”

“他母亲很气愤，有三个月时间没跟他说话。但最后我告诉她要有一个继承人了。于是她决定收敛傲气，和她儿媳妇和解了，她儿媳妇是个通情达理的好女人。”

“漂亮吗？”格蕾丝问。

“一点都不漂亮，不过非常能干。她已经把雷吉变成一个体面的社会成员了。为了孩子出生时就在身边，巴塞特太太现在已经去伯恩茅斯了，两个年轻人在那里买了一栋房子。”

“古老的巴罗-巴塞特家族不会消失了，这还挺让人宽慰的。”格蕾丝低声讽刺地说，“我推测你这位年轻的朋友安定下来了，因为有一天他归还了我之前借给他的每一分钱。”

“那你拿那些钱做什么了？”莱伊小姐问。

格蕾丝涨红了脸，心血来潮地微笑着。

“我刚好在结婚纪念日的前一天收到了这笔钱，就全用来给保罗买了一枚漂亮的珍珠别针。他非常高兴。”

卡斯蒂林太太站起身，她离开后，莱伊小姐拿起一封午餐前送达的信，当时有客人到来，她并没有打开。信是巴兹尔写的，他按照莱伊小姐的建议在塞维利亚度过了整个冬天。死因聆讯之后，他离开了英格兰，这是他在那之后第一次给她写信，她好奇地拆开了信封。

我亲爱的莱伊小姐：

不要因为我没有写信告诉你我的情况就认为我忘恩负义，只是一开始我觉得自己不能给英格兰的朋友写信。一想起他们，所有的事情就回到了脑海里，只有通过近乎绝望的努力才能再一次忘记。有一段时间，似乎我永远都不能再面对这个世界了，备受自我谴责的折磨。我发誓要放弃整个生命以表达自己深深的悔恨，觉得我再也不会拥有宁静的生活或者任何接近幸福的东西。然而现在我很羞愧的发现自己开始重拾往日的性情。有时候发现自己会很满足地大笑，会被逗乐或者精神饱满，我便痛斥自己，那个可怜的女孩才过世几个星期，我居然可以因为一些小事而开心。然后我也不知道发生了什么，忍不住认为囚禁我的大门已经打开。虽然我认为自己既残忍又无情，但在灵魂深处产生了这样一种想法：命运又给了我一次机会。所有记录都被清除了，我可以重新开始。我甚至假装想要去死，但那纯粹是虚伪——我想要活着，用两只手抓住生命不放并享受生命。我非常渴望获得幸福，热切地渴求生命的圆满和荣光。我犯了一个可怕的错误，也因此遭受了折磨：上天知道我的折磨有多痛苦，也知道我多么努力想要纠正这个错误。或许也并不全是我的错——即使对你这样说我都觉得羞愧。我应该继续得体地装腔作势到最后——在这个世界上，别人觉得好的事情，我们才去做，去思考，从没有机会走自己的路，所有人的偏见和道德都可以束缚我们。天哪，给予我们自由吧。让我做自己想做和必须要做的事情，而不是去做那些别人认为我们必须要做的事情。你知道最糟糕的是什么吗？要是我当初像个恶棍一样不管珍妮的死活，我可能还能保持幸福、满足和富有，而她，我也敢说，不至于会自杀。正是因为我努力去履行自己的责任，才发生了这一系列痛苦的事情。这个世界自有坚持的理想，我觉得应该遵照这个理想行事，从没有想过到头来得到的只是嗤笑。

不要因为我说了这些话就觉得我很坏，也是在这里我才有了这些想法，而且也是你送我来塞维利亚的。你肯定已经知道这里会对我备受折磨和病态的心灵产生什么影响。这是一片自由之地，最后我终于意识到了自己的青春。我又怎能忘记漫步在西尔皮斯街的乐趣：从所有囚禁式的关系中解脱出来，像看舞台剧一样观看各种各样的表演，同时又有点害怕一旦落幕，无法承受的现实又将席卷归来。歌声、舞蹈、瓜达尔基维尔岛上橘子园里的快乐闲适、塞维利亚夜晚的快活热闹：我无法长久地抗拒这一切，最后忘记了所有，只记得人生短暂，这个世界属于生者。

你收到这封信的时候，我也启程回国了。

你永远的，

巴兹尔·肯特

莱伊小姐微笑着读完信，轻轻地叹了口气。

“我想在那个年纪，人才可以没有太明显的幽默感。”她喃喃低语。

不过她给巴兹尔发了一封电报，请他留下来，结果三天后，这个年轻人回来了，在阳光下度过了一个冬天，脸色晒成了棕色，看上去很健康，比以往任何时候都好看。莱伊小姐邀请弗兰克和他一起共进晚餐，他们两人带着解剖学家的冷漠和冷淡，观察着离开这段时间给易受影响的人性带来的变化。巴兹尔情绪高涨，很高兴回到朋友身边。但在他的生机和活力之下，隐含着一种谨慎的冷静，说明他性情更为沉着了。他所经历的一切或许给了他十分丰富的经验储备，支撑他往后的生活。他没有那么情绪化了，而是更为成熟。下一次单独和弗兰克相处时莱伊小姐总结了她的印象。

“每个英国人心里都藏着一个教会执事，一个永远摆脱不了的海上水手梦。有时候你认为他已经熟睡或死亡，然而他顽强无比，或早或晚你会发现他彻底地掌控了灵魂。”

“我不知道你说的灵魂是什么意思，”弗兰克打断说，“不过如果你知道，请继续说吧。”

“巴兹尔心里的教会执事已经醒了，我肯定他会有非常成功的事业。但我必须提醒他不要让那个基督教会的官员占领上风。”

莱伊小姐等着巴兹尔说起默里太太，然而等了两天，她的耐心耗尽了，便直接了当地问他。一提到这个名字，他的脸颊就红了。

“我不敢去看她。发生那件事情之后，我不能再见她了。我下定决心忘记这一切。”

“你做到了吗？”她冷冷地问。

“没有，没有——我永远都不会成功。我比之前更加狂热地爱着她。然而我现在不能娶她。对于可怜的珍妮的记忆会一直介于我俩之间，是我们两个，我和希尔达，导致她死亡的。”

“别像个耸人听闻的傻子似的。”莱伊小姐厉声说，“你说起话来像廉价言情小说里受迫害的英雄一样。希尔达非常喜欢你，她有女性的常识，这就足以平衡世界上男人出于浪漫的愚蠢行为。你到底觉得把你们自己弄得这么痛苦不堪的意义是什么，就是为了保持一种美好的形象吗？我本来觉得你已经摆脱了英雄主义。你写信告诉我说这个世界属于生者——这是一个并不新颖但蕴含真理，且值得推荐的观点——你觉得荒唐地故作姿态给那些不注意的观众留下好印象有什么意义？”

“我怎么知道希尔达还喜欢我？我给她造成了屈辱和羞耻，她可能会恨我。”

“要我是你，我就去问她。”莱伊小姐笑着说，“跟随你的心意去吧，她喜欢的是你外表的吸引力而不是你的性格。我可以告诉你，不论那些道德家怎么说，外表的吸引力永远更加可靠。你可能轻易地看错一个人的性格，但他好看的外表是明显可见的。你比之前任何时候都帅气。”

巴兹尔出发去拜访默里太太了，莱伊小姐想象着他俩见面的场景，嘲讽地自娱自乐。她撇着嘴唇，在脑海里想象着他俩尴尬的握手，琐碎的交谈，及不安的沉默，然后毫不留情地想象着他们逐渐熟络及后续的激情告白。她开始说教了。

“作家常犯的一个错误是：让角色在情绪激动的时刻讲话还不忘良好的品位。没有比这更虚假的了，在这种时候，不论一个人多么优雅，恰恰都会采用《家庭先驱报》里的措辞和说法。强烈激情的表达从来都不是艺术性的，而是陈腐、可笑、荒唐的，而且还经常粗俗愚蠢。”莱伊小姐笑了，“或许只有小说家才用真正浪漫的方式做爱，但十有八九会引用一些未发表的作品，或者会专心致志地倾听自己的作品，自我陶醉于自己那些华丽优美的遣词造句。”

总之，希尔达和巴兹尔的见面特别令人满意，从年轻的巴兹尔几天后收到的下面这封信就可见一斑。

我亲爱的孩子：

在今天的早报上读到你和默里太太订婚的消息，我是非常惊讶又特别欣喜。你摆脱了困境，我的朋友，恭喜你。你不记得了吗？贝姬·夏普说过一年有五千英镑的收入，她就可以生活得很好了。活得越久，我就越确信财富才是真理。在查尔斯街有一栋房子，再加上其他的财富，你会发现生活起来，这个世界是个很不一样的地方。你会更通人情、穿着更好、不再那么吹毛求疵。明天一定要过来吃午餐，带上默里太太。我会邀请几个人，希望会很有意思——一点见。恐怕这个时间有点不太寻常，不过早上是我皈依天主教的入教仪式，之后我们都会回来这里。我打算沿用两个先知的名字，他们的事例对我的皈依帮助最大，我也是因为他们才签名皈依的。

爱你的母亲，

玛格丽特·伊丽莎白·克莱尔·维扎德

附言——圣奥尔佩特公爵会做我的介绍人。

一个月过后，希尔达·默里和巴兹尔在万灵区教堂结婚，婚礼由尊敬的柯林森·法利牧师主持。莱伊小姐把新娘交与新郎，除此之外教堂里参加婚礼的就只有教堂司事和弗兰克·哈内尔了。后来，在法衣室里，莱伊小姐和牧师握手。

“我觉得婚礼很顺利。你主动为他们主持婚礼真是太好了。”

“新娘是我很好的朋友。在她新生活的开端，我很想以此来证明我对她的美好祝愿。”他停顿下来，亲切地笑了笑，莱伊小姐了解他先前喜欢希尔达，不知道他为什么情绪这么好。她还从没见过他如此干净利落、仪表堂堂，他看起来已经很像一名主教了。“我可以告诉你一个大秘密吗？”他和蔼地问，“我要与佛罗伦萨的纽黑文小姐订婚了。我们将在季末的时候结婚。”

“亲爱的法利先生，我真心诚意地恭喜你。我仿佛已经看到你线条优美的小腿套上了主教的皮裹腿。”

法利先生愉快地笑了笑，因为他习惯了用各种方式欣赏年长的未婚女士讲的笑话，他可以夸耀说他教堂的舒适装备是他的幽默感带来的。因为在西区，还没有哪个礼拜场所有更漂亮的祭坛布，更好看的装饰品，也没有任何地方有为虔诚的教徒准备更时髦的膝垫，或是赞美诗书籍保存得更好。

这对新婚夫妇打算在船上度蜜月，在查尔斯街吃过午餐后就立刻动身了。

“谢天谢地，他们不需要我们在帕丁顿给他们送行。”与莱伊小姐朝公园走着的时候，弗兰克说。

“为什么你的脾气这么讨人厌？”她笑着问，“午餐的时候，有两次我就很想提醒你，结婚的时候有点狂欢热闹是完全可以接受的。”

弗兰克没有回答，现在他们拐到公园的一个入口了。在那个欢乐的六月的天气里，来公园的人很多。尽管时间还早，汽车在急促的喘息声中疾驰而过，马车则安静庄严地驶过。穿着考究的伦敦人悠闲地坐在椅子上，或一边闲适地上下走动，一边看着他们的邻居心情愉悦地讨论着时下的话题。弗兰克的眼睛缓慢地越过他们，浑身有点颤抖，他的眉头皱得特别厉害。

“在他们的结婚仪式期间和之后，我能想起的只有珍妮。距离上次我在一间阴暗的婚姻登记处为巴兹尔的第一次婚姻签名，才过去了十八个月。你不知道在那一天那个女孩有多漂亮，充满了爱意、感激和幸福。她怀着如此热切的渴望期待未来！现在她的尸骨正在地下腐烂，而她憎恨的女人和她心爱的男人却结婚了，他们一点都没有考虑过她所有的痛苦。我讨厌穿着新礼服的巴兹尔，还有希尔达·默里，还有你。我无法想象为什么像你这样理智的女人，也荒谬地为这样一个场合过度装扮。”

莱伊小姐知道她的着装很成功，对此只是笑笑。

“据我观察，你每次情绪不好的时候，就会侮辱我。”她低声抱怨。

弗兰克的脸色冷酷坚决，黑色的双眼闪现出怒火，他继续往下说。

“这一切似乎都毫无用处。这个可怜的女孩不得不忍受如此可怕的折磨，似乎只是为了把这两个平凡的生物带到一起。他们一定没有想象力，或没有羞耻感——这么不幸的死亡横在他们中间，他们怎么还能结婚？而且，毕竟，是他们害死她的。珍妮给了巴兹尔她的青春和爱情，她的俊俏和美丽，最后甚至是她的生命，你觉得巴兹尔心存感激吗？他甚至不会想起她。你也一样，因为她是个酒吧女侍就确信她出局了是件好事。我能为他们找到的唯一借口是，他们是命运的盲目工具。大自然不知不觉地通过他们在起作用，为了她自己的目的，努力将他们结合在一起，因为珍妮成了阻碍，就把她无情地摧毁了。”

“我可以为他们找一个比这更好的借口，”莱伊小姐回答，严肃地看着弗兰克，“我原谅他们，因为他们是人类，就会软弱。活得越久，我就越承受不了人类彻底的软弱。他们确实尽力履行自己的责任，他们诚恳地尽自己最大的努力，他们不断寻找正道，然而他们极其软弱。所以我觉得人们应该为他们感到遗憾，尽可能宽容他们。恐怕这听起来很愚蠢，但是我现在发现自己讲得最多的话就是：原谅他们吧，他们也不知道自己在做什么。”

他们静静地走着，过了一会儿，弗兰克突然停下来看着莱伊小姐。他拿出手表。

“时间还早，我们还有一整个下午的时间。你能和我一起去珍妮下葬的那块墓地吗？”

“为什么不让死者安息呢？我们想想生者吧，别想去世的人了。”

弗兰克摇了摇头。

“我必须去。不然无法平静下来。我不能忍受她在这样的日子里被彻底忘记。”

“好吧，我和你一起去。”

他们转过身走出了公园。弗兰克叫了一辆出租车，他们就出发了。他们经过了巨大、宁静、壮观的豪华宅邸，一路向北，穿过了满是较小住宅的长长的街道，虽然天空明亮，但街道肮脏灰暗。他们继续往前走，很奇怪，似乎每一条街道都跟前一条街道糟糕的相似，没完没了的相似。他们经过这样的道路：每所房子都是分开的，有独立的花园，里面有鲜花和树木。这些是商人和股票经纪人的住所，这里的房子整洁、体面、自鸣得意。但他们的车开过了这些地方，往更拥挤的地方开去。这时，眼前似乎是一个不同的伦敦，更有生机，更加喧闹。路上挤满了有轨电车和公共汽车，人行道上到处都是小商小贩的二轮手推车。商店艳俗廉价，房子简陋平庸。他们的车经过贫民区，孩子们开心地在路边玩耍，身穿肮脏围裙的女人，蓬头垢面，懒洋洋地在家门口坐着。最后，他们来到一条宽阔笔直的道路上，白色的尘土飞扬，没有树木荫蔽，偶尔会路过一家打造墓碑的店铺，他们知道目的地即将到了。一辆空灵车沉重缓慢地开过，雇来的送丧人蜷缩在车厢里，放声大笑，在疲倦的工作之后放松地抽着烟。墓地出现了，他们停在铁门前，走了进去。这是个广阔的地方，挤满了各种想象得到的葬礼装饰物，在阳光下发出寒冷的白光。这里恐怖、粗野、肮脏，一想到那些粗俗又物质的人居然可以将他们所爱之人埋葬在那块永远得不到平静和安宁的土地下，就让人不寒而栗。他们可能会大谈特谈灵魂的不朽，然而在他们心中，肯定把死者视为泥土，否则他们绝不能容忍在审判日到来之时，自己躺在这样一个污渎的地方。这周围有种讨人厌的商业化气氛，令人无限沮丧。弗兰克和莱伊小姐穿过一小群身穿黑袍的人，他们正围着一个敞开的坟墓，一个牧师带着一种因长期从事该职业而形成的倦怠感，匆匆地念着人类写过的最庄严的话语：

“人类由女人生下，只有一段短暂的生命，却充满了痛苦。像一朵花一样，盛开过也会被折断；像阴影一样转瞬即逝，一生永远无法长继。”

莱伊小姐脸色惨白，抓住弗兰克的胳膊匆匆往前走。处处都是铺满了凋零花朵的新坟墓，处处都有新翻开的泥土。他们终于来到珍妮躺着的地方，一块椭圆形的花岗岩石碑上刻着一个简单的十字架。弗兰克突然大叫一声，这个时候碑上居然铺满了红色的玫瑰，只能看见十字架的轮廓。他们默默地看了一会儿，大吃一惊。

“还很新鲜，”莱伊小姐说，“是今天早上的花。”她转向弗兰克，缓缓地看着他：“你说他们忘了，但他们在婚礼当天来了，在她的坟上献上了玫瑰。”

“你觉得她也来了吗？”

“我敢肯定。弗兰克啊，我觉得因为这个我们就应该原谅他们了。我跟你说过他们也努力想做对，如果没做好也只是因为他们是人，就会很软弱。你不觉得我们宽容一些会更好吗？不知道如果身处和他们一样的境地，我们是否能比他们更好地克服那些巨大的困难及诱惑？”

弗兰克没有回答，他们长时间地注视着这些亮红的玫瑰，想象着希尔达娇嫩的双手温柔地将花儿摆放在这个可怜女人冰冷的墓碑上。

“你说得对。”他最后说，“他们有这份心，我就应该原谅他们了。我希望他们会很幸福。”

“我觉得这是个好兆头。”她把手放在弗兰克的手臂上，“现在我们走吧，我们是活人，逝去的人没什么要对我们说的。你带我来了这里，现在我想带你去更远的地方——再带你看些东西。”

他不明白，但还是顺从地跟着，他们径直来到出租车前。莱伊小姐告诉司机朝伦敦的反方向一直往前开，直到让他停车为止。然后，他们离开了那片悲伤的死亡之地，突然来到了旷野里。这条公路有着乡村道路那种令人愉悦的棕色坚硬的路面，四周围绕着山楂树篱。绿色的田野在两旁伸展开来，这儿可能离伦敦城有一百英里远。莱伊小姐让出租车停下来，让司机等着，而她和她的朋友继续往前走。

“不要回头看，”她对弗兰克说，“只往前看。看那些大树和草地。”

天空异常蔚蓝，和煦的微风散发着乡村的优雅气息。空气中有一种温和的清澈，驱散了所有丑陋的念头。他们两人都走得很快，深深地呼吸，热切地吸入那个夏日午后的光辉。在一个转弯处，莱伊小姐高兴地大叫一声，她突然看到树篱上长满了野玫瑰。

“你有小刀吗？”她问，“割一些下来。”

她站在旁边，他则割了一大束朴素新鲜的花朵。他把花送给她，她用双手捧着。

“我爱这些花，它们和罗马花园里的石棺上长出的玫瑰一样。它们从那些旧棺材里长出来，就是为了向我们说明生命总是会战胜死亡。生老病死又有何惧？这个世界可能充满了痛苦和幻灭，可能不会满足我们小小的请求。它可能不会带来爱情，却带来仇恨——失望、悲惨、琐碎，天知道还有什么。但有一样东西可以补偿一切，可以把旋转木马从一场肮脏的表演中带走，可以赋予生活意义、庄严与宏伟，让生活有价值。正因为这样东西，我们所有的苦难都会得到丰厚的回报。”

“那究竟是什么呢？”弗兰克微笑着问。

莱伊小姐眉开眼笑地看着他，伸出手里的玫瑰，双颊绯红。

“什么，是美呀，你这个笨蛋！”她欢快地说。“是美呀。”

—结束—

译后记

很幸运，在对生和死感觉迷茫的时候遇到了这本书。书中各处流露出来的生死观让我对生和死有了更深刻的认识，我慢慢尝试从不同角度看待生死别离，这是翻译《旋转木马》最大的收获。在此，特别想分享书中不同角色所持的生死观。

赫伯特弥留之际，弗兰克与莱伊小姐的生死对话中有这样一段话："在我看来，正如人有求生的本能一样，人也一定会有求死的本能。各个地方都有一些年纪很大的老人，渴望获得解脱，就像绝大多数人渴望生存一样。或许将来这会变得更平常。就像某些昆虫，完成了一生的使命后，毫无遗憾，视死如饴，完全没有了活下去的愿望，所以，或许有可能人类也会发展出这样的感觉。到那时候，死亡不会带来恐惧，我们会愉快地接受死亡，就如努力工作一天后愉快地接受睡眠一样。"这大概就是生命圆满可以从容赴死的场面。

赫伯特临终前写给莱伊小姐的信，很好地阐述了他对生死的看法："我热烈地爱过这个世界，为看到过的一切美好心存感恩。我感恩特坎伯里周围青翠的草地、茂盛的榆树、灰色平静的大海。我感恩冬日下午雨中楚楚动人的教堂、镶有宝石的玻璃和色彩鲜艳的窗户、大片飘过天空的白云。我感恩鸟语花香、阳光普照、春风拂面及身边环绕着爱我的人。是的，我庆幸自己活过。如果要我再经历一次这所有的痛苦、失望和疾病，我也愿意，因为对我来说，至少生命的喜悦要多于疼痛。我随时准备着付出相应的代价，临死之时也会默念感恩的祷告词。"不无遗憾，但是感受至深，离开时也环绕在美好与满足之中。

书中结尾处，从珍妮的墓地回来，莱伊小姐在一片野玫瑰前发表的生死观："我爱这些花，它们和罗马花园里的石棺上长出的玫瑰一样。它们从那些旧棺材里长出来，就是为了向我们说明生命总是会战胜死亡。生老病死又有何惧？这个世界可能充满了痛苦和幻灭，可能不会满足我们小小的请求。它可能不会带来爱情，却带来仇恨——失望、悲惨、琐碎，天知道还有什么。但有一样东西可以补偿一切，可以把旋转木马从一场肮脏的表演中带走，可以赋予生活意义、庄严与宏伟，让生活有价值。正因为这样东西，我们所有的苦难都会得到丰厚的回报。”逝者长已矣，生者如斯夫。生活充满着艰难困苦，但就是那些惊鸿一瞥的美，让每一个生命都甘愿赴这一场生死之约。